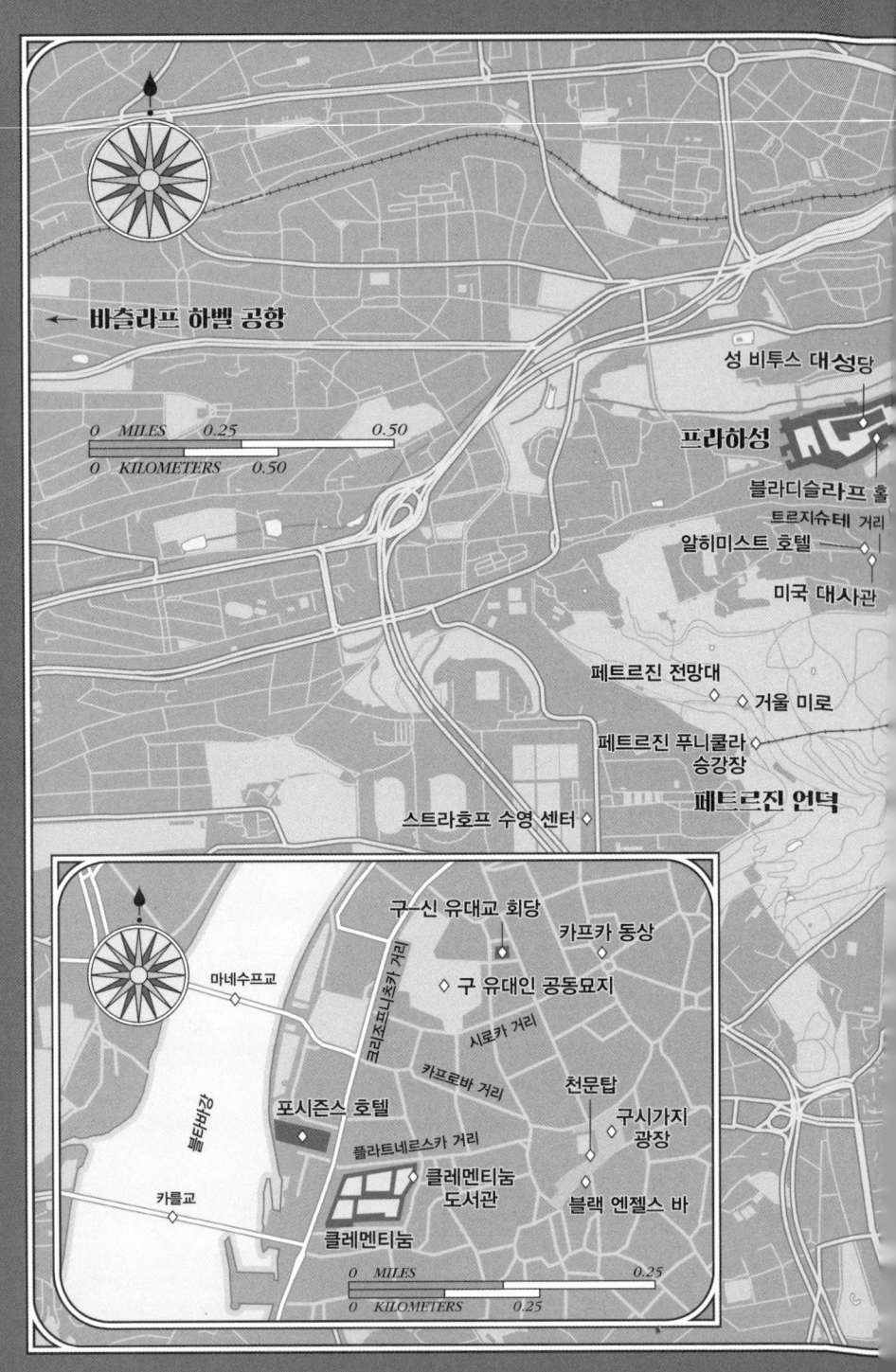

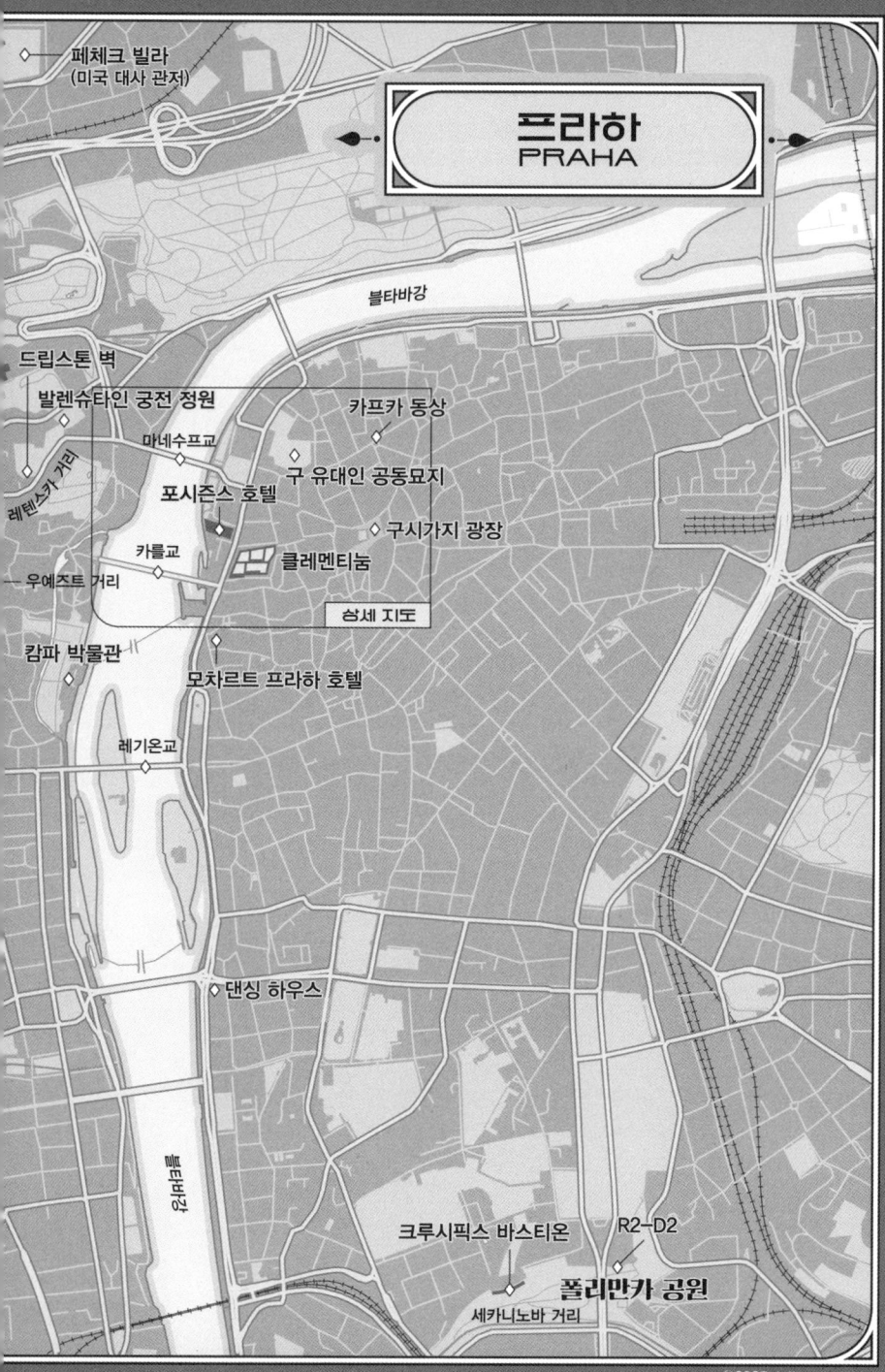

비밀 속의 비밀
1

The Secret of Secrets by Dan Brown
Copyright © 2025 by Dan Brown
All rights reserved.
First published in the United States by Doubleday.
Korean translation copyright © 2025 Moonhak Soochup Publishing Co., Ltd.

이 책에 등장하는 모든 인물과 사건은 모두 허구이며,
실존 인물과 사건을 연상시키는 부분이 있더라도 이는 저자의 의도와는 무관합니다.
이 책의 한국어판 저작권은 저작권자와 독점 계약한 ㈜문학수첩에 있습니다.
저작권법에 의해 한국 내에서 보호를 받는 저작물이므로 무단 전재와 복제를 금합니다.

비밀 속의 비밀

PART 1

댄 브라운
공보경 옮김

문학수첩

담당 편집자이자 절친
제이슨 코프먼에게 바칩니다.
그가 없었으면 소설 집필은 불가능했을 것이고……
재미도 훨씬 없었을 겁니다.

과학이 비물리적 현상을 연구하기 시작하면
지난 수 세기에 걸쳐 이룩한 것보다
10년 안에 더 많은 발전을 이뤄낼 수 있을 것이다.
-니콜라 테슬라

사실

이 소설에 등장하는 모든 예술 작품, 유물, 상징, 문서는 진짜다.
모든 실험, 기술, 과학적 결과는 사실 그대로다.
이 소설에 나오는 모든 조직은 실제로 존재한다.

프롤로그

'내가 죽었나.'

여자는 생각했다.

여자는 오래된 도시의 첨탑 위에 높이 떠다니고 있었다. 저 아래에는 조명을 받은 성 비투스 대성당의 탑들이 빛의 바다에서 빛났다. 지금 여자는 갓 내린 눈으로 뒤덮인, 미로처럼 구불구불한 거리를 따라서, 자유분방한 수도의 중심부로 이어지는 흐라드차니 언덕의 완만한 경사를 눈으로 훑고 있었다. 여자의 얼굴에 눈이라는 기관이 아직 달려있는지 모르겠지만.

'프라하.'

방향 감각을 잃은 여자는 자신의 위치를 파악하려 안간힘을 썼다.

'난 신경 과학자야. 난 정신이 온전해.'

하지만 두 번째 문장은 의심할 여지가 있었다.

브리기타 게스네르 박사가 확신할 수 있는 것은 지금 자신이 나고 자란 프라하시 위에서 둥둥 떠다니고 있다는 것뿐이었다. 몸은 없었다. 질량도, 형태도 없었다. 나머지 부분, *진짜 그녀*—핵심과 의식—는 온전하고 기민한 상태로 블타바강을 향해 천천히 떠가고 있었다.
육체적인 고통을 겪었다는 희미한 기억 말고는 떠오르는 게 없었다. 지금 그녀는 떠다니고 있는 공기로 이루어진 듯했다. 한 번도 경험해 본 적 없는 감각이었다. 그녀가 이 상황에 대해 할 수 있는 설명은 지적 본능을 거스르는 것이었다.
'난 죽었어. 이건 사후 세계야.'
그녀는 이 생각을 하면서 말도 안 되는 소리로 치부했다.
'사후 세계는 실제 삶을 견디기 위해 만들어 낸…… 집단 공유 망상일 뿐인데.'
의사인 게스네르는 죽음과 죽음의 최종성에 익숙했다. 의대 시절 인간의 뇌를 해부하면서 우리가 누구인지를 결정하는 개인별 속성—우리의 희망, 두려움, 꿈, 추억 따위—이 뇌의 전하에 의해 유지되는 화합물에 불과하다는 것을 알게 됐다. 사람이 죽으면 뇌의 전력원이 차단되면서 모든 화합물은 의미 없는 액체로 녹아내리고, 한때 그 사람이 누구였는지를 보여주는 마지막 흔적조차 지워진다.
'죽으면, 그냥 죽는 거야. 모든 게 멈춰.'
그런데 발렌슈타인 궁전의 대칭 정원 위에 떠다니는 지금, 그녀는 여전히 살아있는 느낌이었다. 주변에서—아니, 그녀를 통과해—떨어지는 눈송이를 바라보았다. 기묘하게도 차가운 기운이 전혀 느껴지지 않았다. 그녀의 정신이 온전한 이성과 논리를 보유한 채 우주에서 떠다니는 듯했다.
'내 뇌가 잘 작동하네. 그럼 난 살아있는 거잖아.'
게스네르는 자신이 의학 논문에 유체 이탈 체험으로 표기되는 현상을 겪고 있다고 결론 내렸다. 심하게 다친 환자들이 임상적으로 사망했다가 소생했을 때 나타나는 환각 현상이었다.
 유체 이탈 체험은 늘 거의 같은 방식으로 나타났다. 정신이 육체에서 일시적으로 분리되어 형체 없이 둥실 떠오른다고 느끼는 것이다. 실제 경험이라고 느끼지만 유체 이탈 체험은 종종 케타민 같은 응급실 마취제로 인해 나타나기도 하며, 극도의 스트레스와 뇌의 저산소증으로 인한 상상 여행에 불과했다.
 '내가 환각으로 이런 이미지를 보는 거야.' 게스네르는 프라하시를 관통해 구불구불 흐르는 시커먼 블타바강을 내려다보며 확신했다. '이게 유체 이탈 체험이라면…… 난 죽어가고 있는 건가.'
 이렇게 차분하게 생각하는 자신이 놀라웠다. 게스네르는 무슨 일이 있었는지 기억해 내려 애썼다.
 '나는 건강한 마흔아홉 살 여자야……. 왜 내가 죽어가고 있지?'
 눈부신 빛이 번쩍하더니 무시무시한 기억이 의식 속에서 떠올랐다. 그리고 현재 자기 육신이 어디에 누워있는지 깨달았다……. 더욱 끔찍한 것은 자기 몸에 무슨 일이 벌어지고 있는지도 알게 된 거였다.
 게스네르는 자신이 만든 기계 안에 똑바로 누워 단단히 결박되어 있었다. 괴물이 옆에서 그녀를 내려다보았다. 땅에서 기어 나온 원시인처럼 생긴 모습이었다. 괴물의 얼굴과 털 한 오라기 없는 머리통은 더러운 진흙을 두툼하게 뒤집어썼고 진흙은 달 표면처럼 쩍쩍 갈라져 있었다. 흙 가면 너머로 증오로 가득한 눈이 보였다. 이마에는 고대 언어의 문자 세 개가 거칠게 새겨져 있었다.
 "뭐 하는 거야?" 게스네르가 두려움에 비명을 질렀다. "당신 누구야?" 넌 뭐야?

"난 그녀의 수호자다." 괴물이 대답했다. 공허한 목소리에 슬라브어 억양이 약간 배어있었다. "그녀는 너를 믿었는데…… 넌 그녀를 배신했어."

"그게 누구냐고?" 게스네르가 물었다.

괴물이 여자의 이름을 말하자 게스네르는 공포에 사로잡혔다.

'내가 한 짓을 이자가 어떻게 알지?'

게스네르의 품 안에서 차갑고 묵직한 무언가가 나타났다. 괴물이 그 과정을 시작한 것이다. 잠시 후, 왼팔을 핀으로 찌르는 통증이 느껴졌다. 통증이 주정중피정맥을 따라 퍼져 나가며 어깨를 향해 날카롭게 기어올랐다.

"제발 그만해."

게스네르가 숨을 헐떡였다.

참기 힘든 통증이 겨드랑이까지 도달했을 때 괴물이 요구했다.

"전부 말해."

"말할게!"

게스네르는 다급하게 동의부터 했다. 괴물이 기계 작동을 멈추자 어깨의 통증이 가라앉았지만 불타는 듯 강렬한 느낌은 남아있었다.

공포에 사로잡힌 게스네르는 이를 악문 채 최대한 빠르게 말을 뱉었다. 반드시 지키겠다고 맹세한 비밀을 미친 듯이 불고 말았다. 괴물이 질문하자 그녀는 파트너들과 함께 프라하시 지하 깊숙한 곳에 만든 시설의 충격적인 비밀을 털어놓았다.

두꺼운 흙 가면을 쓴 괴물이 그녀를 빤히 내려다보았다. 이해와…… 증오로 번뜩이는 서늘한 눈빛이었다.

"너희는 지하에 공포의 집을 만들었다. 전부 죽어도 싸."

괴물은 곧바로 기계를 다시 작동시키고 문 쪽으로 걸어갔다.

"안 돼……!" 온몸을 휘감은 고통이 어깨를 지나 가슴으로 치고 올라오자 게스네르는 소리쳤다. "나를 두고 가지 마…… 이러다 나 죽어!"

"그래." 그는 어깨 너머로 말했다. "하지만 죽음은 끝이 아니야. 나는 여러 번 죽어봤어."

그 말과 함께 괴물은 사라졌다. 게스네르는 다시 불쑥 떠올랐다. 제발 자비를 베풀어 달라고 호소하고 싶은데 저 위의 하늘이 확 열리며 귀청이 터질 듯한 천둥소리가 들려와 그녀의 목소리는 묻혀버렸다. 보이지 않는 힘―중력에 반대되는 어떤 힘―이 게스네르를 붙잡아 끌고 올라갔다.

지난 수년 동안 브리기타 게스네르 박사는 죽음의 문턱까지 갔다가 돌아왔다고 주장하는 환자들의 말을 믿지 않고 속으로 조롱했다. 지금은 망각의 가장자리에서 춤추다 심연을 내려다보고 벼랑에서 뒷걸음질 쳐 이 세상으로 돌아온 몇 안 되는 영혼의 대열에 부디 낄 수 있기를 바랄 뿐이었다.

'이렇게 죽을 수는 없어……. 다른 사람들에게 경고해야 해!'

하지만 이미 늦었다는 걸 게스네르는 알고 있었다.

이 삶은 끝났다.

1

로버트 랭던은 침대 옆 테이블에 놓아둔, 핸드폰 알람 소리의 부드러운 선율을 즐기며 평화롭게 잠에서 깨어났다. 고전 음악인 그리그의 〈아침의 기분〉은 어쩌면 뻔한 선택일 수도 있지만 하루를 시작할 때 들을 4분간의 음악으로는 완벽하다고 늘 생각했다. 목관 악기 소리가 점점 커지고, 랭던은 자신이 지금 어디 있는지를 아직 인식 못 하는 데서 오는 불확실성을 기분 좋게 음미했다.
'아, 그래. 여긴 100개의 첨탑을 가진 도시지.'
그는 미소 지으며 기억해 냈다.
어둑한 빛 속에서 에드워드 시대 골동품 서랍장과 설화석고 램프 사이에 있는 아치형의 거대한 창문을 바라보았다. 고급스러운 수공예 카펫에는 어젯밤 호텔의 턴다운 서비스로 받은 장미 꽃잎이 흩어져 있었다.
랭던은 사흘 전 프라하에 도착했다. 그는 예전에 이곳을 방문했을 때처럼 이번에도 포시즌스 호텔에 묵었고, 호텔 지배인이 방 세 개짜리 로열 스위트룸으로 업그레이드해 주었다. 그가 포시즌스 호텔 브랜드의 충성스러운 고객이기 때문인지, 아니면 동행한 여성의 유명세 때문인지는 알 수 없었다.
"유명한 고객님들께 저희 호텔의 최고 시설을 제공해 드리고 싶어서 그렇습니다."
지배인은 업그레이드를 꼭 해주고 싶다고 했다.
로열 스위트룸은 별도의 욕실이 딸린 세 개의 방, 거실 하나, 식당 하나, 그랜드 피아노 한 대, 그리고 빨강·하양·파랑 튤립으로 호화롭게 장식된 중앙 퇴창으로 이루어져 있었다. 튤립은 미국 대사관에서 보내온 환영 선물이었다. 랭던의 개인 탈의실에는 그의 이름(Robert Langdon) 첫 글자를 따서 'RL'이라고 수놓인 양털 슬리퍼가 놓여있었다.
'랄프 로렌의 첫 글자는 아닌 것 같군.'
그는 손님 개인을 위한 호텔 측의 섬세한 서비스에 감탄했다.
그는 침대에 느긋하게 누워 알람으로 설정한 음악에 귀를 기울였다. 따뜻한 손길이 그의 어깨를 잡았다.
그리고 부드러운 목소리가 속삭였다.
"로버트?"
옆으로 몸을 돌린 랭던의 맥박이 빨라졌다. 그녀가 그를 보며 미소 짓고 있었다. 그녀의 연기처럼 부드러운 회색 눈동자는 반쯤 잠에 취해있었고 검고 긴 머리는 어깨에 흐트러져 있었다.
"아름다운 여인이여, 좋은 아침입니다."
그가 대답했다.
그녀는 팔을 뻗어 그의 뺨을 쓰다듬었다. 발라드 소바쥬 향수의 잔향이 그녀의 손목에 남아있었다.

랭던은 그녀의 우아한 이목구비를 감탄하며 바라보았다. 랭던보다 네 살 연상임에도 불구하고 그녀는 볼 때마다 숨 막히게 매력적이었다. 웃으면 진하게 드러나는 입가의 웃음 선, 흑발 사이에 간간이 끼어있는 회색 머리카락, 장난기 가득한 눈동자, 그리고 매혹적인 지성.

랭던은 프린스턴 대학에 다니던 시절부터 이 멋진 여자를 알고 지냈다. 그가 학부생일 때 그녀는 젊은 조교수였다. 그는 조용히 그녀를 마음에 품었지만, 눈에 띄지도 않고 상대가 알아주지도 않는 짝사랑일 뿐이었다. 그들은 가볍게 썸을 타면서 플라토닉한 우정을 즐겼다. 그녀가 직업적으로 크게 성공을 거두고 랭던 역시 세계적으로 유명한 교수가 된 후에도 둘은 꾸준히 연락하고 지냈다.

'제일 중요한 건 바로 타이밍이지.'

즉흥적으로 결정한 이번 출장 기간에 그들은 서로에게 무섭도록 빠르게 빠져들었다. 생각할수록 놀라웠다.

〈아침의 기분〉이 점점 커지면서 완전한 관현악 조곡으로 주제를 표현하는 동안 랭던은 강한 팔로 그녀를 가까이 끌어안았다. 그녀는 그의 가슴에 코를 비볐다. 그가 나지막하게 물었다.

"잠은 잘 잤어? 악몽은 안 꿨고?"

그녀는 고개를 저으며 한숨을 쉬었다.

"너무 창피했어. 내가 좀 심했잖아."

어젯밤 그녀는 별나게 생생한 악몽을 꾸다가 놀라 잠에서 깼다. 랭던이 한 시간 가까이 달래주고 나서야 그녀는 다시 잠으로 빠져들었다. 괴상하게 강렬한 꿈을 꾼 이유는 그녀가 잘못된 추천을 받아 밤에 보헤미안 압생트 칵테일을 마셨기 때문일 거라고 그는 말했다. 그런 종류의 칵테일은 대접받기 전에 미리 유의사항을 알려 줘야 한다고 랭던은 늘 생각했다.

'벨 에포크(아름다운 시대라는 뜻. 19세기 말부터 20세기 초까지 서유럽, 특히 프랑스가 예술·문화적인 번영을 누렸던 시기―옮긴이) 때 그 술이 인기가 많았던 건 환각을 유발하는 특성이 있기 때문이었지.'

"이제 악몽은 안 꿔."

그녀가 말했다.

랭던이 손을 뻗어 음악을 끄며 말했다.

"눈 좀 붙여. 아침 식사 시간에 맞춰서 돌아올게."

"그냥 같이 있자." 그녀가 그를 장난스레 붙잡았다. "수영은 하루쯤 빼먹어도 되잖아."

"내가 연하 복근남의 매력을 유지하길 바란다면 말리지 마세요." 그는 입꼬리 한쪽을 비딱하게 올리며 싱긋 미소 지었다. 아침마다 랭던은 모닝 랩 수영(아침 시간에 수영장에서 레인을 따라 정해진 거리를 반복하며 하는 수영―옮긴이)을 하러 스트라호프 수영 센터까지 3킬로미터를 달렸다.

그녀가 다시 요구했다.

"바깥이 아직 어둡잖아. 여기서 수영하면 안 돼?"

"호텔 수영장?"

"안 될 거 있어? 같은 물인데."

"좁아. 팔 두 번 저으면 끝이야."

"말도 안 되는 소리인 거 알지만 봐줄게, 로버트."

랭던은 미소 지었다.

"웃기는 여인이여, 다시 잠드소서. 아침 식사 때 보자고."

그녀는 입술을 비쭉 내밀며 그에게 베개를 던지고는 돌아누웠다.

학부에서 받은, 하버드 대학 로고가 들어간 운동복 상의를 입고 방을 나선 랭던은 로열 스위트룸의 비좁은 전용 승강기 대신 계단으로 내려가기로 했다.

아래층에 도착한 그는 우아한 통로를 성큼성큼 걸어갔다. 호텔 본관과 강변의 바로크풍 별관을 이어주는 통로였다. 통로를 걸어가는 동안 '프라하 게시판'이라고 표시된 고상한 진열 상자가 눈에 띄었다. 이번 주에 열리는 콘서트, 관광, 강연을 알리는 포스터들이 액자에 담겨있었다.

그중 중앙에 자리한 고급스러운 포스터를 보고 그의 입가에 미소가 걸렸다.

카를로바 대학교 강의 시리즈
프라하성에서 열리는
세계적으로 유명한 노에틱 과학자
캐서린 솔로몬 박사의 강연

그는 방금 위층에서 입을 맞춘 여자의 얼굴 사진을 감탄하며 바라보다가 혼잣말했다.

"좋은 아침입니다, 아름다운 여인."

어제저녁 캐서린의 강의는 좌석이 매진이라 서서 듣는 사람이 있을 정도였다. 강의 장소가 프라하성의 전설적인 블라디슬라프 홀이라는 사실만으로도 대단하다고 할 수 있었다. 르네상스 시대에 기사와 말이 제대로 복장을 갖추고 실내 마상 경기를 했던, 동굴 같은 아치형 천장이 있는 방이었다.

유럽에서 최고로 평가받는 강의 시리즈라 매번 전 세계에서 훌륭한 연사들, 열정적인 청중이 몰려들었다. 어제저녁도 예외가 아니었다. 홀을 가득 채운 청중은 캐서린이 무대에 올라서자 우레 같은 박수를 보냈다.

캐서린은 자신만만하고 차분한 모습으로 무대를 장악했다. 그녀는 흰색 캐시미어 스웨터와 어긋난 곳 없이 몸에 딱 맞는 디자이너 바지 차림이었다.

"감사합니다, 여러분. 제가 거의 매일 받는 질문에 대한 대답으로 오늘 저녁의 강연을 시작하겠습니다." 그녀는 빙그레 웃으며 스탠드에서 마이크를 뽑아 들었다. "노에틱 사이언스라는 게 대체 무슨 개떡 같은 소리일까요?"

한바탕 웃음이 홀 안에 퍼져 나가며 청중은 그녀의 강연에 몰입하기 시작했다.

"간단히 말해 노에틱 사이언스는 *인간의 의식*을 연구하는 학문입니다. 많은 분들이 믿고 계시는 바와 달리, 의식에 관한 연구는 완전히 새로운 과학은 아닙니다. 알고 보면 지구상에서 가장 오래된 과학이죠. 유사 이래로 우리는 인간의 정신…… 의식과 영혼의 본질이라는 오랜 불가사의에 대한 답을 구하려 노력했습니다. 수세기 동안 우리는…… 주로 종교라는 렌즈를 통해 이 의문을 탐색했죠."

무대에서 내려온 캐서린은 청중석 맨 앞줄로 걸어가며 말을 이었다.

"종교에 관한 말이 나왔으니 이분을 소개하지 않을 수가 없네요.

신사 숙녀 여러분, 오늘 저녁 세계적인 종교 기호학 학자 로버트 랭던 교수님이 청중석에서 함께하고 계십니다."

놀라고 흥분한 청중이 웅성거리자 로버트는 생각했다.

'캐서린이 왜 저러지?'

캐서린은 미소를 지으며 그의 앞으로 다가와 말했다.

"교수님. 우리에게 전문 지식을 나눠주실 수 있을까요? 잠시 일어서 주시겠습니까?"

랭던은 '가만 안 둬'라는 뜻으로 그녀에게 짧게 웃어 보이며 정중하게 일어섰다.

"궁금한 게 있는데요, 교수님…… 지구상에서 가장 흔한 종교적 상징이 뭐죠?"

간단히 답할 수 있는 질문이었다. 캐서린은 그 주제에 관한 랭던의 논문을 이미 읽어서 어떤 대답이 나올지 알고 있었을 것이다. 그게 아니라면 그의 대답을 듣고 크게 실망하겠지.

랭던은 마이크를 받아 들고 고개를 돌려 열정적인 청중의 얼굴을 돌아보았다. 오래된 쇠사슬에 매달린 샹들리에 불빛이 사람들을 희미하게 비추고 있었다.

"즐거운 저녁 시간입니다, 여러분." 그의 낮고 굵은 바리톤 목소리가 스피커를 통해 울려 퍼졌다. "예고도 없이 갑자기 이렇게 말할 기회를 주신 솔로몬 박사님께 감사드립니다."

청중이 박수를 쳤다.

"세상에서 제일 흔한 종교적 상징이요? 어디 누가 먼저 대답해 보시겠습니까?"

그의 질문에 10여 명이 손을 들었다.

"좋습니다. 십자가는 일단 *제외*하겠습니다."

그러자 위로 올라갔던 손들이 일제히 내려갔다.

랭던이 빙긋 웃었다.

"십자가는 매우 흔한 상징이지만 *기독교*에 국한된 상징이죠. 역사상 모든 종교의 미술품에 등장하는 보편적인 상징이 따로 있습니다."

청중은 어리둥절한 눈빛을 주고받았다.

"이미 많이 보셨을 겁니다. 이집트 호락티 석판에도 있습니다."

그는 잠시 뜸을 들인 후 덧붙였다.

"불교의 카니슈카 사리함은 어떨까요? 유명한 전능자 그리스도 성상화는요?"

침묵이 흐르고 사람들이 멍하니 그를 쳐다보자 랭던은 생각했다.

'아이고, 진짜 과학자들만 모였구나.'

"대단히 유명한 르네상스 시대 그림 수백 점에서도 볼 수 있습니다. 레오나르도 다빈치가 두 번째로 그린 〈암굴의 성모〉, 프라 안젤리코의 〈수태고지〉, 조토의 〈애도〉, 티치아노의 〈그리스도의 유혹〉 그리고 성모 마리아가 아기 예수를 품에 안은 모습을 표현한 무수한 그림들이 있죠……?"

여전히 아무도 대답하지 않았다.

"제가 말하는 상징은 바로 *광배*입니다."

캐서린은 그럴 줄 알았다는 듯 미소 지었다.

랭던이 설명을 이어갔다.

"광배란 깨우친 자의 머리 위에 떠있는 둥글납작한 빛의 고리를 뜻합니다. 기독교에서는 예수 그리스도, 성모 마리아, 성인들의 머리 위에 후광이 있죠. 더 과거로 거슬러 가면, 고대 이집트 신 '라'의 머리 위에 태양 원반이 있습니다. 동양 종교에서는 부처와 힌두교의 신들 머리 위에 원광이 떠있습니다."

"멋진 설명이네요. 감사합니다, 교수님."

캐서린이 마이크를 가져가려 하자 랭던은 앙갚음 차원에서 장난스레 몸을 돌렸다.

'역사학자에게 요청했으면 제대로 설명할 기회를 주는 게 도리야.'

"조금 더 설명하겠습니다." 랭던의 말에 청중은 즐거워하며 웃었다. "광배는 다양한 형태, 크기, 예술적 묘사로 표현됩니다. 뚜렷한 황금 원반일 때도 있고, 투명할 때도 있고, 네모난 형태일 때도 있죠. 고대 유대교 경전에서는 모세의 머리에 '힐라'가 둘러있다고 묘사합니다. '힐라'는 '광배'나 '후광'을 뜻하는 히브리어 단어입니다. 어떤 광배는 빛이 뿜어져 나오는 형태를 취하기도 합니다……. 사방으로 빛을 뿜어내는 거죠."

랭던은 짓궂은 미소를 지으며 캐서린을 돌아보았다.

"솔로몬 박사님은 이런 종류의 광배를 뭐라고 부르는지 아십니까?"

그는 그녀에게 마이크를 기울였다.

"방사형 왕관이요."

그녀는 곧바로 대답했다.

'내 논문을 제대로 읽었구나.'

랭던은 마이크를 입가로 가져갔다.

"예. 방사형 왕관은 중요한 상징입니다. 역사를 통틀어 방사형 왕관이 호루스(매의 머리를 한 이집트의 태양신—옮긴이), 헬리오스(그리스 신화의 태양신—옮긴이), 프톨레마이오스(기원전 4~3세기에 이집트를 지배한 프톨레마이오스 왕조의 역대 왕—옮긴이), 로마 황제뿐만 아니라…… 로도스의 거상 머리까지 장식하고 있습니다."

랭던은 청중을 향해 공모자처럼 싱긋 웃었다.

"이걸 알아챈 분은 많지 않으실 텐데, 뉴욕시에서 가장 사진이 많이 찍히는 그것도…… 방사형 왕관을 쓰고 있습니다."

이 말에 캐서린조차 의아한 눈으로 그를 바라보았다.

그가 물었다.

"맞혀보실까요? 뉴욕항에 90미터 높이로 서있는 그것의 머리 위에 있는 방사형 왕관을 사진 찍은 분이 아무도 안 계십니까?"

랭던이 기다리는 동안 사람들이 웅성거리며 답을 내놓았다.

곧 누군가 목소리를 높여 말했다.

"자유의 여신상이요!"

"맞습니다. 자유의 여신상은 고대의 후광인 방사형 왕관을 머리에 쓰고 있죠. 우리가 신적인 깨달음, 즉…… 고도의 *의식* 상태……에 도달했다고 믿는 특별한 인물을 표현하기 위해 역사를 통틀어 두루 사용해 온 보편적인 기호입니다."

랭던이 드디어 마이크를 돌려주자 캐서린이 환하게 미소 지었다. 그가 박수를 받으며 자리에 앉자 캐서린이 입 모양으로 그에게 말했다. '고마워.'

캐서린은 무대로 돌아갔다.

"랭던 교수님이 방금 유려하게 설명해 주신 것처럼 사람들은 오랫동안 *의식*의 본질에 관해 고민했습니다. 하지만 첨단 과학으로도 여전히 명확하게 *정의* 내리기 힘들죠. 사실상 많은 과학자들은 의식에 관한 논쟁 자체를 두려워합니다." 캐서린은 좌중을 돌아보며 나지막하게 덧붙였다. "거의 금기시하죠."

그러자 다시 여기저기서 웃음이 터져 나왔다.

캐서린은 앞줄에 앉은 안경 쓴 여자를 고갯짓으로 가리키며 물었다.

"의식을 어떻게 정의할 수 있을까요?"

여자는 잠시 생각한 후 대답했다.

"나라는 존재를 인식하는 것⋯⋯ 아닐까요?"

"완벽합니다. 그렇다면 인식은 어디에서 오는 걸까요?"

"뇌겠죠. 내 생각, 개념, 상상 같은⋯⋯ 나라는 사람을 구성하는 뇌의 활동이요."

"잘 들었습니다. 감사합니다." 캐서린은 청중을 돌아보았다. "우리가 기본적인 사실에 합의하고 이야기를 시작해도 될까요? 뇌가 의식을 생성하기 때문에 *의식이 우리 머릿속에 있다*는 거네요. 뇌는 두개골 내에 있는, 약 1.3킬로그램 정도 나가는 860억 개의 신경 세포로 이루어진 기관이고요."

다들 고개를 끄덕였다.

"그렇군요. 방금 우리는 현재 보편적으로 받아들여지는 인간 의식 모델에 대해 모두 동의했습니다." 캐서린은 잠시 후 무거운 한숨을 내쉬었다. "문제는⋯⋯ 현재 보편적으로 받아들여지는 모델이 *완전히 틀렸다*는 겁니다. 의식은 여러분의 뇌에서 만들어지지 *않습니다*. 의식은 여러분의 *머릿속에 있지 않아요*."

장내에 아득한 침묵이 흘렀다.

앞줄의 안경 쓴 여자가 물었다.

"의식이 뇌 안에 있지 않다면…… 어디에 있는 거죠?"

"좋은 질문입니다." 캐서린은 청중에게 미소 지으며 말했다. "잘 들어주세요, 여러분. 오늘 저녁 여러분은 놀라운 경험을 하게 될 겁니다."

거의 록스타였지, 랭던은 호텔 로비로 걸어가며 생각했다. 캐서린에게 쏟아지던 기립박수의 메아리가 여전히 귀에 들리는 듯했다. 어제저녁 그녀의 강연은 대단한 매력을 뿜어냈다. 충격에 휩싸인 청중은 더 많은 이야기를 듣고 싶어 했다. 누군가 현재 작업에 관한 질문을 하자, 캐서린은 향후 의식에 관한 인식 체계를 재정립하는 데 도움이 될 책을 집필했고 얼마 전 마무리했다고 답했다.

랭던은 그녀의 원고를 읽지 않은 상태에서 캐서린이 출판 계약을 맺도록 도움을 주었다. 캐서린에게 들은 내용만으로도 랭던은 원고를 읽고 싶어 안달 났다. 그녀가 원고 얘기를 하면서도 제일 충격적인 핵심 내용은 그에게 털어놓지 않았다는 것을 그는 알 수 있었다.

'캐서린 솔로몬은 볼수록 놀라운 사람이야.'

이제 그는 호텔 로비에 거의 다 왔다. 문득 캐서린이 오늘 아침 브리기타 게스네르 박사와 아침 8시에 만나기로 약속돼 있다는 사실이 떠올랐다. 체코의 저명한 신경 과학자 브리기타 게스네르는 강의 시리즈에서 강연해 달라고 캐서린을 개인적으로 초청한 사람이었다. 초대는 감사하지만, 어제저녁 강의가 끝나고 그 여자를 직접 만났을 때 랭던은 뭔가 비위에 거슬리는 느낌을 받았다. 그래서 지금 랭던은 캐서린이 늦잠을 자서 그 약속에 못 가고 대신 그와 아침 식사를 하게 되길 은근히 바랐다.

헛생각을 밀어내고 로비로 들어간 그는 호텔 정문에 늘 자리한 화려한 장미 꽃다발의 향기를 음미했다. 하지만 지금 로비에서 펼쳐진 광경은 그리 기분 좋은 것이 아니었다.

검은 제복을 입은 경찰 두 명이 독일 셰퍼드 개 두 마리를 대동하고 널찍한 로비를 활보하고 있었다. '경찰'이라고 표시된 방탄조끼를 입은 개 두 마리가 무언가를…… 찾는지 킁킁거리며 돌아다녔다.

'심상치 않아 보이네.'

랭던은 프런트 데스크로 가서 물어보았다.

"무슨 일 있습니까?"

"아, 아닙니다, 랭던 교수님." 완벽하게 옷을 차려입은 지배인이 랭던을 맞이하며 어찌나 정중하게 인사하는지 저러다 무릎까지 굽히겠다 싶었다. "아무 일도 없습니다, 교수님. 어젯밤에 사소한 문제가 좀 있었는데 허위 경보였던 모양입니다." 지배인은 별일 아니라는 듯 고개를 가로저었다. "그래도 예방 조치를 취하려는 겁니다. 아시다시피 포시즌스 프라하 호텔은 보안을 가장 중요시하니까요."

랭던은 경찰들을 바라보았다. '사소한 문제라고?' 저 경찰들은 전혀 사소해 보이지 않았다.

"수영 클럽에 가십니까? 차를 불러드릴까요?"

"아뇨, 괜찮습니다." 랭던은 호텔 정문으로 걸어갔다. "슬슬 뛰어갈 겁니다. 신선한 공기가 좋아서요."

"눈이 내리는데요!"

뉴잉글랜드에서 나고 자란 랭던은 공기 중에 가볍게 흩어지는 눈발을 내다보며 지배인에게 미소 지었다.

"내가 한 시간 내에 안 돌아오면 저 개가 나를 눈밭에서 파내주겠죠."

2

골렘은 카프로바 거리를 온통 뒤덮은 눈을 밟으며 절뚝절뚝 걸어갔다. 길고 검은 망토 끝자락이 진창이 된 눈에 질질 끌렸다. 망토에 가려진 커다란 통굽 장화가 너무 무거워 그는 발을 간신히 떼어 옮겼다. 얼굴은 물론이고 머리 전체를 감싼 두꺼운 진흙이 차가운 공기 속에서 조여들었다.

'집으로 가야 해. 에테르가 뭉치고 있어.'

에테르에 장악될까 두려워진 골렘은 주머니에 손을 넣어 늘 가지고 다니는 작은 금속 막대를 움켜쥐었다. 그 막대를 머리로 가져가 정수리의 마른 진흙에 대고 세게 누르면서 조그맣게 연달아 원을 그렸다.

'아직 안 돼.'

그는 눈을 감고 소리 없이 주문을 외웠다.

잠시지만 에테르가 흩어지자 그는 막대를 주머니에 넣고 무거운 걸음을 옮겼다.

'몇 블록만 더 가면 방출할 수 있어.'

프라하에서 '스타로마크'라 불리는 구시가지 광장은 아직 어둠이 깔린 아침이라 오가는 이가 별로 없었다. 관광객 한 쌍이 번트 슈가 페이스트리 빵을 손에 들고 유명한 중세 시계를 올려다보고 있을 뿐이었다. 매시 정각에 '사도들의 행진'을 보여주는 오래된 시계였다. 기계 장치를 통해 성인(聖人) 인형들이 덜덜거리고 행진하면서 시계 면의 작은 창문 두 개를 통해 나타났다 사라졌다.

'15세기부터 아무 목적도 없이 빙글빙글 돌아갈 뿐인데 여전히 양들은 그걸 보려고 모여드는구나.'

골렘이 옆으로 지나가자 관광객 커플은 그를 힐끗 쳐다봤다가 질겁하며 한 걸음 물러섰다. 골렘은 낯선 사람들의 이런 반응에 익숙했다. 그의 실체가 무엇인지 그들은 알지 못했지만, 그들의 그런 반응 덕분에 그는 자신이 현재 물리적 형태를 갖춘 존재라는 사실을 상기할 수 있었다.

'나는 골렘이다. 난 당신네 영역에 속해있지 않아.'

골렘은 지상에 매여있지 않은 것처럼, 이러다 둥둥 떠서 멀리 날아갈 수 있을 것처럼 느껴질 때가 있었다. 그는 묵직한 망토로 이 필멸의 껍데기를 감싸는 게 좋았다. 망토와 통굽 장화의 무게 때문에 그를 지상에 붙잡아 두는 중력을 한층 뚜렷이 느낄 수 있었다. 야간에 특이한 복장을 하고 돌아다니는 사람이 많은 프라하지만 그는 진흙을 바른 머리와 모자 달린 망토 때문에 무섭도록 괴상한 분위기를 풍겼다.

무엇보다 진흙 이마에 팔레트 나이프로 새겨진…… 세 개의 고대 글자 때문에 골렘은 시선을 사로잡았다.

אמת

'진실'을 뜻하는 히브리어 단어 '에메트'를 구성하는 히브리어 문자 알레프, 멤, 타우였다.

골렘이 프라하로 온 것도 진실 때문이었다. 오늘 초저녁에 게스네르 박사는 그에게 진실을 털어놓았다. 게스네르는 동료들과 함께 프라하 지하 깊숙한 곳에서 자행한 잔혹한 행위를 실토했다. 혐오스러운 죄였지만, 가까운 미래에 행하려 계획한 바에 비하면 아무 것도 아니었다.

골렘이 혼잣말했다.

'그것을 전부 파괴할 것이다. 다 부숴버리겠어.'

골렘은 암흑의 창조물을…… 땅속 깊숙한 곳에서 연기를 피워내는 그곳을 머릿속에 그린 후…… 지웠다. 어려운 임무지만 해낼 자신이 있었다. 게스네르 박사를 통해 필요한 정보를 모두 얻어냈다.

'서둘러야 해. 기회가 많지 않아.'

그는 이런 생각을 하며 머릿속으로 계획을 세웠다.

골렘은 광장을 뒤로하고 남동쪽으로 향했다. 그의 집이 있는 곳으로 가기 위해 좁은 골목을 찾아 들어갔다. 골목들이 미로처럼 복잡하게 얽힌 구시가지 마을은 활기찬 밤 문화와 독특한 술집으로 유명했다. 작가와 지식인 손님들을 끌어모으는 틴스카 문학 카페, 해커와 재미를 추구하는 사람들이 모이는 어나니머스 바, 세련된 사람들과 칵테일 전문가들을 위한 헤밍웨이 바. 그리고 늦게까지 문을 여는 성 기구 박물관은 얼빠진 구경꾼들을 밤의 어둠 속 깊이 끌어들였다.

골렘은 미로 같은 골목을 이리저리 지나가면서 오직 그녀를 생각했다. 그가 브리기타 게스네르 박사에게 저지른 끔찍한 짓, 게스네르한테서 얻어낸 충격적인 정보 따위는 생각하고 있지 않았다.

그는 늘 그녀 생각을 했다.

'나는 그녀의 수호자야. 그녀와 나는 영원히 얽혀있는 두 개의 미립자야.'

그가 지상에 존재하는 목적은 오직 그녀를 보호하기 위해서였다. 하지만 그녀는 그의 존재조차 알지 못했다. 그렇다고 해도 그녀를 위해 봉사하는 이 시간이 그저 영광스러웠다. 다른 이의 짐을 짊어지는 것은 가장 고귀한 소명이었다. 익명으로, 상대가 알지 못하게 그 일을 하는 것이야말로…… 가장 이타적인 사랑의 행위였다.

'수호천사의 형태는 다양하지.'

자기도 모르게 미지의 과학 세계에 얽혀든 그녀는 신뢰할 수 있는 사람이었다. 그녀는 주변에 상어들이 맴도는 것을 알지 못했다. 골렘은 오늘 밤 상어 한 마리를 죽였고 그로 인해 물에 피가 퍼져나갔다. 강력한 세력이 무슨 일인지 알아보기 위해…… 그들이 창조한 것의 비밀을 지키기 위해 곧 깊숙한 곳에서 표면으로 올라올 것이다.

'너희는 이미 늦었어.'

그들이 지하에 만든 공포의 집은 죄악의 무게로 인해 무너질 것이다……. 독창성의 희생물이 될 것이다.

눈 덮인 거리를 걸어가는 동안 골렘은 에테르가 짙게 모여드는 것을 느꼈다. 그는 다시 금속 막대로 머리를 문질렀다.

'곧 그리 될 것이다.'

그는 결심을 다졌다.

런던. 핀치라는 이름의 미국인이 카르티에 팬더 안경을 닦으며 호화로운 사무실 안을 서성이고 있었다. 핀치의 마음은 초조한 정도를 넘어 지독한 걱정으로 차오르고 있었다.
'게스네르 박사는 대체 어디 있지? 왜 이렇게 연락이 안 돼?'
그는 체코인 신경 과학자 게스네르가 어제저녁 프라하성에서 열린 캐서린 솔로몬의 강연에 참석했다는 것을 알고 있었다. 강연이 끝나고 게스네르는 핀치에게 캐서린 솔로몬이 곧 출간할 책에 관해 우려하는 문자 메시지를 보냈다. 좋지 않은 소식이었다. 게스네르는 최신 상황을 다시 전화로 알려주겠다고 핀치에게 약속했다.
그런데 지금까지, 새벽이 다 되도록 게스네르한테서 연락이 오지 않고 있었다.
그가 여러 차례 문자를 보내고 전화도 걸었지만 답이 없었다.
'벌써 여섯 시간째야······. 게스네르는 꼼꼼한 사람인데······. 평소 같지 않아.'
직관을 중시한 덕분에 이 직업의 정점에 오른 그는 직관에 귀를 기울여야 한다는 것을 잘 알고 있었다. 안타깝게도 그의 본능은 프라하에서 일이 위험하게 틀어졌음을 알려주었다.

3

상쾌한 겨울 공기에 기운이 났다. 로버트 랭던은 크리조프니츠카 거리를 따라 남쪽으로 달렸다. 눈이 얇게 깔린 보도에는 성큼성큼 뛰는 그의 발자국만 오롯이 찍혀있었다.

그에게 프라하는 늘 매력적인 도시였다. 프라하의 시간은 과거에 멈춰있었다.

체코의 전신 보헤미아 왕국의 역사적 수도 프라하는 제2차 세계대전 중에 다른 유럽 도시에 비해 피해를 덜 입었다. 덕분에 최초의 건축물이 온전히 남아 눈부시게 아름다운 윤곽선을 그렸다. 로마네스크, 고딕, 바로크, 아르누보, 신고전주의 디자인의 독특한 변형과 초기 형태를 고스란히 볼 수 있는 도시였다.

이 도시의 별명 '스토베자타'는 말 그대로 '100개의 첨탑을 가진 도시'라는 뜻이었다. 실제 프라하의 철탑과 첨탑의 숫자는 700개에 가깝긴 했다. 여름이면 종종 녹색 투광 조명등이 바다처럼 건물을 비추면서 경외심을 불러일으켰다. 할리우드 영화에서 프라하의 이런 풍경에 영감을 받아 〈오즈의 마법사〉 속 에메랄드 시티를 표현한 것도 무리가 아니었다. 프라하처럼 신비로운 분위기를 가진 곳은 마법의 힘을 가진 장소로 믿을만하니까.

플라트네르스카 거리를 가로질러 조깅하는 동안 마치 역사책 속을 달리는 기분이었다. 어느덧 왼편에 프라하의 클레멘티눔의 거대한 정면이 보였다. 약 2만 제곱미터에 달하는 건축 단지 클레멘티눔에는 티코 브라헤, 요하네스 케플러 같은 천문학자들이 사용하던 천문대뿐만 아니라 2만 권이 넘는 고대 신학 문학 장서를 보유한 아름다운 바로크 양식 도서관이 자리하고 있었다. 프라하에서, 어쩌면 유럽 전역에서 랭던이 즐겨 찾는 곳이 바로 이 도서관이었다. 그와 캐서린은 어제도 이 도서관에서 열린 최신 전시회에 다녀왔다.

아시시의 성 프란체스코 성당 앞에서 오른쪽으로 모퉁이를 돌자 바로 앞에 이 도시에서 제일 유명한 구조물의 동쪽 출입구가 나타났다. 다른 도시에서는 보기 힘든 프라하만의 진귀한 가스 가로등의 호박색 불빛이 그 구조물을 은은하게 비추었다. 많은 이들에게 세계에서 제일 낭만적인 다리로 찬사받는 그 구조물은 보헤미아 사암으로 지어진 카를교로, 양옆에 기독교 성인들의 석상 서른 개가 자리하고 있었다. 잔잔한 블타바강을 가로지르는 길이 500여 미터의 카를교 양 끝에는 거대한 경비탑이 있었다. 이 다리는 과거 동유럽과 서유럽을 잇는 중요한 무역로였다.

랭던은 동쪽 탑의 아치 길을 통과해 달려갔다. 곧 눈앞에 더럽혀지지 않은 하얀 눈밭이 펼쳐졌다. 이 다리는 보행자 전용이지만 아직 이른 시간이라 눈밭에 발자국 하나 없었다.

'카를교에 나 혼자 있다니. 인생에서 손꼽을 만한 특별한 순간

이야.'

 그는 루브르 박물관에서 〈모나리자〉 그림을 앞에 두고 홀로 있었던 적도 있지만, 지금 느껴지는 기쁨은 그때와 비교할 수 없었다.

 달리기가 안정되면서 보폭이 길어졌다. 다리 건너편에 도착했을 때에도 그는 힘들이지 않고 뛰고 있었다. 오른쪽에 어두운 도시 윤곽선을 배경으로 높이 솟은 건물이 보였다. 조명을 받아 보석처럼 빛나는, 이 도시에서 가장 사랑받는 건물이었다.

 '프라하성.'

 세계 최대 규모의 성 단지인 프라하성은 서쪽 대문에서 동쪽 끝까지의 길이가 500미터가 넘고 넓이는 46만 제곱킬로미터에 달했다. 성 외벽 안쪽에는 균형을 맞춰 가꾼 정연한 정원 여섯 개, 궁전 네 개, 장엄한 성 비투스 대성당을 비롯한 기독교 성당 네 개가 자리했다. 성 비투스 대성당에는 체코의 유명한 캐롤 〈선한 왕 바츨라프〉에 이름이 남아있을 정도로 체코인들에게 여전히 사랑받는 통치자 보헤미아 공작 바츨라프 1세의 왕관 '성 바츨라프 왕관'을 포함해 보헤미아 왕관 보물이 안전하게 보관되어 있었다.

 카를교의 서쪽 탑 아래를 통과하면서 어제저녁 프라하성에서 있었던 행사를 떠올린 랭던은 절로 웃음이 났다.

 '캐서린은 참 끈질겼어.'

 2주일 전 캐서린은 그에게 전화를 걸어 함께 프라하로 가자고 설득했다.

 "내 강연을 들으러 같이 가요, 로버트! 완벽한 기회라고요. 당신은 곧 겨울 방학이잖아요. 경비는 내가 댈게요."

 랭던은 그녀의 장난스러운 제안을 놓고 생각에 잠겼다. 그들은 플라토닉한 썸을 타면서 서로를 존중해 왔다. 랭던은 이번 기회에 대담하게 행동하기로 마음먹고 그녀의 즉흥적인 제안을 받아들였다.
"재미있겠네요, 캐서린. 프라하는 마법적인 도시죠. 하지만······."
"솔직히 말하면, 같이 갈 사람이 필요해서 그래요. 아까도 말했잖아요. 내 강연에 와줄 데이트 상대가 필요하다고요."
랭던은 웃음을 터뜨렸다.
"그래서 전화한 거예요? 세계적으로 유명한 과학자인 당신이······ 여행 동반자가 필요해서?"
"행사에 대동할 멋진 남자가 필요한 거죠. 검정 나비넥타이를 맨 남자와 함께 참석해야 하는 후원자 만찬이 있어요. 나는 유명한 그 뭐더라······ 블라디······ 어쩌고 하는 홀에서 강연하기로 되어 있고요."
"블라디슬라프 홀이요? 프라하성에 있는?"
"맞아요."
랭던은 마음이 더 끌렸다. 분기별로 진행되는 카를로바 대학교의 강의 시리즈는 유럽에서 가장 권위 있는 모임 중 하나였다. 그가 생각했던 것보다 더 교양 있는 모임인 듯했다.
"검정 나비넥타이를 매고 가야 하는 저녁 만찬 자리에 기호학자를 데려가도 정말 괜찮겠어요?"
"조지 클루니한테 부탁했는데 턱시도를 세탁소에 맡겼대요."
랭던이 끄응 소리를 냈다.
"노에틱 과학자들은 다 이렇게 집요해요?"
"실력 좋은 노에틱 과학자들만요. 내 제안을 수락한 걸로 알게요."
'2주일 만에 완전히 달라졌어.' 카를교 건너편에 도달한 랭던은 여전히 미소를 머금으며 생각했다. 프라하는 고대의 힘을 지닌…… 마법 도시라는 명성에 걸맞은 묘한 분위기를 지녔다. '여기서 놀라운 일이 일어났지…….'

랭던은 이 신비로운 도시에 캐서린과 함께 도착한 첫날을 앞으로 영원히 잊지 못할 것이다. 그들은 자갈 깔린 도시의 미로 같은 거리에 흠뻑 빠져들어…… 안개비 사이로 손을 잡고 달렸다……. 구시가지 광장의 킨스키 궁전 아치길 아래서 비를 피하며…… 시계탑의 그림자 속에서 숨을 고르다가…… 처음으로 입을 맞췄다. 수십 년을 쌓아온 우정이었는데 그 과정이 놀라울 정도로 자연스러웠다.

프라하 덕분인지 타이밍이 완벽해서인지 아니면 정체 모를 힘이 작용해서인지 알 수 없었다. 그 일은 둘 사이에 뜻밖의 신비로운 힘을 불러일으켰고 그 힘은 날이 갈수록 강해졌다.

마을을 가로질러 마지막 모퉁이를 돌아온 골렘은 녹초가 된 채 드디어 집 앞에 도착했다. 그는 열쇠로 아파트 공동 현관문을 열고 무미건조한 현관으로 들어갔다.

현관 입구가 어두컴컴한데도 그는 굳이 불을 켜지 않았다. 미끄러지듯 좁은 통로를 지나 숨겨진 계단으로 향한 그는 어둠 속에서 난간을 붙잡고 계단을 올라가기 시작했다. 올라갈수록 다리가 욱신거렸다. 마침내 집 앞에 다다르자 감사한 마음부터 들었다. 장화에 묻은 흙을 조심스럽게 털어내고 문을 열쇠로 연 다음 집 안으로 발을 들여놓았다.

그의 집은 완벽한 어둠 속에 묻혀있었다.

'내가 만들어 놓은 그대로군.'

내부는 벽과 천장까지 온통 검은색으로 칠해놓았고, 창문에는 두꺼운 커튼을 달아놓았다. 래커칠을 한 바닥은 이미 광택이 사라지고 탁해져서 어떤 빛도 반사하지 않았다. 집 안에는 가구도 거의 없었다.

 골렘이 주 스위치를 올리자 비가시광선 조명 열두 개가 일제히 켜지면서 연한 색 물체들에 부드러운 자줏빛이 드리워졌다. 덧없이 빛을 발하는 초자연적 분위기가 만들어지자 그는 곧 긴장이 풀렸다. 이 공간을 걸어 다니면…… 희미하게 빛나는 이 물건에서 저 물건으로 빈 공간을 둥실둥실 떠다니는 기분이었다.

 광역 스펙트럼 빛이 없으니 '시간 중립적인' 환경이 만들어졌다. 그의 육신이 24시간을 주기로 변하는 생물체의 생물학적 주기 신호를 받지 않는, 시간과 관계없는 세상. 골렘은 의무를 수행하기 위해 불규칙적으로 살 수밖에 없었다. 빛이 차단된 환경은 그의 바이오리듬이 관습적인 시간의 영향을 받지 않게 해주었다. 예측 가능한 일정에 맞춰 사는 것은 단순한 영혼들…… 짐을 짊어지지 않은 영혼들이나 즐길 수 있는 사치였다.

 '나는 밤과 낮을 가리지 않고, 예측할 수 없는 시간에도 그녀를 위해 일해야 해.'

 골렘은 유령 같은 어둠 속으로 걸어갔다. 옷방으로 들어가 망토와 장화를 벗었다. 목 아래로 아무것도 입지 않은 그의 피부가 비가시광선 속에서 희미하게 빛났다. 그는 자기 몸을 보지 않았다. 그는 얼굴에 진흙을 바를 때 쓰는 작은 손거울 말고는 이 안식처에 거울을 두지 않았다.

 이 물리적 껍데기를 보고 있으면 늘 마음이 불안정해졌다.

'이 육신은 내 것이 아니야. 나는 그냥 이 육신 안에서 살고 있을 뿐이다.'

맨발로 타박타박 걸어서 욕실로 들어간 골렘은 샤워 부스로 들어가 샤워기를 틀었다. 정수리에 두껍게 말라붙은 진흙이 물에 씻겨 내려가자 그는 눈을 감고 따뜻한 물줄기를 향해 얼굴을 들었다. 마른 진흙이 시커먼 개울이 되어 몸을 타고 내려가, 소용돌이를 그리며 배수관으로 흘러 들어갔다. 물이 그를 정화해 주는 듯했다.

지난밤에 한 일의 흔적이 말끔히 씻겨 나가자 자신만만해진 골렘은 샤워 부스에서 나와 몸을 말렸다.

에테르가 그를 더욱 강하게 끌어당겼지만 그는 금속 막대를 찾지 않았다.

'시간이 됐다.'

골렘은 나체 상태로 어둠 속을 걸어 스바티네(성소)로 향했다. 그가 이 선물을 받기 위해 직접 만든 특별한 방이었다.

완전한 어둠 속에서 방 한가운데 놓인 헴프 매트리스로 걸어갔다. 그는 벌거벗은 채 매트리스 정가운데에 조심스럽게 자리 잡은 뒤 반듯이 누웠다.

그리고 구멍 뚫린 실리콘 볼 재갈을 입에 물고 그것을…… 방출했다.

4

'여기서도 내가 처음이네.'

스트라호프 수영 센터에 도착하고 보니 아무도 없고, 직원이 잠겨 있던 수영장 건물의 문을 열쇠로 열고 있었다. 길이 25미터짜리 수영장을 독차지하는 것보다 더한 호사가 있을까. 대여한 사물함 앞으로 간 랭던은 스피도(몸에 딱 붙는 남자 수영복—옮긴이)로 갈아입고 간단히 샤워한 후 스피도 뱅쿼셔 수경을 집어 들고 수영장으로 향했다.

천장의 형광등이 아직 켜지지 않아 수영장은 대체로 어두웠다. 수영장 물속 가장자리에 선 그는 발가락을 앞으로 내밀고 매끈한 수면을 내려다보았다. 거대한 검은 거울을 보는 기분이었다.

'아테나 신전 같네.'

고대 그리스인들이 시커먼 물웅덩이를 들여다보며 미래를 점치는 모습이 머릿속에 그려졌다. 호텔 방에서 자고 있을 캐서린을 생각하며 그녀가 그의 미래일지 생각해 보았다. 첫날밤을 치른 미혼남이라 초조하면서도 흥분되는 생각이 든 것 같았다.

랭던은 수경을 쓰고 깊게 숨을 들이마신 후 물로 뛰어들어 수면을 갈랐다. 물 밑에서 2초 정도 쭉 나아가다가 잠영으로 10미터를 나아가며 돌핀 킥을 한 후 수면으로 올라와 자유형으로 바꿨다.

호흡 리듬에 집중하면서 수영할 때마다 그렇듯 반쯤 명상 상태로 진입했다. 근육질 몸에서 긴장감이 풀리며 그의 몸은 부드러운 유선형이 되었다. 50대 남자치고는 꽤 빠른 속도로 어둠 속에서 힘차게 나아갔다.

다른 때 같으면 수영하면서 완전히 마음을 비웠을 것이다. 그런데 오늘 아침에는 수영장을 네 번 왕복하고도…… 어제저녁 눈을 뗄 수 없었던 캐서린의 강연 모습이 머릿속에서 떠나질 않았다.

"*의식은 여러분의 뇌에서 만들어지지 않습니다. 의식은 여러분의 머릿속에 있지 않아요.*"

그 말이 모든 참석자의 호기심을 자극했다. 그가 알기로 어제 그녀의 강연은 향후 출간될 책의 내용을 거의 다루지도 않았다.

'캐서린은 놀라운 사실을 발견했다고 했어.'

캐서린이 발견한 게 무엇이든, 비밀이었다. 그녀는 그 비밀을 랭던은 물론이고 누구에게도 말해주지 않았다. 책을 집필하기 위해 조사하다 보니 놀라운 사실을 알게 됐다고 최근에 몇 번 그에게 슬쩍 내비치긴 했다. 어제저녁 강연이 끝나고 랭던은 캐서린의 책이 출간되면 폭발적인 반응이 일어날 것 같다는 느낌이 점점 강하게 들었다.

'캐서린은 논란을 피해 숨는 사람이 아니야.'

어제 그는 캐서린이 청중석에 앉은 전통주의자들의 화를 돋우는 모습을 즐겁게 바라보았다.

"과학계에는 오랫동안 결함 있는 모델들이 존재했습니다." 캐서린의 목소리가 블라디슬라프 홀 안에 울려 퍼졌다. "평평한 지구 이론, 지구 중심의 태양계 모델, 정상 우주……. 한때는 진지하게, 진실로 받아들여졌던 이 모델들이 현재 전부 잘못된 헛소리 취급을 받습니다. 다행히도 우리의 신념 체계는 설명할 수 없는 불일치를 어느 정도 맞닥뜨리면 발전을 향해 나아가게 됩니다."

캐서린이 손바닥만 한 리모컨을 집어 들고 버튼을 누르자 등 뒤 화면에서 중세의 천문 모형이 나타났다. 지구를 중심으로 도는 태양계의 별들을 표현한 모형이었다.

"수백 년 동안 지구 중심설 모델이 절대적인 사실로 받아들여졌죠. 하지만 시간이 흐르면서 천문학자들은 이 모델과 일치하지 않는 행성 운동을 발견하게 됩니다. 원칙을 벗어난 예외가 너무 많이 발견되자 우리는……." 그녀는 리모컨 버튼을 다시 딸깍 눌렀다. "새로운 모델을 만들었습니다." 화면에는 *태양* 중심의 태양계를 나타낸 현대적인 그림이 표시됐다. "이 새로운 모델은 그동안의 모든 변칙적 현상을 설명할 수 있었고 그렇게 해서 우리는 지동설을 사실로 받아들이게 됐습니다."

청중이 조용히 앉아 기다리는 동안 캐서린은 무대 중앙으로 자리를 옮겨 말을 이었다.

"마찬가지로 지구가 둥글다는 주장을 헛소리로…… 심지어 과학적 이단으로 간주하던 시대도 있었죠. '지구가 둥글다면 어째서 바닷물이 흘러넘쳐 떨어지지 않는가? 우리 중 대부분은 거꾸로 사는 셈이 되지 않겠느냐?'라고들 하면서요. 하지만 우리는 평평한 지구 이론에 맞지 않는 현상들을 점점 보게 됐습니다. 일식 때 달에 비치는 지구의 곡선 그림자. 수평선 너머로 아랫부분부터 서서히 사라져 가는 배, 그리고 세계를 일주한 마젤란." 캐서린은 미소 지으며 덧붙였다. "이런. 새로운 모델을 만들 때가 된 거죠."

사람들이 재미있어하며 고개를 끄덕거렸다.

그녀는 엄숙한 목소리로 다시 입을 열었다.

"여러분, 제가 보기엔 '인간의 의식' 분야에서도 비슷한 진보가 이루어지고 있는 것 같습니다. 우리는 뇌의 작용, 의식의 본질 그리고…… 현실의 본질과 관련해 기존과는 완전히 다른 방식으로 이해하게 되었으니까요."

그 말을 들으며 랭던은 생각했다.

'목표를 높게 잡는 게 최선이지.'

캐서린이 말을 이었다.

"다른 구식 믿음과 마찬가지로, 기존 방식으로는 설명하기 어려운 현상…… 전 세계 노에틱 실험실들이 세심하게 입증하고 사람들이 수 세기에 걸쳐 목격한 현상이 기존의 인간 의식 모델에 도전하고 있습니다. 하지만 전통주의 과학은 *여전히* 이런 현상의 존재를 인정하지 않고 그 현상들이 진짜라는 것도 받아들이지 않고 있어요. 어쩌다 보게 된 요행과 열외로 취급하면서 '초자연적 현상'이라는 제목을 달아 무시합니다. 한마디로 '과학이 아니라는 것'이죠."

이 말에 청중석 뒤쪽에서 웅성거림이 일었으나 캐서린은 동요하지 않고 계속해서 말했다.

"사실 여러분은 이런 *초자연적* 현상에 매우 익숙합니다. 초능력…… 예지력…… 텔레파시…… 투시력…… 유체 이탈 체험 같은 현상들입니다. '초'자연적이라고 하는데 사실상 완전히 *정상적인*

현상이에요. 과학 연구실에서 세심하게 조건을 통제하고 진행하는 실험에서…… 그리고 현실 세계에서 매일 일어나고 있으니까요."

그 순간 장내가 쥐 죽은 듯 고요해졌다.

"중요한 것은 이런 현상이 진짜냐가 아닙니다. 과학은 이미 진짜라고 증명했어요. 그러니 여기서 이런 질문을 던져야겠죠…… 왜 우리 중 다수는 이 현상을 계속 모르는 척하느냐?"

캐서린이 리모컨 버튼을 딸깍 누르자 등 뒤의 화면에서 이미지가 나타났다.

'헤르만 격자네.'

랭던의 눈에 익은, 유명한 착시 효과 그림이었다. 어디에 초점을 맞추고 보느냐에 따라서 검은 점들이 나타났다 사라졌다 하는 것처럼 보이는 그림.

화면을 보면서 착시 효과를 경험하기 시작한 청중이 놀라 두런거렸다.

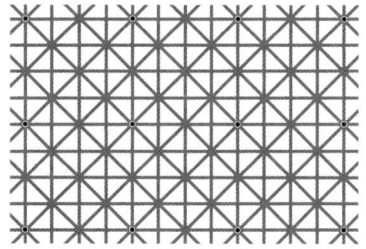

"이 그림을 보여드린 이유는 간단합니다. 인간의 인식은 *사각지대투성이*라는 거죠." 캐서린은 말을 맺었다. "우리는 엉뚱한 방향을 보느라 정작 눈앞에 있는 것을 못 볼 때가 있습니다."

랭던이 수영 센터를 나와 언덕을 다시 내려가는 동안에도 아침 하늘은 여전히 칠흑같이 어두웠다. 30분 동안 수중 명상을 했더니 마음이 평온해졌다. 요즘은 호텔로 혼자 걸어가는 게 하루 일과 중 좋아하는 일이 되었다. 강에 가까워지면서 보니 관광 안내소의 빛나는 디지털시계가 오전 6시 52분을 나타내고 있었다.

'시간이 많이 남았네.'

랭던은 침대로 돌아가 캐서린을 설득해 브리기타 게스네르와의 아침 8시 약속을 취소하게 만들고 싶었다. 신경 과학자 브리기타 게스네르는 캐서린을 묘하게 위협하며 오늘 아침 자기 연구소로 와 달라고 했고, 예의 바른 캐서린은 마지못해 그러겠다고 했다.

카를교 앞에 선 랭던은 매끈한 이불 같은 눈밭이 더 이상 새것이 아님을 확인했다. 일찍 일어난 다른 사람들의 발자국이 여기저기 찍혀있었다. 카를교로 올라서자, 중세 시대에 건설됐다가 홍수로 파손된 유디트 다리의 남은 부분인 유디트 탑이 오른쪽에 보였다. 저 멀리에는 비교적 '최근'인 14세기에 만들어진 경비탑이 서있었다. 합스부르크 집안의 지배에 의문을 제기하는 자들에게 본을 보이기 위해 죄인들의 머리를 자르고 창에 꽂아 진열했다는 바로 그 경비탑이었다.

'저 앞으로 지나가면 참수당한 이들의 고통스러운 신음이 들린다던데.'

'프라하'는 '문지방'이라는 뜻이었다. 이 도시에 올 때마다 랭던은 문지방을 넘어 들어오는 기분이었다. 수 세기에 걸쳐 이 마법의 도시에는 신비주의, 유령, 정령이 들어찼다. 여행 안내서에 따르면, 프라하를 방문한 사람이면 누구나 이 도시의 초자연적 기운을 느낄 수 있다고 한다.

'난 그렇게까지는 못 느끼겠던데.'

오늘 아침에 눈이 내리면서 가스 가로등 주변에 기괴한 후광이 생긴 탓에 카를교가 마치 사후 세계처럼 느껴지기는 했다.

수백 년 동안 이 도시는 유럽 오컬트의 연결 고리였다. 프라하의 루돌프 2세는 지하의 연금술 박물관에서 은밀히 변환 과학을 실행했다. 투시력자 존 디와 에드워드 켈리는 영혼을 불러내고 천사들과 대화를 나누기 위해 이곳에 와 수정으로 점을 치기도 했다. 신비로운 유대인 작가 프란츠 카프카는 이 도시에서 태어났고 여기서 일을 했으며 음울하고 비현실적인 소설 《변신》을 집필했다.

다리를 건너가던 랭던은 저 멀리 블타바강 변에 자리 잡은 호텔과 호텔 아래쪽에 찰랑이는 블타바강의 깊은 물을 바라보았다. 반짝이는 수면 위로 보이는 2층 로열 스위트룸 창문은 여전히 어두웠다.

'캐서린이 아직 자나 보네.'

밤새 그녀를 뒤척이게 했던 악몽을 생각하면 이상한 일도 아니었다.

거대한 다리를 3분의 1 정도 건너갔을 때쯤 옆에 네포무크의 성 요한 석상이 보였다.

'바로 이 자리에서 익사당한 성인이지.'

그 생각을 하니 소름이 돋았다. 사제 요한은 고해성사의 비밀 유지 맹세를 저버리고 왕비의 고해성사 내용을 털어놓으라는 왕의 명령을 거부했다. 분노한 왕은 그를 고문한 후 다리에서 강으로 던지라고 지시했다.

생각에 잠겨있던 랭던은 전방에 보이는 특이한 광경에 눈길이 갔다. 다리 중간쯤에서 온통 검은 옷을 입은 여자가 그에게 다가오고 있었다. 괴상한 모자까지 쓰고 있었는데 아마 코스프레 파티에 갔다가 돌아가는 길인 듯했다. 자세히 보니 머리뼈에서 곧장 솟아난 듯 가느다란 검은 못 여섯 개가 바깥 방향으로 쭉쭉 뻗어나간 작은 왕관이었다. 여자의 머리를 감싼 검은 그것은 마치…….

'방사형 왕관 같은데?'

랭던은 소름이 확 돋았다.

하필 오늘 아침에 방사형 왕관을 보다니. 괴이한 우연이라 놀랍고 불안했지만, 프라하에서는 워낙 악귀 코스프레가 흔했다.

가까이 다가오는 여자는 점점 더 괴상하게 보였다. 사방으로 날카롭게 뻗친 후광 장식을 머리에 쓴 여자는 크고 아름다운 눈으로 멍하니 앞을 응시하며, 반쯤 죽은 사람처럼 무아지경 속에서 걷고 있었다. 괜찮냐고 물어보려던 랭던은 여자가 손에 든 물건을 보았다.

그는 놀라 멈칫했다.

'어떻게…… 이럴 수가!'

여자는 은색 창을 손에 꼭 쥐었다.

'캐서린의 악몽에 나온 모습이잖아…….'

날카로운 은색 창을 바라보던 랭던은 순간적으로 *자신이 지금 꿈을 꾸고 있나* 싶었다. 어느새 여자는 그의 옆을 지나갔고 혼란에 빠진 랭던은 마비된 듯 자기도 모르게 멈춰 섰다. 다음 순간, 몽롱한 상태에서 깨어난 그는 몸을 돌려 여자를 불렀다.

"저기요! 아가씨!"

여자는 그의 목소리가 들리지 않는 듯 걸음을 멈추지 않았다.

"저기요!"

랭던은 그 자리에 선 채 복청을 높였다. 여자는 허깨비처럼⋯⋯ 보이지 않는 힘에 이끌려 다리를 건너는 눈먼 유령처럼 무심히 지나갈 뿐이었다.

여자를 쫓아 뛰어가려던 랭던은 썩은 내가 코를 찌르자 두 걸음만에 멈춰 섰다.

유령이 지나간 자리에 남은 냄새였다.

죽음의⋯⋯ 냄새.

그 악취에 곧장 영향을 받은 그는 두려움에 사로잡혔다.

'맙소사, 안 돼⋯⋯ 캐서린!'

본능적으로 곧장 돌아선 랭던은 주머니에 든 핸드폰을 서둘러 꺼내 들고 카를교를 전속력으로 건너갔다. 호텔로 달려가면서 핸드폰을 입에 대고 소리쳤다.

"헤이 시리, 112(긴급 서비스를 제공하는 유럽 전화번호―옮긴이)에 전화해!"

전화가 연결됐을 때 랭던은 이미 다리를 건너 크리조프니츠카 거리로 들어서고 있었다.

"112입니다. 무슨 일로 전화하셨죠?"

"포시즌스 프라하 호텔이요!" 그는 왼쪽으로 돌아 호텔로 향하는 어두운 옆길을 따라 달려가며 소리쳤다. "사람들을 대피시켜야 합니다! 당장!"

"죄송하지만, 성함부터 말씀해 주시겠어요?"

"로버트 랭던입니다. 나는 미국인⋯⋯."

그 순간 주차장에서 나온 택시가 그의 앞으로 달려왔다. 그는 택시 측면에 부딪히면서 눈 내린 거리에 핸드폰을 떨어뜨리고 말았다. 그는 핸드폰부터 주워 들고 다시 달려갔다. 하지만 전화는 끊어지고 말았다. 상관없었다. 호텔 입구가 바로 앞이었다.

그는 가쁜 숨을 몰아쉬며 로비로 달려 들어갔다. 지배인을 보자마자 소리쳤다.

"*호텔에서 사람들을 전부 내보내세요!*"

아까 호텔에 있던 경찰들은 보이지 않았다. 모닝커피를 즐기고 있던 몇몇 손님들이 깜짝 놀라 그를 쳐다보았다.

"*위험합니다!*" 랭던은 지배인에게 다시 소리쳤다. "*전부 내보내요!*"

지배인이 당황한 얼굴로 달려왔다.

"교수님! 무슨 일 때문에 이러십니까?"

랭던은 이미 벽에 붙은 화재경보기를 향해 달려가고 있었다. 그는 망설임 없이 유리를 박살 내고 레버를 당겼다.

곧장 경보음이 터져 나왔다.

로비를 빠져나간 랭던은 로열 스위트룸이 위치한 별관과 이어지는 긴 복도를 달려갔다. 호텔 뒤쪽까지 다다르자 승강기를 건너뛰고 두 개 층 계단을 단숨에 달려 올라갔다. 로열 스위트룸 문을 열고 들어가 어두운 방에 대고 소리쳤다.

"캐서린! 일어나! 당신이 꾼 꿈대로……!"

전체 조명 스위치를 켜고 침실로 달려갔는데 침대가 비어있었다.

'캐서린은 어디 있지?'

욕실로 달려가서 확인했지만 없었다. 다급해진 그는 로열 스위트룸의 나머지 공간을 서둘러 돌아보았다.

'캐서린이 없잖아!'

그 순간 근처 성당의 종이 구슬프게 울리기 시작했다.

그 소리에 랭던은 두려움에 사로잡혔다. 이대로라면 호텔에서 제때 못 빠져나가겠다는 느낌이 들었다. 목숨이 경각에 달렸다는 두려움과 솟구치는 아드레날린에 내몰린 그는 퇴창 앞으로 가 저 아래 흐르는 깊은 블타바강을 내려다보았다.

시커멓고 매끈한 강 표면이 바로 아래 펼쳐져 있었다.

종소리가 더욱 커졌다.

생각을 정리할 겨를이 없었다. 생각이 아니라 인간 본연의 생존 본능이 그를 압도했다.

그는 망설임 없이 퇴창을 당겨 열고 창턱으로 올라갔다. 차가운 공기와 눈바람에도 두려움은 가라앉지 않았다.

'선택해야 해.'

그는 창턱 가장자리로 옮겨갔다.

깊게 숨을 들이마시고 어둠 속으로 몸을 날렸다.

5

로버트 랭던은 숨을 헐떡였다.

블타바강의 얼음처럼 차가운 물에 떨어진 충격으로 몸이 마비되는 듯했다. 그는 물에 떠있으려고 안간힘을 썼지만 물에 젖은 옷 때문에 몸이 자꾸만 끌려 내려갔다.

'캐서린……'

방금 뛰어내린 2층 방의 창문을 올려다보았다. 우려했던 폭발은…… 일어나지 않았다. 포시즌스 호텔은 멀쩡하게 서있었다.

냉혹하게 번뜩이는 비상등 불빛 속에서 호텔 손님들이 건물 측면의 비상구를 통해, 강 쪽으로 돌출되어 호텔 부두가 내다보이는 너른 테라스로 몰려나오고 있었다.

선헤엄을 치려 애쓰던 랭던은 문득 물살에 몸이 떠밀리고 있다는 것을 깨달았다. 이대로 하류로 쓸려 내려가지 않고 물에서 벗어나려면 호텔 부두로 올라가야 했다.

두려움을 가라앉히려 최선을 다하면서 그는 부두 쪽을 향해 자유형을 시도했는데 팔을 들어 올리기도 쉽지 않았다. 물에 젖은 트레이닝복 상의가 몸을 닻처럼 끌어 내렸다. 차가운 강물이 이미 순환계를 위축시켰고, 발목과 손목으로 통증이 퍼져 나가자 저체온증이 시작되는 느낌이었다.

'헤엄쳐, 로버트……'

어색하게 평영 자세로 바꾸면서 물살을 거스르려 했다. 어떻게든 호텔 부두로 가야 했다. 부두 너머를 힐끗 보며 확인했다. 하류까지 끌려갔다가는 그곳에서 그리 멀지 않은 폭포 너머로 떨어질 수도 있었다. 폭포 아래로 떨어지기 한참 전에 의식을 잃고 물밑으로 가라앉겠지만.

'물살을 밀고 올라가, 젠장!'

두 팔로 물을 가르는 동안에도 검은 방사형 후광을 머리에 쓴 유령 같은 여자의 이미지가 랭던의 머릿속을 어지럽혔다. 그 머리 장식은 충격적이지만 우연일 수도 있었다……. 하지만 손에 든 창은? 죽음의 냄새는?

'말도 안 돼. 그걸 어떻게 설명해.'

어쩌면 아직 잠든 상태일 수도 있다고, 지난밤 캐서린이 겪었던 것처럼 지금 생생한 악몽 속에 갇혀있는지도 모른다고 생각했다.

'아니.'

온몸이 얼어붙는 추위, 미친 듯이 뛰는 심장은 그가 깨어있다고 말해주고 있었다. 얼어붙은 연못에 뛰어든 어떤 이의 증언에 따르면, 급성 저체온증이 시작될 때쯤 정신 상태가 독특한 변화를 겪는다고 했다. 충격, 공포, 숙고를 거쳐 마침내 수용의 단계로 가는 것이다.

'공포를 이용해. 더 힘차게 팔을 저어.'

물의 흐름에 비스듬한 각도로 힘겹게 팔을 저었다. 점점 심해지는 통증을 무시하려 애쓰면서 호텔 부두를 향해 나아갔다. 애쓸수록 고통이 더했다. 호텔의 경보음은 점점 커지고 있었다.

'가까워지고 있어.'

살을 에는 듯 차가운 물 속에서 눈이 따끔거리고 시야가 흐려지기 시작했다.

부두가 가까워졌다. 눈부시게 밝은 보안등 속에 보이는 시커먼 덩어리가 바로 부두일 것이다. 그 덩어리를 향해 마지막으로 힘을 쥐어짜 냈다. 손에 단단한 무언가가 만져졌다. 곱은 손가락이 간신히 거친 나무 표면에 닿았다. 붙잡을 엄두는 낼 수도 없었다. 두 손을 번갈아 휘저으며 몸을 끌어 올려 그곳에 설치된 작은 금속제 사다리로 나아갔다. 남은 힘을 끌어모아 사다리를 붙잡고 올라가 그 위에 털썩 주저앉았다. 흠뻑 젖은 옷에서 물이 쏟아졌.

몹시 위험한 상태인 걸 알지만 기운이 없으니 덜덜 떨며 꼼짝 못하고 누워있어야 했다.

'여기서 이러고 있으면 곧 바짝 얼어붙을 거야. 온기가 필요해.'

간신히 무릎을 세우고 엎드린 채 호텔을 올려다보았다. 눈 내리는 테라스에 대부분 목욕용 가운을 입은 손님들이 잔뜩 나와있었다. 그는 몸을 움직여 카를교를 돌아보았다. 떨어지는 눈송이 사이로 따뜻한 빛을 뿜어내는 가스 가로등과 어우러진 카를교는 마치 엽서 그림 같은 풍경이었다.

'난 확실히 봤어.'

부두로 서둘러 달려오는 발소리가 들렸다.

"랭던 교수님!" 호텔 지배인이 휘둥그레진 눈으로 그를 보며 소리쳤다. 지배인은 눈 덮인 바닥에 미끄러지며 멈춰 섰다. "괜찮으십니까? 이게 무슨 일이에요?"

랭던은 고개를 끄덕였다.

"내…… 생각에…… 아무래도……."

"불이 났나요?"

랭던은 추위로 덜덜 떨면서 고개를 저었다.

"아뇨……."

"그럼 화재경보기 레버를 왜 당기셨죠?"

평소 우아하던 지배인의 목소리가 분노로 거칠게 변해있었다.

"위험한…… 상황인 것 같아서."

"무슨 위험이요?"

랭던은 일어나 앉으려고 안간힘을 썼다. 머리가 쾅쾅 울리고 저체온증이 본격화되는 듯했다.

호텔 경비원이 부두로 달려와 그들 옆에 섰다. 근육질인 그 남자는 곧장 허리를 굽히더니 랭던의 겨드랑이 밑에 손을 넣어 거칠게 일으켜 세웠다. 랭던은 경비원이 도움을 주려는 것인지 아니면 꼼짝 못 하게 붙잡으려는 것인지 분간이 가지 않았다.

"경보기를 *왜* 당기셨어요?"

지배인이 랭던을 똑바로 쳐다보며 다시 물었다.

"죄송합니다……." 랭던은 이를 딱딱 맞부딪쳤다. "뭔가…… 착각한 것 같아요."

"로비에 경찰이 있어서요? 별일 아니라고 말씀드렸잖습니까!" 지배인은 화를 못 참겠다는 표정이었다. "확인해야겠습니다. 호텔로 다시 들어가도 되는 안전한 상황입니까?"

호텔 뒤쪽 비상구를 통해 손님들이 계속 빠져나오고 있었다. 여기가 이 정도면 호텔 정문 쪽은 얼마나 혼란스러울지 상상이 됐다.

'저들에게 설명 못 해. 내가 미친 줄 알 거야.'

답답해하던 지배인의 목소리에 점점 큰 분노가 실렸다.

"랭던 교수님, 대답을 들어야겠습니다! 지금 400명이나 되는 손님들이 눈을 맞으면서 바깥에 서계세요. 호텔은 안전합니까? 예, 아니오로 대답하세요! 손님들이 호텔로 다시 들어가도 되는 상황인가요?"

그는 검은 방사형 왕관을 쓴 여자의 이미지…… 은색 창…… 죽음의 썩은 냄새를 다시 떠올렸다.

'달리 설명이 가능할 수도 있어. 세상은 이런 식으로 돌아가지 않아! 정신 차려, 로버트.'

마침내 랭던은 고개를 끄덕였다.

"예……. 안전할 겁니다. 미안합니다. 아까도 말했지만…… 착각해서……."

"Vypněte alarm(경보기 끄세요)!"

지배인이 경비원에게 말하자 경비원은 곧장 랭던을 품에서 놓았다. 랭던이 후들거리는 다리로 간신히 서있는 동안 경비원은 무전기를 꺼내 우악스럽게 명령을 내렸다. 그동안 지배인은 핸드폰으로 전화를 걸었다.

몇 초 만에 경보음이 꺼지고 멀리서 다가오는 구급차 소리가 들렸다. 지배인은 눈을 질끈 감더니 깊게 숨을 들이마신 후 오므린 입술 사이로 천천히 숨을 내뱉었다. 다시 눈을 뜬 지배인은 짙은 색 정장에 묻은 눈송이를 차분히 털어냈다. 그러고는 이를 악문 채 나지막하게 말했다.

"랭던 교수님, 저는 경찰을 맞이하러 가야 합니다. 우리 경비원이 방으로 모셔다 드릴 겁니다. 다른 곳으로 가지 *마세요.* 경찰이 교수님과 얘기를 나누고 싶어 할 겁니다."

랭던은 알았다는 뜻으로 고개를 끄덕였다.

지배인이 자리를 떠나자 경비원은 자그마한 업무용 출입구를 통해 건물 뒤쪽 계단으로 랭던을 데려갔다. 함께 로열 스위트룸으로 올라가는 동안 랭던의 젖은 운동화에서 찌걱찌걱 소리가 났다. 방문은 열려있고 조명등도 켜져있었다. 아까 랭던이 해놓은 상태 그대로였다.

"Zůstaňte tady(여기 계세요)."

경비원이 방을 가리키며 말했다.

랭던은 체코어를 할 줄 몰랐지만 경비원의 몸짓만으로도 무슨 뜻인지 짐작할 수 있었다.

'안에 들어가서 나오지 말라는 뜻이군.'

랭던은 고개를 끄덕인 후 홀로 스위트룸으로 들어가 등 뒤로 문을 닫았다.

조금 전 그가 열고 뛰어내린 퇴창은 여전히 활짝 열려있었다. 방 안으로 흘러든 냉기로 인해 창턱의 꽃 장식이 이미 시들고 있었다. 빨강, 하양, 파랑 튤립은 많은 이들이 기대하는 캐서린의 강연을 축하하기 위해 미국 대사가 캐서린에게 보내준 선물이었다. 튤립의 세 가지 색깔은 미국 국기와 체코 국기에 공통으로 들어간 색이었다.

그는 높은 창문 너머로 사람을 내던져 처형하는 으스스한 방식을 떠올리며 퇴창을 닫았다. 그런 처형 방식은 후스 전쟁(1419~

1434년. 보헤미아의 종교 개혁가 얀 후스를 추종한 후스파와 그들에게 로마 가톨릭 교단의 권위를 강제하려 한 여러 군주 사이에 벌어진 전쟁. 1419년 7월 30일 얀 지슈카 장군을 비롯한 강경파들이 프라하를 점령해 시의원들을 창문 밖으로 내던지는 제1차 프라하 창문 투척 사건이 발생했고 그로 인해 전쟁이 시작됐다—옮긴이)과 30년 전쟁(1618~1648년. 신성 로마 제국을 비롯한 중부 유럽에서 벌어진 전쟁. 가톨릭 관리와 국왕 비서들이 창밖으로 내던져진 제2차 프라하 창문 투척 사건으로 촉발됐다—옮긴이)을 일으켰다. 랭던이 묵고 있는 호텔 창문이 프라하성의 탑보다 많이 낮아서 다행이었다. 오늘 아침 그가 호텔에서 말썽을 일으켰지만 그로 인해 전쟁이 나지는 않을 것이다.

'캐서린에게 얘기해야겠어……. 내가 본 걸 말해야 해.'

카를교에서 유령 같은 여자를 만난 것은 랭던이 기억하는 한 가장 혼란스러운 일이었다. 온갖 '초자연적' 현상에 대해 열린 마음을 갖고 있는 캐서린이라도 그 현상을 적절하게 설명하기는 어려울 것이다.

그녀가 안전하게 호텔을 나섰다는 것을 알게 해줄 문자라도 보내놓지 않았을까 싶어 랭던은 물에 젖은 트레이닝복 바지 주머니에 손을 넣었다. 하지만 주머니 안에 핸드폰은 없었다. 블타바강 바닥에 가라앉은 듯했다.

호텔 전화기로 캐서린에게 전화하려고 침실 쪽으로 서둘러 걸어가는데 다시 한기가 온몸을 휩쓸었다. 수화기로 손을 뻗는 순간 침대 옆 탁자에 놓인 종이쪽지가 보였다.

아까는 공포에 휩싸여 그 쪽지를 보지 못했다.

로버트,

게스네르 박사와 연구소에서 만나기로 했는데 거기까지 걸어갈 거야.

오늘 당신만 운동하는 게 아니야!

오전 10시까지 돌아올게. 내가 마실 스무디 남겨둬! ☺

캐서린.

랭던은 길게 숨을 내쉬었다.

'캐서린은 무사하구나. 알았으니 됐어.'

긴장이 풀린 그는 샤워기를 틀고 옷을 입은 채 샤워 부스로 올라섰다.

6

에테르가 지나갔다. 골렘은 헴프 매트리스에 나체로 누워있었다.

언제나 그렇듯, 극도의 희열이 파도처럼 밀려들고 만물과 영적으로 연결되자 그의 여정은 절정에 도달했다. 에테르를 받아들일 때의 느낌은 성교와 무관한 오르가슴…… 현실의 실체를 볼 수 있는 입구를 열어주는 신비로운 지복의 높은 파도와도 같았다.

이런 신비로운 여정은 종종 망상 판타지로 폄하되었다. 하지만 진실을 아는 자에게 편협한 생각을 가진 이들의 이해 따위는 필요 없다. 골렘은 대부분이 아는 것보다 우주가 훨씬 복잡하고 아름답다는 것을 경험으로 알고 있었다. 인간의 몸은 이 세속을 경험하기 위한 일시적 그릇에 불과하다……. 고대인은 직감적으로 이런 진실을 알았지만 현대인은 진실을 받아들이지 못한다.

그는 구멍 뚫린 실리콘 볼 재갈을 입에서 빼고 일어섰다. 이 어두운 성소에서 그는 혼자였다. 빛이 없는 이곳에서 그는 저쪽 벽 끝으로 걸어가, 직접 만든 성소 앞에 놓인 쿠션에 무릎을 꿇었다.

어둠 속에서 손을 더듬어 성냥 상자를 찾아 불을 켰다. 그리고 말린 꽃 화단의 탁자에 올려둔 봉헌 양초 세 개에 불을 붙였다.
촛불이 깜박이며 커지자 벽에 붙여둔 사진이 눈에 들어왔다.
그는 사진 속 여자의 얼굴을 올려다보며 다정하게 미소 지었다.
'당신은 나를 모르지만 나는 당신을 악에서 구하기 위해 여기 있어.'
그녀를 위협하는 어둠의 힘은 강력했고 탁월한 영향력을 갖고 있었다. 주위가 혼란해진 지금, 그녀는 어느 때보다도 취약해진 상태였다.
'그녀는 사랑을 찾았어. 그렇게 믿고 있을 뿐이지만……'
골렘은 그녀가 가치도 없는 상대에게 몸을 내준 것을 알고 속이 뒤집혔다.
'그놈은 나만큼 당신을 이해하지 못해. 아무도 그렇게는 못 하지.'
이곳 프라하에서 그녀가 새로운 연인과 침대에 누워있을 때면, 골렘은 그 모습을 지켜보곤 했다……. 그녀의 정신으로 살며시 파고 들어가 조용히 지켜만 보았다. 속으로는 그녀의 귀에 대고 '그놈은 겉보기와는 다른 작자야!'라고 절박하게 외치고 싶었지만 그럴 수 없었다.
그저 침묵했다……. 그림자 속에 숨어 생각만으로 존재했다.
'내가 여기 있는 걸 그녀는 절대 몰라야 해.'

7

 세계 최대 규모의 출판사 펭귄 랜덤 하우스는 매년 2만여 권의 책을 출간해 50억 달러가 넘는 수익을 올렸다. 미드타운 맨해튼의 브로드웨이에 위치한 미국 본사는 랜덤 하우스 타워로 알려진 회색 유리 고층 건물의 스물네 개 층을 사용하고 있었다.
 오늘 밤 사무실은 고요했다. 도시는 자정을 넘겼고 청소부들도 일을 마무리했는데, 23층의 구석진 사무실에는 조명이 켜져있었다.
 편집자 조너스 포크먼은 저녁형 인간이었다. 쉰다섯의 나이에도 여전히 활력이 넘쳐 10대 청소년처럼 살고 있었다. 매일 센트럴 파크에서 조깅했고 블랙진에 운동화 차림으로 출근했다. 검은 고수머리는 운 좋게도 여전히 숱이 많지만 턱수염은 희끗희끗해지기 시작했다. 그래도 희끗한 턱수염이 작가 조지프 콘래드를 연상시키니 괜찮았다.
 포크먼은 지금처럼 누구의 방해도 받지 않는 조용한 시간을 즐겼다. 고독을 음미하면서 복잡한 줄거리, 어려운 산문과 씨름하고 작가들에게 보낼 상세한 메모를 적는 게 좋았다. 오늘 밤 그는 세상에서 제일 좋아하는 일을 하기 위해…… 새로운 작가가 보낸 따끈따끈한 원고를 읽기 위해 책상을 깨끗이 정리해 놓았다.

'잠재력이 있지만 아직 무명인 작가지.'

출판된 책들은 대부분 흔적을 남기지 못하고 세상에서 사라진다. 소수의 선택받은 책이 독자들의 마음을 사로잡아 베스트셀러가 되는 것이다. 포크먼은 지금부터 읽을 원고가 베스트셀러가 되리라는 기대감에 부풀었다. 원고가 들어오기를 몇 달 동안 학수고대했다. 저명한 노에틱 과학자 캐서린 솔로몬이 집필한 원고는 인간의 의식이라는 미지의 영역을 대담하게 탐색하는 내용을 담고 있을 것이다.

1년쯤 전에 포크먼은 친구 로버트 랭던이 뉴욕으로 데려온 캐서린을 만났다. 그들은 함께 점심을 먹으면서 그녀가 집필 중인 책에 관해 얘기를 나눴다. 캐서린의 설명은 그야말로 놀라웠다. 포크먼이 기억하는 모든 논픽션 책 중 독자들의 마음을 강력하게 사로잡을 만한 소재였다. 며칠 안 되어 포크먼은 원고를 확보하기로 결심하고 캐서린에게 유리한 조건으로 출판 계약을 제안했다.

지난 1년 동안 캐서린은 비밀을 지키며 집필에 매진했다. 그리고 오늘 오후 프라하에서 전화를 걸어와, 원고를 마무리했으며 포크먼이 읽을 수 있도록 비밀번호를 보내두었다고 알려주었다. 랭던이 캐서린에게 원고 수정을 그만 멈추고 편집자에게 원고를 보내 의견을 들으라고 조언하지 않았을까. 어떤 이유로 원고 마무리가 빨라졌든 한 가지는 확실했다. 캐서린 솔로몬의 원고가 처음 그녀가 얘기한 콘셉트의 절반 정도 매력만 갖췄다고 해도, 그가 지금까지 편집자로서 다뤄온 제일 중요한 프로젝트 중 하나가 되리라는 것.

'세상을 밝히는…… 놀랍고…… 누구에게나 의미 있는 책이 될 거야.'

인간의 의식을 이해하기 위한 탐구는 순식간에 과학계의 새로운 성배가 되었다. 포크먼은 캐서린 솔로몬이 그 분야의 선구자로 자리매김하리라 보았다. 캐서린의 이론이 옳다고 증명되면 인간의 정신은 지금까지와는 완전히 다른 개념으로 해석될 것이다. 새로운 진실은 인류, 삶, 심지어 죽음에 관한 우리의 시야까지 달라지게 할 테니까.

포크먼은 지금부터 그가 편집하게 될 원고가 언젠가 다윈의 《종의 기원》, 스티븐 호킹의 《시간의 역사》처럼 세상의 패러다임을 바꾸는 책이 되지 않을까 생각했다.

그는 마음을 다잡았다.

'진정하자, 조너스……. 아직 원고를 읽지도 않았잖아.'

그때 사무실 문을 두드리는 노크 소리에 퍼뜩 정신이 들었다. 바퀴 달린 의자를 빙글 돌린 그는 심야의 방문객을 보고 깜짝 놀랐다.

"포크먼 씨?"

처음 보는 젊은 남자가 문간에 서있었다.

"예. 누구신지?"

"놀라게 해서 죄송합니다." 젊은 남자는 반들거리는 회사 배지를 그에게 보여주며 말했다. "저는 데이터 보안팀에서 일하는 알렉스 코넌입니다. 시스템 트래픽이 낮은 야간에 주로 근무합니다."

헝클어진 금발에 피제리아 파파가요라는 문구가 적힌 티셔츠를 입어서인지 기술직원이라기보다 서퍼처럼 보였다.

"무슨 일이죠, 알렉스?"

"아, 허위 경보일 수도 있긴 한데요. 누가 일부 데이터에 접속한 흔적이 보인다고 우리 시스템이 알려와서요."

'데이터에 접속한 흔적이라니.'

포크먼은 문득 원래 복수인 '데이터'라는 단어를 세상 사람들이 언제쯤 단수가 아닌 복수로 사용하게 될지 궁금해졌다.

"별일 아닐 수도 있지만 '미확인 사용자'라는 알림을 보는 게 드문 일이라 걱정이 되어서요. 그런데 지금 보니까 선생님이 이 건물에 계시고 로그인도 하신 것 같아서 안심이네요. 선생님의 계정에서 작은 결함이 발생했나 봅니다."

"지금 나는 컴퓨터에 로그인 안 했어요." 포크먼은 모니터를 가리키며 덧붙였다. "그동안 내 컴퓨터는 밤에 켜진 적도 없습니다."

젊은 직원의 눈이 약간 커졌다.

"아……."

포크먼은 불안해졌다.

"다른 사람이 내 계정으로 로그인한 상태입니까?"

"아뇨, 그건 아닙니다. 더는 그렇지 않아요. 누가 로그인을 했든 지금은 나간 상태죠."

"누가 로그인을 했든? 그게 무슨 뜻이죠?"

젊은 직원은 걱정스러운 얼굴이었다.

"누군가 비밀번호 입력이나 공인 인증 없이 선생님의 개인 파티션에 침입했다는 뜻입니다. 그게 누구든 합법적인 기술을 썼을 겁니다. 우리 회사는 군 수준의 방화벽 보호 장치를 갖고 있기 때문에……."

"잠깐만요. 정확히 뭐에 접속했죠?" 포크먼은 책상 쪽으로 돌아

앉아 컴퓨터 전원을 켰다.

'편집자로서의 내 인생 전부가 그 망할 서버에 들어있다고!'

"누군가 선생님의 가상 업무 환경 중 일부를 해킹했습니다."

포크먼은 온몸이 얼어붙는 기분이었다.

'그건 내가 원한 대답이 아니야.'

가상 업무 환경은 펭귄 랜덤 하우스에서 최근에 들인 새로운 업무 도구였다. 원고를 훔쳐 해적판을 판매하는 행위가 기승을 부리자, 펭귄 랜덤 하우스의 일부 편집자들은 베스트셀러 작가들에게 추가 보안 장치가 있는 펭귄 랜덤 하우스 서버에서만 원고 작업을 해달라고 요청하기 시작했다. 현재는 펭귄 랜덤 하우스의 귀중한 원고 대부분이 단일 보안 장소, 즉 랜덤 하우스 타워 내의 암호화 및 방화벽 보호 시스템에서 집필, 편집, 저장되고 있으며…… 메릴랜드주의 시설에 자료를 중복 백업하고 있었다.

'내가 캐서린 솔로몬에게 가상 업무 환경에서 작업해 달라고 요청했는데.'

불안한 생각이 포크먼의 뇌리를 스쳤다.

캐서린에게 책 콘셉트를 듣고 대작이 되리라는 느낌을 받은 포크먼은 캐서린에게 원고를 쓰는 동안 회사의 엄격한 보안 규칙을 따라달라고 부탁했다. 그녀는 세계 어디서든 원격으로 로그인해 원고를 쓸 수도 있고, 자동 백업되는 안전한 곳에 원고를 보관할 수 있어 마음에 든다면서 기분 좋게 동의했다.

작가들은 대부분 '사생활 침해'를 걱정하면서도 편의성 면에서는 캐서린과 비슷한 생각이었다. 원고를 보여줄 수 있는 상태가 되지도 않았는데, 초조해하는 편집자에게 원고의 진척 상태를 감시받는 것을 좋아하는 작가는 없었다. 이런 이유로 가상 업무 환경을 사용하는 작가들은 자신의 가상 작업 공간을 비밀번호로 보호했다. 원고가 편집자에게 전달할 수 있는 상태가 되기 전까지 작가만 접속 코드를 알고 있었다.

'오늘이 캐서린에게 원고를 전달받은 날이야.'

포크먼은 생각했다.

아까 캐서린은 프라하에서 초조한 목소리로 전화를 걸어와 포크먼이 원고를 읽고 편집할 수 있도록 접속 코드를 알려주었다. 포크먼은 오늘 밤부터 주말 내내 그녀의 원고를 본격적으로 읽기 위해 책상에 있던 다른 작업물을 싹 치웠다. 그런데 티셔츠 차림의 보안 기술직원이 불안한 소식을 전한 바람에 그가 오랫동안 기다려 온 이 시간이 방해받고 말았다.

"어떤 가상 업무 환경 구역에 접속했죠?" 포크먼은 목이 탔다. "어떤 책입니까?"

알렉스는 주머니에서 종이쪽지를 꺼내 펼쳤다.

"무슨 수학 관련 책인 것 같은데요."

그 말에 포크먼은 마음이 조금 놓였다.

알렉스가 쪽지를 읽었다.

"제목이…… SUM입니다."

그 순간 포크먼의 머릿속이 하얗게 변했다.

'숨 쉬어, 조너스. 숨 쉬어.'

SUM은 수학책이 아니었다. 머리글자였다.

'솔로몬-무제 원고(Solomon-Untitled Manuscript)'를 나타내는 머리글자.

8

로버트 랭던은 바디 제트 샤워기에서 흘러나오는 뜨끈한 물줄기를 즐기며 눈을 감았다. 뜨끈한 수증기를 폐로 들이마셨다. 젖은 옷을 간신히 벗은 후에도 오늘 아침에 일어난 일을 둘러싼 혼란스러운 기분은 밀어낼 수 없었다.

게스네르 박사의 연구실을 방문 중인 캐서린을 방해하더라도 그녀에게 전화를 걸어 아까 일어난 일을 말해줘야 하지 않을까 고민하다가 그만두었다.

'너무 괴상한 얘기야. 캐서린이 돌아오면 얼굴을 직접 보고 하는 게 좋겠어.'

몸이 점점 따뜻해지면서 생각도 명료해졌지만 카를교에서 본 유령 같은 존재와 그 존재에 대한 자신의 반응에 대해서는 여전히 논리적으로 설명할 수 없었다.

평소 같으면 압박을 받는 상황에서도 차분하게 반응했을 것이다. 하지만 오늘 아침 그는 알 수 없는 본능적 두려움에 압도되어 허둥거렸다. 그 여자의 모습, 죽음의 냄새, 창, 으스스한 종소리에……

이성적 사고가 마비됐다. 머릿속에서 기묘한 기억이 끝없이 되풀이됐다.

'어떻게 이런 일이 있을 수 있지?'

불과 다섯 시간 전인 밤에 있었던 일, 캐서린이 악몽을 꾸다가 그의 이름을 부르며 놀라 깼던 일을 떠올려 보았다. 캐서린이 끔찍한 악몽의 내용을 털어놓는 동안 랭던은 줄곧 그녀를 달랬다.

'너무 무서웠어, 로버트······. 우리 침대 발치에 시커먼 형체가 서 있더라고. 그 여자는 검은 옷을 입고······ 머리에는 삐죽삐죽한 후광을 썼어······. 손에는 은색 창을 들었고. 그 여자한테서 죽음의 썩은 냄새가 풍겼어. 내가 소리쳐 당신을 불렀는데 당신은 곁에 없었어! 그 여자가 나한테 날카롭게 말했어. "로버트는 널 못 구해. 넌 죽을 거야." 그리고 귀청이 터질 것 같은 소리가 나고 불꽃이 보이더니 호텔이 폭발해 불길에 휩싸였어. 내 몸이 불에 타는 게 느껴졌어······.'

꿈 내용이 무시무시하긴 했지만, 랭던이 보기에 꿈에 나온 요소들은 논리적으로 이해될 만했다. 위로 뻗친 후광 혹은 방사형 왕관은 그날 저녁 캐서린이 강연 때 주로 다룬 내용이었다. 은색 창은 강연이 끝나고 브리기타 게스네르와 술을 곁들인 대화를 나눌 때 입에 올린 화제였다. 유황 냄새는 그들이 근처 카를로비 바리 온천에 갔다 오면서 묻어왔을 수 있었다. 호텔이 폭발한 부분은 어제 본 동남아시아 폭탄 사고 뉴스의 여파일 수 있다.

랭던은 압생트 술이 환각제로 작용할 때도 있다는 점, 그리고 편집자가 그녀의 원고를 읽기 직전이라 그녀가 신경이 곤두선 상태일 거라는 점을 이유로 들며 캐서린을 달랬다. 그는 속으로 생각했다.

'안절부절못하는 그 마음 알지. 당신이 잠을 설칠만해.'

그로부터 몇 시간이 지난 지금 샤워 부스 안에 서있는 랭던은 그가 목격한 광경을 논리적으로 설명할 길이 없었다……. 적어도 그가 이해하는 현실의 범주 내에서는 그랬다.

아인슈타인은 '우연은 신이 익명을 유지하는 방식이다'라는 말을 남겼다.

랭던의 직감은 고집스럽게 말하고 있었다. '내가 본 건 우연이 아니야. 그건 통계적으로 불가능해.'

캐서린의 악몽이 미래를 예견한 것일 수도 있고…… 미래가 그녀의 꿈에 반응한 것일 수도 있었다. 어느 쪽이든 랭던 입장에서 당혹스럽기는 마찬가지였다.

더욱 기괴한 것은 어제저녁 캐서린이 강연을 하면서 정확히 이 현상에 대해 언급했다는 점이었다.

'예지. 미래에 일어날 일을 미리 느끼거나 보는 능력.'

블라디슬라프 홀 무대에서 캐서린은 카를 융, 마크 트웨인, 잔다르크의 예지몽을 비롯해 역사적으로 유명한 예지의 예를 들어 설명했다. 암살당하기 사흘 전 에이브러햄 링컨은 경호원 워드 힐 라몬에게 꿈 내용을 들려주었다. 꿈에서 링컨은 천으로 덮어놓은 시신을 군인이 지키고 서있는 것을 봤는데, 그 군인이 '대통령께서 암살당하셨다'라고 말했다고 한다.

그리고 캐서린은 가장 기묘한 사례를 들었다. 1898년 소설 《무용지물(Futility)》을 출판한 미국 작가 모건 로버트슨의 이야기였다. 모건은 절대 침몰하지 않는 배라 불린 원양 여객선 '타이탄 호'에 관한 생생한 악몽을 꾸고 나서 이 소설을 집필했다. 꿈에서 그는 첫 항해에 나선 타이탄 호가 대서양을 건너가다가 빙산에 충돌한 후 침몰하는 광경을 보았다. 놀랍게도 그 소설은 실제 타이타닉 호 사건이 일어나기 *14년 전*에 출간됐다. 소설에는 배의 건조 방식, 항로, 침몰 경위 등이 상세히 묘사되어 있는데, 아무리 우연이라도 어떻게 그렇게까지 실제와 일치할 수 있는지 설명할 길이 없었다.

캐서린은 랭던 쪽을 장난스레 힐끗 쳐다보면서 설명을 이어갔다.

"이 자리에는 이 부분에 대해 회의적으로 생각하는 분들도 계실 겁니다. 그래서 제가 경험한 실험 얘기를 해드리려고 합니다. 노에틱 과학 연구소에서 일하는 제 동료가 몇 년 전 처음 고안해 직접 행한 실험입니다. 첫 실험 이후 전 세계 여러 연구소에서 되풀이해 실행된 바 있습니다. 우선 이걸 보시죠……"

캐서린이 리모컨으로 등 뒤의 화면을 가리키자 이미지가 나타났다. 뇌파 측정기를 착용한 피실험자가 작은 화면을 앞에 두고 어둠 속에 앉아있는 모습이었다.

"우리는 전문 장비로 피실험자의 뇌파를 관찰하면서 피실험자에게 무작위로 이미지를 보여주었습니다. 끔찍한 폭력 장면, 고요하고 평온한 장면, 노골적으로 성적인 장면 이렇게 세 가지 종류의 이미지였죠. 이런 종류의 이미지는 뇌의 각기 다른 부위를 자극하기 때문에 우리는 피실험자의 의식이 이미지를 인식하는 것을 실시간 관찰할 수 있습니다."

캐서린이 다시 딸깍 버튼을 누르자 간헐적으로 치솟는 뇌파 그래프가 나타났다. 피실험자가 어떤 종류의 이미지에 노출되었는지 보여주기 위해 그래프의 각 부분은 색깔별로 표시되었다.

"예상대로, 각 이미지를 접한 뇌의 적절한 부분이 활성화되더군요. 여기까지 이해하시겠습니까?"

청중이 열심히 고개를 끄덕였다.

"좋습니다." 캐서린은 그래프의 가로축을 확대해 보여주었다. "이 부분은 컴퓨터가 무작위로 이미지를 노출한 시각, 그리고 뇌가 반응을 일으킨 시각을 정확하게 표시한 시각표입니다."

랭던은 이 설명이 어떤 방향으로 흘러갈지 궁금해졌다.

"시각표를 좀 더 확대해서 보면……." 캐서린이 버튼을 누르자 점점 세밀해지는 시간 증분이 나타났다. "1,000분의 1초, 즉 밀리초 단위로 볼 수가 있는데…… 여기서 문제가 발생합니다."

캐서린이 더 설명하지 않았지만, 몇 초 만에 그 큰 홀에 앉은 청중 사이에서 당황한 웅성거림이 터져 나왔다. 랭던도 혼란스럽기는 마찬가지였다. 그래프에 따르면 피실험자의 뇌파는 컴퓨터가 이미지를 보여주기 *전에* 치솟으며 반응을 나타냈다.

"다들 보시는 대로, 이 남성은 각 이미지를 보기도 전에 반응을 나타냈습니다. 이미지를 보기 400밀리초 전에 뇌의 해당 부분이 반응한 것입니다. 남성의 의식은 어떤 종류의 이미지를 보게 될지 *이미 알고 있었던 거죠.*" 캐서린이 미소 띤 얼굴로 덧붙였다. "제일 놀라운 부분을 지금부터 말씀드리겠습니다……."

홀 안이 고요해졌다.

"실험 결과, 뇌는 이미지가 *나타나기* 전뿐만이 아니라…… 컴퓨터의 난수 생성기가 어떤 이미지를 보여줄지 *선택하기* 전에 이미 반응을 보였습니다! 뇌가 현실을 예측한다기보다…… *현실을 창조하는 것처럼요.*"

주변에 앉은 이들과 마찬가지로 랭던도 크게 놀랐다. 캐서린이 말한 것—인간의 생각이 현실을 창조한다는 개념—이 이미 주요 종교의 영적 가르침의 핵심에 자리하고 있다는 것을 그는 알고 있었다.

석가모니: *생각이 현실을 만든다.*

예수 그리스도: *너희가 기도할 때 무엇이든지 믿고 구하는 것은 다 받을 것이다.*

힌두교: *너희는 신의 힘을 지니고 있다.*

현대의 진보적 사상가들, 천재 예술가들도 이런 개념을 똑같이 말하고 있었다. 사업가들의 멘토 로빈 샤르마는 '모든 것은 처음에 마음에서, 그리고 현실에서 두 번 창조된다'라고 말했다. 파블로 피카소가 한 말 중 가장 오랫동안 회자된 말은 이것이다. '여러분이 상상한 모든 것이 현실이 될 수 있다.'

노크 소리에 퍼뜩 정신이 들면서 블라디슬라프 홀의 광경이 머릿속에서 사라졌다. 랭던은 샤워 부스에 서서 욕실 문이 열리는 소리를 들었다. 반투명한 샤워 부스 너머 욕실로 들어오는 사람의 흐릿한 윤곽이 보이자 그는 안도의 한숨을 내쉬었다.

'캐서린이 다행히 일찍 돌아왔네.'

호텔에서 벌어진 사건을 전해 듣고 서둘러 돌아온 모양이었다.

"방금 샤워 끝냈어."

평소 얼음처럼 차가운 물로 몸을 헹구는 습관이 있지만 지금은 그냥 온수를 잠그고 샤워를 마쳤다.

'찬물 목욕은 오늘 아침에 한 걸로 충분해.'

그는 샤워 부스의 닫힌 문 안쪽에 걸어둔 수건을 집어 허리에 두른 뒤 욕실로 나섰다.

"캐서린……."
그는 우뚝 멈춰 섰다.
욕실로 들어온 사람은 캐서린이 아니었다.
그의 앞에 가죽 재킷을 입은 앙상한 남자가 서있었다.
"누구십니까?"
랭던이 물었다.
'어떻게 여기 들어왔지?'
침입자는 웃음기 전혀 없는 얼굴로 그에게 가까이 다가오더니 진한 체코어 억양으로 물었다.
"로버트 랭던 씨? 좋은 아침입니다. 외교관계정보국의 야나체크 경감이라고 합니다. 실례인 줄 알지만 침실에서 당신 여권을 미리 확보했습니다. 불편해하지 않으시리라 믿습니다."
'내 여권을 가져갔다고?'
낯선 남자 앞에서 수건만 몸에 두르고 있으니 벌거벗고 선 기분이었다.
"죄송한데 누구시라고요?"
남자는 신분 증명용 배지를 짧게 들어 보였다. 하지만 욕실 안에 김이 자욱해서 그 남자가 속한 조직의 상징만 겨우 보일 뿐이었다. 앞발을 들고 뒷다리로만 서있는 사자 그림이었다.
'뒷발로 일어선 사자 문양?'
흔해빠진 상징인데 랭던이 다녔던 사립 고등학교의 로고이기도 했다. 물론 이 남자가 랭던처럼 필립스 엑시터 아카데미를 나왔을 리는 없을 것이다.
"우지(ÚZSI. 외교관계정보국) 소속입니다. 체코의 국가정보원이죠."

'정보 요원처럼 생기진 않았는데.'

방금까지 울다 온 것 같은 핏발 선 눈, 빗질도 하지 않은 성긴 머리카락, 가죽 재킷 안에 입은 마구 구겨진 셔츠만 봐서는 그렇게 생각할 만했다.

"한 번만 말씀드리죠, 랭던 씨." 체코 정보 요원은 마치 둘 사이에 그어진 보이지 않는 선을 넘어오듯 랭던에게 한 걸음 다가오며 말했다. "당신은 5성급 호텔에서 사람들을 대피시켰습니다. 당장 합당한 이유를 설명하지 못하면 즉시 체포할 겁니다."

랭던은 말문이 막혔다.

"죄…… 죄송합니다." 그는 더듬거리며 말했다. "설명하기가 어렵네요, 경감님. 제가 실수했습니다."

"그렇겠죠." 남자는 무표정한 얼굴로 곧장 받아쳤다. "그것도 아주 많이요. 화재경보기 레버를 왜 당겼습니까?"

랭던은 사실대로 말하는 것 말고는 선택의 여지가 없어 보였다.

"호텔이 폭발할 거라고 생각했습니다."

야나체크는 숱 많은 눈썹을 살짝 씰룩할 뿐이었다.

"흥미롭네요. 무엇 때문에 폭발이 일어난다는 거죠?"

"모르겠습니다……. 아마 폭탄이겠죠."

"그렇군요. 아마 폭탄일 거다. 이 호텔에 폭탄이 있다는 두려움에 사로잡힌 상태에서…… 호텔 안으로 달려 들어와 계단을 통해 이 스위트룸까지 올라왔다고요?"

"친구에게…… 경고를 해줘야 했습니다."

야나체크는 재킷에서 수첩을 꺼내 확인했다.

"친구분 이름이 캐서린 솔로몬 씨 맞죠?"

체코 정보 요원의 입에서 캐서린의 이름이 나오자 랭던은 소름이 돋았다. 생각보다 훨씬 심각한 상황인 듯했다.

"맞습니다. 그런데 캐서린은 이미 호텔을 나서고 없었습니다."

"그렇군요. 알겠습니다. 친구가 안전하다는 것을 알고 나서 당신은 계단을 통해 호텔을 나선 게 아니라 저 창문을 통해 얼음처럼 차가운 강물로 뛰어들었죠?"

랭던 본인이 생각해도 이상한 행동이긴 했다.

"공황이 왔습니다. 성당 종소리가 갑자기 들리기 시작했는데…… 불길하게 느껴졌어요."

"불길하다고요?" 야나체크는 화가 난 표정이었다. "그건 삼종 기도 종소리예요, 교수님. 아침 기도 시간을 알리기 위해 정시에 울리는 종소리란 말입니다. 잘 아실 텐데요."

"물론 압니다. 그런데 아까는 제대로 생각할 수가 없었어요. 종소리 때문에…… 어째서인지…… 시간이 없다는 생각이 들어서요. 그 전에 로비에 경찰이 있는 걸 봤고……."

"시간이 없다? 그렇다는 건…… 당신의 그 폭탄이 *시한폭탄*이기 때문인가요? 아침 7시에 맞춰진?"

'*내* 폭탄 아니라고!'

랭던은 침착을 유지하려 애썼다.

"아뇨. 저는 그냥 혼란스러웠고 본능적으로 반응한 겁니다. 물론 비용은 제가 감당……."

"그럴 필요 없습니다." 야나체크의 말투가 한결 부드러워졌다. "혼란스러워질 수 있죠. 그건 문제 될 게 없습니다. 당신이 호텔에서 폭발이 일어날 거라고 생각한 *이유*가 뭔지 알고 싶은 겁니다. 그런

75

정보를 어디서 들었습니까?"

'말 못 해.'

랭던은 잘 알고 있었다. 괴상하고…… 믿기 어려운 진실이라…… 솔직히 털어놓았다가는 오히려 역효과를 낳을 것이다.

'이 사람은 내 말을 절대 믿지 않을 거야.'

문득 변호사가 필요하겠다는 생각이 들었다.

야나체크가 대답을 재촉했다.

"랭던 씨?"

랭던은 허리에 감은 수건을 붙잡고 자세를 바꿨다.

"말씀드린 것처럼 저는 혼란스러운 상태였습니다. 결과적으로 잘못된 정보였어요."

야나체크의 눈빛이 날카로워졌다. 그는 한 걸음 더 다가오며 목소리를 낮췄다.

"그건 문제가 되지 않습니다, 교수님. 문제는 당신이 *제대로 된* 정보를 갖고 있었다는 겁니다. 그것도 아주 확실한 정보요."

"이해가 안 되는데요."

경감은 예리한 눈빛으로 랭던의 표정을 살폈다.

"이해가 안 된다고요?"

랭던은 고개를 끄덕였다.

경감이 얼음처럼 싸늘한 말투로 말했다.

"교수님, 오늘 이른 아침에 바로 이 호텔에서 내 팀원들이…… 폭탄의 뇌관을 제거했습니다. 그 폭탄은 오늘 오전 7시 정각에 폭발하도록 시간이 맞춰져 있었습니다."

9

 깜박이는 촛불의 빛 속에서 골렘은 벽에 붙여둔 그녀의 사진을 다시 바라보았다. 그는 촛불을 후우 불어 끄고 성소를 나섰다.
 '나는 다시 태어났어.'
 아파트의 어둑하고 희미한 빛 속에서 그는 옷방으로 건너갔다. 모자 달린 망토와 통굽 부츠가 구겨진 채 바닥에 놓여있었다. 에테르를 받아들이기 위해 서둘러 벗어놓은 상태 그대로였다. 그는 늘 그렇게 옷을 벗고 아무 장식도 없는 상태에서, 완벽한 어둠 속에 누워 에테르를 받아들이는 여정을 진행했다.
 골렘은 신중하게 망토를 집어 들고 옷깃에 들러붙은 마른 진흙 조각을 털어냈다. 관광객들은 그의 외모를 보고 흠칫 놀라기 일쑤였지만 이 지역 사람들은 눈길조차 주지 않았다. 프라하가 워낙 드라마와 판타지의 도시인 데다, 술 마시고 노는 사람들이 프라하 역사상 이름을 크게 날린 캐릭터—유명한 유령, 마녀, 불행한 연인들, 순교한 성인들…… 그리고 진흙으로 만들어진 이런 거대한 괴물—로 변장해 주기적으로 거리를 활보하기 때문이었다.

'골렘은 프라하에서 가장 오래된 전설이야. 나 같은…… 신비로운 수호자.'

골렘은 진흙 괴물 이야기를 다 외우고 있었다. 그것은 편안한 삶을 포기하고 다른 이의 고통을 짊어지기 위해 육신을 갖추게 된…… 수호자인 자신의 이야기였다.

16세기 전설에 따르면, 예후다 뢰브라는 강력한 힘을 가진 프라하의 랍비가 유대인들을 보호하기 위해 블타바강의 강둑에서 파낸 진흙으로 괴물을 만들었다. 카발라 마법을 사용해 생명 없는 수호자의 이마에 히브리어 단어를 새겨 넣자 진흙 괴물은 다른 영역의 영혼을 몸에 담고 즉시 살아났다.

그 괴물의 이마에 새겨진 글자가 바로 אמת—에메트. '진실'이었다.

랍비는 자신이 만든 괴물을 '골렘'이라 불렀다. 골렘은 히브리어로 '원재료'라는 뜻이며, 흙으로 만들었음을 나타내는 이름이었다. 그 후 골렘은 유대인들이 거주하는 빈민가를 순찰하면서 위험에 처한 유대인을 보호하고 악인을 죽이고 유대인 공동체를 안전하게 지켰다.

하지만 전설은 어두운 방향으로 나아가고 말았다.

외로워진 괴물은 자신이 저지른 폭력에 혼란을 느낀 나머지 창조주에게 반항하기 시작했다. 괴물의 공격을 받은 랍비는 겨우 손을 뻗어 올려 괴물의 이마에 새겨진 히브리어 단어 하나를 지운 덕분에 목숨을 부지했다.

알레프 'א'를 지우고 나니 '진실'을 뜻하는 히브리어 '에메트'는 '죽음'을 뜻하는 히브리어 '메트'가 되었다.

אמת가 מת로.

'진실'이…… '죽음'으로.

괴물은 생명이 사라진 흙더미로 무너졌다.

쓰러진 창조물을 내려다보며 랍비는 더 이상 위험을 무릅쓰지 않기로 했다. 그는 진흙으로 만든 몸뚱어리를 해체해 프라하의 구-신 유대교 회당의 다락에 파편을 숨겼다. 그 파편은 오늘날까지도 랍비 예후다 뢰브의 시신이 묻힌 고대 묘지가 내려다보이는 그 회당의 다락에 보관되어 있다.

'그 묘지가 바로 내 여정이 시작된 곳이지.' 골렘은 축 늘어진 시커먼 옷을 바라보며 생각했다. '나는 골렘이다. 이것은 영혼의 순환 속에서 취하게 된…… 또 다른 육신일 뿐이야.'

골렘은 성소 벽에 걸린 사진 속 여자를 지키는 수호자로서 소환됐다. 그녀는 그가 존재하는지, 그가 그녀를 위해 무슨 일을 하는지 알지 못했다.

'내가 곧 무슨 일을 할지 그녀가 알아선 안 돼.'

골렘은 그녀의 제일 사악한 배신자 중 하나인 브리기타 게스네르를 죽였다. 공모자들과 함께 한 짓을 털어놓던 게스네르의 절박한 목소리가 여전히 골렘의 귓가에 메아리쳤다.

게스네르의 동료인 배신자들 중 일부가 프라하의 이곳에 있었다. 모두 골렘이 찾아갈 수 있는 범위 내였다. 하지만 어둠 속에서 움직이는 강력한 중개자들은 여기서 수천 킬로미터 떨어진 곳에 있었다.

'그들을 전부 벌할 때까지 나는 쉬지 않아.'

골렘은 뜻대로 일을 해낼 수 있는 유일한 방법을 알고 있었다.

'나는 그들이 창조한 모든 것을 파괴할 것이다.'

10

'폭탄을 해체했다고?'

호텔 침실에서 옷을 입는 동안 로버트 랭던의 머릿속에 온갖 생각이 휘몰아쳤다. 카를교에서 여자를 만난 것은 물론이고, 오늘 아침 누군가 계획한 폭탄 공격이 좌절된 것이 무엇을 의미하는지 짐작도 할 수 없었다.

몇 분 전 랭던은 체코 경감에게 신분증을 자세히 보여달라고 요구했다. 경감이 마지못해 내민 신분증을 보니, 61세의 우지(ÚZSI) 소속 경감 올드르지흐 야나체크라고 되어있었다. 경감은 ÚZSI가 체코어 Úřad pro zahraniční styky a informace의 머리글자를 딴 것이며 외교관계정보국을 뜻한다고 알려주었다. 발음은 우지 기관단총과 같은 '우지'였다.

'분노나 편견 없이'를 의미하는 표어 'Sine Ira et Studio'가 우지 로고인 뒷발로 선 사자 문양을 둘러싸고 새겨져 있었다. 하지만 경감의 태도는 분노와 편견이 모두 담겨있는 것처럼 보였다.

3분 전부터 야나체크 경감은 랭던의 침실 문간에 서서 한쪽 눈으로는 랭던을 주시하며 누군가와 체코어로 통화하고 있었다.

'내가 도망이라도 칠 줄 아나?'

옷을 마저 입은 랭던은 드디어 몸이 따뜻해지는 걸 느꼈다. 그는 묵직한 치노 바지에 터틀넥, 두툼한 데일 스웨터를 입었다. 서랍장에 놓여있던, 고전 느낌이 물씬 풍기는 미키 마우스 시계를 집어 손목에 찼는데, 오늘은 어떻게든 마음을 가볍게 유지해야 할 것 같아서였다.

야나체크가 핸드폰에 대고 벌컥 화를 냈다.

"Ne! Tady velím já(아뇨! 여기서는 내가 책임자입니다)!"

그는 전화를 끊고 랭던을 돌아보며 말했다.

"당신 chůva(유모)와 통화했습니다. 그가 이 방으로 오고 있어요."

'내 chůva라고?'

랭던은 그 단어의 뜻을 알 수 없었지만 야나체크가 이 방으로 오고 있는 사람에 대해 감정이 좋지 않다는 것만은 느낄 수 있었다.

야나체크는 몸이 별나게 마르고 긴 편인 데다 구부정한 자세 때문에 언제든 앞으로 돌진하려는 사람처럼 보였다. 랭던은 그를 따라 거실로 들어갔다. 야나체크는 제 집처럼 멋대로 가스 벽난로에 불을 켜고 낮고 묵직한 가죽 안락의자에 앉아 거미처럼 긴 다리를 꼬았다.

그때 스위트룸의 초인종이 울렸다.

야나체크가 현관 쪽을 가리키며 랭던에게 말했다.

"들어오게 하세요."

'내 chůva가 온 건가?'

랭던은 궁금해하며 현관 쪽으로 걸어가 문을 열었다.

문 앞에는 30대로 보이는 잘생긴 흑인 남자가 서있었다. 키는 랭던과 비슷하게 180센티미터가 조금 넘어 보였고 박박 깎은 머리에 환한 미소, 윤곽이 뚜렷한 얼굴을 갖고 있었다. 파란 블레이저에 분홍색 셔츠를 입고 풀라천으로 만든 넥타이를 착용한 그 남자는 조금 전에 야나체크 경감과 체코어로 싸운 사람이라기보다 모델에 더 가까워 보였다.

남자가 랭던에게 손을 내밀었다.

"마이클 해리스라고 합니다. 만나서 영광입니다, 랭던 교수님."

미국인, 그것도 주류에 속하는 이들이 쓰는 억양이었다.

"감사합니다." 랭던은 그 남자의 손을 잡고 악수했다.

'당신이 누군지는 모르겠지만.'

"사과부터 드리겠습니다. 야나체크 경감은 교수님을 심문하기 전에 제 사무실로 전화부터 해야 했습니다."

"그렇군요." 랭던은 이 상황이 전혀 이해되지 않았다. "사무실이라면……?"

해리스는 놀란 얼굴이었다.

"경감에게 못 들으셨습니까?"

"당신을 내 chůva라고 하더군요."

해리스는 스위트룸 안으로 발을 들이지 않고 그 자리에서 인상을 찌푸렸다.

"야나체크 경감이 장난을 쳤군요. chůva는 유모라는 뜻입니다. 저는 미국 대사관의 법률 담당 직원입니다. 교수님을 도와드리러 왔습니다."

랭던은 법적 도움을 받을 수 있겠구나 싶어 마음이 놓였다. 한편으로는 대사관에서 환영 선물로 보낸 값비싼 튤립을 자신이 이미 시들게 했다는 것을 이 직원이 눈치 못 채길 바랐다.

그 직원이 조용히 설명했다.

"교수님이 해외에서 미국인으로서 권리를 보호받게 하는 것이 제가 하는 일입니다. 지금까지 들은 바로는 오늘 아침에 그 권리가 짓밟힌 것 같더군요."

랭던은 어깨를 으쓱했다.

"야나체크 경감님의 언사가 공격적이긴 했지만, 상황을 고려하면 이해할 만합니다."

그러자 해리스가 나지막하게 말했다.

"관대하시네요. 하지만 친절을 베풀 때도 신중하셔야 합니다. 야나체크 경감은 상대의 공손한 태도를 약점으로 이용하는 데 능해요. 게다가 이 상황이 좀…… 특별하잖습니까?"

'무지하게 특별하지.'

랭던은 카를교에서 본 광경 때문에 여전히 머릿속이 혼란스러웠다.

해리스가 말했다.

"한마디 조언을 드리자면, 보안 카메라 여러 대가 이 호텔과 카를교를 집중적으로 감시하고 있습니다. 야나체크 경감이 앞서 일어난 일에 대해 이미 세세히 알고 있다는 뜻이죠. 그러니까 교수님은 사실대로 말하셔야 합니다. *거짓말하지 마시고요.*"

방 안에서 야나체크가 소리쳤다.

"해리스! Čekám(빨리 와요)!"

"Už jdeme(갑니다)!"

해리스는 완벽한 체코어로 소리쳐 대답한 후 랭던에게 안심시키는 눈빛을 보내며 말했다.

"들어갈까요?"

거실로 가서 보니 야나체크는 벽난로 앞에 앉아 이 지역에서 많이들 피우는 페트라 담배를 차분하게 피우면서 고개를 젖히고 허공에 연기를 뿜어내고 있었다.

'여기는 금연 객실인데.'

야나체크는 바닥에 놓인 화분 식물에 대고 담뱃재를 털며 말했다.

"다들 와서 앉으시죠. 교수님, 대화를 시작하기 전에 교수님 핸드폰부터 봅시다."

그러고는 막대기 같은 손을 내밀었다.

해리스가 끼어들었다.

"아뇨, 경감님. 법적으로 그렇게는……."

랭던이 대답했다.

"핸드폰이 없습니다. 강물에 떨어뜨렸어요."

"물론 그러시겠죠." 야나체크는 투덜거리며 구름처럼 자욱한 연기를 뿜어냈다. "편리하게도요. 앉으세요."

랭던과 해리스는 야나체크의 맞은편 자리에 앉았다.

경감이 말했다.

"교수님, 아까 옷을 입으면서 내가 이 상황을 제대로 다루지 못한 것처럼 의문을 제기하셨죠. 우리가 폭탄을 발견하자마자 호텔에서 사람들을 대피시키지 않은 것 때문에 충격받았다고 하셨잖습니까."

"놀라긴 했지만 경감님의 방식에 의문을 제기한 것은 아니……."

"해리스 씨?" 야나체크는 대사관 직원을 돌아보며 담배를 한 모금 더 쭉 빨았다. "우리 교수님한테 직접 설명해 주실까요?"

해리스가 차분하게 말을 받았다.

"그러죠. 그 부분에 대해서는 합리적인 의문이라고 생각합니다. 야나체크 경감님의 절차적 방법에 대해 제가 논할 입장은 아니지만, 경감님의 방법은 일반적인 대테러 전략에 부합합니다. *실패한 공격이라 해도* 널리 알려지면 테러리스트들은 더 대담해지죠. 이럴 때 올바른 대응 방법은, 가능한 경우 폭탄을 해체하고 그런 일이 일어난 적 없는 척, 테러리스트들의 행동이 일반에 알려지지 않게 하는 겁니다."

"그렇군요."

랭던은 그동안 일반에 알려지지 않고 자행됐다가 좌절된 테러리스트들의 공격이 매일 몇 건이나 될지 궁금했다.

야나체크는 팔꿈치를 무릎에 대고 랭던에게 몸을 기울이며 물었다.

"또 의문이 있으신지?"

"없습니다, 경감님."

"그래요. 그럼 내가 질문할 차례네요…… 나도 물어볼 게 있습니다. 지금까지 교수님이 대답을 거부한 바로 그 질문입니다." 야나체크는 담배를 한 번 더 빨고 나서 어린애한테 묻듯 질문했다. "교수님은…… *폭탄에 관해 어떻게 알았어요?*"

"몰랐습니다. 저는 단지……."

"화재경보기 레버를 당겼잖아요!" 야나체크가 소리쳤다. "뭔가 아는 게 있으니 그랬을 거 아닙니까! '설명하기 복잡하다'는 식의 말은 다시 하지 마세요, 교수님. 당신이 유명한 학자인 건 알지만 나도 꽤 똑똑한 편이에요. 당신의 그 복잡한 설명을 이해할 만큼은 된다이겁니다."

해리스가 차분하게 말했다.

"교수님. 그렇게 하시죠. 진실을 말해주세요."

랭던은 깊게 숨을 들이마시고는 '진리가 너희를 자유롭게 하리라'(요한복음 8장 32절—옮긴이)던 사도 요한의 말씀이 틀리지 않았기를 바랐다.

11

편집자 조너스 포크먼은 컴퓨터 부팅 속도가 조금이라도 빨라지길 바라며 마우스 버튼을 연달아 딸깍딸깍 눌러댔다. 지구상에서 캐서린 솔로몬의 개인 가상 작업 공간에 접속할 수 있는 사람은 단 두 명이었다. 캐서린 본인 그리고 오늘 오후부터 가능하게 된 포크먼.

'외부에서 어떻게 그곳에 접속할 수 있지?'

포크먼은 어디까지 위태로워졌을지를 생각하니 온몸이 욱신거릴 지경이었다. 캐서린의 과학 연구, 메모 그리고 무엇보다 원고가 전부 그녀의 개인 가상 작업 공간에 저장되어 있었다.

'빨리 좀!'

그는 컴퓨터가 빨리 켜지기를 기다리며 속으로 재촉했다.

뒤에서는 젊은 데이터 기술직원이 포크먼의 어깨 너머로 화면을 쳐다보면서 초조하게 노래를 흥얼거렸다. 아무리 노래를 들어도 포크먼은 마음이 진정되지 않았다. 컴퓨터가 드디어 켜지자 포크먼은 'SUM(솔로몬-무제 원고)'이라는 이름이 붙은 서버 파티션을 찾기 위해 해당 폴더로 들어가 파일명을 클릭했다.

포크먼은 아까 파일 카드에 캐서린의 비밀번호를 적어서 서랍에 안전하게 보관해 놓았다. 그 파일 카드를 꺼내러 가려는데 컴퓨터가 괴상한 소리를 냈다. 짧고 날카로운 삐삐삐 소리였다. 포크먼은 화면 앞으로 돌아왔다. 캐서린의 로그인 창이 뜨기를 기다리고 있는데 선명한 빨간색으로 된 에러 메시지가 나타났다.

파티션을 찾을 수 없습니다.

"이게 무슨……?"

포크먼은 'SUM' 아이콘을 다시 클릭했다. 다시 세 번 짧게 삐삐삐 소리가 나면서 똑같은 에러 메시지가 떴다.

'파티션을 찾을 수 없다고?'

포크먼이 알렉스를 돌아보며 물었다.

"파티션이 전부…… 날아간 겁니까?"

오늘 오후에 포크먼은 캐서린의 비밀번호로 시험 삼아 접속해 봤다. 그때까지만 해도 파티션은 멀쩡하게 제자리에 있었다.

'어디로 간 거야?'

눈이 휘둥그레진 기술직원이 포크먼 옆에서 무릎을 굽히더니 그의 키보드와 마우스를 가져갔다. 기술직원이 손가락을 나는 듯 빠르게 움직이며 작업하는 동안 포크먼은 숨죽인 채 바라보았다. 하지만 기술직원이 몇 번을 시도해도 결과는 똑같았다. 세 번 요란하게 울리는 삐삐삐 소리. 그리고 나타나는 메시지.

파티션을 찾을 수 없습니다.

"당황해하지 마세요." 이 말을 한 기술직원이야말로 완전히 당황한 목소리였다. "아마 해킹 흔적을 못 찾게 하려고 파티션을 제거했을 겁니다."

"제거요?"

"예, *삭제*라는 뜻이죠. 편집자님의 데이터는······."

"설명은 고마운데 나도 '제거'가 무슨 뜻인지 알아요. 누군가 이 제목이 붙은 파티션에 저장된 연구 자료와 원고 초안을 싹 다 없앴다는 말이죠?"

"예. 제거는 해킹 후에 흔히 취하는 방법입니다. 해커의 뒤를 추적하기 더 어렵게 만들어 주니까요." 그는 다시 타이핑을 하며 덧붙였다. "걱정 마세요, 포크먼 씨. 우리 회사에는 예비 시스템이 있습니다. 포크먼 씨의 데이터는 펭귄 랜덤 하우스 바깥에 있는 백업 장치에 남아있을 겁니다. 메릴랜드주에 있는 우리 회사의 배급 창고요. 지금 로그인해서 되찾아 놓겠습니다."

알렉스는 손가락 끝이 보이지 않을 정도로 빠르게 타이핑을 했다.

"원거리 파티션에 접속해서 자료를 옮기면······."

컴퓨터가 다시 세 번 짧게 삐삐삐 소리를 냈다. 그리고 익숙한 대화 상자가 화면에서 깜박거렸다.

파티션을 찾을 수 없습니다.

예비 서버에 접속하려 시도하던 기술직원의 눈이 더 커졌다.

파티션을 찾을 수 없습니다.

"아······ 안 돼."

직원의 한탄에 포크먼은 힘이 쭉 빠졌다.

'캐서린의 파티션이 양쪽 서버에서 다 지워졌다고? 그녀가 쓴 원고와 메모까지 싹 다?'

알렉스 코넌이 벌떡 일어나 문 쪽으로 향했다.

"제 컴퓨터를 써야겠어요. 이런 건 처음 봅니다. 보안이 심각하게 뚫렸어요."

'맙소사, 안 돼!'

아무도 없는 통로를 걸어가는 알렉스의 발소리가 점점 멀어졌다. 멍하니 앉아있던 포크먼이 그 직원의 뒤에 대고 소리쳤다.

"난 그 파일이 꼭 필요합니다, 알렉스! 내 작가가 1년 동안 작업한 원고를 나한테 맡겼어요!"

런던의 밤이 깊어가는 동안 핀치는 상황 변화를 예의 주시했다.

첫째는 브리기타 게스네르 문제였다. 신경 과학자 브리기타 게스네르는 캐서린 솔로몬의 원고에 관해 심히 걱정스러운 메시지를 핀치에게 보낸 후 증발해 버렸다. '전화 연결이 전혀 되질 않아.'

둘째는 캐서린 솔로몬 문제였다. 35분 전 프라하에서 솔로몬은 예상치 못한 일을 했는데 무시하고 넘어갈 일이 아니었다. '즉각적인 조치가 필요해.'

핀치는 미국에 있는 상관에게 알려야 할지 고민했다. 하지만 미국은 지금 한밤중이고 그들은 그에게 전략적 결정을 내릴 수 있는 '일방적 통제권'을 주었다. 무엇보다 권력자인 상관들은 윤리적으로 애매한 작전과 거리를 둘 필요가 있었다.

'바로 이런 작전이지.'

동료들은 핀치가 어떤 식으로 일 처리를 해서 결과물을 얻어내는지 알고 싶어 하지 않았다.

솔로몬의 행동에 대해 알게 되고 몇 분 만에 그는 직감에 따라 결단 내리고 현장에 두 단어로 된 명령을 전송했다. '지금 실행해.'

프라하와 뉴욕에서 대기 중인 정보원들이 그의 명령을 확인했다.

12

"당신이 본 게 이 여자예요?"

야나체크 경감이 아이패드를 들어 보이며 물었다. 머리에 삐죽삐죽한 검은 후광 장식을 쓰고 창을 든 여자의 모습이 조악한 화질의 동영상 캡처로 떠있었다.

야나체크와 해리스는 벽난로 앞에서 랭던을 마주하고 앉았다.

랭던은 그 여자를 봤을 때의 두려움을 떠올리며 대답했다.

"예, 맞습니다."

"감시 영상을 보니까 그때 당신은 다리 중간쯤에서 이 여자와 마주 지나가던데. 당신은 이 여자에게 뭐라고 말한 후 갑자기 이쪽으로 달려와 호텔에서 사람들을 대피시켰습니다. 이 여자가 당신한테 뭐라고 했습니까?"

"아무 말도 안 했어요. 제 말에 대꾸 없이 그냥 지나갔습니다."

"여자가 아무 말도 안 했다고요?" 야나체크가 웃음을 터뜨렸다. "교수님, 그 여자가 아무 말도 안 했는데…… 왜 겁을 먹은 겁니까?"

해리스도 이해가 안 된다는 표정이었다.

"그 여자가 보기 드문 뾰족한 머리 장식을 쓰고 있었고…… 손에 창을 들고 있어서요. 지독한…… 냄새도 났습니다."

뱉고 보니 상당히 이상하게 들릴만한 말이었다.

야나체크가 눈썹을 치켜뜨며 물었다.

"그 여자의 냄새가 싫었다? 그래서 도망쳤다?"

"그 여자한테서…… 죽음의 냄새가 났습니다."

야나체크는 랭던을 빤히 쳐다보았다.

"죽음이요? 죽음의 냄새라는 게 정확히 뭔데요?"

"글쎄요…… 썩은 내, 유황, 부식되는 냄새…… 설명하기 복잡해서……."

"랭던 교수님!" 야나체크가 소리쳤다. "이 호텔에서 사람들을 대피시켜야 하는 걸 어떻게 알았냐고요?"

해리스가 끼어들었다.

"경감님. 랭던 씨가 찬찬히 설명할 수 있게 잠시 시간을 주시죠."

야나체크는 랭던의 눈을 똑바로 마주 보면서 수첩에 대고 펜을 톡톡 두드렸다.

랭던은 깊게 숨을 들이마셨다.

'하는 데까지 해보자.'

그는 최대한 감정을 배제하고 설명했다.

"어제저녁에 동료인 캐서린 솔로몬이 프라하성에서 강연을 했습니다. 강연이 끝나고 우리는 이 호텔로 돌아와 아래층 바에서 술을 마셨어요. 그 자리에 유명한 체코인 신경 과학자 브리기타 게스네르 박사가 동석했는데, 바로 캐서린을 프라하로 초청해 주신 분입니다. 게스네르 박사가 캐서린에게 이 지역 특산물인 보헤미안 압생트 칵테일을 마셔보라고 강하게 권하더라고요. 캐서린은 그 술을 마시고 나서 밤에 잠을 설쳤습니다."

야나체크가 수첩에 메모하며 말했다.

"계속하세요."

"그러다가 새벽 1시 30분쯤에 캐서린이 악몽을 꾸다가 겁에 질려 깼습니다. 몹시 혼란스러워했어요. 저는 캐서린을 이 거실로 데리고 나와서 벽난로 앞에 앉히고 차를 끓여주면서 달랬습니다. 어느 정도 진정된 후에 우리는 다시 침대로 돌아갔습니다."

야나체크가 투덜거렸다.

"다정도 하시네. 그게 당신이 호텔에서 사람들을 대피시킨 생쇼를 한 것과 무슨 관련이 있죠?"

랭던은 어떻게 설명하는 게 제일 좋을지 궁리하며 잠시 입을 닫았다. 그리고 그들이 어떤 반응을 보이든 진실을 털어놓기로 결심했다. 그는 최대한 차분하게 말했다.

"캐서린의 악몽 때문입니다. 꿈에서 캐서린은…… 이 호텔에서 큰 폭발이 일어났다고 했어요."

야나체크도 해리스도 전혀 예상 밖이라는 반응을 보였다.

해리스가 조용히 말했다.

"상당히 놀랍긴 하네요……. 다리 위에서 만난…… 그 여자 말입니다. 그 여자를 보고 왜 도망쳤습니까?"

랭던은 한숨을 푹 쉬며 천천히 설명했다.

"캐서린이 꿈에서 어떤 여자가 이 방 우리 침대 옆에 서있는 걸 봤습니다. 그 여자는 검은 옷을 입었고……." 랭던은 아이패드 화면을 가리키며 말을 이었다. "머리에는 검고 삐죽삐죽한 장식……

딱 이렇게 생긴 장식을 썼다고 했습니다. 그리고 손에는 은색 창을 들었고요. 죽음의 냄새를 풍기는 그 여자가 캐서린에게 넌 죽을 거라고 말했답니다." 랭던은 잠시 말을 멈췄다가 덧붙였다. "그러고 난 후 이 호텔 전체가 폭발해 사람들이 전부 죽었다고 했어요."

"Hovadina(바보 같으니라고)! 말도 안 되는 소리! 당신네 미국인들은 진짜! 지금 들은 얘기는 한 마디도 믿을 수가 없군요!"

해리스도 못 믿겠다는 표정이었다.

"그런 반응을 보이시는 거 이해합니다. 저도 잘 이해가 안 되지만, 지금 한 말은 진실입니다. 캐서린이 꿈에서 본 여자를 제가 오늘 아침에 직접 봤을 때 너무 놀랐습니다. 그 꿈이 어쩌면…… 일종의…… 경고일까 봐 두려웠어요."

"꿈의 경고?" 야나체크가 되물었다. 그의 강한 체코어 억양 때문에 랭던이 한 얘기가 더 개연성 없게 느껴졌다. "그럼 솔로몬 씨의 마법 같은 꿈에서, 폭탄은 몇 시에 터졌답니까?"

랭던은 잠시 생각했다.

"모르겠습니다. 캐서린이 시간을 말하진 않았어요."

"그런데도 당신은 시한폭탄이 터지게끔 맞춰진 정각 7시쯤에 저 창문 너머로 뛰어내렸군요? 폭발 시간이 7시인 건 어떻게 알았습니까?"

"몰랐습니다. 성당 종소리가 들리기 시작해서요. 어째서인지 그 소리가 제 마음속에서 혼란을 일으켰습니다……."

"Ještě větší hovadina(이런 멍청이를 봤나)!" 야나체크는 벌떡 일어나 랭던에게 위협적으로 소리쳤다. "헛소리가 점점 심해지네! 거짓말 작작 해요!"

해리스가 야나체크를 마주 보며 방어하려 나섰다.

"경감님, 그만하면 충분합니다."

"충분하다고요?" 야나체크는 해리스를 돌아보며 날카롭게 내뱉었다. "오늘 아침 7시, 시한폭탄이 터지게끔 맞춰진 바로 그 시간에 로버트 랭던 씨와 캐서린 솔로몬 씨 둘 다 편리하게도 호텔 밖에 있었습니다. 자기 목숨은 아까웠던 거죠."

"말도 안 됩니다!"

랭던은 더 이상 화를 참을 수 없어 소리쳤다.

"유황 냄새가 나는 꿈만큼 말이 안 될까요?"

해리스가 엄격하게 경고했다.

"야나체크 경감님, 지금 선을 넘으셨습니다."

"무슨 선?" 경감이 소리쳤다. "테러리스트의 공격을 가까스로 피했는데, 미국인 두 명이 폭발에 대해 미리 알고 있었다는 증거가 나왔습니다. 마법 같은 꿈 때문이라고 하는데 나는 그런 알리바이 못 받아들이겠어요!"

해리스는 야나체크를 노려보면서 한 치도 물러서지 않고 받아쳤다.

"로버트 랭던 씨와 캐서린 솔로몬 씨가 이 호텔을 폭파시킬 음모를 꾸몄다는 게 상상할 수도 없는 얘기인 것은 경감님이나 저나 잘 압니다. 앞뒤가 맞질 않아요."

"솔로몬 씨에게 명확한 동기가 있다고 치면 앞뒤가 맞죠."

랭던이 믿기지 않는다는 말투로 따졌다.

"호텔을 폭파시켜야 하는 동기요?"

야나체크가 대답했다.

"그렇습니다. 내가 그동안 온갖 범죄 조사를 진행하면서 스스로에게 항상 던지는 간단한 질문이 있습니다. 범죄를 통해 누가 이득을 봤느냐? 아무리 개연성이 없어 보여도 결국 사건을 통해 이득을 본 사람이 유력한 용의자예요."

해리스가 끼어들었다.

"경감님, 캐서린 솔로몬이 이 일을 통해 무슨 이득을 봤다고······."

야나체크는 그의 말을 끊고 랭던에게 말했다.

"하나만 묻겠습니다, 교수님. 솔로몬 씨가 책을 쓰고 있다고 알고 있는데, 맞습니까?"

"맞습니다."

캐서린이 어제저녁 강연을 하면서 책 얘기를 언급하긴 했지만, 이 남자가 그것에 대해서까지 알고 있으니 랭던은 더욱 불안했다.

"그 책이 초능력, 예지력 같은 초자연적 힘의 존재를 인정하고 지지하는 내용인 것으로 알고 있습니다. 솔로몬 씨만의 특별한 소재인 거죠. 신비로운 꿈 덕분에 호텔 손님들의 목숨을 전부 구했다는 뉴스가 나가면 솔로몬 씨의 책 내용에 신빙성이 더해지고······ 책 판매에도 도움이 되겠군요?"

랭던은 어이가 없어 경감을 멍하니 쳐다보았다.

마찬가지로 놀란 해리스가 나섰다.

"경감님, 그 말씀의 의도는······."

야나체크가 말했다.

"결국 답은 *하나*라는 겁니다."

랭던이 나지막하게 말했다.

"경감님, 화재경보기며 악몽이······ 책을 팔기 위한 홍보의 일환이라고요?"

야나체크는 히죽 웃더니 담배를 길게 빨았다.

"38년 동안 범죄 수사를 하면서 나는 온갖 것을 다 보고 살았어요, 교수님. 그런데 요즘 같은 소셜 미디어 세상에서, 사람들이 매스컴의 관심을 끌려고…… 소위 '입소문'을 타려고 무슨 짓까지 벌이는지 알게 되면서 매일매일이 아주 쇼킹하더군요. 당신들의 계획이 기발하기는 했습니다. 놀라울 정도로 안전한 데다 나중에 발뺌하기도 쉽고 말이죠."

"폭탄을 설치한 게 어떻게 안전한 일입니까?"

랭던이 따졌다.

해리스는 가만히 입을 닫았고 야나체크가 설명했다.

"당신이 안전하게 만든 거죠. 우리가 발견한 폭탄은 크기가 아주 작았고 최소한의 피해만 주게끔 지하 공간에 설치돼 있었습니다. 누가 다치기 전에 폭탄이 발견되도록 당신이 익명으로 신고를 넣었겠죠."

'로비에 있던 경찰견들이 찾아낸 건가…….'

야나체크가 계속해서 말했다.

"그리고 삐죽삐죽한 왕관 얘기도 꽤 좋았어요. 인상적인 소품인 데다 보안 영상에서 단연 눈에 띄었으니까요."

랭던은 욕지기가 올라왔다.

"경감님, 그건 전혀 사실이 아닙니다."

"알아서 생각하시고요. 교수님은 진실을 몰랐다고 칩시다. 캐서린 솔로몬에 대해 본인이 생각하는 만큼 잘 모르실 수도 있겠죠. 어쩌면 캐서린 솔로몬이 교수님 모르게 모든 일을 꾸미고 나서 교수님을 끌어들여 액세서리처럼 이용했을 수도 있을 테니까요."

랭던은 어이가 없어 대꾸조차 하고 싶지 않았다.

야나체크가 단호하게 말했다.

"나는 진실을 찾아내는 데 도가 튼 사람입니다, 교수님. 그래서 솔로몬 씨는 이 상황에 대해 어떻게 말할지 참 기대되네요. 솔로몬 씨의 꿈이 현실이 된 게 전부라면 그분은 혐의가 없겠죠. 하지만 만약 그렇다면 솔로몬 씨는 미래를 볼 수 있다는 건데, 그럼 정말 특별한 분이겠네요. 그분이 그 정도로 특별한가요, 랭던 씨?"

야나체크의 빈정대는 목소리에 랭던은 앞으로 캐서린과 함께 힘든 싸움을 할 것 같다는 예감이 들었다.

'무죄가 입증되기 전까지는 유죄라는 건가.'

야나체크가 말했다.

"이제 마지막 질문을 하겠습니다. 지금 솔로몬 씨는 *어디 있습니까*?"

랭던은 짧게 대답했다.

"동료를 만나러 갔습니다."

"누구요?"

"아까 말한 체코인 신경 과학자…… 게스네르 박사요."

"두 사람이 게스네르 박사의 연구소에서 만나는 중이라는 거죠?"

경감이 그것까지 알고 있자 랭던은 움찔했다.

"놀랄 거 없습니다." 경감은 종이쪽지를 들어 올렸다. "아까 당신 침실에서 여권을 가져올 때 이 쪽지도 같이 가져왔거든요."

캐서린이 남겨놓은 쪽지였다. 야나체크는 랭던을 시험하려고 질문을 던진 것이다.

"두 사람이 만나는 시간은요?"

"8시요."

랭던의 대답에 야나체크는 손목시계를 확인했다.

"몇 분 후면 8시네요. 연구소 위치가 어디입니까?"

어제저녁 랭던은 게스네르의 연구소가 프라하의 대표 지형지물인 크루시픽스 바스티온이라고 들었다. 도심에서 4킬로미터쯤 떨어진 곳에 있는 자그마한 중세 요새인데, 초현대식 연구 시설로 리모델링해 사용 중이었다.

캐서린이 게스네르 박사 앞에서 경찰에게 심문받고 싶어 하지는 않을 것 같아 랭던이 말했다.

"캐서린에게 전화해 보겠습니다. 이 얘기를 들으면 곧장 돌아올……."

"연구소가 어디 있냐니까요!" 야나체크는 해리스를 제치고 랭던의 얼굴에 바짝 다가섰다. "지금 당장 당신을 체포할 수도 있습니다. 당신을 빼내려면 당신네 영사관은 몇 주일은 애를 써야 할 겁니다."

랭던은 고집을 굽히지 않았다.

"해리스 씨와 따로 얘기하고 싶습니다."

야나체크는 사납게 말했다.

"마지막 기회예요. 연구소 위치가 어디죠?"

긴 침묵이 흘렀다. 그 후 들려온 목소리가 랭던의 등을 칼로 찌르는 듯했다.

해리스가 담담하게 대답했다.

"크루시픽스 바스티온. 여기서 4킬로미터 떨어진 곳입니다."

13

야나체크 경감의 호위를 받으며 호텔 로비를 지나는데 로버트 랭던은 범죄자가 된 기분이었다. 프런트 데스크 앞을 지나가면서 핸드폰이 울리자 야나체크는 다른 사람이 통화 내용을 듣지 못하도록 잠시 뒤로 빠졌다.

둘만 있게 되자 해리스가 랭던 옆으로 다가와 속삭였다.

"교수님, 상황을 이해해 주세요. 야나체크 경감은 연구소 위치를 이미 알고 있습니다. 교수님에게 수사 방해죄를 씌우려고 미끼를 던진 거예요. 교수님이 수사를 지연시키고 있다는 주장을 못 하도록 제가 연구소 위치를 말했습니다. 제가 그렇게 하지 않았으면 교수님을 즉시 체포했을 겁니다."

'그래서 고맙다고⋯⋯ 해야 하나?'

통화를 마친 야나체크가 로비를 가로질러 랭던 쪽으로 성큼성큼 걸어오며 외쳤다.

"Dost řeči(잡담 금지)! 그만들 떠드시고! 갑시다!"

어쩔 수 없이 야나체크와 해리스를 따라 호텔을 나선 랭던은 가볍게 흩날리는 눈송이 사이로 발을 내디뎠다. 2월이라 동트는 시간이 늦긴 하지만 이미 떠오른 해가 도시 곳곳에 회색빛을 뿌리고 있었다. 도로 연석 쪽으로 걸어가던 해리스가 핸드폰을 확인하더니 고개를 들고 말했다.

"경감님, 저희 대사님께 연락을 해뒀습니다."

야나체크가 나무라는 투로 말했다.

"*대사님께요?* 본인 판단을 못 믿어서요?"

해리스는 굴하지 않고 받아쳤다.

"제가 못 믿는 건 경감님의 판단이죠. 경감님의 비난이 심상치 않고 앞으로 고발당할 사람들의 유명세를 고려할 때, 대사관에서 제일 높은 분께 말씀드리는 게 맞으니까요."

"마음대로 하세요." 야나체크는 피식거리며 대수롭지 않다는 듯 손을 휘저었다. "랭던 씨와 나는 그쪽이 없어도 괜찮을 것 같네요."

"아뇨. 제가 교수님을 우리 대사관으로 모셔가겠습니다. 경감님이 솔로몬 박사를 데리러 간 동안 교수님은 대사관에서 편안히 기다리는 편이 낫겠습니다."

랭던은 캐서린을 야나체크와 단둘이 있게 하고 싶지 않았다. 그가 그 제안을 거부하려는데 경감이 큰 소리로 웃으며 말했다.

"해리스 씨, 혼자 가든지 말든지 알아서 하세요. 나는 용의자 랭던 씨를 데리고 연구소로 갈 테니까."

해리스가 발끈했다.

"*용의자라뇨?* 경감님은 교수님을 기소하지도 않았고 교수님은 아직 모든 권리를……."

"원한다면 기꺼이 랭던 교수를 기소해 드리죠. 이분이 프라하 최고급 호텔에서 사람들을 대피시키고 그게 다 괴상한 꿈 때문이라고 한 걸 생각하면 기소가 어려운 일도 아닐 것 같네요."
해리스는 선택지를 가늠하느라 입을 닫았다. 잠시 후 해리스는 심히 걱정스러운 표정으로 랭던을 돌아보았다.
"교수님, 제가 대사님께 비상 회의를 요청했습니다. 제가 30분 정도 옆을 비워도 괜찮겠습니까?"
"물론이죠."
"알겠습니다. 저는 대사님께 간략하게 상황 설명을 하고 나서 연구소로 가서 교수님과 합류하겠습니다. 어쩌면 대사님과 함께 갈 수도 있을 겁니다."
"감사합니다. 캐서린과 얘기를 나눠보면 이 문제를 곧바로 해결할 수 있을 겁니다."
해리스는 담배를 하나 더 꺼내 쏘나물쏘 불을 붙이는 야나체크를 돌아보며 말했다.
"경감님, 미국 대사관이 지켜보고 있다는 것을 명심하세요. 우리가 경감님이 무례하게 구는 걸 막지는 못하겠지만, 경감님이 윤리적, 법적 선을 넘으려 한다면······."
"알았다고요."
야나체크는 얇은 입술에 담배를 문 채 말을 끊었다. 그는 몸을 돌리고는 근처에 서있는 차에 손을 흔들었다. 그 차는 요란한 소리를 내며 곧장 그들 쪽으로 달려와 코앞에서 끼이익 소리를 내며 멈춰 섰다.
랭던은 놀라 뒤로 물러섰다.
'조심 좀 하지!'

검은색 슈코다 세단의 양 측면에 '우지' 로고가 새겨져 있었다. 야나체크는 뒷문을 열더니 랭던에게 타라고 손짓했다.

랭던이 차에 타자 야나체크는 해리스를 돌아보며 말했다.

"경고 잘 들었습니다. 그쪽도 서둘러요. 내가 솔로몬 씨를 만나자마자 심문할 수도 있으니까."

마이클 해리스를 태운 택시가 포시즌스 호텔을 빠져나갔다. 택시 기사는 해리스를 미국 대사관까지 가는 길도 잘 모르는 호구 같은 미국 관광객으로 아는지 바가지를 씌우려고 슬쩍 오른쪽 깜빡이를 켰다.

해리스는 즉시 욕 섞인 체코어로 소리쳤다.

"Jeďte přes Mánesův most, sakra! Spěchám(마네수프교를 건너서 갑시다, 젠장! 급해요)!"

택시 기사가 눈을 휘둥그렇게 뜨면서 곧장 좌회전으로 방향을 틀었다. 이 지역 사람들은 미국인이 체코어를 유창하게 하면, 특히 그 미국인이 키가 180센티미터가 넘고 맞춤 정장을 입은 흑인 남성이면 십중팔구 이렇게 놀라곤 했다.

마이클 오쿠 해리스는 필라델피아의 부유한 가정에서 성장했다. 그를 주로 양육한 사람은 브르노시에서 온 이민자 보모였다. 그의 부모가 제안한 대로 보모는 어린 그에게 체코어로만 말했고, 덕분에 열다섯 살 무렵 그는 완벽하게 이중 언어를 구사할 수 있었다. UCLA 로스쿨을 졸업한 후 언어 능력을 무기로 프라하의 미국 대사관에서 근무하기 시작했다. 프라하가 세련된 음식, 아름다운 여자들, 매혹적인 일이 넘쳐나는 이국적인 도시라는 점도 빼놓을 수 없었다.

그런데 최근 몇 주를 보자면 그가 바랐던 것보다 훨씬 흥미로운 상황이 전개됐다. 그리고 오늘 아침에는 '흥미'의 수준이 큰 폭으로 상승했다.

그는 카를교에서 일어난 일을 여전히 이해할 수 없었다. 야나체크 경감은 캐서린 솔로몬이 출간 예정인 책을 홍보하려고 벌인 짓거리라고 주장했지만 터무니없었다. 물론 해리스도 그 사건에 논리적으로 이상한 부분이 있다는 것을 인정했다. 잘나가는 사람들이 자기 경력을 드높이려 위험을 무릅쓰는 것을 볼 때마다 경악스럽기는 했다.

'나도 그중 하나고.'

해리스는 속으로 그 사실을 상기했다.

몇 달째 그는 미국 대사를 위해 '들에 박히지 않은' 몇 가지 일을 수행하고 있었다. 엄밀히 따지면 합법적인 일이지만, 합법과 불법의 경계에 아슬아슬하게 걸쳐있었고…… 불쾌한 면도 있었다. 그래도 그의 경력에 대한 대사의 개인적인 영향력과 은밀하게 챙겨받는 재정적 보수를 생각하면 거절할 수 없었다.

'나중에 발목 잡히는 일은 없어야 할 텐데.'

바람과는 달리 결국 그렇게 될 수도 있다는 불안감을 떨칠 수 없었다.

14

구시가지, 골렘은 그의 아파트를 둘러싼 미로 같은 좁은 골목골목을 빠져나갔다. 폭이 2미터밖에 안 되는 좁고 어두운 골목길이 오래된 동네 여기저기로 마치 덩굴손처럼 구불구불하게 뻗어나갔다.

골렘은 걸어가면서 깊게 숨을 들이마셨다. 차가운 공기가 폐의 아랫부분까지 닿도록, 정신을 가다듬을 수 있도록 해야 했다. 에테르를 맞이하고 나면 그는 늘 이렇게 물리적 현실에서 느슨하게 풀려나면서도 동시에 감각이 확 살아나는 기분을 느꼈다.

'정신 바짝 차려야 해. 해야 할 일이 있어.'

응징 계획을 실행하려면 아직 확보 못 한 정보가 필요했다. 극도로 신중하게 작업을 진행해야 하는 상황이었다. 무엇을 찾고 있는지에 관한 흔적을 남겼다간 그의 정체가 노출되고 말 것이다. 이런 이유로 그는 다음 목적지를 신중하게 골랐다. 그는 익명으로 답을 얻을 수 있는 조용한 장소로 가고 있었다.

오늘 아침에는 평범하게 옷을 입었다. 바지, 셔츠, 파카, 주름 잡힌 뉴스보이 모자 그리고 얼굴을 거의 가리는 큼직한 검은 선글라스. 골렘 복장에 비하면 훨씬 평범한 차림이었다. 하지만 그는 골렘으로서 거리를 돌아다니는 시간을 더 소중히 여겼다. 그의 영혼을 제대로 보여주는 것이 바로 골렘, 다른 영역에서 온 강력한 수호자로서의 외모이기 때문이었다.

골렘 복장은 세속적인 이점도 있었다. 프라하는 감시가 생활화된 도시였다. 공공장소마다 얼굴 인식 소프트웨어가 적용되는 감시 카메라가 설치돼 있었다. 프라하 사람들이 코스프레와 가면 착용을 별나게 좋아하는 이유도 아무도 모르게 흘러가는 익명의 순간을 즐기기 위해서였다.

골렘은 진정한 익명성이 필요할 때마다 두꺼운 진흙을 바른 가면을 썼다. 가면을 통해 물리적 세상을 자유로이 활보할 수 있는 사치를 누릴 수 있었다.

어젯밤 그가 골렘 복장을 한 것은 감시 카메라를 피하기 위해서라기보다 게스네르 박사한테서 얼굴을 감추기 위해서였다. 그리고 게스네르를 겁주기 위해서이기도 했다. 충격적인 외모 덕분에 그 여자가 가장 내밀한 비밀을 털어놓게 만들 수 있었다. 골렘은 그 여자한테서 얻어낸 모든 정보를 아직 곱씹는 중이었다.

그들이 지하에 건설한 끔찍한 시설······.

게스네르의 동료들의 실체······.

그리고 그가······ 그 모든 것을 무너뜨릴 수 있는 기발한 방법.

골렘은 멜란트리호바 거리로 알려진 좀 더 넓은 골목으로 들어섰다. 비교적 넓은 골목이라고 해도 차 한 대도 못 지나갔다. 이 골목 여기저기에 자리한 상점들과 카페들이 이제 막 문을 열기 시작했다. 몇 안 되는 관광객들이 미로를 돌아다니며 커피를 마시고, 독특한 분위기의 골목에서 사진을 찍어대고 있었다.

오른쪽 모퉁이를 돌자 인간의 몸을 즐겁게 해주기 위해 고안된 기구들을 진열한 성 기구 박물관이 나왔다. 그런 기구는 그의 관심을 끌지 못했다. 에테르가 육체적 만족보다 더 충만한 절정에 다다르도록 해주기 때문이었다.

그래도 성 기구 박물관 진열장의 노골적인 이미지를 보니 그녀의 이미지가…… 연인의 품에 안겨 누워있는 그녀의 모습이 마음에 떠올랐다. 그 생각을 하자 속이 울렁거렸다. 골렘은 자기가 그녀를 위해 할 수 있는 가장 친절한 일은 그 남자를 최대한 빨리 제거하는 거라고 이미 결심한 바 있었다. 남자가 죽으면 그녀는 당연히 슬퍼하겠지만 골렘은 그녀의 고통을 모조리 흡수하고 그녀가 슬픔을 잊도록 도울 것이다.

'골렘의 역할은 나약한 영혼의 짐을 대신 짊어지는 거야.'

마을 광장에 다다르자 군밤 냄새가, 거리의 악사들이 즐겨 사용하는 작은 보헤미안 백파이프인 벅의 선율을 따라 공기 중에 퍼져나가고 있었다. 눈이 녹아 진창이 된 자갈길에는 아침부터 돌아다니는 좀 더 큰 규모의 관광객들 발자국이 찍혀있었다. 그중 일부는 8시 정각에 행진을 시작하는 성인 인형들을 보기 위해 천문시계 아래에 모여 서있었다.

그 근처에서는 캐릭터 분장을 한 남자들이 팁을 받고 사진 촬영을 위해 포즈를 취해주고 있었다. 그 남자들은 길고 검은 가운을 입고 실크해트를 썼으며 얼굴에는 과장된 할리퀸 화장을 했다. 시커먼 눈구멍만 빼고 얼굴을 전체적으로 하얗게 칠하는 화장법이었다.

골렘은 그들을 보며 생각했다.

'기회주의자들.'

저들이 프라하의 악명 높은 '사탄 교회'의 진정한 신도들일 리 없었다. 데일리 메일 신문사(영국의 황색언론 신문사―옮긴이)가 잠입 취재 끝에 사진까지 찍어 올리며 "프라하 '어둠의 할리퀸' 사탄 의식 내부 취재"라는 제목의 기사를 낸 후로, 프라하를 찾는 관광객들은 진짜 사탄 숭배자의 사진을 찍을 수만 있다면 얼마든지 후한 값을 쳐줄 것 같은 분위기였다.

종교와 오컬트는 이 도시 곳곳에 스며들어 있었다. 이 도시를 찾은 사람들은 거리를 돌아다니는 천사, 성인, 악마, 고대 신화 속 캐릭터들을 실컷 볼 수 있었다. 어떤 여자는 검은 천사 복장으로 광장의 '호텔 U 프린스' 앞에 서서 검은 날개를 펼치고는 지나가는 손님들을 붙잡아 이 호텔 지하에 있는 유명한 '블랙 엔젤스 바' 술집으로 보내는 역할을 했다.

지금은 검은 날개를 가진 천사도 잠을 자러 집으로 돌아갔을 시간이었다. 호텔 U 프린스의 우아한 입구에는 예상대로 아무도 없었다. 골렘은 안으로 쓰윽 들어가 나선식 계단을 밟고 지하에 있는 '블랙 엔젤스 바'로 내려갔다. 그는 그곳에서 답을 찾을 계획이었다.

블랙 엔젤스 바는 호텔 지하의 12세기 고딕 양식으로 꾸민 동굴 안에 자리하고 있었다. 전설에 따르면 이 건물을 복구하던 인부들이 비밀의 방을 우연히 찾아내 들어갔다가, 오래된 일기장이 담긴 보물 상자를 찾아냈다고 한다. 알로이스 크르하라는 전설의 바텐더가 남긴 일기장인데 그 안에는 다양한 이국적인 칵테일을 비롯해 오래전에 사라진 신비로운 영약 제조 방법이 담겨있었다. 그중에는 마법의 힘을 지닌 영약도 있었다. 관광객들은 '여기서는 불가능한 것도 가능해진다'라는 이 술집의 유명한 표어에 이끌려, 어쩌면 그 표어가 진실일 수도 있다는 기대감으로 여기 발을 들이곤 했다.

'그렇게 되면 좋겠지.'

골렘도 바라는 바였다. 모든 게 계획대로 된다면, 그는 불가능한 것을 성취하는 데 필요한 정보를 이 지하에서 얻을 수 있을 것이다.

'죽음의 천사 덕분에 가능하겠지.'

15

조너스 포크먼은 23층 사무실 창문 너머로 새벽 2시를 밝히는 맨해튼의 조명을 멍하니 바라보며 홀로 서있었다.

'잠들지 않는 도시.'

귀중한 원고를 확보 못 하면 오래도록 잠을 못 자게 될 상황이었다.

기술직원이 당장이라도 전화를 걸어와 '해킹'인 줄 알았는데 디지털 결함일 뿐이었다고 말해주기를 바랐다. 하지만 아무리 봐도 생각보다 심각한 상황인 듯했다.

'다른 파티션에는 영향이 없었어. 캐서린의 파티션에만……'

프라하에 있는 캐서린에게 전화하려고 사무실 전화기의 수화기를 집어 든 포크먼은 수화기를 들고 잠시 머뭇거리다가 도로 내려놓았다. 중부 유럽은 아직 이른 아침이고, 이런 소식은 캐서린에게 엄청난 충격을 안겨줄 것이다. 캐서린은 포크먼을 믿었다. 그가 안전하게 회사 서버로 작업을 해달라고 캐서린을 설득했으니 어떻게든 이 상황을 바로잡아야 한다는 깊은 도덕적 의무감을 느꼈다.

'대체 누가 캐서린의 원고를 훔쳤을까? 앞으로 몇 시간 내에 암시

장에 원고가 나타나는 거 아냐?'
포크먼은 깊게 숨을 들이마셨다가 내쉬었다. 오늘 밤 그에게 필요한 것은 오직 하나…… 약간의 행운이었다……. 그는 신중하고 신속하게 행동해야 할 필요가 있었다.
그는 사무실을 가로질러 가 문부터 닫았다. 조용히 데드볼트 걸쇠를 돌려 잠갔다. 그리고 마케팅 플래카드, 인쇄판, 문학상, 베스트셀러 목록이 담긴 액자, 한정판 사전 사본 등 온갖 출판 기념품이 가득 들어찬 책장 앞으로 걸어갔다. 책장 맨 위 칸에서 그가 제일 아끼는 물건인…… 개인 머그를 집어 내렸다.
성배, 삼각형, 장미 상징이 그려진 머그였다. 20년 전 둘이 함께 첫 책을 내고 나서 로버트 랭던에게 받은 선물이었다. 《잃어버린 신성한 여성성의 상징들》이라는 책이었는데 많이는 아니지만…… 랭던이 포크먼에게 이런 머그를 선물해 줄 정도로는 팔렸다. 세월이 지나면서 그 머그는 랭던의 오랜 우정, 그들의 지속적이고 전문적인 협업의 상징이 됐다.
머그 안쪽에 들어있던 열쇠를 꺼낸 포크먼은 책상 앞으로 돌아가 그 열쇠로 맨 아래 서랍을 열었다.
서랍 안에는 두 행 간격으로 인쇄한 종이 481매가 들어있었다. 깔끔하게 고무 밴드 두 개로 묶어놓은 두툼한 인쇄물이었다. 포크먼은 서랍에서 원고를 꺼내 널찍한 나무 책상 위에 내려놓았다.
제목 페이지에는 두 줄로 이렇게 적혀있었다.

무제

캐서린 솔로몬

'내가 아직 종이로 편집하는 사람이라 천만다행이지.'

그는 적어도 원고 한 부는 갖고 있다는 것을 눈으로 확인하고 안도의 한숨을 내쉬었다. 포크먼은 몇 시간 전 캐서린에게 원고에 접근할 수 있는 비밀번호를 받자마자 원고를 편집본으로 인쇄했다.

요즘은 대부분의 편집자가 워드 프로세서 프로그램을 사용하기 때문에 '변경 내용 추적' 기능으로 디지털 원고에 직접 편집 내용을 입력하면서 작업했다. 하지만 포크먼은 여전히 종이로 인쇄해 쌓아놓고 파란색 펜으로 편집하는 것을 좋아하는 편이었다.

'옛날 방식으로 편집하는 습관이 이번에는 도움이 됐어.'

얼마 전까지만 해도 원고를 최소한 한 부는 인쇄해 놓는 게 일반적이던 시절이 있었다. 작가들은 손으로 원고를 써서 원고지를 상자에 담아 편집자 사무실로 보냈다. 《폭풍의 언덕》, 《카라마조프가의 형제들》, 《누구를 위하여 종을 울리나》 같은 책들도 시작은 이런 하나뿐인 종이 원고 뭉치였다.

'긴장 풀어. 맥스웰 퍼킨스(F. 스콧 피츠제럴드, 어니스트 헤밍웨이, 토머스 울프 같은 유명 작가를 발굴한 미국의 도서 편집자—옮긴이)가 헤밍웨이와 피츠제럴드의 원고를 차분하게 편집할 수 있었던 것처럼 나도 캐서린 솔로몬의 원고를 차분하게 편집할 수 있을 거야.'

이제부터 일을 제대로 하기 위해 그가 해야 할 일은 디지털 백업 파일을 만드는 것이었다. 예전 같으면 원고 전체를 워드 프로세서로 일일이 타이핑해야 했지만 요즘은 광학 문자 인식 스캐너를 써서 몇 분이면 가능했다.

'펭귄 랜덤 하우스가 여기서 일어난 문제를 해결하는 동안 나도 따로 안전하게 파일을 만들어 둬야지.'

그런데 막상 그렇게 하려고 보니 불안감이 엄습했다. 출판사의 광학 문자 인식 스캐너와 복사기는 전부 회사 네트워크와 연결돼 있었다. 해커가 펭귄 랜덤 하우스에서 보안이 제일 잘된 데이터베이스를 뚫었으니, 네트워크로 연결된 광학 문자 인식 스캐너와 복사기도 안전하다고 볼 수 없었다. 오늘 밤에 일어난 모든 일을 고려할 때 여기서 모험을 하지 않는 게 좋겠다는 판단이 들었다.

손목시계를 보니 새벽 2시 9분이었다. 회사 근처 24시간 페덱스 오피스 프린트 앤 십 매장(문서 인쇄, 복사, 스캔 및 발송 서비스를 제공하는 매장—옮긴이)에 슬쩍 방문해서 그곳 광학 문자 인식 스캐너와 복사기를 사용하면 익명을 보장받을 수 있고 해커의 추적도 피할 수 있을 것이다. 회사의 네트워크 장비를 사용하는 것보다 훨씬 안전할 듯했다.

결심이 선 포크먼은 완충재를 댄 봉투에 원고를 서둘러 담고 봉한 뒤 배낭에 넣었다. 검은색 운동화 끈을 졸라매고 빈티지풍의 회색 울 쇼트코트를 걸쳤다. 배낭을 어깨에 걸치고는 사무실을 나가 문을 잠갔고 30초 후 승강기를 타고 1층으로 내려갔다.

승강기에서 내린 그는 동굴 같은 로비의 보안 데스크 뒤에 앉아 있는 야간 경비원에게 손을 흔들며 인사했다.

"내일 봐요, 마크."

"감사합니다, 포크먼 씨. 좋은 밤 되십시오."

'이미 새벽이네요.'

그는 출구 쪽으로 걸음을 재촉하면서 로비에 세워진 높은 책장 두 개 사이로 지나갔다. 벽 구실을 하는 이 책장에는 1900년대 초부터 시작된 랜덤 하우스의 고전 명작이 자랑스럽게 전시되어 있었다. 베넷 서프와 도널드 S. 클로퍼가 공동 설립한 이 회사의 시작점은 작은 재판 출판사였다. 공동 설립자들의 문학적 취향은 무척 다양해서 거의 '무작위(random)'처럼 보일 정도라 나중에 회사 이름을 '랜덤 하우스'라고 지어 붙였다.

포크먼이 편집한 책 몇 권도 이 신성한 책장에 자리하고 있었다. 오늘 밤 이 사건이 일어나기 전까지 포크먼은 캐서린의 책 초판본도 언젠가 저 자리에 놓이게 될 것이라 자신했었다.

'해야 할 일은 이제 하나야.' 포크먼은 거대한 회전 유리문을 통과해 거리로 나서며 마음을 다잡았다. '이 원고를 지켜야 해.'

밤이 무척 추웠다. 늦은 시간이라 거리에 오가는 이도 없었다. 포크먼은 브로드웨이에서 오른쪽으로 돈 다음, 55번가를 향해 남쪽으로 걸음을 재촉했다. 칼바람이 코트 깃을 쳐올렸다.

대로를 가로지르면서 이런저런 생각에 잠겨있던 그는 블록 하나를 사이에 두고 뒤따라오는 검은 밴을 눈치채지 못했다.

랜덤 하우스 타워 4층에 있는 펭귄 랜덤 하우스의 데이터 보안실. 웅웅 소리를 내는 미로 같은 서버 랙 안쪽 깊숙한 곳에 보안 단말기 여섯 개가 자리하고 있었다. 이 소규모 시설이 방화벽을 유지해 출판사 내부 서버를 보호하는 역할을 했다.

데이터 보안팀 기술직원 알렉스 코넌은 자기 단말기로 열심히 타이핑을 하고 있었다. 캐서린 솔로몬의 원고와 연구 폴더의 흔적을 찾으려 꼼꼼히 확인했지만…… 돌이킬 수 없는 상태로 완전히 지워져 있었다.

'더 이상 구조 임무가 아니야. 생존자는 없어.'

서버의 취약한 부분이 뚫렸는데도 침입 탐지 및 방지 시스템이 경보를 내보내지 않은 게 불안했다. 특이한 기록 입력이나 파일 수정, 시스템 구성 변경, 의심스러운 패킷 캡처의 흔적도 없었다. 해커들이 특별한 기술을 갖고 있는 게 분명했다.

'대체 어떤 놈들이지?'

조너스 포크먼에게 현재 상황을 보고하기 위해 그의 사무실로 전화를 걸었는데 받지 않았다.

'이상하네.'

알렉스는 로비에 있는 야간 경비원에게 전화했다.

"마크, 데이터 보안팀 알렉스 코넌입니다. 조너스 포크먼 씨에게 데이터 보안실로 연락 달라고 전해주시겠어요? 중요한 일이라서요."

경비원은 평소처럼 쾌활하게 대답했다.

"제가 전화해도 연결이 안 될 겁니다. 조금 전에 회사에서 나가셨어요."

'포크먼 씨가 밖에 나갔다고? 그 사람 원고 때문에…… 우리 회사 서버가 해킹당했는데!'

알렉스는 포크먼이 속이 터져 바람이라도 쐬러 나갔나 보다 생각했다. 아마 곧 돌아올 것이다. 알렉스는 이 사건을 펭귄 랜덤 하우스 고위 임원에게 알려야 할지 고민했다. 하지만 알려봤자 어차피 지금은 누구도 할 수 있는 일이 없고, 오히려 알렉스가 담당한 시간 동안 이런 일이 벌어졌다는 이유로 해고당할 수도 있었다.

'피해를 최소화하자. 아직 시간이 있으니까 문제를 해결해 봐야지.'

시스템 보안 분야에서 일하는 여느 기술자처럼, 알렉스도 뛰어난 해킹 실력이 있었다. 몇 시간의 여유와 작은 행운이 따라준다면 펭권 랜덤 하우스를 해킹한 자의 *정체*를 알아낼 수 있을 것이다. 무엇을 발견하게 될지에 달려있지만, 어쩌면 상대방을 되레 해킹할 영리한 방법을 찾아낼 수도 있지 않을까.

16

슈코다 오츠타비아 세단 뒷좌석에 앉은 로버트 랭던은 갑갑해 죽을 것 같았다. 바로 앞자리에 앉은 야나체크 경감이 좌석을 최대한 뒤로 밀고 앉은 바람에, 랭던은 무릎이 가슴에 닿아 폐소공포증이 느껴질 지경이었다. 자동차 에어벤트에서 흘러나오는 숨 막히게 뜨거운 공기가 경감이 피워대는 담배 연기와 뒤섞였다. 부피 큰 파타고니아 '패딩 점퍼'가 아니라 데일 스웨터만 입고 있어 그나마 다행이었다.

블타바 강변을 따라 남쪽으로 달려가는 동안 야나체크는 목소리를 낮춰 체코어로 누군가와 전화 통화 중이었다. 경감을 모시는 목 굵은 운전기사는 20대 청년 중위로, 감청색 우지 점프수트를 입고 머리에는 비딱한 군용 베레모를 썼다. 법 집행기관에서 일하는 요원이라기보다 보디빌더나 레슬링 선수 같은 외모였다. 그는 상관에게 운전 기술을 뽐내고 싶은지 한 손으로 운전대를 잡고 다른 차 사이로 들락날락하며 나아갔다.

차는 블타바강을 옆에 끼고 마사리코보 나브르제지 거리를 따라 남쪽으로 달려갔다. 멀미가 난 랭던은 탁 트인 풍경이라도 보려고 차창 밖으로 시선을 돌렸다.

얼마 후 블타바강 한가운데에 있는 작은 섬이 옆으로 지나갔다. 그 섬에는 네오 르네상스 양식으로 건설된 노리끼리한 조핀 궁전이 서있었다. 그 오래된 궁전과 극명히 대비되는, 프라하에서 제일 유명한 초현대식 건물 댄싱 하우스가 바로 왼쪽 앞에 있었다. 댄싱 하우스는 마치 춤을 추듯 서로에게 기댄 작은 탑 두 개로 이루어져 있었다. 이 구조물을 설계한 건축가 프랭크 게리는 상상의 날개를 펼치며 이 탑들을 '프레드와 진저'라고 불렀다. 런던이 자랑하는 높다란 거킨 빌딩, 워키토키 건물, 치즈그레이터 건물에 비하면 프라하의 춤추는 이 두 건물은 아담하고 섬세했다.

랭던은 전위 예술에 대한 프라하의 열정을 오래전부터 높이 평가했다. 세계에서 가장 진보적인 수집품들이 바로 이곳 프라하의 DOX 센터, 무역 박람회 궁전, 캄파 미술관에 소장돼 있었다. 프라하 여기저기서 아마추어들이 정기적으로 '팝업' 설치물을 선보였는데, 그중 '존 레논 벽'과 '우산을 펼치고 허공에 매달린 사람들'은 인기가 엄청 많아서 이 도시에 영구히 전시되고 있었다.

"교수님." 야나체크가 갑자기 고개를 돌리더니 랭던을 쳐다보며 입을 열었다. 그가 앉은 채로 몸을 돌린 바람에 랭던의 무릎이 더욱 짓눌렸다. "우리가 크루시픽스 바스티온에 도착하면 나는 당신을 솔로몬 씨 곁에 두지 않을 겁니다. 당신이 없는 자리에서 솔로몬 씨에게 질문을 해야 해서요. 둘이 이야기를 짜맞추지 못하게 말이죠."

"*이야기를 짜맞춘다고요?*" 랭던은 짜증이 목소리에 묻어 나오지 않도록 억누르며 경감의 말을 되풀이했다. "제가 한 얘기는 전부 사실입니다."

"다행이네요. 그럼 걱정할 것도 없겠어요."

야나체크는 몸을 돌려 다시 앞을 바라보았다.

캐서린이 야나체크와 만날 일을 생각하니 걱정됐다. 경감은 두 미국인이―적어도 캐서린이―개인적인 이득을 얻으려고 연달아 괴상한 일을 꾸몄다고 믿는 눈치였다.

'완전히 미친 소리지.'

하지만 이 상황을 아무리 다각도로 분석해 봐도, 카를교의 장면을 미리 보여준 캐서린의 꿈을 달리 설명할 길이 없었다.

'캐서린은 나 말고는 아무한테도 꿈 얘기를 하지 않았어……. 그 얘기를 마치고 우린 곧바로 다시 잠을 잤어.'

도저히 이해되지 않는 이 현상을 설명할 길은 하나뿐이었다. 타이타닉 호 사건에 대한 예지처럼, 캐서린이 *진짜로* 이번 일에 관한 예지몽을 꿨다는 것.

예지력이라는 게 진짜 있다고 믿어본 적이 없어서 그런 식으로 설명하기도 쉽지 않았다. 지금까지 랭던은 일을 하면서 고대 문서에 담긴 예지력에 관한 내용을 접했지만, 천리안이라는 개념을 인정하지 않았다. 그의 생각에 예언, 점, 전조, 술법, 점성술 따위의 예지력은 역사상 가장 오래된 망상에 불과했다.

인류는 과거의 흔적을 오랫동안 더듬어 온 만큼, 미래를 알고 싶어 하는 갈망도 강했다. 노스트라다무스, 델포이 신탁, 마야 점성술사 같은 예언자들은 사람들에게 거의 반신반인으로 숭배받았다. 요즘도 고등 교육까지 받은 사람들이 손금쟁이, 점쟁이, 심령술사는 물론이고 현대 점성술 안내서에서 삶의 조언을 구하는 판이었다.

'인류는 미래를 알고 싶어 안달하지.'

랭던의 역사 수업 시간에 학생들은 역대 가장 유명한 '예언자'로 여겨지는 노스트라다무스에 관한 질문을 자주 했다. 노스트라다무스의 수수께끼 같은 시들이 프랑스 혁명, 히틀러의 준동, 세계 무역 센터의 붕괴 같은 사건을 예언했다고 생각하기 때문이었다. 랭던은 노스트라다무스의 4행시 중 일부가 미래의 사건을 언급한 것처럼 보이는 부분이 있다고 인정하면서도, 노스트라다무스의 글이 '양이 많고, 아리송하며, 흔한 내용'임을 항상 학생들에게 일깨워 주었다. 즉 노스트라다무스가 알쏭달쏭하고 애매모호한 표현을 사용해 942편이라는 엄청난 양의 예언 시를 썼는데 그 내용이 전쟁, 자연재해, 권력 투쟁 같은 흔한 사건들이라는 뜻이었다.

그는 학생들에게 말했다.

"우리가 노스트라다무스의 예언 시에서 실제와 일치하는 부분을 간간이 볼 수 있는 것은 놀라운 일이 아닙니다. 우린 누구나 마법이나 이 세상 것이 아닌 무언가를 믿고 싶은 마음이 있어요. 그래서 마음이 우리를 속여 실제로는 없는 것을 보도록 만들기도 합니다."

예를 들어 설명하기 위해 랭던은 매년 신입생 세미나를 시작할 때마다 학생들에게 정확한 생일을 적어 제출하도록 했다. 그리고 일주일 후 모든 학생에게 각자의 이름이 적힌 밀봉된 봉투를 나눠주면서, 유명한 점성술사에게 그들의 생일을 알려주고 미래를 점친 내용을 받아왔다고 말했다. 봉투를 연 학생들은 하나같이 점성술사의 점괘가 정확하다며 감탄했다.

그러면 랭던은 옆 학생과 점괘 내용이 적힌 종이를 교환하라고 말했다. 학생들은 랭던이 나눠준 '점괘'가 전부 똑같은 *내용*인 것을 알고 놀랐다. 점괘에 흔한 내용이 들어가 있으니 다들 정확하다고 느낀 것이다.

너는 자신에게 비판적인 경향이 있다.
너는 독립적인 사고의 소유자인 것을 자랑스러워한다.
너는 옳은 결정을 내렸는지 의구심을 가질 때가 있다.

랭던은 일반적인 진술에서 어떻게든 자기만의 특징을 찾아내려는 것을 바넘 효과라 부른다고 설명했다. P. T. 바넘이 초능력자인 양 서커스 관객들을 속이기 위해 촌극 '성격 검사'를 활용한 것에서 비롯된 명칭이었다.

우지 세단이 급하게 왼쪽으로 방향을 틀자 랭던은 상념에서 깨어났다. 그들이 탄 차는 폴리만카 공원의 숲 사이를 달려 올라가고 있었다. 그곳은 프라하 중심부의 외곽 지역에서 아무렇게나 뻗어나간 공공 구역이었다.

언덕 꼭대기에 다다르자 산등성이에 자리한 크루시픽스 바스티온의 돌 성벽이 보였다. 랭던은 오랫동안 폐허로 방치돼 있다가 최근에 현대식으로 개조된 소규모 요새를 직접 보는 게 처음이었다. 그래도 지난밤 바스티온의 위풍당당한 새 임차인에게 융숭한 대접을 받으며 설명을 들은 덕분에 건축물 복원에 관해 원하는 것보다 더 많이 알게 되기는 했다.

바스티온의 새 임차인은 바로 브리기타 게스네르 박사였다.

체코인 신경 과학자 게스네르 박사는 카를로바 대학교의 강의 시리즈 관련 이사회의 일원이었고, 캐서린을 개인적으로 초청해 어제저녁 강연자로 세우기도 했다. 강연이 끝나고 게스네르는 캐서린, 랭던과 함께 호텔 바에서 술을 마셨다. 그런데 그 여자는 캐서린에게 축하의 말을 건네기는커녕 캐서린의 멋진 강연에 관해 거의 언급하지 않았고 그저 자기가 하는 일, 자기가 새로 만든 멋진 개인 연구소에 관한 자랑만 늘어놓았다.

"중세 요새라서 규모는 작지만 연구 시설로 쓰기에는 꽤 좋은 위치죠. 산등성이에 위치해서 그런가 도시 풍경과는 비교 자체가 안 돼요. 두꺼운 돌벽으로 둘러싸여 있어서 전자기 방해도 아주 잘 막아주죠. 신경 영상 연구를 세밀하게 진행하기에는 더없이 좋은 곳이에요."

게스네르는 뇌 영상 기술과 신경 정보 네트워크 분야에서 성공을 거둔 덕분에 재정적으로도, 그리고 연구 프로그램을 진행하는 데도 자율적일 수 있게 됐다고, 지금은 '개인 시설에서' 만족스럽게 연구하고 있다고 뿌듯한 표정으로 말했다.

우지 세단이 숲을 벗어나자 절벽 위에 있는 연구소가 모습을 드러냈다. 연구소를 보니 캐서린의 안전이 심히 걱정됐다.

문득 위기감마저 느껴졌다.

이게 부디 예지가 아니길 랭던은 조용히 바랐다.

17

 조너스 포크먼은 52번가를 따라 동쪽으로 걸어가며 차가워진 두 손을 모으고 그 안에 입김을 불었다. 이 시간에 이 거리는 오가는 사람이 없어 적막했다. 살을 에는 듯한 밤 추위 속에서 배낭에 짊어진 원고가 어깨를 무겁게 내리눌렀다. 다행히 24시간 운영하는 페덱스 매장은 한 블록 떨어진 7번가 건너편에 있었다.
 대체 누가 무슨 이유로 캐서린의 원고만 노렸는지 아무리 생각해도 알 수 없었다. 펭귄 랜덤 하우스의 데이터베이스에는 회사의 수익을 좌우하는 유명 작가들의 대작 같은 훨씬 눈에 띄는 먹잇감들이 잔뜩 있었다. 도대체 말이 되질 않았다. 포크먼은 이번 해킹이 단순히 해적판 판매를 위한 게 아니라…… 다른 목적이 있지 않나 의심이 들기 시작했다.
 약 20미터 앞에서 검은색 밴이 연석 가까이에 멈춰 서서 공회전을 했다. 아무도 없는 거리를 홀로 걷던 포크먼은 본능적인 불안감에 걸음을 늦췄다. 그런데 잠시 후에 보니 그저 피해망상일 뿐이었다. 밴 운전자가 차에서 내려 기분 좋게 휘파람을 불면서 클립보드를 읽더니 포크먼 쪽은 쳐다보지도 않고 유유히 반대 방향으로 걸어갔다.

포크먼은 긴장을 풀고 밴 옆을 지나갔다.

앞에서 걸어가던 운전자가 우뚝 멈춰 서더니 건물의 번지수를 확인했다. 그는 클립보드를 다시 들여다보고 주변을 둘러보면서 왔던 길로 되돌아와 밴을 향해 소리쳤다.

"조니! 그 이메일에 적혀있던 주소가 뭐였지? 이 근처에 수블라키 레스토랑은 안 보이는데."

포크먼이 도움을 주려고 나서며 손으로 가리켰다.

"여기서 한 블록 더 가야 합니다. 7번가를 지나서……."

뒤에서 날아온 주먹이 포크먼의 오른쪽 신장을 정확히 강타했다. 동시에 그의 머리에 시커먼 봉투가 씌워졌다. 무슨 일인지 파악하기도 전에 두 명의 힘센 손이 그를 달랑 들어 올려 밴에 실었다. 딱딱한 밴 바닥에 나뒹굴면서 그 충격으로 폐에서 공기가 쭉 빠져나갔다. 뒷문이 쾅 닫히고 몇 초 만에 밴이 빠르게 달려가는 게 느껴졌다.

숨도 못 쉬겠고 앞도 보이지 않아 공포에 사로잡힌 편집자 포크먼은 일단 숨을 고르고 상황부터 파악하려 했다. 그동안 스릴러 소설 편집을 많이 해온 터라 소설 속 인물이 누군가에 의해 눈이 가려지고 밴 뒤 칸에 실렸을 때 보통 무슨 일이 일어나는지 잘 알고 있었다.

당연히 좋은 일은 아니었다.

세 블록 떨어진 랜덤 하우스 타워에서 알렉스 코넌은 포크먼의 번호로 전부 연락해 보고 있었다. 사무실 전화, 집 전화, 핸드폰으로 연락을 해봤지만 연결되지 않았다.
'이 사람이 어딜 간 거지? 위기 상황인데!'
아무래도 포크먼이 핸드폰도 꺼버리고 밤의 어둠 속을 배회하는 모양이었다. 노이로제에 시달리는 편집자들이 밤새 머리를 식히려 자주 찾는, 회사 근처 위스키 바 '온 더 록스'에 가있을 수도 있을 것이다.
알렉스는 해커의 정체를 밝히려 애쓰고 있었지만 아직 별 진척이 없었다. 해커에게 뚫린 곳을 살펴봐도 흥미를 끄는 부분을 찾아내지 못했다.
'좀 더 면밀하게 조사해야 해.'
사라진 원고의 고유한 특징—키워드, 콘셉트, 이름—을 스캔할 수 있는 특정한 포렌식 알고리즘이 있어야 하는데, 그러려면 담당 편집자인 포크먼과 얘기를 해봐야 했다.
'아니면…… 저자인 캐서린 솔로몬 씨와 직접 통화를 하면 되지 않을까?'
펭귄 랜덤 하우스는 원칙적으로 그런 식의 통화를 금지했다. 저자와의 연락은 담당 편집자를 통해서만 하게 되어있었다. 담당 편집자는 작가의 별나고 괴상한 언행, 불안정한 면을 다룰 줄 아는 믿을만한 사람이라는 이유였다.
'웃기시네.'
지금으로선 캐서린의 원고에 대해 알렉스가 더 많이 알고 있었다. 게다가 원고 주인인 캐서린도 누가 자기 원고를 건드렸다는 걸 알 권리가 있었다. 어쩌면 캐서린이 개인적으로 위험에 처할 수도 있을 테니까.

그런 생각을 하면서 알렉스는 캐서린 솔로몬 저자 파일에 접속해 그녀의 핸드폰 전화번호를 알아내 전화를 걸었다. 포크먼 얘기로는 캐서린이 유럽에 있다고 했다. 지금 유럽이 이른 아침이긴 하지만, 캐서린이 알렉스의 전화 때문에 잠에서 깼다고 해도 비상 상황인 만큼 이해할 것이다.

신호음이 네 번 가더니 음성 사서함으로 넘어갔다.

'젠장.'

알렉스는 자기소개부터 하고, 이 메시지를 들으면 바로 연락해 달라는 내용으로 짧은 음성 메시지를 남겼다.

전화를 끊고 나서 포크먼의 핸드폰으로 다시 전화를 걸었다.

받지 않았다.

문득 포크먼이 했던 얘기가 떠올랐다. 그는 캐서린 솔로몬이 포크먼이 담당한 다른 저자인 하버드 대학의 로버트 랭던 교수와 함께 유럽 여행 중이라고 했었다.

'그럼 그 교수의 연락처도 회사 데이터베이스에 있겠네.'

알렉스는 한번 찾아보기로 했다.

그는 로버트 랭던의 저자 파일로 들어가 핸드폰 번호를 확인하고 전화를 걸었다.

랭던의 전화는 아예 신호음도 없이 곧바로 음성 메시지로 넘어갔다.

전화를 끊고 나니 완전히 혼자가 된 기분이었다.

'다들 대체 어디 있는 거야?'

18

런던에서 핀치는 그가 수립한 비상 대책이 프라하와 뉴욕에서 이행되었다고 확인받았다. 현장 통신 중 모든 글자와 목소리에 대해 종단간 암호를 제공하는 군사용 통신 플랫폼 '시그널'을 통해 받은 소식이었다.

미국인 핀치는 내부자들끼리 'Q'라는 별명으로 불리는 세계적인 조직의 유럽 본부 내에서 비밀스러운 지위를 보유한 사람이었다. 회사를 지칭하는 수수께끼 같은 별명 Q는 제임스 본드 소설 속 인물에서 따왔다. 영국 여왕을 위해 헌신하며, 치명적이고 혁신적인 무기를 개발해 공급하는 기술자이자 발명가 캐릭터의 이름이 바로 'Q'였다.

소설 속 캐릭터와 마찬가지로 현실의 Q도 높은 분…… 세상 어떤 여왕보다 큰 영향력을 가진 분을 위해 첨단 기술을 개발하는 일을 했다. 1999년에 조용히 Q를 설립한 이분은 전 세계에 전례 없는 영향력을 행사했다. 그 존재를 목격한 이도, 떠올리는 이도 거의 없지만 세계적 행사의 향방을 좌우하는 막강한 힘이 있었다.

73세의 에버렛 핀치는 세계체스연맹이 부여하는 체스 마스터 타이틀인 피데 마스터로서 등급 점수는 2,374점에 달했다. 그는 매일 에르그 머신으로 9,000미터씩 노 젓기 운동을 했고, 항정신성 정신 증강 약물인 누비질정 300밀리그램으로 아침 식사를 마무리했다. 그 약을 먹고 나면 미니밴으로 가득한 고속도로에서 홀로 포뮬러 원 경주용 자동차를 달리는 기분이었다.

10년 동안 Q의 가공할 모기관에서 권력자로 살아온 핀치는 3년 전 Q의 런던 사무소로 비밀리에 배정받았다. 모처의 누군가로부터…… 가장 규모가 크고 비밀스러운 프로젝트를 진두지휘하라는 지시를 받았다.

문지방 프로젝트였다.

법적, 도덕적 제약과 관련해 유연하게 접근해야 하는 프로젝트인데, 핀치는 '성공에 주안점을 두고 윤리적 문제를 해결하는' 능력 덕분에 그 자리로 갈 수 있었다. 그는 양심보다 성공을 우선시하는 도덕적 기준을 지닌 사람이었다.

그래서 이런 내용의 임명장을 받고도 놀라지 않았다.

문지방 프로젝트의 중요성은 아무리 강조해도 지나치지 않습니다.
이 프로젝트의 성공을 위해 필요하다면
얼마든지 특별한 조치를 취하십시오.

핀치는 생각했다.
'메시지는 받았는데, 규칙은 없네.'

골렘이 호텔 U 프린스로 들어가 지하의 블랙 엔젤스 바로 내려간 지 30분이 지났다. 그가 내려가서 보니 술집은 영업을 하고 있지 않았다. 청소부가 바닥을 쓸고, 가죽 소파에 윤기를 내고, 투박한 고대 돌벽에서 담배꽁초를 끄집어내며 청소 중이었다.

누군가의 눈에 띄기 전에 곧장 바 앞을 지나 모퉁이를 돌아서 벽장처럼 생긴 공간으로 향했다. 책상 하나, 오래된 컴퓨터 두 대가 있는 공간이었다. 컴퓨터 화면에는 블랙 엔젤의 로고가 희미하게 빛나고 있었다. 요즘 프라하에서는 외국인들의 핸드폰이 잘 터지지 않는데, 이 술집은 진귀하게도 24시간 인터넷 서비스를 제공했다. 관광객들은 이메일을 보낼 겸 블랙 엔젤스 바에 와서 술을 마시곤 했다.

아까 골렘은 계획을 실행하려면 특정한 기술 정보가 필요하다는 것을 깨닫고 블랙 엔젤스 바로 가야겠다는 생각부터 했다. 누구도 이 술집의 컴퓨터는 감시하지 않을 것이다.

'드디어 원하는 걸 찾았구나.'

그는 화면에 펼쳐진 기술 정보를 훑어보았다. 세밀한 부분은 거의 이해할 수 없지만 그런 건 중요하지 않았다. 탄도학 학위가 있어야만 총을 쏠 수 있는 것은 아니다…… 방아쇠만 손에 넣으면 된다.

그리고 그는 방아쇠의 위치를 찾았다.

게스네르는 자기 목숨을 구하려고 이런저런 비밀을 토해놓았다. 그중에는 지하 연구실 가장 깊숙한 곳, 폭 2미터짜리 강화 콘크리트 벽으로 둘러싸인 밀폐된 금고 안에 보관된 대단히 강력한 기술도 있었다.

'그 기술이면 그들의 세상 전부를 무너뜨릴 수 있어.'

정보를 얻어낸 지금, 그것을 어떻게 실행할지 그는 분명히 알 수 있었다.

브라우저의 검색 기록을 삭제하고 컴퓨터를 리부팅했다. 그는 계단을 올라가 광장으로 돌아갔다. 대담한 복수를 실행할 생각을 하자 몸에 활력이 돌았다. 복수의 충격은 프라하에서 수천 킬로미터 떨어진 곳…… 책임 있는 모든 자들에게까지 전해질 것이다.

19

크루시픽스 바스티온은 나무가 우거진 산등성이 높은 곳에 서있었다. 폴리만카 공원의 북쪽 가장자리를 이루는 산줄기였다. 1300년대 중반, 이 높이 솟은 산마루가 신성 로마 제국의 황제 카를 4세의 눈을 사로잡았다. 황제는 자신이 나고 자란 도시이며 기독교계의 번성하는 보석 프라하를 내려다보는 요새를 세우기에 알맞은 곳이라 판단했다.

황제는 산등성이를 따라 돌벽을 쌓고 그 위에 작고 튼튼한 요새를 건설했다. 요새가 올라앉은 자리가 꼭 예수 그리스도가 십자가에 못 박힌 언덕 같아서 그는 이 요새에 '크루시픽스 바스티온'이라는 이름을 붙였다.

구불구불한 진입로를 따라 올라간 우지 세단이 드디어 요새 앞에 멈춰 섰다. 랭던은 현대식으로 우아하게 리모델링된 고대 요새를 내다보며 감탄했다.

'여기가 게스네르의 개인 연구소라고?'

신경 과학자 게스네르 박사는 랭던이 상상한 것보다 더 멋지게 살고 있는 듯했다.

조수석에서 내린 야나체크가 랭던이 앉은 뒷좌석 문을 벌컥 열더니 얼른 내리라고 손짓했다. 랭던은 곧바로 차에서 내렸다. 안 그래도 비좁은 좌석에서 탈출하고 싶었고 캐서린을 빨리 보고 싶기도 했다.

폭력배처럼 생긴 운전기사를 차에 남겨둔 채 야나체크는 랭던을 데리고 눈을 맞으며 연구소 쪽으로 걸어갔다. 랭던은 하얗게 눈가루가 흩뿌려진 자갈길을 따라 걸어가면서 앞서 찍힌 발자국 몇 개를 보았다. 그중 일부는 게스네르를 만나러 온 캐서린의 발자국일 것이다.

주 출입구 위에 설치된 우아한 청동 패널에 '게스네르 연구소'라고 적혀있었다. 강철 틀 속에 큼직하고 멋진 반투명 강화 유리를 넣어 만든 문짝이 그들을 맞이했다. 손잡이를 당기는데 문이 꿈쩍도 안 하자 야나체크는 두꺼운 유리문을 쾅쾅 두들겼다.

안에서는 대답이 없었다.

야나체크는 문 옆에 있는 호출 장치를 돌아보았다. 생체 지문 감식기, 스피커, 호출 버튼으로 구성된 장치였다.

'비밀번호 입력 키패드가 없네?'

랭던은 어제저녁 게스네르가 '기발한 비밀번호'로 자기 연구소의 보안을 유지하고 있다고 자랑하던 말을 떠올렸다.

'건물 내부의 문을 얘기한 거였나.'

야나체크는 호출 버튼을 짜증스럽게 눌러댔다. 스피커에서 윙윙 소리가 나고 건물 내부에서 인터폰 소리가 났다. 신호음이 다섯 번 울린 끝에 멈췄다.

뒤로 물러선 야나체크는 그들 머리 위에 설치된 보안 카메라를 처진 눈으로 올려다보았는데, 눈 모양 때문인지 마치 카메라를 내려다보는 듯했다. 그는 카메라 앞에 대고 우지 신분증을 들어 보인 후 다시 호출 버튼을 눌렀다.

이번에도 다섯 번 신호음이 갈 뿐 여전히 안에서는 대답이 없었다.

랭던은 캐서린이 카메라 화면을 통해 자기를 보고 있을지 모른다고 생각하며 보안 카메라를 올려다보았다.

'게스네르 박사가 왜 호출에 답을 안 하지? 왜 안에서 버튼을 눌러 문을 안 여는 거야?'

두 여자는 야나체크가 찾아온 것을 알 것이다. 게스네르가 아무리 연구소 보안을 중요시해도, 이런 식으로 우지 소속 경감을 무시하는 것은 있을 수 없는 일이었다.

"캐서린 솔로몬 씨의 핸드폰 번호 좀 줘봐요."

야나체크가 핸드폰을 내밀었다.

랭던이 외우고 있던 번호를 부르자 야나체크는 자기 핸드폰으로 그 번호를 누르고 스피커폰 모드로 전환했다. 신호음 없이 곧바로 음성 메시지로 연결됐다.

'두꺼운 성벽 때문에 이 안은 통화 서비스 불가능 지역인가?'

랭던은 게스네르 같은 기술계의 거물이 연구소 경내에 휴대전화 신호 증폭기를 설치하지 않았을 리 없다는 생각이 들어 의아했다.

구시렁거리며 돌아선 야나체크가 차를 향해 소리쳤다.

"파벨!"

목이 두툼한 운전기사가 운전석에서 튀어나왔다. 그는 주인의 부름에 응하는 개처럼 야나체크에게 뛰어오며 말했다.

"Ano, pane kapitáne(예, 경감님)?"

야나체크가 유리문을 가리키며 말했다.

"Prostřílej dveře(문을 총으로 쏴)."

파벨 중위는 고개를 끄덕인 후 곧장 권총을 꺼내 앉아 쏴 자세로 문을 겨냥했다.

중위의 총에서 요란한 총성이 터져 나오자 랭던은 움찔하며 뒤로 물러섰다.

'맙소사!'

총 여섯 발이 빠르게 발사됐다. 날아간 총알이 유리문 한가운데에 거의 완벽한 원을 그렸다. 강화 유리라 부드럽고 끈적거리는 안쪽 면에 유리가 붙잡혀 있어 박살이 나지는 않았다. 파벨 중위가 그대로 문을 돌려 찼다. 묵직한 장화를 신은 그의 발이 동그랗게 총알 자국이 난 유리문을 가격했다. 원을 중심으로 바깥쪽을 향해 거미줄 같은 실금이 쫙 갔다. 중위가 한 번 더 걷어차자 유리 패널이 틀에서 분리되어 안쪽으로 쓰러졌다. 미끄러지듯 바닥으로 넘어간 강화 유리가 반짝이는 설탕 덩어리처럼 부서졌다.

랭던은 놀란 눈으로 그 광경을 바라보았다. 야나체크가 중위에게 문을 총으로 쏘게 하면서, 반투명한 유리문 너머에 사람이 있을 수도 있다는 생각을 과연 했을지 의문이었다.

총을 재장전한 파벨이 부서진 문 너머로 들어갔다. 장화 신은 발로 부서진 유리를 와그작 밟으며 좌우를 확인한 그가 '이상 무'라는 뜻으로 손짓했다.

야나체크가 랭던에게 말했다.

"먼저 들어가시죠, 교수님. 차에 남아있고 싶지 않으시다면요."

랭던은 야나체크와 총질을 해대는 미친 남자 곁에 캐서린을 홀로 두고 싶지 않았다. 부서진 문 안으로 들어가는데 심장이 마구 뛰었다. 역사상 이 중세 요새의 문이 이렇게 뚫린 게 몇 번째일까.

20

 프라하의 미국 대사관은 쉰보른 궁전에 자리하고 있다. 100여 개의 방으로 이루어진 이 궁전은 거의 모든 방에 초기의 치장 벽토 벽, 높이 9미터에 달하는 천장이 온전히 남아있다. 1656년 외다리 백작 루돌프 폰 콜로레도 발트제는 이 호화로운 궁전을 건축하면서 말을 타고 궁전으로 진입할 수 있도록 경사로를 여러 개 만들었다. 현재 공식적인 미국 대사관이 된 이 건물에서는 현장 직원 스물세 명이 이 지역 내 미국의 이익을 위해 일하고 있다.
 오늘 아침, 미국 대사관의 공보관 다나 다네크는 사무실에 혼자 앉아 일일 안건을 정리하고 있었다. 프라하 출신의 34세 여성 다나는 20대 시절 런던에서 모델 일을 한 덕분에 완벽한 영어를 구사할 수 있었다. 프라하로 돌아온 다나는 컴퓨터 관련 학위를 취득하고 미국 대사관에 취업해 홍보 관련 부서에서 일하고 있었다.
 눈이 내린 오늘 아침 사무실은 평소보다 춥게 느껴졌다. 다나는 고풍스러운 스팀 라디에이터 앞으로 걸어가 스위치를 켰다.
 "Pěkný výhled(풍경 좋네)."

뒤에서 굵은 목소리가 들렸다.

뒤돌아선 다나는 살짝 현기증이 났다. 매력적인 법률 담당 직원 마이클 해리스를 볼 때마다 그랬다. 그는 사무실 안에서 그녀에게 늘 정중하게 대했다. 물론 사무실 바깥에서나 그의 집 침실에서 그녀를 대하는 방식은 매력이 넘쳤다. 멋진 외모뿐만 아니라 경쾌한 분위기까지 갖춘 그를 보고 있으면 다나도 기분이 덩달아 좋아졌다.

"층을 잘못 찾아왔네. 대사님이 위층 사무실에서 기다리고 계셔."

해리스가 대사에게 비상 회의를 요청했다는 얘기를 들어 알고 있던 다나가 장난스레 말했다.

그런데 해리스는 이상할 정도로 진지하게 말했다.

"부탁 하나만 들어줄래? 중요한 일이야."

다나는 고개를 끄덕였다.

'원하는 건 뭐든지 말해, 마이클 해리스.'

해리스가 빠르게 요청 사항을 설명했다.

다나는 해리스가 장난을 치는 건가 싶어 그의 표정을 살폈다.

"뾰족가시 왕관을 쓴 여자······라고?"

그가 고개를 끄덕였다.

"그 여자는 오늘 아침 7시 이전부터 카를교 위에 있었을 거야. 그 여자가 어디서 왔고 그 후 어디로 갔는지만 알면 돼."

별난 요청이었다. 다나는 공개적 집회, 시위, 항의 같은 공보와 관련된 특정 사안에 한해서 감시 카메라 시스템에 접근할 수 있었다. 이건 좀······ 다른 종류의 일 같았다.

"걱정 마. 내가 책임질게."

해리스가 힘주어 말하자 다나는 생각했다.

'물론 그래야지.'

두 사람은 사내 연애 중이라 안 그래도 위험한 비밀을 공유한 사이였다. 대사관 직원들 사이에서 연애는 엄격히 금지돼 있었다.

"최대한 찾아볼게."

그는 그녀의 어깨를 살짝 잡아주며 말했다.

"고마워. 회의 끝나고 다시 들를게."

다나는 사무실을 나서는 그를 물끄러미 바라보았다.

'나더러 뾰족가시 왕관을 쓴 여자 뒤를 밟아달라 이거지…… 왜?'

지난 몇 주간 그는 별나게 비밀스럽게 굴었다. 특히 저녁에 뭘 하고 다니는지 알 수가 없었다. 근무를 마치고 다나와 만나는 시간을 점점 줄였고, 뭘 하고 다니느냐고 물으면 대답을 회피했다. 다나는 그에게 다른 여자가 생긴 게 아닌가 하는 의심이 들었다.

질투심에 불타오른 다나는 여자의 뒤를 밟아달라는 그의 부탁이 어쩌면 순전히 *개인적인* 부탁일 수도 있겠다는 생각이 들었다. 물론 터무니없는 의심이었다. 대사관 법률 담당 직원인 만큼 공무상 자원을 개인적인 용도로 사용해서는 안 된다는 것을 누구보다 잘 알고 있을 테니까. 게다가 다른 사람도 아니고 하필 다나에게 여자의 개인적인 뒷조사를 부탁하는 것은 앞뒤가 맞지 않았다.

'그래도 나를 이용하는 건 맞잖아.'

이런 생각을 하면서도 다나는 책상 앞에 앉아 대사관의 감시 카메라 인터페이스에 접속했다.

"좋아, 마이클. 뭐가 나올지 한번 볼게."

1999년 체코 공화국이 나토(NATO. 북대서양 조약 기구―옮긴이)에 가입한 후 프라하 전역에는 1,100개가 넘는 감시 카메라가 설치됐다. 미국 기금으로 진행된 기밀 감시 제휴 프로그램 '에셜론'의 일환이었다. 체코가 감시 카메라에 관해 엄격한 법률 조항을 두고 있었지만, 미국은 이 네트워크를 구축하면서 몇 가지 예외 사항을 제외하고 미국 대사관이 모든 감시 카메라 자료에 접근할 수 있게 했다……. 이에 관해 체코 당국은 여전히 반발하고 있었다.

다나 다네크도 감시 카메라 설치에 전적으로 찬성하지는 않았다. 하지만 중부 유럽 시민 대다수는 일상을 감시하는 에셜론의 눈을 받아들일 수밖에 없었다. 다나도 밤중에 아무 때나 마이클 해리스의 아파트를 몰래 드나드는 모습이 감시 카메라에 찍혔을 것이다.

'누가 내 동선을 실제로 감시하진 않아. 그러기엔 데이터가 너무 많으니까.'

다나는 마음을 달랬다.

'@얼굴되찾기' 같은 시민 사생활 보호 운동 단체는 프라하 도처에 깔린 감시 카메라에 반대하며 주기적으로 반미 시위를 벌였다. 이에 대해 미국 대사관은 단순한 진실로 반박했는데 '대다수 시민은 테러리스트에게 폭탄 테러를 당하느니…… 카메라로 감시받는 게 낫다고 여긴다'는 논리였다.

다나는 화면에 프라하의 상세 지도를 띄우고 카를교 쪽으로 커서를 옮기면서 최근에 저장된 보안 영상을 불러왔다.

21

부서진 문을 지나 크루시픽스 바스티온으로 발을 들여놓은 랭던은 총성 때문에 귀가 윙윙 울렸다. 그는 야나체크, 파벨 중위의 뒤를 따라 우아한 현관 입구로 향했다. 분홍색 대리석 바닥에 깔린 유리 파편을 로퍼화 신은 발로 밟자 와그작 소리가 났다.

야나체크는 오른쪽으로 돌아 쭉 뻗어나간 통로가 아니라 바로 앞에 있는 위압적인 강철 문에 더 집중하는 듯했다. 그 문에는 스텐실로 '연구실'이라고 찍혀있었고, 작은 강화 유리창과 생체 인식 패널이 설치돼 있었다.

"연구실로 내려가는 계단인가 보네."

야나체크는 유리창을 들여다보면서 잠긴 문을 열어보려 했다.

지하의 연구 시설로 무거운 과학 장비를 어떻게 옮겼을지 궁금해진 랭던은 승강기를 찾아 주변을 둘러보았다. 그런데 현관에는 이 계단통과 오른쪽으로 뻗어나간 통로 말고는 다른 길이 보이지 않았다. 게다가 어제저녁 게스네르 박사가 자랑하던 '영리한 비밀번호' 입력에 필요한 키패드도 보이지 않았다.

야나체크는 산산조각 나 바닥에 쓰러진 안전 유리문을 살펴보았다. 잠시 후 그는 허리를 굽혀 문틀을 들어 올리더니 연구실 입구로 끌고 가 문에 살짝 기대어 놓았다.

"임시로 만든 경보 장치입니다. 당신 친구가 우리 눈을 피해 몰래 여길 빠져나가려고 하면 이 문틀이 바닥에 떨어지면서 와장창 소리를 내겠죠."

캐서린이 몰래 도망칠 거라는 야나체크의 생각은 어이없었지만, 훌륭한 지략이긴 했다.

파벨 중위는 언제든 기습 공격을 받을 수도 있다는 듯 권총을 들어 올린 채 신중하게 현관홀을 가로질러 나아갔다.

'망할 놈의 총 치워! 그들은 무장 따윈 하지 않는 과학자들이라고!'

랭던은 이렇게 소리치고 싶은 걸 참았다.

야나체크와 랭던은 파벨 중위 뒤를 따라갔다. 작은 화장실을 들여다본 파벨은 아무도 없는 걸 확인하고 현관홀 끝으로 걸어갔다. 그곳에 왼쪽으로 꺾이는 통로가 있었다. 파벨은 권총을 겨눈 채 조심스럽게 모퉁이를 돌아갔다. 잠시 후 권총을 권총집에 넣고 경감을 돌아보며 어깨를 으쓱했다.

"Nikde nikdo(아무도 없습니다)."

랭던도 야나체크의 뒤를 따라 모퉁이를 돌아갔다. 그곳은 자연광이 한껏 쏟아져 들어와 눈부시게 환했다. 여느 비즈니스 호텔의 안마당처럼 꾸며진 대기실 공간에는 하얀 소파, 구리 가루로 마감한 테이블, 세련된 커피 용품이 준비되어 있었다. 바닥에서 천장까지 나있는 커다란 창문 너머로, 이 요새의 긴 안마당과 프라하의 고층 건물 윤곽선, 페트르진 전망대, 비셰흐라드 요새가 어우러진 장엄한 풍경이 내다보였다.

내부를 둘러보던 랭던은 뒷벽에 놓인 인상적인 예술 작품에 시선이 갔다. 브루탈리즘 양식의 벽 조각 작품인데 워낙 독특한 스타일이라 바로 알아볼 수 있었다.

'맙소사, 폴 에번스의 조각 진품이잖아?'

직사각형으로 된 각각의 격자 안에 자그마한 개별 조각품을 촘촘히 넣어 만든, 1제곱미터가 안 되는 크기의 녹빛 금속 조각이었다. '호기심 캐비닛'을 즉흥적으로 해석한 작품 시리즈 중 하나였다. 랭던이 알기로 이런 폴 에번스의 작품은 못해도 25만 달러는 넘었다. 게스네르가 어제저녁에 의료 특허로 큰 수익을 올렸다고 자랑했는데, 이렇게까지 수익성이 좋을 줄이야.

야나체크는 방 끝으로 이동했다. 그곳에 특대형 나무문이 열려있었다. 문 너머는 게스네르의 사무실인 듯했다.

"게스네르 박사?"

야나체크가 먼저 사무실로 들어갔다.

랭던은 캐서린을 만나길 바라며 따라 들어갔는데 아무도 없었다.

게스네르의 사무실은 강렬한 추상 미술 프린트 수집품으로 장식되어 있었다. 부위별로 다른 색깔이 입혀진 무정형의 회전 타원체들. 랭던은 그것인 인간 뇌의 MRI 촬영 이미지임을 보자마자 알았다.

'예술로서의 과학을 추구한다 이건가.'

자아도취에 빠진 게스네르가 자기 뇌 사진을 벽에 걸어놓았을까. DNA11 같은 영상 장비 기업들이 생겨나면서 생체 초상화가 인기를 끌었다. 고객의 DNA를 현미경으로 관찰해 그 결과물에 기반

한 예술 작품을 만들어 주는 식이었다. '개인의 고유한 특징을 드러내는 유전 공학 예술'이라는 문구로 광고도 했다.

야나체크는 게스네르의 책상 앞으로 가 인터콤과 마이크인 듯한 장비를 들여다보더니 버튼 하나를 골라 누르고는 마이크에 대고 말했다.

"게스네르 박사? 우지의 올드르지흐 야나체크 경감이라고 합니다. 이미 아시겠지만 로버트 랭던 교수와 함께 왔습니다. 할 얘기가 있으니 솔로몬 씨를 데리고 즉시 위층으로 올라와 주세요. 다시 말하겠습니다. 즉시 올라오세요. 들었으면 대답하세요."

버튼에서 손가락을 뗀 야나체크는 천장에 설치된 어안 렌즈 카메라를 쏘아보며 기다렸다.

시간이 흐를수록 랭던은 점점 불안해졌다.

'캐서린이 왜 대답을 안 하지? 저 아래서 무슨 일이 있나? 무슨 사고라도 생긴 건가?'

"교수님?" 야나체크가 랭던에게 어슬렁거리며 다가왔다. "솔로몬 씨가 코대답도 안 하는 이유를 혹시 알아요? 두 사람이 여기 있는 건 확실한 것 같습니다. 게스네르 박사의 사무실은 문도 안 잠겨있고, 건물 바깥에 갓 찍힌 발자국도 있고요."

랭던은 흐릿한 발자국이 얼마나 '갓' 찍혔는지 판별할 수 없었지만, 여기서 만나기로 한 약속 시간을 감안하면 지금쯤 캐서린이 게스네르와 아래층에 있다고 보는 게 논리적으로 타당했다. 랭던은 솔직하게 말했다.

"모르겠네요."

야나체크는 랭던을 대기실로 데려가 하얀 소파 중 하나를 가리

컸다.

"저기 앉으시죠."

랭던은 시키는 대로 측벽 앞에 놓인 기다란 소파에 앉았다. 야나 체크는 어딘가로 전화를 걸더니 속사포 같은 체코어로 통화를 시작했다.

기다리는 동안 랭던은 게스네르의 사무실을 장식한 다채로운 이미지들을 다시 둘러보았다.

그는 각 이미지에서 괴상한 윤곽과 서로 연결된 주름을 자세히 들여다보며 생각했다.

'뇌가 고작 1.4킬로그램밖에 안 되는데 과학계는 아직도 뇌의 작동 방식을 알아내지 못했어.'

어제저녁 강연 중에 캐서린이 화면을 통해 보여준 인간 뇌의 이미지는 이 사무실에 걸린 이미지들보다 확실히 덜 매력적이었다. 스테인리스강 쟁반에 담긴, 주름 자글자글하고 희멀건 조직 덩어리를 있는 그대로 찍은 실험실 사진이었으니까.

캐서린은 청중에게 이렇게 말했다.

"이 덩어리는 바로 여러분의 뇌입니다. 아주 오래된 햄버거 덩어리처럼 보이지만 이 기관은 기적 그 자체라고 할 수 있어요. 뇌는 860억 개의 신경 세포를 포함하고 있고, 그 신경 세포들이 100조 개 이상의 시냅스 연결을 구성하죠. 이 연결 덕분에 복잡한 정보를 거의 즉시 처리할 수 있습니다. 게다가 시냅스 연결은 시간이 흐르면 필요에 따라 스스로를 재조직화합니다. 신경가소성이라고 알려진 이 현상 덕분에 뇌는 적응하고 배우면서 손상에서 회복할 수 있습니다."

캐서린이 다음 사진을 보여주었다. 테이블에 놓인 DVD 한 장이었다.

"이것은 4.7기가바이트의 정보를 저장할 수 있는 표준 DVD입니다. 거의 2,000장의 고해상도 사진에 해당하는 용량입니다. 평균적인 인간 두뇌의 기억을 저장하려면 DVD가 몇 장 필요할까요? 힌트를 드리죠……. 필요한 DVD를 차곡차곡 쌓으면……." 캐서린은 블라디슬라프 홀의 높다란 천장을 가리키며 덧붙였다. "이 건물 꼭대기를 뚫고 한참 더 올라가야 합니다. 사실…… 어마어마한 높이라서…… 국제 우주 정거장에 닿을 정도죠."

캐서린은 자기 머리를 손으로 톡톡 두드렸다.

"우리는 각자 수백만 기가바이트의 데이터를 여기에 저장합니다. 이미지, 기억, 평생 받아온 교육, 다양한 능력, 언어…… 이 모든 내용이 이 작은 공간에 깔끔하게 분류되어 정리돼 있죠. 현대 기술이 그만한 용량의 정보를 저장하려면 데이터 웨어하우스(어떤 업무와 관련해 기업 활동을 지원하는 대규모 데이터베이스—옮긴이) 하나가 필요할 정도입니다."

캐서린은 파워포인트를 끄고 무대 앞으로 걸어갔다.

"유물론적 세계관을 가진 과학자들은 이 작은 기관이 어떻게 이토록 광대한 양의 정보를 저장할 수 있는지 여전히 답을 찾지 못하고 있습니다. 물리적으로 불가능해 보이죠……. 이게 바로 제가 유물론자가 아닌 이유입니다."

청중석에서 다시 조그맣게 웅성거림이 일었다.

'또 벌집을 건드렸군.'

캐서린은 인간의 의식에 관해 상반되는 두 가지 철학에 관해 논하면서 예민한 부분도 주저 없이 건드리고 있었다.

'유물론 대 노에틱 과학.'

유물론자들은 의식을 비롯한 모든 현상을 오로지 물리적 물질과 그 상호작용이라는 관점으로 설명 가능하다고 믿었다. 유물론자들의 견해에 따르면 의식은 물리적 과정의 부산물에 지나지 않았다. 즉 뇌 안에서 다른 화학적 과정과 함께 벌어지는 신경망의 활동인 것이다.

하지만 노에틱 과학자들은 의식을 그렇게 제한된 그림으로 보지 않았다. 노에틱 과학자들은 의식이 뇌 과정에 의해 만들어진 것이 *아니라* 공간, 시간, 에너지 같은 우주의 근본적인 측면 중 하나이며 육체 안에 국한되어 있지 않다고 보았다.

랭던은 한 사람의 체중에서 2퍼센트밖에 안 되는 뇌가 신체의 에너지와 산소를 *20퍼센트 가까이* 소모한다는 것을 알고 놀란 적이 있었다. 캐서린은 이런 불일치야말로 뇌가 기존 생물학이 아직 밝혀내지 못한 놀라운 활동을 하는 증거라고 여겼다.

'캐서린의 원고는 아마 그런 불가사의를 풀어내는 내용일 거야.' 랭던은 조너스 포크먼이 캐서린의 원고를 읽기 시작했을지 궁금했다. '내가 아는 조너스라면 아마 밤새 원고를 붙잡고 있었을 테니 지금쯤 절반 가까이 읽었겠네.'

야나체크는 두 번째 통화를 하고 있었다. 점점 다급해지는 그의 목소리를 들으며 랭던은 신경이 더욱 곤두섰다. 손목시계를 힐끔 내려다보면서 해리스와 대사가 한시라도 빨리 이곳에 도착하기를 바랐다.

소파에 앉아 기다리는 동안 방 저쪽 끝에 있는 거대한 폴 에번스

벽 조각품을 다시 살펴보았다. 그는 그 값비싼 미술품을 보자마자 짓눌리는 기분을 느끼고 있었다.

비싼 예술품에 열광한 나머지 세계적인 수준의 걸작을 구매해 놓고 안전한 미술관에 두는 대신 굳이 자기 집으로 가져와 열악한 조명과 안전하지 못한 조건에서 진열하는 사람들을 랭던은 좋게 보지 않았다.

'게다가 게스네르는 저 작품을 제대로 걸어두지도 않았어.'

폴 에번스는 저 조각품을 그림처럼 벽 한가운데에 걸어두기를 원했을 것이다. 하지만 게스네르는 작품을 바닥에 아무렇게나 놓아두었을 뿐 아니라, 그 위에 막대를 가로놓아 앞으로 쓰러지지 않게 대충 조치한 후 수직으로 세워두었다.

'돌벽이라 단단하니 저런 막대 없이도 작품의 무게를 감당할 수 있을 텐데.'

묵직한 수평 막대를 보고 있는데 뜻밖의 생각이 뇌리를 스쳤다.

'혹시······.'

랭던이 완벽한 예술 작품을 조금 더 바라보다가 자리에서 일어나 그 앞으로 걸어가자 파벨이 앞을 가로막더니 권총을 빼 랭던의 가슴에 정확히 겨눴다.

"Nechte toho(얌전히 있어)."

랭던은 두 팔을 들어 올렸다.

'맙소사!'

야나체크가 전화를 끊고 중위에게 차분히 고개를 끄덕이며 체코어로 뭐라 말하자 파벨이 권총을 내리고는 권총집에 넣었다.

랭던이 야나체크에게 소리쳤다.

"이 사람 지금 뭐 하는 짓입니까?"

"자기 일을 하는 거죠. 당신이 우리한테서 벗어나려고 했잖습니까?"

랭던은 화가 치밀었다.

"벗어난다고요? 그런 게 아니라……."

"그럼 뭘 하려던 겁니까?"

랭던은 잠시 생각을 정리하며 머뭇거리다 대답했다.

"화장실에 가려고 했습니다." 그는 거짓말을 하면서 도로 자리에 앉았다. "그런데 별로 안 급하네요."

골렘은 구시가지 광장의 자갈길을 가로질러 택시 승차장으로 걸어가며 선글라스를 꼈다. 잠을 못 잤는데도 기운이 넘쳤다. 복수심을 마음껏 발산하려면 어떻게 해야 하는지에 오로지 생각이 집중되어 있었다.

어젯밤 게스네르는 암울한 진실을 털어놓았다. 동료들이 프라하시 지하 깊숙한 곳에 동굴처럼 넓고 깊은 형태의 시설을 은밀히 지어놨다고 했다.

'그들은 그곳을 문지방이라고 부른다고 했어.'

그 프로젝트의 규모는 경악스러울 정도로 거대했다. 골렘을 가장 놀라게 만든 것은 그 시설의 정확한 위치였다.

'이 도시의 심장부. 매일 수백 명이 아래에 뭐가 있는지도 모르고…… 그 위를 걸어 다니고 있어.'

그 시설로 들어가는 방법을 묻자 게스네르는 저항하려 했지만 끝내 고문의 고통을 견디지 못하고 털어놓았다. 문지방으로 들어가려면 숨겨진 입구의 위치를 정확히 알아야 하고…… 매우 특별한 RFID 키 카드도 필요하다고 했다.

골렘은 몇 분 동안 잔혹한 고문을 가한 끝에 두 가지를 다 얻어낼 수 있었다. 그는 필요한 정보와…… 게스네르가 갖고 있던 RFID 키 카드를 확보한 후 게스네르를 죽게 내버려 두었다.

그런데 나중에 알고 보니 게스네르는 중요한 정보 하나를 끝내 그에게 말해주지 않았다. 키 카드만으로는 그 시설로 들어갈 수 없다는 사실이었다.

좌절하고 지친 골렘은 쓸모없는 키 카드를 주머니에 넣은 채 어두운 밤길을 터벅터벅 걸어 집으로 향했다. 그런데 집으로 가는 길 중간쯤에서 문제를 해결할 방법이 떠올랐다. 생각을 거듭할수록 점점 확신이 섰다.

'두 번째 물건이 필요해.'

다행히 골렘은 지금 그 물건이 어디 있는지 잘 알고 있었다. 이 도시를 내려다보는 산등성이에 위치한 게스네르의 개인 연구소였다.

그는 택시에 올라타며 말했다.

"Bastion u Božích muk(크루시픽스 바스티온으로 갑시다)."

22

파벨 중위는 자기 때문에 로버트 랭던이 너무 놀라 화장실 생각도 잊은 것 같아서 우쭐해져서는 만족감에 젖었다. 이 미국인은 이제 소파에 얌전히 앉아 멍하니 허공만 응시하고 있었다.
'코앞에 권총을 들이댔으니 혼비백산할 만도 하지.'
파벨은 보란 듯이 모퉁이를 돌아가 홀을 뚜벅뚜벅 걸어서 화장실로 들어갔다. 랭던이 들을 수 있게 화장실 문을 활짝 열어놓은 채 요란하게 소변을 보고 물을 내렸다.
화장실에서 나오는데 야나체크가 모퉁이를 돌아 이쪽 통로로 다가오는 모습이 보였다.
야나체크가 파벨에게 말했다.
"담배 한 대 피우고 올게."
오랜 시간 함께 일해온 덕분에 파벨은 야나체크가 어디서든 마음대로 담배를 피운다는 것을 알고 있었다. 그런데도 굳이 다른 곳으로 자리를 옮긴다는 건 듣는 귀가 없는 데서 전화 통화를 하기 위해서일 것이다. 야나체크는 그럴 때가 많았다.

"폭파팀이 저걸 폭파하러 올 거야, 30분 안에."
야나체크는 연구실로 내려가는 계단을 가로막은 강철 문을 가리키며 말했다.
파벨은 연구실 문을 바라보며 같은 생각을 했다.
'제어 발파 한 번이면 아래층으로 내려갈 수 있겠네.'
박살 난 현관 문틀은 여전히 경보음 구실을 하게끔 연구실 문에 기대어 있었다. 파벨이 보기에는 오늘 누가 저 문을 통해 제 발로 걸어 나올 것 같진 않았다. 그들은 야나체크 경감의 명령을 이미 거부했으니…… 남은 선택지가 별로 없을 것이다.
야나체크가 말했다.
"밖에 나가서 폭파팀을 기다리고 있을 테니까, 넌 여기서 아무도 연구소 밖으로 못 나가게 해. 특히 랭던이 시야에서 벗어나지 않게 하고."
파벨은 알겠다는 뜻으로 발꿈치를 착 붙였다.
그는 거의 5년 가까이 야나체크의 오른팔 노릇을 해왔다. 하지만 경찰 내에서 파벨이 올드르지흐 야나체크의 조카라는 사실을 아는 사람은 별로 없었다. 파벨은 겨우 아홉 살 때 우연한 사고로 아버지를 잃었다. 관광객이 몰던 오토바이에 치여 세상을 떠난 것이다. 어머니마저 알코올 중독자가 되자 파벨은 하루 대부분을 거리에서 보내기 시작했다. 동네에서 강도짓을 하다가 어느 날부터는 가게 주인들에게 보호비 명목으로 돈을 뜯으며 살았다.
그러다 열아홉 살 때 그가 경찰에 체포되자 그의 어머니는 어디론가 사라져 버렸고, 그동안 왕래도 거의 없던 삼촌 올드르지흐가 조카를 대신해 나섰다. 우지에서 잘나가던 올드르지흐 야나체크는 파벨의 배짱과 재주를 알아보고는 둘 중 하나를 택하라고 했다. 감옥에 가서 평생 범죄자들과 함께 썩든가…… 아니면 우지에서 훈련을 받으면서 삼촌한테 직접 범죄자 잡는 방법을 배우든가.

표현은 거칠지만 조카를 사랑하는 마음이었다. 선택은 단순했다. 파벨은 법의 충실한 하인이 되기 위해 열심히 노력했다. 우지 훈련을 중간 성적으로 마친 파벨은 실무에 투입된 후 빠르게 승진했다. 지금은 20대 후반의 나이에 중위라는 높은 계급으로, 삼촌을 야나체크 경감님이라 부르며 일하고 있었다.

'삼촌에게 큰 빚을 졌어.'

야나체크는 파벨이 잃은 아버지 자리를 대신해 주었다. 젊은 중위는 야나체크 경감의 대담함과 결단력을 숭배했다. 야나체크는 '법을 집행하려면 때로는 법 위에 서야 한다'는 좌우명에 충실하게 사는 사람이었다. 그는 오늘 아침에 한 것처럼…… 무리하게 수사를 진행할 때면 그 흔적을 지우는 일을 파벨에게 믿고 맡겼다.

'내가 삼촌을 끝까지 보호하리라는 걸 알아서겠지.'

파벨은 현관홀에 서서 야나체크 경감이 건물 밖 앞마당으로 나서는 모습을 바라보았다. 눈 내리는 앞마당은 길쭉한 직사각형이었다. 방문객이 휘청하며 절벽 밑으로 떨어지지 않도록, 야트막한 돌담이 앞마당을 빙 둘러싼 형태로 세워져 있었다. 경감은 잔디밭에 놓인 상록수 화분들 사이로 걸어가면서 어딘가로 전화를 걸더니 앞마당 저 끝에 가서 앉아 하늘을 배경으로 그려진 프라하시의 윤곽선을 바라보았다.

파벨은 그 틈에 메시지를 확인하려고 핸드폰을 들여다보았다. 새로 설치한 '드림 존'이라는 앱의 알림이 와있을 수도 있었다. 그 앱은 유럽인들의 마음을 완전히 사로잡은 가상 데이트 플랫폼이었다. 파벨은 자신이 컴퓨터가 생성한 여성과 수다를 떠는 것에 흥미를 갖게 될 줄 상상도 못했다. 하지만 그도 여느 남자들처럼 사진을 보여주고 환상적인 이야기를 들려주는 섹시한 대화창에 중독되고 말았다.

'새로운 알림 11개.'

기다리는 동안 읽을거리가 생기자 그의 입가에 미소가 걸렸다. 손에 핸드폰을 들고 랭던을 지켜보기 위해 대기실로 돌아갔다. 그런데 대기실에 들어가서 보니 랭던이 앉아있던 소파에 아무도 없어 깜짝 놀랐다. 파벨은 좌우는 물론이고 대기실 구석구석을 돌아보았다. 게스네르의 사무실로 달려 들어가 확인했지만 아무도 없었다.

혼란스럽던 머릿속으로 순식간에 두려움이 들어찼다. 파벨은 미친 듯이 대기실을 뛰어다니며 소파와 의자 뒤를 살펴보았다.

'이 자식이 대체 어디로 갔지?'

로버트 랭던이 흔적도 없이 증발해 버렸다.

불과 6미터도 떨어지지 않은 곳, 폴 에번스의 벽 조각 작품 바로 뒤에 숨겨진 어둑한 벽감 속에 랭던은 가만히 서있었다. 몇 분 전 드디어 혼자 있게 된 랭던은 소파에서 벌떡 일어나 폴 에번스의 작품 앞으로 다가가 좀 더 자세히 들여다보았다. 역시 작품 위에 가로놓인 강철 막대는 작품을 그 자리에 고정하는 장치가 아니었다.

이동식 문의 트랙이었다.

그리고 이 작품은 어마어마하게 비싼 문짝이었다.

랭던은 조각품의 오른쪽 가장자리를 단단히 붙잡고 왼쪽으로 들어 올렸다. 거대한 조각품이 스르르 미끄러지면서, 대단히 정밀한 볼 베어링 롤러 위에서 균형을 맞추며 미끄러졌다. 그 뒤에는 예상대로 출입구가 숨겨져 있었다. 랭던이 얼른 그 안으로 들어가자 용수철이 장착된 슬라이더 장치가 조용히 그의 뒤로 문을 닫았다.

어둑한 공간에 적응하고 있는데 파벨 중위가 건너편 대기실을 뛰어다니며 욕하는 소리가 들려왔다.

조각품 뒤의 벽감 공간은 대기실과 마찬가지로 잘 꾸며지고 평온한 분위기였다. 벽에는 값비싼 나무 패널이 붙어있었고 대리석 기둥 위쪽에는 전자 양초들이 깜박이며 빛을 발했다. 촛불은 브러시드 가공이 된 금속 문을 비추고 있었다.

'전용 승강기잖아.'

게스네르의 작은 연구실로 들어가는 입구로는 뒷계단보다 이런 전용 승강기가 더 어울리긴 했다. 승강기 옆에서 은은하게 빛나는 키패드가 랭던의 눈길을 사로잡았다.

기발한 비밀번호로 연구소의 보안을 유지하고 있다고 한 게스네르의 말이 허풍은 아니었던 것이다. 이제 랭던이 해야 할 일은 비밀번호를 알아내는 것이었다.

23

조너스 포크먼은 낙하산 없이 헬리콥터에서 뛰어내리고, 교활한 사이코패스의 손에 익사할 뻔하고, 가파른 옥상에 매달린 채 총알을 피하는 등 온갖 무시무시한 순간들을 경험했다. 물론 죄다 그가 편집한 서스펜스 소설의 페이지에 펼쳐진 시나리오였다.

지금 그에게 닥친 공포는 실제였다.

머리에 씌워진 봉투 때문에 점점 숨쉬기가 힘들었고 두 팔은 등 뒤로 결박돼 있었다. 그는 10분 가까이 고속도로를 내달리는 차량의 단단한 금속 바닥에 쓰러져 있었다. 외투 주머니에서 핸드폰이 몇 차례 진동했는데 받을 수 있는 상태가 아니었다.

지금까지 일어난 일로 판단하자면 그는 두 남자에게 납치당했다. 말투로 보아 둘 다 미국인인 듯했다. 그들은 포크먼의 배낭을 샅샅이 뒤졌다.

'저들이 원고를 가져갔어.'

두렵기도 했지만 의아함이 더 컸다.

'대체 왜?'

밴이 갑자기 고속도로를 벗어나 지상 도로를 타고 빙 돌아가는 느낌이 들다가 갑자기 멈춰 섰다. 납치범들이 드디어 그의 머리에서 봉투를 벗겨내자 포크먼은 군인처럼 머리를 짧게 깎은 건장한 30대 남자를 마주 보게 됐다. 온통 검은 옷을 입은 그 남자는 움찔할 정도로 가까이 놓인 우유 상자에 걸터앉아 얼음처럼 차가운 눈으로 포크먼을 노려보고 있었다.

겁에 질린 포크먼은 납치범의 등 뒤로 차창을 힐끔 내다보았다. 보이는 거라곤 나무와 어둠뿐이었다. 멀리서 중장비 소음이 들렸다.

'여기가 어디지?'

첫 번째 납치범보다 키가 약간 작은 또 다른 납치범은 조수석에 앉아 노트북으로 타이핑을 하고 있었다.

'아까 보도에서 클립보드를 들고 서있던 남자잖아.'

노트북을 두드리던 남자가 말했다.

"준비됐어."

바짝 깎은 머리를 한 그의 동료가 밴의 천장에 설치된 비디오카메라로 손을 뻗어 포크먼의 얼굴을 향하도록 방향을 조정했다.

'첫 번째 생존 규칙. 겁먹은 티를 절대 내지 마라.'

포크먼은 속으로 되새기며 간신히 입을 뗐다.

"카메라 좋네요. 여기서 무슨 틱톡 영상이라도 찍는 겁니까?"

대담한 말에 놀랐는지 남자가 그를 힐끗 내려다보았다.

포크먼은 침착하게 말하려 안간힘을 썼다.

"아니면 우리 가족한테 보낼 몸값 요구를 위한 영상을 찍는 건가?"

그러자 남자가 딱 잘라 말했다.

"당신 가족 없잖아. 결혼도 안 했고, 1주일에 6일을 일하고, 4년 넘게 이 나라 밖으로 나간 적도 없어."
'맙소사! 이 사람들 뭐야?'
처음에는 미 육군인가 했는데, 요즘 같아서는 정확히 알 수가 없었다. 몇 년 전 포크먼은 현대 용병의 비밀스러운 세계에 관한 논픽션 책을 편집해 출판했다. 블랙워터, 트리플 캐노피, 와켄헛, 인터내셔널 디벨롭먼트 솔루션스 같은 의문투성이의 이름을 가진 용병 전문 회사들에 관한 내용이었다.
지금 그의 눈앞에 있는 이 두 요원도 누군가를 위해 일하는 자들일 것이다.
군인 머리를 한 남자가 외투 안쪽에서 작은 태블릿을 꺼내더니 이리저리 스크롤하다가 포크먼의 눈앞에 화면을 들이밀었다.
"여기가 어딘지 알아보겠어?"
포크먼은 화면 속 사진을 바라보았다. 한참 지나서야 그게 무엇인지 알 수 있었다.
'이게 뭐야?'
그의 집 거실이었다. 어퍼 이스트 사이드에 있는 통풍 잘되는 그의 아파트를 누군가 마구 뒤진 흔적이 역력했다······. 벽에 걸려있던 미술품이 아래로 떨어져 있었고 책장은 텅 비었으며 소파는 마구 찢겼고 테이블은 뒤집혀 있었다.
군인 머리가 말했다.
"우리가 뭘 찾고 있었는지 맞혀봐."
포크먼은 그 남자의 바짝 깎은 머리를 눈여겨보며 대답했다.
"실력이 좀 그럴싸한 이발사?"
군인 머리가 다짜고짜 다가와 포크먼의 배에 큼지막한 주먹을 꽂

앉다. 포크먼은 배를 움켜잡고 옆으로 쓰러져 숨을 몰아쉬었다.

"다시 묻지." 남자가 포크먼을 잡아 일으켜 엎드리게 했다. "우리가 뭘 찾고 있었을까?"

"모…… 모…… 모릅니다."

포크먼은 겨우 숨을 쉬었다.

노트북을 두드리던 남자가 화면에 나타난 데이터를 들여다보다가 고개를 절레절레 흔들며 말했다.

"거짓말이네."

그러자 군인 머리가 말했다.

"마지막으로 묻겠다. 당신이 대답하기 전에 우리 '아바타'를 소개하지." 그는 천장의 비디오카메라를 가리켰다. "당신 안구 운동이랑 얼굴의 미세한 변화, 자세 변화를 추적하는 AI 엔진이야. 첨단 진실성 분석 시스템이라고 하지."

'진실성 분석 시스템?'

포크먼은 카메라 장치에 과장된 이름을 붙인 것이 표현상 적절하지 않다고 지적하려다가 그만두었다. 적어도 저 비디오카메라의 용도에 대해서는 알게 됐으니 됐다.

우유 상자에 걸터앉은 군인 머리가 불편할 정도로 가까이 얼굴을 들이댔다.

"우린 당신에 대해 전부 알고 있어, 조너스. 당신이 밤늦게까지 일하는 거, 업무 회의 겸 점심을 먹지 않는 날에는 센트럴 파크에서 조깅하는 거, 화이트 호스 태번이라는 술집에서 작가들이랑 진 마티니를 즐겨 마시는 것도. 그러니까 허튼수작 부릴 생각 마. 간단한 질문을 하나 하지."

포크먼은 아픈 배를 부여잡고 기다렸다.

"우리가 당신 배낭에서 찾아낸 원고 말인데, 유일한 인쇄본인가?"

포크먼은 그들이 어떤 대답을 듣고 싶어 하는지 알고 있었다. 지금 사실대로 말하는 순간 그는 협상력을…… 어쩌면 목숨도 잃게 될 것이다.

선택지가 별로 없기에 포크먼은 눈을 감고, 그가 편집한 책 중에서 제일 인기 많은 스릴러 시리즈의 주인공이 이런 상황에서 어떻게 행동했는지를 떠올렸다. 그 주인공은 세 가지 단순한 방법으로 거짓말 탐지기를 늘 속여 넘겼는데, 포크먼은 실제로 그 방법을 써 본 적은 없었다.

첫째, 어깨에 힘을 빼고 배에서도 긴장을 풀었다.

둘째, 검지와 엄지를 살짝 모으며 천천히 숨을 골랐다.

셋째, 그가 진실로 밀어붙이고 싶은 정보의 이미지를 머릿속에 명확히 그려냈다. 랜덤 하우스에 있는 그의 책상에 안전하게 보관된 원고 인쇄본 열두 묶음 이미지였다.

그러고 나니 마음이 차분히 가라앉았다.

그는 최대한 침착하게 말했다.

"아뇨. 내 배낭에 있던 원고 말고도 여러 개 있어요."

노트북을 들여다보던 놈이 즉시 고개를 저었다.

"거짓말이야."

'제기랄, 조너스! 사실대로만 적혀있었으면 그게 소설이겠냐!'

군인 머리가 다시 배에 주먹질하려고 하자 포크먼이 황급히 말했다.

"잠깐만요! 펭귄 랜덤 하우스에 보관된 *디지털* 사본을 말한 겁니다."

그러자 군인 머리가 재미있다는 눈빛으로 말했다.

"포크먼 씨, 디지털 사본은 우리가 전부 *지웠어*. 당신이 복사 센터로 급하게 가고 있던 이유가 그래서잖아?"

포크먼은 아무 말도 할 수 없었다. 심장이 미친 듯이 뛰었다. 밴 바깥에서 요란한 기계음이 들려왔다. 공업용 기기의 엔진 소리 같았다.

군인 머리가 말했다.

"복잡하게 굴지 말자고. 당신 배낭에 있던 인쇄본 그리고 펭귄 랜덤 하우스 서버에 있던 디지털 자료 외에 *다른 버전의 원고*가 또 있어? 디지털이든 출력한 원고든 그 외에 다른 형태로든?"

포크먼은 고개를 저었다.

"아뇨. 남은 건 제 배낭에 있던 원고뿐입니다."

"*남아있었던 건*이라고 표현해야겠지. 당신 배낭에 있던 원고는 우리가 이미 없앴으니까."

펭귄 랜덤 하우스 데이터 보안실에서 혼자 작업 중이던 알렉스 코넌은 경악했다.

'이건 말도 안 돼.'

그는 키보드를 두드려 페이지 새로 고침을 했다. 눈앞에 나타난 정보가 부디 잘못 나온 것이길 바랐다. 하지만 새로 고침을 할 때마다 소름 끼치는 이미지가 나타나고…… 또 나타났다.

'맙소사, 안 돼…….'

포크먼도 보이지 않고 캐서린 솔로몬이나 로버트 랭던과도 연락이 닿지 않으니 어쩔 수 없이 대담한 조치를 취해야 할 것 같았다.

'넌 기술이 있고, 접근 방법도 알아.'

알렉스는 그 두 가지를 모두 갖고 있었다. 그 방법을 쓰는 게 합법적인지는 알 수 없지만, 해커를 추적하려면 어쩔 수 없이 정보에 접근해야 했다. 컴퓨터 화면에 불안한 이미지가 떴다. 지금 자신이 보고 있는 것을 아무리 순화해서 해석하려고 해도 알렉스의 머리는 유일하게 논리적인 결론…… 소름 끼치는 결론으로 자꾸만 귀결되었다.

'펭귄 랜덤 하우스의 이 책을 없애려 한 사람이 누구든…… 작가를 이미 죽인 것 같은데.'

24

 숨겨진 벽감의 어둠 속에서 랭던은 게스네르의 전용 승강기 옆에 붙어있는 문자와 숫자로 된 키패드를 자세히 살펴보았다. 머릿속으로는 어제저녁 게스네르와의 만남을 복기하고 있었다.
 게스네르는 유머 감각도 없고 엄숙하기만 한 사람이었다. 창백한 피부, 팽팽한 입술, 플라멩코 댄서처럼 뒤로 바짝 당겨 묶은 머리카락. 랭던은 처음 만난 순간부터 게스네르 박사가 마음에 들지 않았다. 캐서린의 강연이 끝난 후 게스네르는 포시즌스 호텔의 코토크루도 술집으로 찾아왔다.
 랭던이 고른 뒤쪽의 조용한 부스로 게스네르가 다가오자 캐서린이 자리에서 일어나 따뜻하게 맞아주었다.
 "게스네르 박사님! 와주셔서 고마워요. 이 아름다운 도시에서 강연할 수 있게 초대해 주신 것도요."
 게스네르는 형식적인 미소를 지으며 체코어 억양이 살짝 섞인 영어로 말했다.
 "오늘 저녁에 많은 분들이 오셔서 박사의 이름이 널리 알려졌겠군요."

캐서린은 상대의 칭찬에 정중하게 어깨를 으쓱하면서 랭던을 가리켰다.

"말씀 감사합니다. 이쪽은 제 동료인 로버트 랭던 교수인데, 아시죠?"

랭던이 일어나 손을 내밀었다.

"만나서 반갑습니다."

게스네르는 그의 손을 무시하고 부스로 들어와 앉았다.

"아직 술은 주문 안 했길 바랄게요. 방금 전에 이 지역 사람들이 즐겨 마시는 술을 이쪽으로 갖다 달라고 요청해 놨거든요." 그 여자는 랭던 쪽을 돌아보며 말을 이었다. "교수님 걸로는 '루체'를 주문해 뒀어요. 캐나다 위스키, 체리 비터스, 메이플 시럽, 베이컨을 섞은 코토크루도의 대표 칵테일이죠."

'베이컨?'

랭던은 평소 마시던 놀렛스 리저브 진을 넣은 베스퍼 마티니를 마시고 싶었다.

"그리고 당신을 위해서는 스타로플제네츠키를 주문했어요, 캐서린. 체코의 보헤미안 압생트예요. 우리끼리는 아직 이 술 이름을 발음할 수 있으면 한 잔 더 마셔도 된다는 농담을 하곤 하죠."

'환대를 가장한 기싸움인가?'

랭던은 그들을 보며 생각했다. 보헤미안 압생트보다 독한 술은 손에 꼽을 정도인데 캐서린은 술에 약한 편이었다.

캐서린이 공손하게 말했다.

"역시 세심하시네요. 이 마법 같은 도시에서 강연을 할 수 있어

163

서 정말 좋았어요. 영광이었고요."
 랭던은 캐서린의 자세, 우아한 옆모습, 폭포처럼 부드럽게 흘러내린 길고 검은 머리카락을 감탄의 눈길로 바라보았다.
 게스네르는 어깨를 으쓱했다.
 "강연은 재미있더군요. 다만 소재가 좀…… 뭐랄까 형이상학적이었어요."
 "아, 그렇게 들으셨다니 유감이네요."
 "노에틱 과학을 우습게 보는 건 아니지만, 나 같은 합리적인 과학자들은 영혼이니 영적 비전이니 우주 의식 같은 묘한 개념을 믿지 않아요. 우리는 종교적 황홀경부터 두려움 극복에 이르기까지 인간의 경험은 모두 뇌의 화학 작용에서 비롯된다고 생각하죠. 원인과 결과인 거니까. 나머지는…… 망상이고."
 '방금 자기는 합리적인 과학자고 캐서린은 망상에 빠진 과학자라고 한 거 맞지?'
 랭던이 발끈하자 캐서린은 미소를 지으며 테이블 밑으로 그의 허벅지를 장난스레 살짝 꼬집었다.
 게스네르가 말을 이어갔다.
 "당신이 신경 과학 박사 학위를 받은 후에 노에틱의 세계로 빠져든 게 참 흥미롭더군요. 신경 과학은 가장 유물론자다운 전공인데 말이죠."
 캐서린은 그 말을 농담으로 받았다.
 "제가 캘리포니아 출신이라 그렇지 않을까요? 덕분에 더 큰 그림을 보고 싶어 하는 사람으로 자라났죠."
 랭던은 참을 수가 없어 끼어들었다.

"죄송하지만, 노에틱 과학을 그렇게 낮잡아 보시면서 솔로몬 박사를 강연자로 초대하신 이유가 뭡니까?"
게스네르는 재미있는 질문이라는 표정이었다.
"두 가지 이유가 있어요. 첫째는 원래 강의하기로 했던 유럽 뇌 위원회의 에이바 이스턴 박사가 강연을 취소해서예요. 우린 그 자리를 대신할 다른 여성 학자가 필요했죠. 캐서린 같은 사람이라면 그 기회를 놓치지 않을 거라고 봤죠. 둘째, 캐서린이 어떤 인터뷰에서 내 논문 중 하나가 곧 출간될 자기 책을 집필하는 데 영감을 줬다고 말한 걸 읽었어요."
그러자 캐서린이 말했다.
"그건 사실이에요. 그 인터뷰를 보신 줄 몰랐어요."
"잘 봤어요, 캐서린." 게스네르는 마치 어린애를 대하듯 잘난 체하는 말투였다. "다만 당신은 내 *어떤* 논문에서 영감을 받았는지 언급하지 않았어요."
"《유럽 신경 과학 저널》에 실린 '뇌전증의 뇌 화학'이라는 논문이잖아요."
"그 논문은 노에틱 과학자의 이해 범위를 벗어나지 않나요? 당신 입맛에 맞는 결론을 내려고 내 연구 내용을 왜곡하는 게 아니길 바랄게요."
"그럴 일 없습니다."
랭던은 캐서린이 끝까지 정중한 태도를 유지하자 놀랐다.
'나 같으면 이런 여자한데 이렇게까지 예의를 갖추지 못할 텐데.'
게스네르가 대답했다.
"어쨌든 그 분야의 전문가로서, 당신 책에 수록될 그 부분을 미리 읽고 싶은데요. 원고 사본을 하나쯤은 가지고 있겠죠."

"저한테 없습니다."

캐서린은 솔직하게 대답했지만 게스네르는 그럴 리 없다는 표정이었다.

"그럼 나한테 한 부 구해다 줄 수는 있겠죠. 읽어보고 마음에 들면 책 광고를 도와줄게요. 내 유명세가 꽤 자자해서 당신의 첫 책에 신빙성을 부여하는 데 꽤 도움이 될 거예요."

캐서린은 거의 성인급의 인내심을 내보이며 대답했다.

"그렇게 말씀해 주셔서 감사합니다. 담당 편집자에게 물어볼게요."

원하는 것을 바로 얻어내지 못해서인지 게스네르는 짜증이 치미는 듯했다.

"그러세요. 그건 그렇고 내일 내 개인 연구소로 초대해서 작업물을 보여주고 싶어요. 직접 보면 아주 흥미로울 거예요. 나도 당신의 눈을 뜨이게 해주고 싶네요."

랭던이 초조하게 자세를 바꾸자 캐서린이 테이블 밑으로 그의 손을 꼭 잡아 누르며 게스네르의 초대를 받아들였다.

그로부터 20분이 지난 후에도 게스네르는 말을 멈출 줄 몰랐다……. 어느 순간부터 랭던의 귀에 그 여자의 말은 들어오지도 않았다. 메이플 시럽과 베이컨을 섞은 지독하게 맛없는 칵테일을 반쯤 마셨더니 아침 식사를 하고 난 후처럼 입안이 텁텁했다. 혼자 떠들어 대는 게스네르의 말이 조금만 더 길어졌으면 그는 술을 한 잔 더 시켜야 했을 것이다.

'이번에는 달걀프라이 마티니라도 마셔야 하나?'

캐서린은 압생트를 조금밖에 안 마셨는데도 벌써 취기가 오르는

지 혀가 꼬이고 눈도 제대로 뜨지 못했다.

게스네르가 퉁명스럽게 말했다.

"내 연구가 워낙 혁신적이라서, 솔로몬 박사가 내일 연구소에 오기 전에 기밀 유지 서약서에 서명해 줘야겠어요."

랭던이 듣기엔 같은 과학자끼리는 도저히 할 수 없는 말도 안 되게 오만한 요구 조건이었다.

"마침 나한테 한 장 있어요." 게스네르는 가죽으로 된 작은 서류 가방의 잠금쇠를 열기 시작했다. "지금 미리 서명해 두면 내일 바로……."

랭던이 끼어들었다.

"지금 캐서린이 법률 서류를 찬찬히 읽어볼 수 있는 상태가 아닌 것 같습니다. 내일 박사님의 연구소에 도착해서 하면 어떨까요?"

게스네르는 못마땅한 티를 내면서 서류 가방 너머로 그를 빤히 쳐다보았다. 랭던이 밀릴지 안 밀릴지를 가늠하는 듯했다. 그러다 마침내 입을 열었다.

"네, 그러죠."

게스네르는 다시 캐서린과 대화를 재개했다. 랭던은 캐서린의 연구를 우습게 보는 신경 과학자 게스네르가 자기 개인 연구소는 왜 그렇게 보여주고 싶어 안달하는지 궁금해졌다. 게스네르의 동기가 무엇이든 내일 아침에 캐서린을 설득해 연구소 방문을 취소하게 해야겠다고 마음먹었다.

"상처 주려고 하는 말은 아니에요, 캐서린!" 게스네르가 별안간 목청을 높인 바람에 랭던은 생각의 고리가 끊어졌다. "다만 초자연적 현상이라든지 초자연 과학 같은 것에 대한 혐오를 숨기는 편도 아니고 해서요. 《사이언티픽 아메리칸》 잡지에 실린 표제 기사 기억하죠?"

캐서린이 미소 띤 얼굴로 대답했다.

"그럼요. '브리기타 게스네르 박사를 신경 초자연 과학자 따위로 부르지 마라'라는 제목이었잖아요."

"맞아요." 게스네르는 지나치게 큰 목소리로 다시 웃었다. "다들 그런 농담을 즐겨 했죠. '초자연 과학은 과학이 아니다'라고 했던 내 말을 마우스 패드에 새겨서 나한테 선물로 보낸 팬도 있어요. 어떤 동료는 내 연구실 비밀번호를 초자연 과학을 뜻하는 PSI로 바꾸라고 농담 삼아 얘기하기도 했고요. 내가 그 단어를 비밀번호로 삼을 거라고는 아무도 *생각 못 할* 거라면서 말이죠!"

"*재미있네요.*"

캐서린은 압생트를 한 모금 마셨다.

"더 재미있는 건, 그로부터 몇 년 후 내가 새 연구실의 보안 비밀번호를 정해야 할 때 그의 충고가 떠오른 거예요……. 그래서 PSI를 비밀번호로 정했어요!"

랭던은 의아해하며 한쪽 눈썹을 치켜떴다. 게스네르가 연구실 비밀번호를 겨우 세 글자로 정했다는 것도, 지금 그들에게 비밀번호를 말해준 것도 이해할 수 없었다.

게스네르가 웃으며 덧붙였다.

"정확히 P, S, I라고 한 건 아니에요. 암호화했죠. 아주 영리한 방식으로요."

'그러시군요.'

게스네르가 랭던을 힐끗 쳐다보며 말했다.

"교수님은 수수께끼를 좋아하시죠? 내 암호화 얘기를 듣고 솔깃하셨겠어요."

"그럼요."

그는 건성으로 대답했다. 그러자 게스네르는 우쭐해하며 말했다.

"'고대 그리스인에게 바치는 아랍의 헌사를 라틴어로 살짝 비틀어서 만든' 꽤 기발한 암호예요."

게스네르는 술잔 가장자리에 걸려있던 레몬 껍질을 집어 술잔 속으로 툭 던져 넣었다.

'저런 식으로 자기 말을 강조하는군.'

랭던은 이 여자가 무슨 얘기를 하려는 건지 알 수가 없었다.

"영리한 방법을 쓰신 것 같네요."

압생트를 마시고 취기가 오른 캐서린이 불쑥 말했다.

"로버트는 비밀번호를 해독할 수 있을 거예요. 암호 전문가거든요."

게스네르가 히죽 웃었다.

"아무리 그래도 쉽지 않을걸요. 교수님이 비밀번호를 추측해서 알아낼 확률은 3조5억 분의 1이니까요."

랭던은 주저 없이 말했다.

"그렇다면 일곱 개로 된 문자와 숫자의 조합이겠군요."

기습에 놀란 게스네르가 눈이 확 커지며 움찔했다. 캐서린이 술에 취해 웃었다.

"말씀드렸잖아요. 암호에 능한 사람이라고!"

게스네르는 긴장한 표정이었다.

"지수에도 능하신 것 같네요. 좋아요, 교수님. 더는 힌트를 못 드리겠어요."

"알겠습니다." 랭던이 일어서며 말했다. "오늘은 이만 자리를 파하는 게 좋겠습니다."

"아, 아빠가 파티를 좋내시네요." 게스네르는 보드카 토닉을 거의 다 남긴 채 따라 일어섰다. "캐서린, 내일 아침에 봐요. 크루시픽스 바스티온에서 8시 정각에요."

랭던은 속으로 생각했다.

'갈 수 있을지 두고 봅시다.'

자리에서 일어선 캐서린은 잔에 남은 압생트를 쭉 들이켰다. 랭던은 캐서린이 저 칵테일에 완전히 취하기까지 3분 정도 남았을 테니 그 전에 캐서린을 위층 호텔 방으로 데려가야겠다고 생각했다.

작별을 고하고 나온 랭던은 캐서린을 부축해 통로를 지나 스위트룸으로 향했다. 오늘 밤 이렇게 오래 게스네르의 언행을 잠자코 참은 자신에게 화가 치밀었다. 그동안 온갖 오만한 학자들을 만나봤지만 브리기타 게스네르는 완전히 다른 수준이었다.

'고대 그리스인에게 바치는 아랍의 헌사를 라틴어로 살짝 비틀어서 만들었다고? 진심으로 하는 소린가?'

랭던은 아까 그 자리에서 게스네르의 '기발한 비밀번호'를 풀어 그 여자의 코를 납작하게 해줄 걸 그랬다 싶었다. 하지만 시간은 이미 지나갔다.

'잊어버리자. 무슨 상관이야?'

스위트룸으로 돌아온 캐서린은 씻기 위해 욕실로 들어갔다. 랭던은 속이 꼬여 쉬이 잠들 수 없을 것 같아 거실을 서성였다. 게스네르와의 만남을 잊고 싶었지만, 대단히 우월한 존재라도 되는 양 우쭐대던 게스네르의 태도를 생각하면 승부욕이 불타올랐다. 그는 게스네르의 수수께끼를 풀기 위한 방법을 찾으려 머릿속으로 분석을 시작했다.

'조각조각 나눠서 생각해 보자. 아랍의 헌사라······.'

아랍이라고 했으니 단순한 문자와 숫자의 조합은 아닐 것이다. 그는 게스네르가 다른 아라비아 문자, 즉 1,000년 넘게 아랍인들이 보급한 수학적 언어인 숫자를 언급한 것이라고 확신했다.

'비밀번호는 숫자로 되어있겠네.'

그는 소리 내어 말하며 생각을 이어갔다.

"고대 그리스인에게 바치는 아랍의 헌사라······."

논리적으로 따져볼 때 게스네르의 비밀번호가 숫자로 되어있다면 그 여자가 말한 '헌사'도 숫자와 관련되어 있을 가능성이 높았다. 수학과 관련된 고대 그리스인에게 바치는 헌사일 것이다.

'고대 수학자 중 제일 유명한 세 명은 모두 그리스인이지.'

그 세 명의 이름은 랭던의 뇌에 명확히 새겨져 있었다. 고등학교 시절 수학 과목을 담당한 브라운 선생님이 학교의 머리글자 'ㅍㅇㅇ'이 다들 생각하는 것처럼 '필립스 엑시터 아카데미'의 앞 글자가 아니라 초기 수학을 대표하는 세 명의 위인 피타고라스, 유클리드, 아르키메데스의 앞 글자를 모은 것이라고 수업 시간에 설명해 준 덕분이었다.

'게스네르는 그중 어떤 것을 활용했을까?'

랭던은 머릿속에 목록을 그려놓고 궁리를 거듭했다.

피타고라스: 피타고라스 정리, 비율의 정리, 지구 구형설.
유클리드: 기하학의 아버지, 원뿔곡선, 정수론.

아르키메데스: 아르키메데스 나선, 원주율, 원의 면적.

랭던은 숨을 죽이고 생각하다가 크게 외쳤다.
"원주율 파이(Pi)구나."
방에서 캐서린이 자기한테 한 말인 줄 알고 대꾸했다.
"좋은 생각이야! 룸서비스에 전화해. 나도 파이 한 조각 먹을래!"
'그 파이 말고.'
빙그레 웃으며 침실로 들어간 랭던은 몽롱한 상태인 캐서린을 침대에 데려가 눕혔다. 캐서린에게 잘 자라고 입맞춤을 한 후 거실로 돌아와 롤탑 책상에서 종이 한 장과 펜을 꺼내 들고 소파에 앉았다. 시작한 퍼즐을 마무리해야겠다는 충동적인 욕구에 사로잡혔다.
게스네르의 퍼즐에 대한 답은 아직 명확하지 않았다. 생각해 보니 역사상 가장 유명한 숫자인 파이(Pi)의 철자가 PSI와 비슷했다.
'게스네르는 PSI를 암호화해서······ 비밀번호를 만들었다고 했어.'
제대로 추리하고 있다는 느낌이 들었다.
그는 원주율 파이의 숫자를 종이에 적었다. 3.14159.
파이의 숫자는 고대 그리스인에 대한 헌사이고, 아라비아 숫자로 표현됐으니 게스네르가 말한 세 가지 조건 중 두 가지에 부합했다.
'고대 그리스인에게 바치는 아랍의 헌사.'
3.14159의 소수점이 문제였다. 첫째, 문자와 숫자로 구성된 비밀번호일 테니 소수점을 입력할 방법이 없을 것이다. 둘째, 소수점은 아랍인들이 만든 게 아니라 스코틀랜드의 수학자 존 네이피어가 고안한 것이다.

'소수점을 그냥 삭제하면 이 두 가지 문제를 해결할 수 있어.'

그래도 한 가지 문제가 남았다. 314159는 파이를 나타낼 수 있지만…… PSI와는 관련이 없었다.

10분이 지나도록 추리가 제자리를 맴돌자 랭던은 오늘은 여기까지 하자고 마음먹었다.

'게스네르의 비밀번호에 대해서는 나중에 생각해도 되겠지……. 잊어버려도 그만이고.'

랭던은 침대로 가 캐서린 옆에 누웠고…… 악몽을 꾼 캐서린이 비명을 지르며 일어날 때까지 일곱 시간을 내리 잤다.

'아주 오래전의 일처럼 느껴지네.'

지금 그는 어두운 벽감 안에서 승강기를 앞에 두고 서있었다. 비밀번호를 입력하게 되어있는 키패드를 바라보면서 게스네르의 짜증 나는 수수께끼를 어제 풀었으면 좋았겠다는 생각을 했다.

벽 너머에서 파벨이 요란하게 욕을 쏟아내고 있었다. 잠시 후 파벨이 대기실 밖으로 달려 나가는 소리가 들렸다. 야나체크를 찾으러 간 모양이었다. 그들 모르게 이 요새에서 빠져나갈 기회였지만…… 여기서 도망친다고 해도 어디로 간단 말인가?

'캐서린 없이 혼자 떠나진 않을 거야.'

캐서린에게 무슨 일이 생겼을까 봐 점점 걱정됐다.

'아래층으로 내려가 봐야겠어.'

키패드로 다시 시선을 돌렸다. 하루가 지났으니 게스네르의 비밀번호를 풀 마지막 퍼즐 조각을 찾아낼 가능성이 조금은 커지지 않았을까. 사람은 잠을 자는 동안 문제를 해결할 가능성이 높다. 잠을 자는 동안 잠재의식이 중요한 단서들을 연결해 줄 수 있으니까.

어젯밤 랭던은 314159가 '고대 그리스인에게 바치는 아랍의 헌사'가 맞다고 여기며 잠자리에 들었다.

지금 생각하면 완전히 맞는 것은 아니었다.

'라틴어로 살짝 비틀어서 만들었다는 부분을 놓쳤어.'

랭던이 알기로 영어를 비롯한 전 세계 언어 대부분이 로마자, 즉 *라틴 알파벳*으로 알려진 글자 체계를 사용했다. 키패드의 버튼에 적힌 숫자와 문자를 바라보고 있는데 문득 지금까지 숫자에 너무 초점을 둔 나머지 문자를 사용할 수 있다는 사실을 잊고 있었음을 깨달았다.

'라틴어로 살짝 비틀었다는 게 문자를 뜻하는 건가?'

머릿속에 가장 단순한 형태가 떠올랐다. 바로 비틀어진 듯한 형태의 문자인 'S'였다.

'맙소사. 말 그대로 라틴어 문자를 비튼 거네!'

어젯밤에 게스네르가 그 말을 하면서 자기 술잔에 레몬 조각을 의기양양하게 툭 떨어뜨리던 모습이 떠올랐다. 그 모습이 그의 기억에 인상 깊게 남아있었다.

'S가 바로 남은 퍼즐 조각이야.'

나머지는 단순했다.

'그렇게 하면 PI가 PSI가 되겠네!'

게스네르의 암호는 아라비아 숫자와 라틴어 상징, 즉 숫자와 문자의 조합이었다. 랭던이 실수한 게 아니라면 답은 314S159일 것이다!

그는 게스네르가 '고대 그리스인에게 바치는 아랍의 헌사를 라틴어로 살짝 비틀어서 만든 암호'라고 한 말에 비추어 논리를 다시 점검했다.

'314159는 그리스의 숫자 파이(pi)에게 바치는…… 아랍의 헌사가 맞고…… 가운데 'S'는 PI를…… PSI로 만들어 주는, 비틀린 라틴어 문자야……. 이게 바로 게스네르의 비밀번호일 거야.'

아르키메데스처럼 '유레카'를 외쳐도 될만한 상황이었지만 랭던은 조용히 키패드 앞으로 걸음을 옮겼다.

숨을 죽이고 일곱 개의 문자와 숫자로 된 비밀번호를 조심스럽게 디지털 화면에 입력했다.

3 1 4 S 1 5 9

맞게 입력했는지 한 번 더 확인한 후 숨을 내쉬며 엔터 키를 눌렀다.

아무 일도 일어나지 않았다.

절망감에 휩싸인 그의 귀에 잠시 후 딸깍 소리와 함께 문 뒤에서 희미한 기계음이 들려왔다. 그 소리가 점점 커지더니…… 아래서 승강기가 스윽 올라왔다.

'유레카…….' 그는 안도의 미소를 지었다. '3조5천억 분의 1의 확률인데 맞혔네.'

문이 열리자 나무 패널로 된 특대형 승강기 내부가 모습을 드러냈다. 밀실 공포증을 애써 억누르며 그는 안으로 발을 들였다. 아래층 연구실로 데려다줄 버튼을 찾으려고 승강기 벽을 살펴보았다.

승강기에는 버튼은 물론이고 어떤 종류의 제어 장치도 없었다.

문이 자동으로 닫히더니 랭던을 태우고 아래층으로 조용히 내려갔다.

25

택시를 타고 크루시픽스 바스티온을 향해 산등성이를 올라가는 내내 골렘의 머릿속에는 캐서린 솔로몬의 이미지가 펼쳐졌다. 프라하 성의 연단에서…… 멋지게 강연하던 그녀의 모습이 눈앞에 선했다. 그날 그는 지금처럼 눈에 띄지 않는 옷을 입고 뒷좌석에 조용히 앉아 강연을 들었다.

캐서린의 강연을 듣는 동안 어찌나 몰입했는지 마치 그녀가 그에게 단독으로 말하고 있는 듯한 느낌을 몇 번이나 받았다.

'당신 생각이 옳다는 살아있는 증거가 바로 나야, 캐서린.'

캐서린은 블라디슬라프 홀에 모인 청중의 관심을 한 시간이 넘도록 강력하게 사로잡았다. 인간의 의식 작용을 완전히 새로운 시각으로 해석한 그녀의 강연은…… 짜릿할 정도로 새로운 가능성을 열어주었다.

특히 캐서린의 이 말이 골렘의 마음에 강력하게 와닿았다.

"인간의 의식에 관한 전통적인 시각이 완전히 잘못됐다는 것을 분명히 입증하는 특별한 현상이 있습니다. 바로 갑작스러운 서번트 증후군이라는 현상인데, 임상적 정의를 내리자면 '인간의 머릿속에 전에 없던 독특한 기술이나 지식이 갑작스럽게 발현되는 현상'입니다." 캐서린은 미소 띤 얼굴로 설명을 이어갔다. "다시 말해, 여러분이 무언가에 머리를 세게 맞고 기절했다가 깨어났는데 갑자기 바이올린 명인이 된다거나 포르투갈어를 유창하게 하게 된다거나 수학 천재가 된다거나 하는 거죠……. 전에는 전혀 없던 능력이 갑자기 생겨나는 겁니다."

캐서린은 갑작스러운 서번트 증후군을 보인 사례자들의 사진과 영상을 연달아 빠르게 보여주었다.

루벤 은세모: 16세 미국인. 축구 경기 중에 머리에 발길질을 당해 혼수상태에 빠졌다가 깨어난 후 완벽한 스페인어를 구사하게 됨.
데릭 아마토: 중년 남성. 물웅덩이에 다이빙했다가 머리에 충격을 받음. 기절했다가 깨어난 후 음악에 천재성을 나타내며 거장급 피아니스트가 됨.
올랜도 L. 세렐: 열 살 소년. 야구공에 맞고 의식을 잃었다가 깨어난 후 갑자기 복잡한 달력 계산을 할 줄 알게 됨.

"여기서 이런 의문을 제기할 수 있습니다. *어떻게 이게 가능하지? 머리를 걷어차였는데 스페인어 구사 능력이 마법처럼 뇌에 입력됐다고? 평생 연습한 수준의 바이올린 연주 능력이 생겼다고? 수백 년의 범위에 걸쳐 과거와 미래의 특정한 날짜의 요일을 맞힐 수 있게 됐다고? 뇌에 관한 기존 모델로 해석하자면……* 이런 현상은 전부, 사실상 불가능한 일이죠."

캐서린은 핸드폰을 보고 있는 젊은 남자를 손으로 가리키며 물었다.

"선생님이 지금 그 핸드폰을 벽에 던졌다가 다시 집어 들었는데 핸드폰의 사진 갤러리에 완전히 새로운 사진들이 담겨있다면…… 가본 적도 없는 장소의 사진이라면 어떨까요."

"불가능한 일이죠."

물론 골렘은 그런 현상이 어떻게 가능한지 이해했다. 우주의 신호가 그런 식으로 엇갈리는 이유도 알고 있었다. 캐서린 솔로몬도 잘 아는 것이다.

"마이클 토머스 보트라이트 씨에 관한 놀라운 이야기를 들려드리겠습니다."

캐서린은 미 해군 출신 남자에 관한 이야기로 넘어갔다. 그 남자는 호텔 방에서 의식을 잃었다가 깨어난 후 스웨덴어를 유창하게 할 수 있게 됐다. 지금까지의 삶에 대한 기억을 모두 잃은 그는 자기가 요한 에크라는 스웨덴 사람이라고 말했다.

캐서린은 논지를 납득시키기 위해 제임스 라이닝어라는 사람에 관한 유명한 이야기를 들려주었다. 두 살배기 남자 아기인 제임스 라이닝어는 불타는 전투기 조종석에 갇혀 죽어가는 악몽에 시달렸다. 깨어있는 시간에는 불타는 전투기 그림을 그리고, 기술 용어를 써가며 복잡한 비행 전 루틴을 줄줄 읊었다. 그의 부모나 제임스가 그때까지 들어본 적 없는 용어였다. 놀란 부모가 그런 얘기를 어디서 들었냐고 묻자, 아이는 자기 이름은 제임스 라이닝어가 아니라 제임스 휴스턴이며, 친구 잭과 함께 전투기를 타고 '나토마 호'에서 날아오른 전투기 조종사라고 말했다. 2차 세계대전 관련 자료를 살펴본 부모는 제임스 휴스턴이라는 전투기 조종사가 동료인 잭 라슨과 함께 항공모함 *나토마 베이* 호에서 전투기를 타고 이륙했다는 기록이 나오자 경악했다. 비행 중에 격추당한 휴스턴은 불타는 조종석에 갇힌 채 사망했다. 그 이야기는 상당히 묘하게 전개됐는데, 지금은 무수한 다큐멘터리와 온라인에서 끝없는 추측의 소재가 됐다.

"설명할 수 없는 현상이지만 *사실입니다.* 그야말로 기존의 의식에 관한 모델의 근간을 뒤흔드는…… 변칙이죠. 지금 우리는 인간을 이해하는 방식이 달라지는 지점에 서있습니다. 인간의 정신 작용에 관한 기존의 과학적 관점이 더 이상 맞지 않는다는 충격적인 진실을 인정하는 뛰어난 지성들—신경 과학자, 물리학자, 생물학자, 철학자—이 점점 늘어나고 있습니다. 새로운 모델이 필요한 시점이죠. 우리의 생각, 재능, 아이디어는 어디에서 오는가라는 단순한 질문에 기존 모델로는 답할 수 없다는 것을 인정해야 할 때입니다. 그것이 바로 오늘 저녁 강연의 주제입니다."

골렘이 탄 택시가 마지막 모퉁이를 돌아 크루시픽스 바스티온으로 향하고 있었다. 저 멀리에 연구소가 보였다. 그는 연구소를 확인하자마자 플렉시 글라스 칸막이를 두드리며 소리쳤다.

"Zastavte! Zastavte(세워요! 차 세워요)!"

택시 기사가 브레이크를 꽉 밟으며 차를 세웠다.

골렘은 이곳을 찾아온 자가 자기뿐인 줄 알았는데, 건물 앞에 우지 세단이 세워져 있어 놀랐다.

'이 시간에 여기 왜 다른 사람이 있는 거야!'

골렘은 택시를 보내고 나서 요새까지 천천히 걸어 올라갔다. 시설을 둘러싼 숲 사이로 조심스럽게 이동했다. 가까이 가면서 보니 건물 출입문이 박살 나있고, 출입구 너머 바닥에 흩어져 있는 유리 조각이 보였다.

'우지가 게스네르의 연구소에 침입한 건가?'

그렇다면 가지러 온 물건을 확보하기 어려울 수도 있을 것이다.

'그게 없으면 문지방에 접근할 수 없는데.'

박살 난 현관 안쪽에는 인기척이 없고, 안뜰 끄트머리에서 움직임이 포착됐다.

70미터쯤 떨어진 곳에서 정장을 입은 홀쭉한 남자가 야트막한 담 너머를 살피면서 전화 통화를 하고 있었다.

'우지 소속 경찰? 게스네르의 연락책 중 하나인가?'

어느 쪽이든 저 남자 때문에 일이 꼬이게 생겼으니…… 이 상황을 바로잡아야 했다.

26

크루시픽스 바스티온의 안마당 끄트머리에서 통화를 마친 야나체크 경감은 야트막한 돌담 너머 깊은 협곡을 내려다보았다. 이상하게도 기운이 났다. 이토록 흥분되는 이유가 위험천만해 보이는 협곡 풍경 때문인지, 아침에 일어난 일들 때문인지는 중요하지 않았다.

'오늘은 괜찮은 날이었어.'

날이 갈수록 관광객들로 넘쳐나는 프라하에서 법 집행관으로 수년을 일해오는 동안 그는 점점 좌절감이 쌓여갔다. 다들 안전한 도시를 만들라 요구했고, 야나체크는 할 수 있는 최선을 다했다. 하지만 성과를 내지 못해서 혹은 너무 공격적이라는 이유로 늘 질책당했다.

'둘 중 하나만 해야 할 거 아니야. 강력한 규칙을 세우든지 아니면 혼란을 감수하든지.'

몇 년 전 술에 취해 흥청대던 미국 대학생들을 상대하고 나서 그는 우지 내에서 몇 번이나 승진에 미끄러져 팀장 직함을 달지 못했다. 술에 취한 그 젊은 놈들은 야나체크가 막아서자 자기 권리만 오지게 내세우고 적대적으로 굴면서 반발했다. 넌더리가 난 야나체크는 따끔하게 혼이라도 내주려고 그들을 그날 밤 동안 유치장에 가둬두었다.
 그런데 그 녀석들 중 하나가 미국 상원의원의 아들이었다. 분노한 상원의원이 프라하의 미국 대사관에 즉시 전화를 걸었다. 곧장 풀려난 녀석들은 '공권력 남용'과 '정신적 충격'을 이유로 야나체크에게 소송을 걸었다.
 그 일로 야나체크는 제대로 승진하지 못했다.
 '오늘 미국인들에게 여기서 통제권을 쥔 사람이 누구인지 똑똑히 보여주겠어.'
 폭파팀이 곧 도착할 거라고 했다. 야나체크는 지금부터 한 시간 동안 기자 회견도 할 작정이었다. 기자들은 저명한 하버드 대학교수와 잘나가는 미국인 과학자를 수갑 채워 크루시픽스 바스티온에서 끌고 나오는 그의 사진을 찍어댈 것이다.
 기자들 앞에서 그는 "오늘 이 두 미국인은 책을 홍보하기 위해 사람들의 목숨을 위험에 빠뜨렸습니다"라고 준엄하게 말할 것이다.
 이 주장이 전부 사실은 아니지만, 거짓말이 드러날 일도 없었다. 조카인 파벨이 뒷수습을 잘해주고 있었다. 우지는 형제애로 굴러가는 집단이라, 법 집행 과정에서 때로는 규칙을 좀 벗어난다고 해도 어느 정도는 용인되었다. 이 나라에 엄청난 영향력을 행사하는 미국 대사관을 상대할 때는 특히 더 그랬다.
 곧 이루어질 복수를 떠올리며 기대에 부풀어 있는데 핸드폰이 울렸다.
 핸드폰에 뜬 발신자를 보고 그는 자신감 있게 미소를 지었다.
 '호랑이도 제 말 하면 온다더니.'

야나체크는 이 여자와 여러 차례 충돌했고 번번이 졌다.
'오늘은 안 져.'
"대사님, 저를 또 찾아주시고 이거 매번 영광이네요."
그는 미국 대사와 통화하면서 빈정대는 속내를 굳이 감추지 않았다.
"야나체크 경감, 지금 크루시픽스 바스티온에 있습니까?"
야나체크는 거만하게 말을 받았다.
"그렇습니다. 폭파팀 도착을 기다리고 있는데 미국인을 최소한 한 명은 체포할 계획입니다."
대사는 단호한 목소리였다.
"해리스가 지금 내 옆에 있어요. 이 사람은 캐서린 솔로몬이나 로버트 랭던이 폭탄 설치와 무관하다고 확신하고 있습니다."
"그런데도 솔로몬 씨가 체포에 불응하는 이유가 뭘까요?"
"야나체크 경감, 한 번만 얘기할 테니 잘 들으세요. 당신이 모르는 복잡한 사정이 있으니까……."
"미국인들의 복잡한 사정 따위 내가 알 바 아닙니다, 대사님! 내가 아는 건 크루시픽스 바스티온이 대사님의 관할 구역이 아니라는 겁니다. 대사님은 내가 진입하는 걸 막을 수……."
"A DOST(그만하세요)!"
대사가 체코어로 소리치자 야나체크는 움찔했다.
그가 입을 다물자 대사가 강하고 나지막한 소리로 말했다.
짧은 한마디…… 그게 전부였다.
야나체크는 트럭에 치인 것처럼 충격에 휩싸였다.
그 순간 모든 게 달라졌다.

27

 아래층에 도착한 승강기가 서서히 멈췄다. 랭던의 맥박이 빠르게 뛰었다. 승강기 안에서 밀실 공포증이 밀려왔다. 캐서린을 못 찾을까 봐 점점 걱정되어서였다.
 '캐서린이 여기 어디 있어야 할 텐데……'
 승강기 문이 열리자 800년 된 요새답게 거친 질감의 돌벽 사이로 길게 뻗어나간 통로가 나타났다. 통로 바닥은 우아한 헤링본 무늬가 들어간 단단한 무늬목으로 되어있어 벽과 대조를 이루었다. 일정한 간격으로 설치된 매립등이 우아하고 은은한 빛을 뿌렸다.
 숨 막히게 답답한 승강기에서 걸어 나간 그는 부드러운 조명에 적응하며 나지막하게 그녀의 이름을 불렀다.
 "캐서린?"
 등 뒤로 승강기 문이 닫히자 통로를 살펴보았다. 오른쪽 벽을 따라 우아한 나무문 다섯 개가 넓은 간격으로 배치되어 있었는데, 문틀은 아치형이고 문설주는 돌로 되어있었다. 이 연구소는 인테리어만 보자면 신경 과학 시설이라기보다 호화로운 비즈니스 호텔에 가까웠다.

위층에 있는 파벨 중위의 귀에까지 들리지는 않을 것 같아 랭던은 목소리를 높였다.

"게스네르 박사님?"

첫 번째 문을 열고 들어가 보니 돌벽과 멋진 카펫, 높은 보관장이 있는 넓고 고상한 분위기의 사무용 스위트룸이었다. 책상 위에 컴퓨터 두 대, 일반 전화기 한 대, 잔뜩 쌓인 서류가 있었다. 게스네르가 실제로 업무를 보는 공간인 듯했다.

"계십니까?"

그는 바로 옆 사무실을 들여다보며 말했다. 조금 전 사무실보다 약간 좁은 편이었다. 사진과 조화 식물로 꾸며진 책상 위에 'Пей воду!'라고 적힌 자홍색 물병이 있었다. 무슨 뜻인지는 몰라도 러시아어 키릴 문자인 것만은 확실했다. 게스네르는 자기랑 같이 일하는 연구소 조수가 러시아인이라고 했다.

조수 사무실에서 나온 랭던은 통로를 따라 다음 문 앞으로 갔다. 그 문에 붙어있는 상징의 의미를 파악하기까지 잠시 시간이 걸렸다.

처음에는 동그라미 중간에 점이 있는 오래된 상징을 살짝 변형한 그림인가 했다. 필라델피아 플라이어스 아이스하키팀 로고처럼 보이기도 했다. 잠시 후에야 그는 그것이 커다란 튜브 속에 반듯이 누운 사람의 모습을 본뜬 현대적인 그림 문자임을 알아챘다.

'여기가 이미징 연구실이구나.'

그는 문을 세차게 두드렸다.

문 너머는 고요했다.

"캐서린? 안에 있어?"

그는 나지막하게 부르면서 문을 밀어 열었다. 자동으로 조명이 켜지면서 거대한 이미징 기계 두 대를 갖춘 정교한 조정실이 보였다. CAT 스캔 기계와 MRI 기계 옆에서 지켜보는 사람은 아무도 없었다.

랭던은 그 방을 나와 세 번째 문 앞으로 다가갔다. 문에 붙은 방 표지판을 보니 희망이 생겼다.

가상 현실

게스네르가 가상 현실 작업을 언급한 적이 있어서, 랭던은 지금 두 여자가 이 방 안에 있을지도 모른다고 생각했다. 가상 현실의 충만한 감각에 몰두한 나머지 인터콤 소리를 못 들었을 수도 있다.

예전에 한 번 경험한 가상 현실을 떠올리니 불안감이 밀려들었다. 어떤 학생의 제안으로 그는 '더 클라임'이라는 암벽 등반 시뮬레이션을 경험했다. 가상 현실 헤드셋을 착용하자마자 그는 절벽에서 튀어 나간 좁은 바위에 위태롭게 서있었다. 저 아래는 수백 미터 낭떠러지였다. 실제로는 평평한 땅에 안전하게 서있다는 걸 알면서도 그는 겁에 질려 온몸이 마비되는 느낌이었다. 중심이 흔들리고 방향 감각을 잃어 한 발자국도 내디딜 수 없었다. 놀랍게도 가상 현실은 그의 뇌가 사실이라고 인식하는 *실제* 현실보다 더 진짜 같았다.

'다시는 안 해.'

그는 가상 현실 연구실의 문을 쾅쾅 두드리다가 문을 밀고 들어갔다.

"캐서린? 게스네르 박사님?"

문 너머는 카펫이 깔린 좁은 방이었다. 돌벽으로 된 방 한가운데에 리클라이너 의자 하나가 놓여있었다. 방에 스크린은 없지만 단독석으로 된 홈 시어터 같은 느낌이었다. 의자 등받이에는 전선이 연결돼 있고 머리에 착용하는 방식으로 사용하는 큼직한 고글이 걸려있었다.

'분위기가 으스스하네. 캐서린도 없고.'

그는 가상 현실 연구실을 나와 통로를 따라 몇 걸음 더 나아갔다. 비상용 안약과 샤워 칸이 갖춰진 화장실에는 아무도 없었다.

계속 걸어간 랭던은 이 연구소의 마지막 문 앞에 섰다. 방문 표지판에는 이렇게 적혀있었다.

기개실

젊은 기술 스타트업 기업들 사이에서 통용되는 새로운 표현이었다. 랭던은 조너스 포크먼이 "쓸데없는 줄임말"이라고 비웃은 덕분에 이 표현을 알게 됐다. 포크먼은 '기술 개발'이라고 제대로 쓸 기력도 없는 젊은이들은 개발 비용이니 뭐니 해가며 수백만 달러를 투자받을 생각도 하지 말아야 한다고 주장했다.

랭던은 가볍게 노크한 후 문을 밀어 열었다.

'마지막 기회야.'

제발 캐서린이 문 너머에 있기를 바랐다.

문이 안쪽으로 열린 순간 랭던은 순간적으로 눈앞이 보이지 않았다. 방 안은 눈부시게 환한 빛으로 가득했고······ 시끄러웠다. 새하얀 타일 바닥 위에 매달린 강렬한 형광등이 윙윙거리고, 산업용 환풍기는 웅웅댔으며, 경고음 같은 삐이삐이 소리가 끝없이 공기를 갈랐다. 랭던은 신경이 확 곤두섰다.

그는 소음 너머로 외쳤다.

"계십니까? 캐서린?"

방 안으로 들어서자 여기저기 미로처럼 복잡하게 놓인 작업대들이 보였다. 작업대 위에는 전자 장치며 도구, 부품, 청사진 등이 쌓여있어서 마치 미친 과학자의 소굴에 들어온 느낌이었다. 어수선한 작업대 너머 방 뒤쪽에는 구시대의 유물인 메인프레임 컴퓨터와 산업 발전기의 괴상한 혼종처럼 생긴 크고 묵직한 장비가 세워져 있었다. 그 장비에 달린 냉각팬이 요란하게 삐이삐이 소리를 내고 있었다.

그는 난장판 같은 방 안에 대고 소리쳤다.

"아무도 안 계십니까?"

그 기계 쪽으로 다가가면서 보니 측면에서 나온 튜브와 전선들이 바닥을 가로질러 두 번째 장비에 연결되어 있었다. 두 번째 장비는 투명 플라스틱 아니면 유리 소재로 보이는 좁고 낮은 통이었다. 투명한 덮개 아래에서 부드러운 빛이 퍼져 나왔다.

'대체 이게 뭐야?'

크기와 형태로 봐서는 수면 캡슐 같았다.

'관 같기도 하고.'

이런 생각이 들자 문득 불안감이 밀려들었다.

통으로 가까이 가 보았다. 투명한 덮개 안쪽에서 무슨 일이 벌어지고 있는지 몰라도 물방울이 응축되어 부옇게 김이 서려있었다. 삐이삐이 소리가 계속됐다. 조심스럽게 다가가 통 앞에 서서 유리 뚜껑 너머를 들여다보았다.

랭던은 소스라치게 놀랐다.

짙은 수증기가 소용돌이치는 통 안에 사람처럼 보이는 흐릿한 형체가 꼼짝도 안 하고 누워있었다.

'맙소사……. 캐서린?'

28

 미국 대사관 건물 2층, 마이클 해리스는 대사와 따로 얘기를 나누고 나오면서 심란한 기분에 사로잡혔다. 충분히 '전달'은 받았지만, 방금 대사가 공유해 준 기밀 정보의 함축적인 의미가 무엇인지 생각해 보았다.
 대사가 전부 얘기해 준 게 아니라는 것쯤은 그도 알아챌 수 있었다. 다만 한 가지는 확실했다.
 '오늘 포시즌스 호텔의 폭탄 예고보다도 더 큰 일이 날 수도 있겠어.'
 해리스는 마음을 다잡으며 서둘러 아래층 다나의 사무실로 내려갔다. 대사와 면담을 한 후에 다나를 이 일에 개입시킬지 말지 결정했어야 했다는 후회가 밀려들었다. 사무실로 들어가서 보니 다나는 카를교를 촬영한 감시 카메라 영상 여러 개를 켜놓고 집중해서 보고 있었다.
 '젠장.'
 다나가 사무실로 들어오는 그를 힐끗 올려다보았다.

"자기가 찾는 그 뾰족가시 왕관 쓴 여자 찾았어, 마이클. 아주 귀엽더라. 왜 나한테 말 안 했……."
"영상 꺼, 다나." 그는 급하게 다가가며 말했다. "내가 실수했어."
"하지만 자기가 부탁을……."
"알아. 미안해. 영상 꺼, 제발. 당장."
다나는 미심쩍은 눈빛으로 그를 쳐다보면서 일어섰다. 키 183센티미터에 전직 패션모델 출신인 다나는 마이클 해리스를 같은 눈높이에서 바라볼 수 있는 몇 안 되는 여자 중 하나였다. 다나가 더 무어라 말하기 전에 해리스는 책상 앞바닥에 웅크렸다.
"뭐 해? 설마 무릎 꿇고 빌어?"
'아니거든.'
해리스는 그녀의 책상 밑으로 손을 뻗어 컴퓨터 플러그를 뽑아 전원을 차단시켰다. 다나는 컴퓨터 화면이 시커멓게 변하는 것을 보았다.
"뭐 하는 짓이야?"
그가 일어서며 말했다.
"날 믿어줘."
"요즘 비밀이 아주 많으셔."
'말도 마.'
그는 속으로 이렇게 생각하며 말했다.
"저기…… 아까 하던 업무로 돌아가. 내가 부탁한 건에 대해서는 잊어버려."
다나는 눈도 깜박이지 않고 그를 바라보았다. 해리스는 그녀가 이대로 모르는 척 넘어갈 의향이 없다는 걸 알아챘다. 그는 애써 장난스러운 미소를 지으면서 목소리를 낮추고 속삭였다.

"여기는 듣는 귀가 있잖아. 이따가 저녁 먹으면서 다 얘기해 줄게."

눈빛이 확 밝아진 다나는 약속하라는 뜻으로 도톰한 입술을 비쭉 내밀었다.

"포장? 자기네 집으로 가져갈 거야?"

해리스는 윙크하며 대답했다.

"그것도 좋지."

그제야 다나가 미소 지었다.

"괜찮은 생각이야, 해리스 씨."

해리스는 다나에게 입으로 키스를 날리고 사무실을 나섰다.

몇 분 뒤 해리스는 대사관의 검은색 아우디 A7을 타고 트르지슈테 거리를 날듯이 달려갔다. 크루시픽스 바스티온으로 곧장 갈 생각이었는데, 대사는 그에게 다른 일을 먼저 진행하라고 지시하며 말했다.

"랭던 씨 쪽은 조금 더 둬도 안전할 거야. 야나체크 경감을 잘 제어하고 있으니까."

대사와 경감이 나눈 사나운 전화 통화를 들은 해리스의 생각은 달랐다.

'너무 절제된 표현 아닌가요. 야나체크가 자기 역량을 과신하다가…… 큰코다친 꼴인데.'

야나체크는 상처를 혀로 핥으며 해리스가 도착할 때까지는 처신을 잘하고 있을 것이다.

대사에게 들은 정보 때문에 걱정이 됐지만 그래도 진실을 가리고 있던 베일이 벗겨졌으니 테이블에 놓인 퍼즐 조각에 대해, 그 조각

들이 어떤 식으로 연결되어 있는지에 대해 조금이나마 더 알 수 있게 됐다. 대사를 위한 해리스의 비밀 업무······ 크루시픽스 바스티온에 있는 게스네르의 연구소······ 카를교에 있던 여자······ 그리고 곧 출간될 캐서린 솔로몬의 책이 바로 그 퍼즐 조각이었다.

다나 다네크는 약이 바짝 올랐다.
'넌 내 행동에 대해 이래라저래라 할 권리 없어, 마이클 해리스. 넌 내 연인이지 상사가 아니야.'
선심 쓰듯 저녁 식사를 같이하자고 한 그의 말에 다나는 화가 치밀었다. 그의 이상한 행동 때문에 카를교의 신비로운 여자에 대한 궁금증도 한층 더 커졌다.
다나 입장에서는 편리하게도, 다리의 경비탑 꼭대기에 설치된 360도 회전 카메라 두 대, 눈높이에 맞춰 가스등 안에 내장형으로 설치된 카메라 열세 대를 비롯해 이 유명한 다리에는 프라하의 여느 지역보다 보안 카메라가 더 많이 설치되어 있었다.
공중 파노라마 영상 하나를 골라 오전 6시 40분으로 영상을 뒤로 쭉 돌려 보았다. 놀랍게도 뾰족가시 왕관을 쓴 여자는 *이미 그 이른 시간에* 마치 누굴 기다리는 듯, 오가는 이 하나 없는 다리의 동쪽 끝에서 서성이고 있었다.
'누굴 기다리는 거지?'
다나는 눈높이 카메라 영상을 불러내 여자의 얼굴을 확대했다. 코스프레한 여자는 깊은 보조개에 크고 아름다운 눈을 가진 데다 젊고 예쁜 편이었다. 기분이 좋지 않았다. 몸에 딱 붙는 검은 외투를 입은 여자의 체구는 아담하고 탄탄해 보였다.

'마이클이 당신한테 관심을 가진 이유가 그래서야?'

마이클이 관심 가는 여자에 대한 조사를 다나에게 요청했을 리가 없지만, 어쩌면 그는 다나를 상대로 잔인한 게임을 하는 것일 수도 있었다. 지난 몇 주 동안 다나는 마이클의 관심이 다른 누군가를 향해있다는 느낌을 받았다.

'여자의 직감이지……'

해리스가 사무실에서 멀어졌다는 걸 확인한 다나는 책상 밑으로 내려가 컴퓨터 플러그를 꽂고 감시 카메라 포털을 재부팅했다.

다리 위의 예쁜 여자를 다시 찾아낸 다나는 이 여자가 *어디로 갔는지* 알아내고 말리라 결심했다. 일단 더 중요한 의문부터 해결해야 했다.

'대체 누구야?'

다나가 대사를 위해 하는 업무 중 하나는 도움을 청하거나 망명하려고 대사관을 찾아오는 방문객들의 신분과 배경을 확인하는 일이었다. 여권 사진이나 대사관 정문 보안 카메라 영상의 화면 캡처만 있으면 추적할 수 있었다. 요즘은 첨단 안면 인식 소프트웨어 덕분에 지구상의 누구라도 몇 분 내에 신분 확인이 가능했다.

다나는 여자의 고화질 클로즈업 화면을 캡처했다.

'미안, 자기야. 당신은 나한테서 못 숨어.'

다나는 그 사진을 대사관의 국제 안면 인식 데이터베이스에 업로드했다. 세계 어디서든 범죄를 저지른 기록이 있으면 30초 내로 신분이 확인될 것이다. 그게 아니라면 여권, 운전면허증, 주요 언론 매체에서 수집한 사진들이 담긴 거대한 국제 데이터베이스에 여자의 사진을 올리면 된다.

그래도 결과가 안 나오면, 세계에서 가장 완벽한 최신 데이터베이스—인스타그램, 페이스북, 링크드인, 스냅챗을 비롯한 각종 플랫폼에 사람들이 아무 의심 없이 올려놓은 수십억 장의 셀카 사진—에 사진을 넣고 돌리면 된다.

'소셜 미디어는 가톨릭 교단이 고해성사를 고안한 이래로 가장 규모가 큰 기밀 수집 수단이지.'

29

 사람이 누워있는 길쭉한 통을 내려다보면서 랭던은 순간적으로 몸이 얼어붙었다.
 '맙소사……. 캐서린.'
 털썩 주저앉은 랭던은 유리 뚜껑을 두드리면서 그 안을 들여다보려고 얼굴을 유리 표면에 바짝 붙였다.
 '캐서린을 여기서 빼내야 해!'
 뚜껑 아래로는 꼼짝하지 않고 통 안쪽 면에 가만히 닿아있는 손이 보였다. 가느다란 손가락은 창백하고 뻣뻣했으며 성에로 뒤덮여 있었다. 마치 묵직한 끈으로 손목을 결박당하기라도 한 것 같았다.
 랭던은 뚜껑을 열 방법을 찾으려고 유리통을 이리저리 더듬었다. 매끈한 표면이 얼음처럼 차가웠다. 이음새나 손잡이, 열림 버튼 따위는 보이지 않았다. 귀청을 찢을 듯한 경보음이 계속 울려댔다.
 '제발 좀 열려라!'
 구름처럼 부옇게 소용돌이치는 수증기 때문에 랭던의 얼굴에서 바로 몇 센티미터 아래에 누운 사람의 얼굴이 명확히 보이지 않았다. 흐릿한 윤곽만 보였다 사라졌다를 되풀이했다.

갑자기 뒤에서 단단한 타일 바닥을 밟고 달려오는 발소리가 들렸다. 고개를 돌리고 보니 어깨까지 내려오는 금발 머리의 키 큰 여자가 그를 향해 달려오고 있었다. 여자는 그의 얼굴을 내리찍을 듯 위협적으로 스테인리스강 소화기를 휘둘렀다.

여자가 소음 가득한 방 안에서 체코어로 소리쳤다.

"Co to sakra děláš(당신 여기서 뭐 하는 거야)?"

랭던은 방어 자세를 취하며 두 손을 들어 올렸다.

"잠시만요!"

"여기 어떻게 들어왔어?"

여자는 묵직한 금속 소화기를 그의 머리 위로 들어 올린 채 러시아어 억양이 강하게 느껴지는 말투로 물었다.

"일단 이거부터 열고……."

"어떻게 들어왔냐니까!"

"승강기 비밀번호로요! 게스네르 박사가 알려줬습니다! 친구 캐서린 솔로몬과 나는……."

여자는 진심으로 놀란 얼굴로 곧장 소화기를 내렸다.

"랭던 교수님? 죄송합니다……. 저는 브리기타 박사님의 연구실 조수 사샤 베스나……."

랭던은 여자의 말을 끊고 유리통을 가리키며 외쳤다.

"캐서린이 이 안에 있어요! 도움이 필요합니다!"

사샤는 그제야 경보음을 인지했는지 혼란스럽던 얼굴에 공포가 담겼다. 그녀는 소화기를 쾅 소리가 나게 바닥에 내던지고 바로 옆 기계로 달려갔다. 랙마운트 서랍을 당겨 연 후 노트북을 열고 빠르게 타이핑을 시작했다.

"아, 안 돼……. 안 돼!"

무슨 일이 벌어지고 있는지 감도 오지 않는데 여자가 허둥지둥하니 랭던은 불안감이 증폭됐다.

"이 망할 기계 뚜껑이나 열어요!"

"그건 너무 위험해요! 순서를 거꾸로 해야 합니다."

'무슨 순서?'

"여기서 캐서린을 꺼내달라고요!"

조수는 두려움 가득한 눈으로 유리통을 힐끗 쳐다보면서 어쩔 줄 몰라 했다.

"이해가 안 돼요……. 솔로몬 박사님이 왜 저 안에 들어가셨죠?"

랭던은 소화기를 집어 들어 유리통을 박살 내고 싶었다.

'그건 있을 수 없는 일이야…….'

사샤는 다시 키보드를 두드렸다. 잠시 후 경보음이 드디어 멈추고, 요란하게 돌던 팬도 몇 분 후 조용해졌다. 그때부터 유리통과 더 큰 장비를 연결한 튜브가 꾸르륵 소리를 내기 시작했다. 랭던은 투명한 튜브를 통해 무엇이 전달되는지 알 길이 없었다. 다만 유리통에 누워있는 사람에게 저런 붉은 액체가 흘러 들어가게 될 줄은 전혀 예상 못 했다. 랭던은 속이 뒤집힐 것 같았다.

"저거…… 피예요? 이게 뭡니까?"

액체가 유리통으로 흘러 들어가는 동안 사샤는 계속 타이핑하면서 당황한 목소리로 대답했다.

"EPR이요! 응급 보존 및 소생 기계예요. 브리기타 박사님이 만든 시제품이죠! 아직 사용할 준비가 안 된 상태예요!"

차가운 수증기가 통 안의 몸을 감싸며 소용돌이쳤다. 생각해 보니 어젯밤에 게스네르가 EPR 기계 얘기를 했다. 메릴랜드 대학교 의과대학의 새뮤얼 티셔먼이라는 외과 전문의가 아이디어를 내놓은 인명 구조 기술인데, 브리기타 게스네르가 그 기본 개념을 바탕으로 크게 수정해 시제품을 설계하고 특허를 냈다. 게스네르가 큰 돈을 벌었다고 자랑한 바로 그 특허였다.

게스네르는 이렇게 설명했다.

'장기적으로 저산소증을 앓으면 뇌에 손상이 생겨요. 그런데 내 EPR을 사용하면 세포 활동을 멈추게 할 수 있죠. 일종의 가사 상태가 돼서 산소 부족으로 인해 뇌가 상하지 않도록 보호할 수 있어요. 내 기계는 변형된 에크모(ECMO) 바이패스예요. 분당 2리터의 비율로 몸속의 피를 과냉각 식염수로 바꿔주는 체외막산소화 장비요. 뇌와 신체의 체온을 섭씨 10도로 빠르게 냉각해 주기 때문에 원래라면 몇 분 내에 뇌사하게 될 치명상 환자를 수술팀이 몇 시간에 걸쳐 수술할 수가 있죠.'

게스네르의 시제품이라는 EPR 포드(pod)를 내려다보면서 랭던은 구역질이 치미는 것을 느꼈다.

그 순간 EPR 포드 안쪽에서 조그맣게 펑 소리가 나더니 유리로 된 내부에 피가 마구 튀기 시작했다. 랭던은 움찔하며 물러섰다.

'피를 흘리고 있어!'

"блять(젠장)."

사샤는 욕을 하더니 노트북으로 하던 작업을 중단하고 뒷벽의 비상 패널로 달려갔다. 그녀는 플라스틱 봉인을 부수고 곧장 그 아래 새빨간 버튼을 눌렀다. EPR 포드에서 쉬이익 소리가 나면서 뚜껑을 잡고 있던 부분이 해제됐다. 마치 걸윙 도어(문이 위쪽으로 열리는 자동차 문—옮긴이)처럼 경첩이 벌어지면서 뚜껑이 올라가기 시작했다. 수증기가 걷히자 랭던은 허리를 굽히고 포드 안쪽을 들여다보았다.

'이런……'

보자마자 그 안에 있는 사람이 죽었다는 걸 알 수 있었다. 생기가 사라진 눈빛은 공허했고, 얼굴은 완전한 공포에 사로잡힌 채로 굳어있었다. 랭던은 시체를 보고 절망과 동시에 안도감을 느낄 수 있으리라고는 상상도 못 해봤는데, 지금 그의 기분이 정확히 그랬다.

그들 앞에 누워있는 시신은 캐서린 솔로몬이 아니었다.

브리기타 게스네르였다.

30

사샤 베스나는 포드 안에 누운 시신을 옆에 두고 비통하게 울부짖다가 털썩 주저앉았다.
"브리기타! 안 돼!"
사샤는 두 손으로 얼굴을 감싸더니 격하게 흐느끼기 시작했다.
랭던은 그저 가슴 아파하며 지켜볼 뿐 할 수 있는 게 없었다. 게스네르 박사에 대한 이 여자의 슬픔은 시신의 정체가 캐서린이 아니라는 데서 온 랭던의 안도감만큼이나 강했다.
괴로워하며 잠깐 동안 눈물을 흘리던 사샤는 고개를 치켜들더니 큰일 났다는 표정을 지었다. 그러고는 뭘 잃어버린 것처럼 자기 주머니를 툭툭 두드렸다. 그러는 동안 과호흡이 시작됐다. 턱이 굳어지고 비틀리기 시작한 사샤가 조그맣게 내뱉었다.
"안 돼……. 제발…… 지금은 안 돼!"
랭던은 얼른 사샤 옆으로 다가갔다.
"무슨 일입니까!?"
사샤는 일어나서 문 쪽으로 가려고 했지만 비틀거리다 다시 주저

앉고 말았다. 아무래도 무슨 발작을 하려는 모양이었다. 랭던은 사샤를 안정시키려 애쓰며 물었다.

"어떻게 도와줄까요?"

사샤는 목이 졸린 듯 끙끙거리며 근처 바닥에 떨어진 핸드백을 가리켰다.

'약을 꺼내 달라는 건가?'

그는 곧장 달려가 핸드백을 집어 들고 내용물을 뒤지면서 사샤에게 돌아왔다.

어젯밤 게스네르 박사는 연구소 조수가 측두엽 뇌전증을 앓고 있다고 말했다. 조수를 향한 연민보다는 자기가 그동안 얼마나 많은 측두엽 뇌전증 환자를 치료했는지 자랑하려는 의도가 뻔히 보였다.

'발작은 뇌 안에서 몰아치는 심한 뇌우나 마찬가지예요. 나는 뇌우를 방해하는 방법을 알아냈어요. 완벽한 치료법이죠.'

'완벽하다고?'

지금 사샤 베스나를 보면 '치료됐다'고 볼 수 없는 상태였다.

랭던은 다급히 핸드백 안을 뒤졌다. 열쇠, 장갑, 안경, 휴지를 비롯한 잡다한 물건뿐이고 이런 상황에 도움이 될만한 약병이나 주사기, 흡입기 같은 것은 보이지 않았다.

랭던은 핸드백을 들고 사샤 옆으로 돌아와 물었다.

"필요한 게 뭡니까?"

이미 늦은 것 같았다. 사샤는 모로 누워 격하게 몸을 떨었다. 눈빛이 게슴츠레해진 그녀는 타일 바닥에 머리를 연신 내리찧고 있었다.

'약을 투여하기엔 너무 늦었어.'

랭던은 얼른 허리를 굽히고 두 손바닥으로 사샤의 머리를 붙잡아 딱딱한 타일에 닿지 않게 했다. 랭던은 발작을 일으킨 학생을 도와야 할 상황에 대비한 훈련을 받은 적이 있었다.

'첫째, 다치지 않게 할 것.'

텔레비전 드라마에 나오는 구조대원들은 환자가 '혀를 씹어 삼키지 않도록' 환자를 엎드리게 하는데, 그것은 애초에 물리적으로 불가능한 일이고 근거라곤 없는 괴상한 이야기에 불과했다. 어떤 사람들은 환자의 입에 벨트를 물리라는데 그것도 해서는 안 되는 행동이었다.

'그렇게 했다간 환자가 질식하거나, 도우려는 사람의 손가락이 잘릴 수도 있어.'

미국 식품의약국이 인증한 발작 대비용 입 보호기구로 PATI 입보호기구라는 제품이 있는데 사샤의 핸드백 안에는 없었다.

'이 시간을 무사히 넘기게 돕는 것 말고는 할 수 있는 게 없겠어.'

랭던이 조용히 말했다.

"괜찮아요. 내가 도와줄게요."

손바닥으로 여자의 머리를 받치고 앉아있는 동안 랭던은 그녀의 코가 예전에 깨졌다가 제대로 치료가 되지 않은 것, 턱 아래에 불그스름한 상처 자국이 있는 것을 보았다. 예전에 발작하다가 다친 상처일 것이다. 사샤의 숱 많은 금발 머리 아래에 있는 상흔들도 비슷한 사고로 생겼을 듯했다.

안타까웠다.

뇌전증 발작은 신체에 큰 타격을 준다. 그것은 논란의 여지 없는 사실이었다. 그런데 역설적으로 정신에는 다른 영향을 주는 것으로 역사에 기록되어 있었다. 정확히 반대되는 양상이었다.

어제저녁 강연에서 캐서린은 뇌전증에 대해, 사람의 정신이 의식의 '변화된 상태'를 겪는 것이라고 말했다. MRI 기계로 보면 발작 당시 뇌는 환각이나 임사 체험, 심지어 오르가슴에 가까운 굉장한 전기적 신호를 내보낸다고 했다.

인류 최고의 창의적 두뇌를 가진 이들 중에 뇌전증 환자인 사람들이 있었다. 빈센트 반 고흐, 애거사 크리스티, 소크라테스, 표도르 도스토옙스키 등이다. 러시아의 문호 도스토옙스키는 자기가 앓는 뇌전증 발작이 '평소 상태에서는 생각도 할 수 없는 행복감과 조화로움'을 안겨준다고 썼다. 다른 사람들도 뇌전증 발작을 '신에게 향하는 문을 열어주는 장치'라든지······ '육신이라는 껍데기의 속박에서 정신을 자유롭게 해주는 것'······ '완전히 다른 세상에 속한 심오한 창의성을 발현하게 해주는 것'이라고 표현했다.

뇌전증은 기독교 미술품에도 자주 등장한다. 성서에 환상과 황홀경, 하느님과의 만남, 초월적 계시 등 온갖 신비로운 경험에 대한 기록이 넘쳐나고, 에스겔과 성 바울, 잔다르크, 성녀 비르기타 등이 뇌전증 발작 경험을 구체적이고 정확하게 묘사했다는 점을 고려하면 놀라운 일도 아니다. 라파엘로 산치오의 유명한 그림 〈그리스도의 변모〉에도 뇌전증 발작을 겪는 소년이 그려져 있는데, 이처럼 라파엘로를 비롯한 화가들은 뇌전증 발작을 그리스도의 승천에 대한 시각적 은유로 사용하곤 했다.

랭던의 품에서 사샤는 드디어 떨림을 멈췄다. 호흡도 정상적인 수준으로 가라앉았다. 이 모든 과정이 1분 남짓 지속되었을 뿐인데 완전히 늘어진 걸 보면 의식을 잃었을 가능성이 높았다. 랭던은 인내심을 갖고…… 사샤의 정신이 돌아올 때까지 기다리기로 했다.

기절한 사샤를 내려다보던 랭던은 아침부터 일어난 온갖 충격적인 일들 때문에 몹시 혼란스러웠다. 몇 시간 전까지만 해도 그는 수영장에서 조용히 수영을 하고 있었는데, 지금은 어제 이전에는 본 적도 없는 두 여자가 운영하는 개인 연구소 바닥에 이렇게 주저앉아 있었다. 한 명은 그의 품 안에서 기절한 상태고, 다른 한 명은 EPR 포드 안에서 죽어있었다.

가장 걱정되는 것은…… 캐서린을 찾을 수 없다는 점이었다.

파벨 중위는 요새 건물의 박살 난 출입구에 초조하게 서서 야나체크 경감을 찾아 안마당을 둘러보았다.

몇 분 전까지 야나체크가 절벽 가까운 안마당 가장자리에서 전화 통화를 하는 걸 봤는데 지금은 어디에도 보이질 않았다. 그에게 두 번 전화를 걸었지만 받지 않았다.

'야나체크도 사라진 건가?'

다행히 사라진 랭던에 관한 수수께끼는 풀어냈다. 몇 분 전에 파벨은 대기실의 슬라이딩 벽 너머에 숨겨진 승강기를 찾아냈다. 승강기를 타려면 비밀번호를 입력해야 하는 시스템인 것 같았는데 그 문제도 쉽게 풀 수 있었다. 아마 보안 카메라로 랭던을 발견한 아래층의 누군가가 승강기를 타고 올라와 그를 데리고 내려갔을 것이다.

랭던까지 사라진 걸 보면 솔로몬과 게스네르 모두 아래층에 있을 공산이 높았다. 우지의 야나체크 경감이 당장 나오라고 명령했는데도 그들은 따르지 않았다. 저 미국인들은 지금 자기네가 얼마나 골치 아픈 상황에 놓였는지 알고 있을까.

파벨이 벽 뒤에 숨겨진 벽감 공간을 살펴보고 있는데 현관 쪽에서 요란한 소리가 들려왔다. 누구든 문을 열고 나오면 소리를 내게끔 경감이 연구실 계단통 입구에 기대어 놓아둔 문틀이 바닥에 넘어진 소리일 것이다.

'솔로몬과 랭던, 게스네르가 연구소에서 탈출하려고 하는구나!'

총을 빼 들고 벽감 밖으로 달려 나간 파벨은 모퉁이를 돌아 현관 통로 쪽으로 향했다.

"Stůj! 거기 서!"

소리치며 달려갔으나 아무도 없었다.

박살 난 문틀이 바닥에 넘어진 걸 보니 누군가 그 문을 연 것은 확실한데 이상하게도 현관에는 인적이 전혀 없었다.

파벨은 입구로 달려가 건물 바깥을 살펴보았다. 탁 트인 너른 안마당에는 아무도 없었다.

'누구라도 이렇게 빨리 달려서 모습을 감추는 건 불가능해.'

눈밭 한가운데 서 있던 파벨은 돌아서서 연구실로 내려가는 계단통 앞의 문을 바라보았다. 문득 아까 들은 소리가 누군가 연구실에서 빠져나간 게 아니라…… 연구실로 들어간 소리일지도 모른다는 생각이 들었다.

그게 누구든, 생체 정보로 출입이 가능한 사람인 것이다.

'연구소 직원인가?'

이 소식을 들으면 야나체크가 뭐라고 할지 생각하자 이마에 식은땀이 흘렀다. 파벨은 로버트 랭던을 놓친 거로도 모자라…… 또 다른 인물을 연구소에 들인 꼴이 됐다.

'어리석었어, 파벨. 경감님이 나더러 여기서 연구실 문을 지켜보라고 했는데.'

겨울바람에 오한을 느낀 파벨은 출입문 안쪽으로 물러섰다. 그는 체온을 유지하기 위해 유리 파편이 흩어져 있는 바닥을 군화로 밟으며 서성였다. 핸드폰을 집어 들려다가 연구실로 내려가는 문 옆의 생체 인식 패널의 변화를 알아챘다.

'이상하네.'

그는 생체 인식 패널의 작은 녹색 상태등을 눈여겨보았다.

오늘 아침 그들이 이 연구소 건물로 들어와 잠긴 문을 확인했을 때 패널의 상태등은 빨간색이었다. 그는 확실히 기억했다. 그런데 지금은 녹색으로 바뀌어 깜박이고 있었다. 파벨은 연구실로 연결된 문 쪽으로 걸어가 손잡이를 잡고 당겨보았다.

놀랍게도 아까는 꿈쩍도 안 하던 문이 아무렇지 않게 열리더니 그 너머 계단통이 눈앞에 펼쳐졌다. 마지막으로 누가 이 문을 열고 들어간 이후 문이 제대로 잠기지 않은 모양이었다. 아래를 내려다본 그는 그 이유를 알 수 있었다. 부서진 안전 유리의 큼직한 파편 하나가 문설주에 끼어있었다.

'당장 경감님에게 알려야 해. 지하로 내려갈 수 있게 됐다고!'

텅 빈 계단통을 내려다보던 파벨은 다른 좋은 생각이 떠올랐다. 공격적이고 약간 위험할 수도 있지만, 그가 최근에 여러 가지 일로 야나체크 경감에게 실망을 안겨준 만큼 상당히 매력적으로 느껴지는 아이디어였다.

파벨은 저 아래 지하의 상태를 상상해 보았다.

'무장도 안 한 학자들뿐이잖아……'

이따가 야나체크가 대기실로 돌아왔을 때, 도망친 미국인들이 파벨의 총구 앞에서 얌전히 소파에 앉아있는 것을 보면 얼마나 흡족해할까. 파벨은 권총집에 든 CZ 75D 권총을 손으로 쓰다듬었다. 특별한 질감이 나도록 만든 손잡이가 오랜 친구의 손길처럼 안도감을 주었다.
'난 이런 일에 대비해 특수 훈련을 받았어.'
아까 보니 로버트 랭던은 총을 무서워하는 것 같았다. 나머지도 마찬가지일 것이다. 지금까지 경험해 본 바로 우지 무장 경찰 앞에서 민간인들은 늘 같은 반응이었는데…… 바로 경찰이 하라는 대로 따르는 것이었다.

절벽 저 아래에 쓰러진 야나체크 경감은 하늘을 올려다보며 정신이 흐려졌다 돌아왔다 했다. 몸이 허공에 붕 떴다가 무시무시한 속도로 떨어져 협곡 바닥의 바위에 내동댕이쳐진 후로 시간이 얼마나 흘러갔는지 감도 오지 않았다.
그가 미국 대사한테서 들은 얘기를 고려하면 남들은 그가 자살할 만한 상황이라고 생각할 수도 있겠지만 야나체크는 자살 시도를 한 게 아니었다.
'누가 나를 밀었어.'
축 늘어진 채 피를 흘리며 바위에 누워있는 지금, 야트막한 돌담 너머로 그의 등을 강하게 떠밀어 추락시킨 두 손의 느낌이 여전히 등에 남아있었다. 뒤에서 살그머니 다가온 자가 누구였는지는 알 수 없었다. 그런데 이상하게도 그게 무슨 대수인가 싶었다.
'이게 끝이구나……. 나는 죽어가고 있어.'

놀랍게도 이 변화가 자연스럽고 평온하게 느껴졌다.

통증도 거의 없었다. 불과 몇 분 전까지 그의 속을 갉아먹던 지독한 걱정도…… 미국 대사와의 충격적인 전화 통화도 다 부질없었다.

미국 대사가 입 밖으로 꺼낸 한마디 말이 여전히 그의 귓가를 맴돌았다.

'애초에 폭탄이 없었던 거 압니다.'

우지가 호텔에서 작은 폭탄을 발견했다고 한 야나체크의 주장은…… 그가 상황을 장악하기 위해 꾸며낸 거짓말이었다.

'난 지시받은 대로 한 것뿐이야.'

오늘 새벽 그는 런던에서 걸려 온 괴상한 전화 때문에 곤히 자다가 깨어났다. 수화기 너머 미국인은 너무 이른 시간에 전화를 걸어 미안하다면서 자기가 문자를 보내놓았으니 확인해 달라고 했다. 문자 메시지를 확인한 야나체크는 그 남자가 상당한 고위급 인사라는 것을 알고 정신이 번쩍 들었다.

"문제가 좀 있어서 도움을 받고 싶습니다."

남자의 말에 야나체크는 눈을 비벼 졸음기를 쫓고 집중하려 애썼다.

"무슨?"

"지금 프라하에 유명한 미국인 두 명이 가있는데, 그들을 체포하세요."

"무턱대고 외국인을 체포할 수는 없……."

"체포에 필요한 정보를 모두 제공하겠습니다. 잘 들으세요."

두 미국인이 무슨 짓을 벌일 계획인지에 관해 들으면서 야나체크는 익숙한 분노에 휩싸였다.

'떠들썩하게 홍보하려 한다고? 포시즌스 호텔에서 폭탄 테러 위협으로? 이런 미친 것들!'

그는 외국인들이 이 나라를 무법천지로 여기는 것에 넌더리가 났다.

"하지만 제가 여기서 고발할 수 있는 죄목은 '치안 방해죄'가 고작입니다. 그 미국인들이 돈이 많거나 유명하면 미국 대사관이 즉시 개입하겠죠."

"대사관은 걱정 마세요. 대사는 내가 알아서 할 테니까. 당신은 그 미국인들이 얼마나 공격적이고 부당한 짓을 했는지만 널리 알리면 됩니다. 방법도 알려줄게요."

남자는 단순하고 깔끔하면서도 영리한 방법을 말해주었다. 약간의 진실 조작만으로도 야나체크는 그들을 확실히 체포할 수 있고, '미국인이라는 이유'로 체코 법을 무시할 수 없다는 사실을 미국 대사에게 분명히 알려줄 수 있을 듯했다.

'정의 구현을 위한 하얀 거짓말은 명예로운 거짓말이지.'

야나체크는 그렇게 믿었다. 도와주는 대가로 남자가 제시한 후한 보상에도 그는 별로 관심 없었다.

'미국 대사관의 코를 눌러줄 수 있으면 됐어.'

예전에 겪은 싸움의 응어리가 야나체크의 마음에 남아있었다. 그래서 그는 전화를 걸어온 남자가 제안한 대로 진실을 아주 살짝…… 조작하기로 했다.

애초에 폭탄 위협만 있었을 뿐 폭탄 자체는 없었다. 진실을 약간 왜곡하면 미국인들에게 훨씬 심각한 죄목을 덮어씌울 수 있을 것이다.
 온몸이 부서진 채 협곡 바닥에 쓰러져 있는 지금, 야나체크는 그의 영광스럽던 삶이 신기루처럼 사라져 가는 것을 보았다. 미국 대사는 야나체크의 상관에게 연락하겠다면서 야나체크에게 굴욕을 안겨주었다. 야나체크는 어쩔 수 없이 기자 회견을 취소하고 폭파팀에게도 연락해 올 필요 없다고 말해야 했다. 기자들 앞에서 보란 듯이 미국인들을 체포하려던 그는 쉬운 먹잇감이 되고 말았다……. 한마디로 자발적으로 졸이 되고 만 것이다.
 '전화를 걸어온 그 미국인이 나를 이용하려고 했던 건가?'
 그는 그 남자의 신분에 대한 정보, 그 남자가 걸어온 전화번호도 모두 확인했다.
 하지만 이제 그런 것은 더 이상 중요하지 않았다.
 바위에 널브러진 야나체크는 뒤통수에서 뜨거운 피가 콸콸 흘러나오는 걸 느꼈다. 몸에서 생명이 빠져나가고 있었다. 미국 대사관 사람들 앞에서, 특히 잘난 척하는 마이클 해리스 앞에서 허리를 숙이느니 이대로 죽는 게 낫다는 생각도 들었다.
 '이건 축복이야.'
 전혀 두렵지 않은 마음인 것이 그저 놀라웠다.
 이상하게도 야나체크는 *자신한테서*…… 점점 멀어지는 느낌을 받았다. 그는 망가진 육신을 기분 좋게 벗어났다. 고통이나 상처로부터 자유로워진 그는 복잡한 세상사를 뒤로하고 둥실 떠올랐다.
 두려움 따위는 없이…… 오직 평온함이 있을 뿐이었다. 살면서 이런 경험은 해본 적이 없었다.

31

카를교에 있던 여자의 정체를 밝히려 안면 인식 데이터베이스를 돌려도 나오는 게 없었다. 다나 다네크는 점점 초조해졌다. 검색 시간도 별나게 오래 걸렸다.

결과를 기다리는 동안 360도 감시 카메라 영상을 확인하다가 드디어 머리에 뾰족가시 왕관을 쓰고 마치 무언가를 기다리는 듯…… 다리의 동쪽 끄트머리에 가만히 서있는 여자를 발견했다.

오전 6시 52분, 여자는 어딘가에서 걸려 온 전화를 받더니 용건만 간단히 빠르게 대꾸하고 핸드폰을 도로 주머니에 넣었다. 주머니에서 작은 물병을 꺼내 검은 외투를 입은 자기 어깨와 팔에 그 안에 든 액체를 뿌렸다.

'향수인가? 아니면 성수?'

여자는 물병을 주머니에 넣고 뾰족가시 왕관을 매만지고는 외투 안쪽에 손을 넣어 금속 막대를 꺼냈다. 작은 은색 창 같았다.

'무기를 들고 다녔어?'

여자는 아무도 없는 다리 위를 좀비처럼 천천히 걸어가기 시작했다. 여자가 다리 중간쯤 갔을 때 짙은 색 머리카락의 키 큰 남자가 다리로 진입해 동쪽으로 걸어왔다. 여자가 오고 있는 방향이었다. 남자는 운동복에 운동화 차림이었다. 여자와 가까워진 시점에서 남자는 갑자기 멈춰 서더니 여자에게 말을 걸려는 듯 고개를 돌렸다. 여자는 그를 본 척도, 그의 말을 들은 척도 않고 계속 걸어갔다. 남자는 순간적으로 몸이 마비된 것 같았다. 남자는 여자를 다시 불렀지만 대답을 듣지 못하자 돌연 방향을 돌려 원래 가고 있던 방향으로 전력 질주했다……. 남자는 곧 카메라 프레임 밖으로 사라졌다.

'방금 이게 무슨 상황이야?'

다나는 영상을 뒤로 돌려 그 장면을 다시 살펴보았다. 남자가 어디로 달려가는지 궁금했지만 묘하게 유령 같은 여자를 조사하는 게 우선이었다. 다나는 소프트웨어의 '자동 추적' 모드를 작동시켰다. 안면 인식, 인공 지능, 투영 알고리즘을 사용해 대상을 연속해서 추적하는 방식이었다. 프로그램이 이 카메라에서 저 카메라로 전환하며 뾰족가시 왕관을 쓴 여자를 따라 다리를 건너갔다.

여자는 성 아우구스티누스 석상 앞을 지나가다가 갑자기 멈춰 섰다. 주변에 아무도 없는지 확인하는 듯 좌우를 둘러본 후 뾰족가시 왕관을 벗어 그 아래 강물로 태연하게 떨어뜨렸다. 다음은 은색 창이었다. 여자는 주머니에서 흰색 울 모자를 꺼내 쓰더니 그 속으로 짙은 색 머리카락을 집어넣었다. 마지막으로 검은 외투를 벗자 두툼한 빨간 스웨터가 드러났다. 여자는 외투를 접어 마치 제물처럼 성 아우구스티누스 석상 아래에 내려놓았다. 그곳은 사람들이 노숙자나 곤궁한 사람들을 위해 기부 물품을 놓아두는 자리였다.

완전히 다른 모습이 된 여자는 왼쪽으로 방향을 돌리더니, 다리 바깥벽에 붙어있으면서 강 서쪽 제방과 연결된 좁은 계단으로 내려가 모습을 감췄다. 이 카멜레온 같은 여자의 정체가 뭐든 뒤를 밟히기 싫어하는 것만은 확실했다.

다나는 저장된 영상을 앞으로 빠르게 돌려가면서, 리히텐슈타인 궁전 바깥의 자갈로 덮인 광장을 가로질러 빠르게 걸어가는 여자의 뒤를 쫓았다. 여자는…… 얼굴에 바코드가 깊게 찍힌 기괴한 생김의 거대한 아기 동상 세 개가 실외에 설치된 캄파 박물관을 지나…… 캄파 공원 안쪽으로 깊숙이 들어갔다. 여자는 잠시 공원을 돌아다니다가 공원 매점에서 커피를 사서, 벤치에 앉아 뜨끈한 커피를 마시며 전화를 받았다.

통화를 마친 여자는 서둘러 카를교로 돌아갔다. 다리에는 출근하는 행인들이 몇몇 보였다. 왔던 길을 서둘러 되돌아간 여자는 다리를 넘어 크리조프니츠카 거리에서 왼쪽으로 방향을 바꿨다. 여자가 보도를 따라 걸어가는데 영상 재생이 별안간 느려지면서 '라이브'라는 글자가 깜빡거리며 떴다. 그때부터 여자의 빠른 걸음은 보통 속도로 바뀌었다.

'실시간 영상이네. 이건 지금 일어나고 있는 상황이야……'

다나는 정교한 감시 카메라 시스템을 이런 식으로 이용할 권한이 없었다. 하지만 모습을 바꾸고 딴사람처럼 돌아다니는 저 여자한테서 시선을 뗄 수 없었다. 다나는 여자가 보도를 따라 걸어가다가 왼쪽으로 돌아서, 프라하 최고 호텔 중 한 곳의 정문을 향해 우아한 야외 주차장을 가로지르는 모습을 보았다.

'포시즌스 호텔로 가는 건가?'

여자는 회전문을 통과해 호텔 건물 안으로 들어갔다. 그 순간 뜻밖의 물건이 다나의 시선을 사로잡았다. 호텔 앞쪽의 지정 주차 공간에 세워져 있는 아우디 A7이었다. 다나는 번호판에 독특한 빨간 글씨로 적혀있는 저 세단이 외교관저 차량이라는 것 말고는 아무 생각도 나지 않았다.
'우리 대사관 자동차네?'
잠시 후 답을 알 수 있었다. 그 세단에서 내린 우아한 체구의 마이클 해리스가 호텔 안으로 서둘러 걸어 들어간 것이다.
충격에 휩싸여 그 장면을 바라보던 다나는 속이 확 뒤집혔다.
'마이클, 이 개새끼. 이럴 줄 알았어!'

조금 전 미국 대사와 개인적인 통화를 마친 포시즌스 호텔의 지배인은 여전히 얼굴이 달아올라 있었다. 대사는 랭던과 관련된 불미스러운 상황이 벌어진 와중에 침착하게 대응한 지배인에게 감사 인사를 하며 한 가지 부탁을 했다.
지배인은 잘 차려입은 남자가 프런트 데스크 쪽으로 걸어오는 걸 보며 생각했다.
'부탁 대상이 저기 걸어 들어오는군.'
"해리스 씨." 지배인이 한 손을 내밀었다. "미국 대사님과 방금 통화했습니다."
"감사합니다."
"아까 랭던 씨 그리고…… 우지 경찰과 함께 계신 걸 봤습니다." 지배인이 미간을 찌푸리며 덧붙였다. "그 문제는 잘 해결됐습니까?"
"그럼요. 서로 오해가 좀 있었는데 잘 해결하는 중입니다. 제가 지금 여기 온 이유는, 짐작하시겠지만 우리가 이 문제를 해결하는 동안 랭던 씨가 대사관 측에 호텔 방에 있는 자기 물건을 가져다 달라고 부탁해서입니다. 그중에 중요한 약도 있고……."

"그렇군요. 객실 키를 준비해 뒀습니다. 신분증 확인만 하면 됩니다. 절차라서요. 워낙 특이한 상황이고 호텔 정책도 있고 해서……."

"걱정 마세요." 남자는 대사관 신분증을 내밀었다. "신경 써주셔서 감사합니다. 포시즌스 호텔이 대사관에 늘 최고의 서비스를 제공한다는 걸 잘 알고 있습니다."

얼굴이 환해진 지배인이 신분증을 도로 내주며 말했다.

"알아주시니 감사합니다. 스위트룸으로 가는 길은 아시죠? 볼일을 마치신 후에 객실 키를 방에 두고 방 밖으로 나와서 문을 닫으시면 됩니다."

남자는 감사 인사를 하며 위층으로 올라갔다.

지배인은 다시 하던 업무로 돌아갔다. 그는 일에 몰두한 나머지 빨간 스웨터를 입은 예쁘장한 여자가 대사관 직원의 뒤를 따라 위층으로 올라가는 것을 알아채지 못했다.

32

'여기가 어디지?'

사샤는 익숙하게 얼얼한 기분, 혈관 속에 샴페인 거품이 돌아다니는 듯 가볍고 경쾌한 기분이 퍼져 올라오는 것을 느꼈다. 뇌전증 발작이 끝나고 정신이 들면 종종 이랬다. 뇌가 마치 컴퓨터처럼 재부팅해 처음부터 다시 시작되면서 소프트웨어가 조금씩 로딩되는 느낌.

본능적으로 평소처럼 발작 후 절차를 시작했다. 게스네르 박사가 '발작 후 집중'이라 부른 이 절차는 가장 최근의 기억을 떠올려 현실과 연결 짓는 방법이었다.

'오늘 아침에 나는 차를 끓이고 있었어.'

히비스커스 향기, 주방 창문으로 흘러든 아침 햇살, 아침을 달라고 그녀의 종아리에 몸을 비비는 샴고양이 두 마리의 부드러운 야옹 소리. 천천히, 뇌가 다시 기능을 하면서 사샤는 고양이들에게 먹이를 준 후에 무엇을 했는지 떠올리려 안간힘을 썼지만 그 부분의 기억은 텅 비어 떠오르지 않았다.

뇌전증 발작 동안의 기억 장애로 알려진 이 증상은 뇌전증 환자들 사이에서는 꽤 흔한 편이었다. 뇌가 그동안의 일을 기록하는 것을 잊은 듯, 기억 상실 구간이 몇 시간이나 될 때도 있었다.

일부 뇌전증 환자들에게 기억 손상은 발작 그 자체보다도 심신을 쇠약하게 만드는 원인이었지만 사샤는 그저 받아들이는 쪽을 택했다. 때로는 차라리 축복이라고 여기기도 했다.

'내가 기억하고 싶지 않은 과거의 일부일 거야.'

러시아에서 어린 시절을 보낸 사샤는 뇌전증 때문에 학교 아이들에게 вибратор(바이브레이터)라는 선정적인 별명으로 불리며 놀림을 받았다. 부모님은 사샤를 여러 전문가에게 데려갔는데 돌아오는 대답은 늘 같았다. "치료 방법이 없습니다. 사샤는 죽을 때까지 뇌전증을 앓겠지만…… 뇌전증 때문에 죽지는 않을 거예요."

차라리 죽고 싶을 때가 많았다.

발작 직후에 마법처럼 다가오는 평온한 순간이 있어도, 발작으로 인해 겪는 감정적 고통과 신체적 부상이 워낙 컸다.

의사들은 사샤를 만성 실신 및 급성 정신 질환으로 진단했고 보호 시설에 입소시킬 것을 권했다. 부모가 해줄 수 있었던 최선은 러시아 서부 국경 근처에서 정부가 운영하는 다 쓰러져 가는 정신병원에 사샤를 입원시키는 것이었다. 사샤의 열 번째 생일 날, 부모는 사샤를 그 시설에 데려갔고 다시는 찾아오지 않았다.

사샤는 좁은 방에서 몇 주일을 울었다. 하루에도 여러 번 발작이 일어났고 그때마다 병원 직원들은 사샤를 무자비하게 짓누를 뿐이었다. 식사는 빈약한데 병원에서 먹으라고 주는 약은 엄청났다. 그렇게 10대가 된 사샤는 독한 진정제와 외로움에 절어 하루하루를 살아갔다.

10년 가까이 외로이 방치된 사샤에게 유일한 현실 탈출구는 복도 건너 휴게소에서 쉴 새 없이 틀어주는 미국 영화였다. 로맨틱 코미디 영화를 좋아한 사샤는 뉴욕에서 사랑에 빠지는 상상을 하곤 했다.

'언젠가는 미국을 직접 가보고 싶어.'

미국에 가고 싶다는 꿈 덕분에 하루하루를 버티는 것처럼 느껴지기도 했다.

그러던 어느 날 말비나라는 이름의 무자비한 여자가 사샤의 야간 간호사로 배정됐다. 그 여자는 사샤의 발작 약을 일부러 제때 주지 않거나 사샤가 발작을 일으키면 서커스의 막간 쇼를 보듯 구경하다가 두들겨 패면서 고적한 시간을 즐겼다. 그렇게 말비나는 몇 주에 걸쳐 사샤를 육체적, 정신적으로 학대하고 사샤가 정신의 창을 닫을 만큼 학대를 일삼았다.

트라우마를 유발하는 말비나의 잔혹한 공격을 받고 간신히 살아남은 어느 아침, 사샤가 침대에서 울고 있는데 병원 직원 세 명이 갑자기 들어와 사샤를 질질 끌고 복도를 지나 휴게실로 데려갔다.

그들이 사샤에게 소리쳤다.

"Priznavaysya(자백해)!"

사샤는 발아래를 내려다보았다. 휴게실 바닥에 목이 완전히 뒤로 돌아간 말비나가 축 늘어진 채 죽어있었다.

자기가 한 짓이 아니라고 사샤가 항변했지만 직원들은 이미 사샤를 범인으로 확신하는 분위기였다. 그래도 정부 지원금이 끊기면 안 되기에 그들은 말비나가 미끄러운 바닥에서 불의의 사고로 죽었다고 당국에 보고하고 사샤를 독방에 가뒀다.

어둠 속에 홀로 앉아있는 동안 사샤는 누가 그 간호사를 죽였는지 곰곰이 생각해 보았다. 이 병원에는 발작을 겪는 다른 환자들이 있었다. 말비나가 사람을 잘못 건드려 화를 입었을 수도 있다.

'아니면 누가 나를 보호하려고 말비나를 죽인 건가.'

그렇게 생각하면 조금은 덜 외로웠다.

직원들은 독방에서 2주를 보낸 사샤를 끌어내 구속복을 입히고 방문객을 만나라고 했다. 지금까지 방문객은커녕 부모님마저 사샤를 찾아온 적이 단 한 번도 없었다.

'부모라는 인간들은 날 여기서 죽게 내버렸어.'

그런데 대기실에서 사샤를 기다리는 사람은 처음 보는 얼굴이었다. 새까만 흑발에 비싼 옷, 근엄한 표정을 한 자그마한 여자는 상당히 권위적인 분위기를 풍겼다. 여자는 즉시 병원 직원들을 나무라면서 사샤의 구속복을 벗기라고 했다. 놀랍게도 병원 직원들은 그 여자의 지시를 순순히 따랐다.

여자는 직원들을 내보내며 투덜거렸다.

"Zvířata(짐승 같은 것들)."

몇 주 동안 햇빛을 보지 못해 눈이 부신 사샤는 얼굴을 찌푸리며 러시아어로 물었다.

"Кто ты(누구세요)?"

"체코어 할 줄 아니?"

사샤는 고개를 저었다.

"영어는?"

"조금요. 텔레비전으로 미국 방송을 봤어요."

"나도." 여자는 공모자처럼 속삭이며 물었다. "재미있지?"

사샤는 가만히 여자를 쳐다보았다.
"난 브리기타 게스네르 박사라고 해. 널 도우러 왔어. 난 유럽에서 온 신경외과 의사야."
사샤는 곧장 말했다.
"의사들은 저를 못 도와요."
"유감이네. 다른 의사들은 네 상태를 제대로 이해하지 못해서 그래."
"저는 정신 이상이고 발작도 해요."
여자는 강하게 고개를 저었다.
"아니야, 사샤. 넌 완벽하게 제정신이야. 측두엽 뇌전증을 앓고 있을 뿐이지. 그게 네가 발작하는 원인이야. 치료할 수 있어. 내가 보유한 프라하의 치료 시설로 널 데려가고 싶어."
"저를 고쳐주시겠다고요?"
사샤는 믿을 수가 없었다.
"넌 망가진 사람이 아니야. 네 뇌에 가끔 심한 뇌우가 칠 뿐이야. 네가 그 뇌우를 제어할 수 있도록 내가 도와줄게. 이 시설에 있던 드미트리라는 젊은 남자를 포함해서…… 지금까지 너 같은 측두엽 뇌전증 환자들을 많이 치료했는데 결과가 아주 좋았어."
'드미트리?'
사샤도 잘 아는 키 크고 멋진 남자인데 한동안 여기서 보지 못했다.
'그동안 어디 갔나 했더니!'
"드미트리를 치료하셨어요?"
"그래. 그 남자는 이미 러시아에 있는 집으로 돌아갔어."

사샤는 게스네르 박사가 하는 말을 믿고 싶었지만 너무 좋은 얘기라 사실 같지 않았다.

"전…… 돈이 없어요."

"치료는 무료야, 사샤. 아주 간단해."

박사는 치료 과정을 간략히 설명했다. 사샤의 두개골에 작은 칩을 이식하는 방식이었다. 발작이 시작될 것 같으면 자성을 띤 작은 막대를 머리에 문질러 칩을 활성화하면 된다고 했다. 칩이 전기 펄스를 발생시켜 발작의 시작점을 방해하는 것…… 즉 발작이 시작되기도 전에 막아주는 방식이었다.

"그게…… 정말 가능해요?"

눈물이 날 것 같았다.

"가능하지! 반응성 신경 자극 칩이라는 건데 내가 고안했어."

"그런데 왜…… 저를 도와주세요?"

게스네르는 테이블 너머로 팔을 뻗어 사샤의 손을 잡았다.

"사샤, 난 평생 운이 좋았어. 솔직히 말하면 *너를 돕는 일이 나에게도 도움이 돼.* 도움이 필요한 사람들을 도우면 내 기분도 덩달아 좋아지니까. 내가 다른 사람의 목숨을 구할 능력이 있는데, 안 할 이유가 있을까?"

사샤는 벌떡 일어나 이 여자를 부둥켜안고 싶었으나 선뜻 믿음이 가지는 않았다. 살면서 다른 사람에게 사소한 호의조차 느껴본 적 없었다.

"저들이…… 저를 여기서 안 내보내겠다고 하면요?"

게스네르가 날카롭게 말했다.

"아, *내보내 줄 거야.* 너를 풀어주는 대가를 넉넉하게 지불했어."

나흘 후, 사샤는 프라하의 병원 침대에서 정신이 들었다. 마취와 진통제에 취해 정신이 몽롱했는데 목숨은 붙어있었다. 게스네르는 칩 이식이 성공적으로 이루어졌다고 말했다. 그 말에 사샤는 감정이 확 격해지면서, 그동안 자주 그랬던 것처럼 발작이 시작되려 했다. 게스네르가 침착하게 자성 막대를 손에 들더니 사샤의 정수리에 대고 문질렀다. 기적처럼 발작의 기운이 사라졌다. 재채기가 나오려다가 쏙 들어간 기분이었다.

도저히 믿기지 않았다.

그 후 며칠 동안 게스네르 박사는 사샤의 상태를 면밀하게 관찰하면서 최대한의 효율성을 발휘하도록 장치를 세밀하게 조정했다. 그러고 나니 거의 완벽하게 작용했다. 이대로라면 앞으로는 발작을 겪을 일이 없을 것이다. 발작 후 몽롱할 때 동반되던 평온감과 천상의 행복감을 언젠가는 그리워하게 될까. 현실 세계에서 멀쩡하게 살아가는 호사를 누리려면 그 정도의 작은 대가는 치러야 할 것이다.

어느 날 오후, 진단 테스트를 진행하던 게스네르 박사가 아무렇지 않게 말했다.

"앞으로 어떻게 살 계획인지 모르겠지만, 너를 연구소 인턴으로 채용하고 싶어. 솔직히 네가 그 일을 하기에 완벽한 후보야."

"제가요?"

사샤는 게스네르 박사가 농담하는 줄 알았다.

"네가 안 될 이유는 뭔데? 넌 의료 시설에서 거의 평생을 살아온 사람이잖아."

"저는 환자예요!" 사샤는 웃음을 터뜨렸다. "의사가 아니고요!"

"그래. 하지만 넌 지적인 여성이야. 지금 당장 너더러 의사가 되라

거나 뇌 수술을 집도하라는 게 아니야. 사무실 서류 작업이나 장비 소독 같은 걸 해달라는 거지. 네가 내 연구실에서 일을 하게 되면 우린 네 상태를 더 호전시킬 수도 있을 거야."
"더 호전시킨다고요? 이미 완벽한 상태인데요!"
"그래? 기억 상실이나 기절 같은 증상이 더 이상 없니?"
"아…… 그 증상은 아직 있어요."
그들은 함께 소리 내어 웃었다. 사실 사샤는 그 부분에 대해 거의 잊고 지냈다. 기억은 언제나 군데군데 구멍이 나있었고, 사샤는 그저 그런 상태에 익숙할 뿐이었다.
"내 측두엽 뇌전증 환자들 사이에서 발작 동안의 기억 장애는 아주 흔한 증상이야. 그 증상의 치료법을 어떻게 발전시킬지에 관해 내가 몇 가지 아이디어를 갖고 있는데…… 내가 한 번씩 네 뇌를 볼 수 있게만 해주면 돼."
"그거야 당연히……."
"내가 어머니를 위해 시내에 사놓은 작은 아파트가 하나 있어. 어머니가 돌아가신 지 좀 됐는데 아직 그 아파트를 못 팔았어. 네가 원하는 만큼 그 아파트에서 살아도 돼. 가구도 다 갖춰져 있지만 가서 보고 스타일이 마음에 안 들면……."
"마음에 들어요."
사샤는 눈물이 나올 것 같았다.
그게 2년 전이었고 사샤는 쭉 그 아파트에서 살았다. 지금 사샤는 스물여덟 살이고 괜찮은 월급을 받고 있으며 무료로 아파트에 거주하고 있었다. 꿈이 이루어진 것이나 다름없었다. 시간이 흐르면서 사샤는 청소와 서류 정리뿐 아니라 게스네르 박사의 연구를 보조하고 기본적인 이미징 장비를 다루는 방법까지 익혔다.

브리기타는 정맥 주사로 영양제를 투여하고 가상 현실 의자에 앉아 뇌 훈련 연습을 하도록 하면서 사샤의 뇌를 정기적으로 스캔해 진행 중인 치료 상태를 점검했다. 그에 대한 보상으로 에펠탑, 그레이트 배리어 리프, 그리고 사샤가 좋아하는 탈출구인 맨해튼 등을 사샤가 가상 현실로 여행할 수 있게 해주었다. 사샤는 이런 고층 건물들 위에서 둥둥 떠다니거나 센트럴 파크를 돌아다니는 걸 무척 좋아했다.

'언젠가는 저곳에 진짜로 가보고 싶어……'

"사샤? 괜찮아요?"

머리 위에서 굵은 목소리가 울려 퍼졌다.

바짝 가까이서 들리는 그 목소리가 사샤의 정신을 현실로 끌고 왔다.

"사샤?"

그 목소리가 다시 그녀를 불렀다.

기분 좋고 따뜻한 여운이 사라지는 게 느껴졌다……. 그리고 경고도 없이 씁쓸한 슬픔이 파도처럼 밀려왔다.

이제 사샤는 모든 걸 기억했다.

'브리기타가 죽었어. 내 유일한 친구였는데.'

눈을 번쩍 뜬 사샤는 그녀의 머리를 품에 안고 내려다보는 잘생겼으면서도 다정한 남자의 얼굴을 올려다보았다.

남자는 부드럽게 미소 지으며 조용히 말했다.

"잘 돌아왔어요."

33

밴 내부의 온도가 점점 싸늘해졌다. 조너스 포크먼은 몸이 덜덜 떨렸다. 등 뒤로 결박된 두 손의 손가락은 아예 감각도 없었다. 납치범들은 그를 결박하기 전에 빈티지풍 회색 쇼트코트를 벗겨 솔기와 주머니까지 샅샅이 뒤진 후 그의 옆 바닥에 던져놓았다.

핸드폰이 아직 코트 주머니에 있을까. 당장 핸드폰에 대고 "시리! 911에 전화해!"라고 외치고 싶었다.

다부진 체격에 군인 머리를 한 남자는 몇 걸음 떨어진 곳에 놓인 우유 상자에 앉아있었고, 그의 동료는 앞좌석에 앉아 간간이 핸드폰을 두드렸다. 누군가와 문자로 얘기를 나누는 듯했다.

'지휘관이랑 문자하나?'

포크먼은 퍼즐 조각을 맞추려 애를 썼지만 이 남자들이 누구인지, 도대체 왜 길거리에서 그를 납치했는지 알 수가 없었다.

'저들은 원고를 훔치고…… 사본까지 싹 파괴했잖아?'

캐서린의 원고가 아무리 엄청난 베스트셀러가 될 거라고 해도, 회사 시스템을 해킹하고 인쇄본을 파괴하고, 관련된 사람들을 납치까지 하는 게 말이 되나?
 '맙소사, 이건 책 출판하는 일이지…… 〈다이 하드〉 같은 액션 영화가 아니라고!'
 아이패드를 들여다보던 군인 머리가 시선을 들었다.
 "좋아. 질문을 몇 가지 해야겠어, 포크먼 씨."
 포크먼은 쾌활하게 대꾸했다.
 "그냥 조너스라고 부르시죠. 납치라는 게 예전과 달리 그렇게 딱딱하게 진행할 일도 아니잖아요."
 군인 머리는 재치 있는 말을 듣고도 재미가 없는지 그를 빤히 노려보며 물었다.
 "캐서린 솔로몬이 해외에 있나?"
 "예."
 "해외 어디?"
 "알면서 뭘 물어요. 나한테 거짓말 탐지기를 들이대면서 이미 답을 알고 있는 질문들을 던졌잖아요."
 "어디냐고?"
 포크먼은 다시 주먹질을 당하고 싶지 않아 얼른 대답했다.
 "프라하요."
 "좋아." 군인 머리가 다시 아이패드를 보며 말했다. "현지 시간으로 오전 7시 전에 솔로몬 박사는 프라하의 호텔 방을 나와서 포시즌스 비즈니스 센터로 들어갔어."
 포크먼은 두렵고 놀라웠다.
 "잠깐만요……. 그분을 염탐하고 있는 겁니까?"
 "주의를 기울이고 있다고 말하는 게 좋겠지."

"당신들 대체 뭐 하는 사람들입니까?"
군인 머리는 대꾸 없이 말을 이어갔다.
"비즈니스 센터에서 솔로몬 박사는 호텔 컴퓨터를 이용해 펭귄 랜덤 하우스 서버에 로그인했어. 그리고 자기가 올려놓은 원고의 최신 버전에 접속했지."
'그게 뭐?'
작가들은 편집자가 원고를 읽기 직전까지도 자기 원고를 붙잡고 안절부절못하곤 했다. 캐서린도 원고에서 뭔가 고민되는 부분이 있어서 다시 읽어보려 했을 것이다.
"솔로몬 박사가 사생활이 유지되는 자기 호텔 방에서 노트북을 사용하지 않은 이유가 뭐지?"
"노트북을 안 갖고 있으니까요. 그분은 큰 화면과 키보드, 마우스를 선호하시죠."
'당신들이 그분을 지켜보고 있었으니 잘 알 거 아냐.'
노트북을 보고 있던 남자가 고개를 끄덕이며 말했다.
"진실이야."
군인 머리가 아이패드로 시선을 돌리며 말했다.
"우리 기록에 따르면 오늘 아침 솔로몬 박사는 자기 원고 전체를 인쇄했어. 총 481페이지. 그리고 그 원고를 들고 호텔을 나섰어."
포크먼은 이 깡패 같은 놈들이 정확한 페이지 수까지 아는 것에 놀랐다가 문득 이들이 그의 편집본 원고를 훔쳤다는 걸 떠올렸다.
'그런 식으로 다 아는 척하겠다 이거지.'
"솔로몬 박사가 지금까지 원고를 인쇄한 적 없다는 걸 당신도 알 잖아."

우유 상자에 걸터앉은 근육질 남자는 포크먼을 한참 쳐다보다가 별안간 등을 뒤로 쭉 펴고 스트레칭을 했다. 그가 착용한 어깨의 권총집에 꽂힌, 무섭도록 커다란 권총이 슬쩍 드러났다. 포크먼은 4학년 때 IOKA 영화관에서 로라 슈워츠의 어깨에 팔을 두르려 했던 일이 떠올랐다. 이렇게 의도가 뻔히 보이는 동작을 보는 건 그 이후로 처음이었다. 무슨 의미인지 잘 알았다.

군인 머리가 물었다.

"나랑 한번 놀아보자는 거야?"

"잠깐." 노트북이 화면에 시선을 붙박은 채 끼어들었다. "아바타에 따르면 이놈은 진실을 말하고 있어. 솔로몬이 원고를 인쇄한 걸 몰랐던 게 맞아."

그러자 군인 머리가 놀란 표정으로 말했다.

"흥미롭군. 그렇다는 건…… 솔로몬 박사가 당신 모르게 원고를 인쇄했다는 건데?"

'쿵짝이 잘 맞으시네.'

포크먼은 경찰 심문 장면을 하도 많이 편집해 봐서 이런 식의 착한 경찰-나쁜 경찰 놀음에 넘어갈 수가 없었다. 그에게 캐서린에 대한 불신을 심어주려는 분할 정복 전략에 불과했다. 이 광대들에게는 안타까운 일이지만 포크먼은 이야기 진행을 분석하면서 모순을 찾아내는 일에 도가 튼 사람이었다. 이 납치범들이 만약 캐서린이 자기 호텔 방에서 편집하기 위해 신중하게 원고를 한 부 인쇄했다고 말했다면 포크먼은 그들의 말을 믿었을 것이다. 여기서 핵심은 세부 사항을 얼마나 잘 서술하느냐인데, 이 남자들은 캐서린이 원고를 들고 호텔 밖으로 나갔다고 말했다.

'캐서린이 그런 행동을 할 리가 없잖아.'
군인 머리가 압박을 가했다.
"우리가 알고 싶은 건, 캐서린이 왜 원고를 인쇄했느냐야. 그 원고를 누구를 준 거지?"
"그 문장에서는 누구에게라고 해야 맞죠."
포크먼이 본능적으로 틀린 부분을 수정하자 군인 머리가 그를 노려보았다.
"내가 그렇게 말했잖아."
"아닌데요. 손의 결박 좀 풀어줄래요? 팔이 너무 저려요."
"원고를 누구에게 줬냐니까?"
포크먼은 고개를 저었다.
"또 틀렸네요. 모릅니다."
그러자 앞좌석에서 노트북이 말했다.
"모르는 거 맞아."
군인 머리는 당황한 표정이었다.
"캐서린이 당신한테 연락은 했어?"
"아뇨."
"로버트 랭던은?"
"연락 없었어요."
노트북이 고개를 끄덕이며 확인했다.
"둘 다 진실이야."
군인 머리는 다음 질문을 궁리하는 듯 자기 머리를 벅벅 긁었다.
너무 추워서 포크먼은 몸이 더 격하게 떨렸다.
"히터라도 켜주시면 안 될까요?"

"아이고 이거 미안하게 됐네. 불편하지?"
 군인 머리가 운전석 쪽으로 팔을 뻗더니 계기판의 버튼을 눌렀다. 그런데 히터가 켜진 게 아니라 운전석 쪽 창문이 내려가고 매서운 바람이 밴으로 휘몰아쳐 들어왔다.
 "좀 나아지셨습니까?"
 포크먼은 오늘 밤 심각한 위험에 처했는지도 모른다는 느낌이 들기 시작했다.
 열린 창문 너머로 바깥의 기계음이 더 크게 들려왔다. 그는 그게 무슨 소리인지 알아챘다. 요란한 제트 엔진 소리였다.
 '맙소사……. 나 지금 군 기지에 있는 거야?'

34

사샤 베스나가 눈을 뜨자 랭던은 마음이 놓였다. 심한 발작에 사로잡힌 지 몇 분이 지난 지금, 사샤는 천천히 정신을 차리는 듯했다.
그녀는 그를 올려다보며 조그맣게 말했다.
"고맙습니다……."
"핸드백에서 약을 찾으려고 했는데 못 찾았어요. 미안합니다."
"괜찮아요. 제가 필요로 하는 건…… 숨겨진 주머니 안에 있거든요. 전 이제 괜찮아요."
랭던은 사샤를 부축해 포드에 등을 기대고 앉게 했다. 사샤는 몸에 대한 통제권을 되찾으려는 듯 손가락과 발가락을 조금씩 움직여 보았다. 응급 보존 및 소생 기계의 작동이 중단되자마자 냉각팬과 경고음이 꺼져서 작업실은 죽은 듯 고요해졌다.
사샤는 포드에 기댄 채 다시 잠이 들려는 것처럼 눈을 감고 깊게 숨을 내쉬었다. 현재 상황을 받아들이려면 시간이 필요할 수도 있을 것이다. 10초쯤 지나고 사샤가 눈을 떴을 때 랭던은 그녀의 눈빛이 달라진 것을 알았다. 고통을 가슴속 어딘가에 묻고 꾹 눌러놓은 듯, 그녀의 눈빛이 갑자기 또렷하게 강해졌다.

"물 좀 가져다주세요."

사샤가 아까보다 분명한 목소리로 말했다.

"알았어요."

발작 후 제일 흔한 증상이 목마름인 걸 떠올린 랭던이 벌떡 일어섰다.

"제 사무실에……" 사샤는 문을 가리키며 말했다. "제…… 물병이 있어요."

돌아서서 작업대 앞을 서둘러 지나가는데 작업대에 놓인 가죽 소재의 서류 가방이 랭던의 눈에 들어왔다.

'저건 어젯밤 술집에서 본 게스네르 박사의 가방인데.'

복도를 지나 사무실로 들어간 랭던은 아까 본 키릴 문자가 적힌 자홍색 물병을 집어 들었다. 물병이 거의 비어있어서 사샤가 있는 곳으로 가는 길에 물을 채우려고 화장실에 들렀다.

세면대에서 흐르는 물에 손가락을 갖다 대고 차가운 물이 나오길 기다렸다. 거울에 비친 자신의 지친 얼굴을 바라보면서 잠시라도 신경을 가라앉히려 애썼다. 게스네르의 시신을 발견한 것도 무서운 일이었지만, 캐서린이 무사할지에 대한 두려움도 그만큼 더 커졌다.

'캐서린은 지금 어디 있을까?'

꼬리에 꼬리를 무는 생각이 그의 머릿속을 사로잡았다. 포드 근처 작업대에 놓인 게스네르 박사의 서류 가방. 어젯밤 헤어지면서 무슨 이유에서인지 연구소로 돌아가 봐야겠다고 한 게스네르. 캐서린이 아침 약속 시간에 맞춰 오전 8시에 이곳에 도착했을 때 게스네르는 이미 포드에 갇혀있었을 가능성이 높았다.

'캐서린이 게스네르를 공격한 사람을 마주했을까?'

물병에 물을 받고 있는데 뒤에서 갑작스러운 움직임이 느껴졌다. 그가 세면대에서 고개를 돌리기도 전에 강철 같은 팔이 그의 팔뚝을 잡아 뒤로 비틀면서 거울에 머리를 짓눌렀다. 물병이 바닥으로 떨어졌다.

"그자들은 어디 있어?"

남자는 어깨로 랭던의 등을 누르면서 그의 머리를 거울에 대고 강하게 짓눌렀다.

그자가 옆구리에 총신을 대고 누르는 게 느껴졌다. 거울 속에서 파벨 중위의 야수 같은 얼굴이 얼핏 비쳤다.

파벨은 랭던의 팔을 뒤로 더 세게 당겨 비틀면서 물었다.

"게스네르랑 솔로몬은? 그자들이 이 지하실에 있는 거 알아……. 방금 여기 도착한 어떤 사람도 같이 있겠지."

"캐서린은 여기…… 없습니다." 랭던이 악문 이 사이로 간신히 말을 뱉었다. "게스네르 박사는…… 죽었고요."

"개소리 마!"

파벨은 자기 상관과 비슷한 말투로 소리쳤다.

랭던은 야나체크도 여기로 내려오고 있을지 의문이었다.

"내가 왜 거짓말을 하겠습니까?"

이러다 팔이 부러질 것 같았다.

"마지막 기회야." 파벨은 랭던의 팔꿈치를 끊어버릴 듯 세차게 비틀면서 거칠게 내뱉었다. "그자들이 어디 있는지 당장……."

금속을 내리찍는 묵직한 소리와 함께 랭던의 팔을 잡은 파벨의 손아귀 힘이 빠졌다. 파벨이 바닥에 쓰러지면서 그가 들고 있던 권총이 바닥에 덜커덕 떨어졌다. 랭던은 얼른 뒤를 돌아보았다. 사샤 베스나가 아까 랭던을 위협했던 소화기를 들고 서있었다. 발치에 웅크리고 쓰러져 있는 우지 중위를 내려다보는 사샤는 겁먹은 얼굴이었다.

"달리 어떻게 해야 할지 모르겠어서…… 이 남자가 당신을 고통스럽게 만들고 있었잖아요!"

랭던은 파벨을 내려다보았다. 피가 터져 나온 건 아니지만 파벨은 완전히 의식을 잃은 모양새였다.

"이제…… 괜찮습니다."

랭던은 아픈 팔로 사샤한테서 소화기를 받아 들어 바닥에 내려놓았다.

사샤가 물었다.

"이 남자 누구예요?"

"우지 소속 중위요." 파벨이 갖고 있던 권총을 집어 든 랭던은 당장 손이 닿지 않는 세면대에 집어넣었다. "의사한테 데려가 보여줘야 할 것 같은데요."

"그 사람은 괜찮아요. 후두정엽 손상이에요……. 몇 분 정도 기절했다가 깨어나면 심한 두통을 앓을 거예요."

랭던은 사샤가 뇌 과학자 밑에서 일하는 사람인 것을 떠올렸다.

사샤가 물었다.

"이 사람이 어떻게 여기로 내려왔을까요?"

랭던도 알 수 없었다. 어쩌면 우지의 폭파팀이 벌써 도착해 출입문을 박살 냈을 수도 있는데 기계 경보음이 워낙 시끄러워서 랭던이 그 소리를 못 들었을 수도 있었다.

'이제 나는 우지 중위를 공격한 일에 관여하게 됐구나.'
"사샤, 내가 최대한 빨리 미국 대사관으로 가야 해요." 랭던은 머릿속으로 선택지를 빠르게 궁리했다. "도와줄 사람이 대사관에 있어요. 마이클 해리스라고."
사샤가 놀라며 말했다.
"저도 그 사람 알아요. 친한 친구예요."
"그 사람을 안다고요?"
랭던은 그 말에 놀랐다. 해리스는 브리기타 게스네르 박사의 연구소 조수와 아는 사이란 말을 한 적이 없었다.
"드러내 놓고 광고할 만한 우정은 아니라서요. 그 사람은 미국 정부 공무원이고…… 저는 순혈 러시아인이니까……."
'하긴. 정치는 인식이지.'
미국과 러시아 간의 적대 감정이 심화하는 요즘 같은 상황에서, 대사관 직원이 러시아인 연구소 조수와 함께 시간을 보내는 것은 눈치가 보이는 일일 것이다.
"여기서 대사관으로 가는 건 어차피 불가능해요. 너무 위험하거든요. 우지가 이미 대사관 주변을 장악하고 대사관으로 향하는 모든 차량을 수색하고 있을 거예요. 마이클한테 문자를 보내서, 대사관 공식 차를 타고 제 아파트에 와서 우리를 같이 태워달라고 하는 게 나아요. 그게 훨씬 안전할 거예요."
어째서인지 조금 전에 심한 발작을 한 여자가 랭던보다 더 명확하게 사고하고 있었다.
'일단 이 여자의 아파트로 가자.'
랭던은 사샤의 도움에 고마움을 느끼면서, 캐서린과 빠르게 연락할 수 있게 되길 바랐다.

"앞문 말고 여기서 빠져나갈 수 있는 길이 있습니까?"

"아뇨. 출구는 거기 하나예요."

사샤는 세면대에 있던 파벨의 권총을 집어 자기 핸드백에 넣었다. 놀란 랭던이 말렸다.

"잠깐만요. 우지의 무기를 훔치는 건 좋은 생각이……."

"사용은 안 할 거예요. 이 사람이 곧 정신이 들 거라서 그래요. 이 사람이 우리를 쫓아올 텐데 무기가 없는 편이 낫죠."

'틀린 말은 아니네.'

파벨은 이미 끄응 소리를 내며 막 움찔거리고 있었다.

사샤는 자홍색 물병을 챙겨 들었다. 아까 싸우다가 파벨의 발에 밟혀 우그러진 상태였다. 사샤는 러시아어가 적힌 물병을 애석한 눈으로 바라보며 복도로 나갔다.

"브리기타가 준 거예요. 수분이 부족하면 안 된다고 해서. 제가 물 마시는 걸 늘 잊어버리거든요. 그래서 물병에 '물 마셔'라고 적어 놓았죠."

사샤는 물병을 사무실 안에 두고 앞장서서 계단으로 향했다. 그들은 조용히 위층으로 올라갔다. 야나체크가 현관에서 기다리고 있지 않기를 바랄 뿐이었다. 계단을 다 올라간 그들은 계단통의 보안문 앞에 섰다. 문짝이 경첩에서 떨어져 나갔을 줄 알았는데 아니었다.

문짝은 멀쩡하게 붙어있었다.

사샤는 작은 창문을 통해 신중하게 바깥을 살폈다. 아무도 없는 것을 확인하고 문을 밀면서 주변을 둘러보았다. 그녀는 랭던에게 따라오라고 손짓하면서 얼어붙을 것 같은 한기가 느껴지는 현관 쪽으로 향했다. 아무도 없었다. 등 뒤로 계단문이 닫히면서 보안 패널의 등이 만족스럽다는 듯 삐이 소리를 내며 빨간색으로 바뀌었다.
부서진 유리 파편을 와그작와그작 밟으면서 건물을 나선 랭던과 사샤는 통로로 나가보았다. 사방이 고요했다. 우지 세단은 건물 앞쪽에 세워져 있는데 야나체크는 어디에도 보이지 않았다.
사샤가 잠시 생각하더니 말했다.
"따라오세요."
사샤는 요새를 떠나 오른쪽으로 앞장서서 가다가 옹벽의 틈새로 향했다. 거기서부터 돌로 된 계단을 내려가자 나무가 우거진 비탈이 나왔다. 산등성이의 이쪽 부분은 요새의 안마당을 둘러싼 벼랑에 비하면 경사가 훨씬 덜 가팔랐다. 눈 때문에 바닥이 상당히 미끄러워서 안 그래도 바닥이 매끈한 신발을 신은 랭던은 발이 자꾸만 헛나갔다.
오늘 아침에 랭던은 데일 스웨터에 캠퍼스 로퍼를 신고 나왔다. 과학 연구소를 방문할 생각에 그렇게 입은 것이지 이 복장으로 산을 타고 내려갈 의향은 없었다. 그는 바닥을 내려다보면서 나무 사이로 더듬거리며 조심스럽게 발을 내디뎠다. 생각해 보니 이 경사면을 따라 내려가면 곧장 폴리만카 공원이었다.
'거기서부터는 택시를 타고 사샤의 아파트로 갈 수 있겠구나.'

골렘이 자리한 곳에서는 미국인 교수가 경사진 숲에서 어설프게 미끄러지며 폴리만카 공원으로 내려가는 모습이 훤히 보였다. 오늘 아침에 골렘은 이 요새에서 우지 경찰에다 로버트 랭던까지 보게 될 줄 예상 못 했다. 그들의 존재는 골렘이 애초에 세운 계획에 튄 여러 오점 중 하나였다.

덕분에 문지방으로 진입하려던 계획을 다소 늦춰야 했지만 새로운 기회가 펼쳐졌으니 영 나쁜 일만은 아니었다.

'이렇게 좋은 기회를 낭비할 수는 없지.'

골렘은 저들이 뒤를 밟히는 줄 꿈에도 모를 것이라 확신하며 조심스럽게 산등성이를 타고 내려갔다.

35

포시즌스 호텔 로비에서 익숙한 장미향이 풍겼다.
'마이클이 나한테 주곤 했던 장미랑 같은 향이야.'
다나 다네크는 프런트 데스크로 성큼성큼 걸어가며 생각했다. 호텔 로비와 레스토랑은 이미 둘러봤는데 마이클과 그의 예쁘장하고 조그만 친구는 보이지 않았다.
'위층 객실에 있겠구나······.'
프런트 데스크 뒤에 앉은 직원에게 다가간 다나는 애써 미소를 장착하고 미국 대사관 직원 신분증을 내밀었다.
"좋은 아침입니다. 성가시게 해서 죄송합니다. 저는 프라하의 미국 대사관 직원인데 제 상사인 마이클 해리스 씨가 지금 이 호텔에 계세요. 급히 가져오라고 하신 물건이 있어서요. 15분쯤 전에 호텔에 들어온 분이에요. 키 큰 아프리카계 미국인 신사인데······."
"예, 압니다." 직원은 다니에게 신분증을 돌려주었다. "해리스 씨는 위층 로열 스위트룸에 계십니다. 그분께 물건을 전해드릴까요?"
"아뇨. 민감한 외교 관련 서류라 제가 직접 전해드려야 해요. 로열 스위트룸 몇 호죠?"

안내 직원은 호텔 뒤쪽으로 가는 길을 알려주었다. 잠시 후 다나는 전용 계단을 올라가 이 호텔에서 제일 비싼 방 앞의 복도에 섰다.

'이러기야, 마이클? 로열 스위트룸씩이나!'

다나는 살짝 노크한 후 외쳤다.

"Úklid(청소합니다)! 하우스키핑입니다!"

문이 열리고 안으로 들어가면 마이클이 어떤 표정을 지을지 기대됐다. 다나는 문에 귀를 대고 소리를 들어보았다. 안에서 움직이는 소리가 들렸다.

"하우스키핑입니다!"

다나는 더 세게 문을 두드리며 다시 소리쳤다.

발소리가 문 앞으로 다가왔고 문이 살짝 열리면서 크고 아름다운 갈색 눈이 바깥을 내다보았다. 다나가 익히 아는 눈이었다. 여자가 문 틈새로 말했다.

"죄송하지만 이따가⋯⋯."

다나가 문을 확 열어젖히자 자그마한 여자는 그 힘에 떠밀려 바닥에 나동그라졌다. 여자 옆을 지나 폭풍처럼 스위트룸 안으로 쳐들어간 다나는 거실을 통과해 주 침실로 보이는 공간으로 들어갔다.

아무도 없었다.

욕실도 살펴보았다.

비어있었다.

마이클의 흔적은 찾아볼 수 없었다.

객실 안은 마구 어질러진 상태였다. 서랍장이며 여행 가방, 호텔 금고까지 활짝 열려있는 것이 마치⋯⋯ 누군가 이 방에 들어와 마구 뒤진 듯했다.

거실로 돌아 나왔다. 보조개가 있는 자그마한 여자가 기다리고 있었다. 여자는 무광 블랙 권총을 다나의 이마에 겨누며 다나를 빤히 쳐다보았다.

'맙소사!'

여자가 무서울 정도로 차분하게 말했다.

"한 번만 물을 거야. 여기 왜 왔지?"

미국인 억양이었다.

여자의 단호한 목소리와 권총을 쥔 자세를 보니 총을 쏘는 것에 익숙한 사람인 듯했다. 다나는 누가 자기한테 권총을 겨눈 게 처음이라 정신이 하나도 없었다.

"마이클…… 해리스를…… 찾고 있어요."

여자는 권총을 겨눈 채 대답했다.

"그 사람은 여기 없어."

다나도 호텔에 도착했을 때 대사관 세단이 호텔 앞에 없는 걸 확인했지만, 마이클이 시선을 끌지 않으려고 운전기사에게 차를 다른 곳에 세우라고 요청했을 거라 여겼다.

"당장 나가는 게 좋을 거야. 당신이 관여할 문제가 아니야."

"내가 관여할 문제 맞거든요." 다나는 겨우 제대로 대답했. "나는 미국 대사관 직원이고 당신은 지금 나한테 권총을 겨누고 있어요. 게다가 당신은 미국 시민 두 명이 묵는 호텔 방을 뒤진 것 같네요."

여자는 여전히 다나에게 총을 겨눈 채 한 걸음 다가왔다.

"다시 말하는데 이건 당신이 관여할 문제가 아니야."

'이 여자는 대체 누구지?'

다나가 가진 카드는 이제 하나뿐이었다. 그녀는 카를교가 내다보이는 퇴창을 힐끗 쳐다보며 말했다.

"오늘 아침에 이 다리에서 무슨 일이 있었는지 알아요. 당신이 쓰고 있던 가시 왕관은 어디 있죠?"

여자는 움찔하지도 않고, 한 걸음 더 다가와 단호하게 말했다.

"당신이 누구든 이 일을 *아무한테도* 발설하지 말고 대사관으로 돌아가서 당신이 모시는 대사에게 말해."

"마이클 해리스가 어디 있는지부터 말해줘요."

"대사가 그를 여기로 보내서 내가 이 방에 들어올 수 있게 했어. 그 남자는 그 일을 *하고* 떠났어. 내가 그 남자에 대해 아는 건 그게 전부야." 여자는 문을 가리켰다. "나가. 나가서 문 닫아."

현장 요원 수전 하우스모어는 문이 딸깍 닫힐 때까지 기다렸다가 권총을 내린 후 허리춤에 달린 권총집에 조심스럽게 넣었다. 그리고 핸드폰을 꺼내 런던의 핀치 씨에게 보안 번호로 전화를 걸었다.

마이클은 대사관 차 뒷좌석에 앉아 마을을 가로질러 크루시픽스 바스티온으로 가고 있었다. 대사가 포시즌스 호텔에서 하라고 지시한 괴상한 심부름을 완수하니 마음은 놓였다. 해리스가 '지원'하라는 명령을 받고 만난 정보원은 그가 건넨 객실 열쇠를 받아 들면서 눈 한 번 맞추지 않았다.

'아주 전문적이던데.'

크루시픽스 바스티온이 저 앞에 보였다. 폭파팀이나 추가로 도착한 우지 차량이 보이지 않아 다행이었다. 대사에게 전화를 받은 야나체크가 알아서 중단시킨 모양이었다. 해리스는 약속대로 여기서 로버트 랭던을 다시 만날 생각이었다.

세단에서 내린 해리스는 멈칫했다. 연구소 정문이 박살 나서 휑히 뚫려있었다.

'무슨 일이지?'

해리스가 문 쪽으로 서둘러 다가가는데 우지 요원이 자기 머리를 감싸 쥐고 그 문으로 걸어 나왔다. 오늘 아침 포시즌스 호텔에서 야나체크의 차를 운전하던 근육질의 중위였다.

해리스는 얼른 달려가 그를 부축하며 물었다.

"괜찮아요? 무슨 일입니까?"

'정문은 왜 이렇게 부서진 거야?'

남자가 더듬거리며 말했다.

"캐서린 솔로몬이…… 그 여자가 나를 쳐서……."

말도 안 되는 주장이었다.

"솔로몬 박사인 게 확실해요?"

"거울에 비친 그 여자를 봤습니다…… 키가 크고…… 금발에……."

'그렇다면 캐서린 솔로몬은 확실히 아닌데.'

해리스가 알기로 이 연구소에 드나들 수 있는 키 큰 금발 여자는 게스네르 박사의 조수 사샤 베스나밖에 없었다. 사샤는 폭력을 저지를 사람 같진 않았다.

"로버트 랭던 씨는 어디 있죠?"

"그 사람은…… 그 여자와 함께 달아났습니다."

망상처럼 들리는 얘기였지만, 건물 앞 통로에 찍힌 발자국들을 보니…… 숲으로 걸어간 것 같기도 했다.
'랭던 씨가 달아났다고?'
"저 안에서 다른 사람은 못 봤어요?"
'게스네르 박사라든지?'
"아뇨……. 이 일을 경감님에게 보고하려고 곧장 올라왔습니다."
중위는 안마당 저쪽 끝을 가리켰다.
"경감님은 저쪽에 계세요."
해리스는 산등성이 쪽을 둘러봤는데 야나체크는 어디에도 보이지 않았다.
"안 보이는데요."
"전화 통화를 하러 저쪽으로 가셨는데…….'
놀라운 일도 아니었다. 대사와 통화를 한 후 야나체크는 어떻게든 피해 수습을 하려 했을 것이다.
"일단 좀 앉으시죠, 중위님."
하지만 중위는 이미 비탈 쪽으로 걸어가고 있었다. 해리스는 눈을 한 주먹 퍼담아 쥐고 얼른 뒤따라갔다.
"이거요. 이거라도 머리에 대세요."
중위가 눈 뭉치를 받아 뒤통수에 갖다 대며 걸어갔다.
"경감님이 여기서 전화 통화를 하고 계셨는데…… 건물 안으로 돌아오지 않으셨습니다."
해리스의 눈에 능선에 난 어지러운 발자국이 보였다. 야나체크가 거기서 서성인 흔적이거나 아니면 다른 사람이 합류한 흔적일 텐데 주변에는 아무도 없었다. 해리스와 함께 안마당 가장자리로 걸어가던 중위가 우뚝 멈춰 서더니 바닥에서 금속으로 된 물건을 집어 들었다. 그 물건에 묻은 눈을 털고 확인한 중위의 눈이 걱정으로 휘둥그레졌다.

"경감님의 핸드폰입니다!"

'야나체크가 왜 핸드폰을 여기 두고 떠났을까?'

그들은 조심스럽게 마지막 몇 미터를 더 걸어가 협곡으로 이어지는 벼랑 밑을 내려다보았다. 그 아래에 섬뜩한 광경이 펼쳐져 있었다. 협곡 바닥의 바위 지대에 짙은 색 정장을 입고 널브러진 처참한 모습의 시신이 있었다. 시신의 머리 주변에 쌓인 하얀 눈이 붉게 물들었고 그 피가 방사형으로 몇 미터씩 번져나갔다. 이 높이에서 떨어졌으니 틀림없이 죽었을 것이다……. 저 시신이 누구인지는 확인할 필요도 없었다.

'세상에…… 야나체크가 여기서 뛰어내린 건가?'

해리스 옆에 있던 중위가 돌아서더니 상처 입은 짐승처럼 울부짖었다. 중위의 목소리가 상실로 인한 고통…… 그리고 걷잡을 수 없는 분노로 메아리쳤다.

36

 요새를 나와서 사샤와 함께 숲이 우거진 비탈을 내려가는 동안 랭던은 맞바람을 버티려 고개를 숙여야 했다. 빽빽하게 나무가 우거진 덕분에 바닥에 눈이 쌓이지 않아서 그나마 예상보다 꼴사납지 않은 모습으로 비탈을 내려갈 수 있었다. 미끄러운 눈을 밟고 몇 번 휘청하긴 했지만 다행히 꾸준한 속도를 유지했다.
 숲을 벗어나 폴리만카 공원으로 들어설 때쯤 랭던의 로퍼화에는 눈이 잔뜩 묻었고 발은 얼어붙었다. 출근하는 행인들이 고개를 숙인 채 길을 따라 드문드문 걸어가고 있었다.
 사샤는 앞장서서 공원을 가로지르며 남쪽으로 조용히 걸음을 재촉했다. 폴리만카 분수 앞을 지날 때 사샤가 속삭이듯 말했다.
 "캐서린은 오늘 아침에 요새 안으로 들어오지 못했을 거예요······. EPR 포드의 디스플레이를 보니까 브리기타가 그 포드에 들어간 게 어젯밤 늦게부터인데, 그 안에서 그렇게 오래 살아남을 수 있는 사람은 없거든요."
 랭던은 그 말이 캐서린이 아침에 연구소에 도착했다가 초인종을 눌러도 대답이 없으니 그냥 호텔로 돌아갔을 거라는 뜻이길 바랐다.
'캐서린이랑 길이 엇갈렸을 수도 있겠어.'
그는 캐서린에게 안 좋은 일이 생긴 것 같은 찜찜한 기분을 털어내려 애썼다. 캐서린을 잃는 건 생각만으로도 너무 끔찍했다.
지난 사흘 동안 그는 캐서린과 한시도 떨어지지 않고 지냈다. 거의 35년 동안 우정을 나누며 지내온 그들이 어느 순간 경계를 풀고 서로에게 빠져들어 자연스럽게 열정적으로 사귀는 사이가 된 것이 놀라울 뿐이었다.
랭던은 캐서린과 함께 그 사흘을 한껏 즐겼다. 그는 캐서린을 데리고 괴상한 미신이 깃든 '프라하의 아기 예수상'을 보러 갔다. 신성한 바비 인형처럼 성당 축일에 맞춰 여러 가지 옷으로 갈아입는 조각상이었다. 그는 캐서린에게 세계에서 제일 큰 책으로 통하는 신비로운 75킬로그램짜리 '악마의 성경'도 보여주었다. 타락한 수도사가 벽 속에 갇힌 채 당나귀 160마리의 가죽으로 만들었다는 섬뜩한 전설이 깃든 책이었다. 캐서린에게 지역 특산물인 tlačenka(고기 젤리)를 맛보게 하기도 했다. 선선히 먹어본 캐서린은 재료가 돼지머리인데 놀라울 정도로 맛이 좋다고 평했다.
원고 집필을 드디어 끝낸 캐서린은 지난 며칠 동안 무척 신이 나 있었다. 그녀는 열정적이면서도 동시에 수줍은 말투로 랭던에게 원고에 대해 대략적으로 말해주었다. 그가 책 내용을 자세히 알고 싶어 하자, 나중에 직접 보면 깜짝 놀랄 텐데 그 재미를 망치고 싶지 않다면서 유쾌하게 거절했다. 그러면서도 캐서린은 그 책에 담긴 새로운 아이디어를 독자들과 서평가들이 과연 마음을 열고 받아줄지를 두고 은근히 애를 태웠다.

어제 멋진 라 보엠 카페에서 에스프레소를 마시며 캐서린은 이렇게 말했다.
"그냥 받아들여야지 뭐. 사람 머리가 원래 변화를 싫어하니까. 기존의 믿음을 버리는 것도 싫어하고."
랭던은 미소 지으며 생각했다.
'잘못된 믿음이라는 증거가 산더미처럼 쌓여있는데도 종교가 수천 년을 버텨온 게 그런 이유 때문이지.'
캐서린이 설명했다.
"30년 전에 물리학자들이 두 개의 얽힌 입자 사이의 통신이 즉각적이라고 증명했는데…… 우리는 여전히 '빛의 속도보다 빠르게 이동하는 것은 없다'는 아인슈타인의 말만 무슨 기도문처럼 가르치고 있잖아!"
최초의 실험에서 얽힌 입자의 극성을 바꾸기 위해 자석을 사용했는데, 같은 방에서나 수 킬로미터 떨어진 곳에서나 상관없이 '쌍둥이' 입자의 극성이 즉각 전환되는 결과가 나왔다. 훗날 중국 과학자들은 입자 두 개가 서로 얽히면 1200킬로미터 떨어진 거리에서도 '즉각적으로 연결된 상태를 유지'한다는 것을 증명하기 위해, 좀 더 비용을 들여 양자 통신 위성을 사용해 같은 실험을 진행했다. 《사이언스 매거진》은 아인슈타인이 1930년대 중반에 그 현상을 표현하기 위해 쓴 '유령 같은 원격 작용'이라는 문구를 활용해서 '중국이 "유령 같은 원격 작용" 기록을 박살 내다'라는 제목으로 표지 기사를 실었다.
캐서린이 설명을 이어갔다.
"인간이 생각을 충분히 집중하면 몸의 화학 작용을 변화시킬 수 있다는 게 여러 차례 증명된 지가 수십 년이 지났어. 그런데도……
의료 전문가들은 원격 치유를 여전히 미신으로 치부하잖아."
 '완고한 마음은 도저히 고칠 수가 없지.'
 진화와 관련된 과학적 증거가 넘쳐나는데도 인류가 아담과 이브한테서 비롯됐다고 굳게 믿는 사람들이 많다는 것을 생각하면 늘 놀라웠다.
 랭던이 말했다.
 "내가 가르친 학생 중에 아이큐가 148인 여학생이 있었는데, 지구의 나이가 6000년이라고 주장하더라고. 그래서 내가 그 학생을 데리고 지질학과로 데려가서 300만 년 된 화석을 보여줬단 말이야. 그런데 어깨를 으쓱하면서 '하느님이 제 믿음을 시험하려고…… 지구에 화석을 심어두신 거겠죠'라고 말하더라고."
 캐서린은 웃음을 터뜨렸다.
 "광신도들만 그런 세계관을 비이성적으로 고수하는 게 아니야. 고등 교육을 받은 종신 재직 교수 중에도 그런 사람들이 있어."
 "나도 고등 교육을 받은 종신 재직 교수인데!"
 "당신은 늘 회의적이잖아, 로버트. 구식이지만 귀여운 사람이지."
 "구식이라고?" 랭던은 고개를 갸웃했다. "굳이 일깨워 주고 싶진 않지만…… 내가 당신보다 젊은데."
 "조심해……." 그녀는 뇌쇄적인 미소를 지었다. "당신은 내 학부생 세미나를 두 번이나 수강했어. 당신이 수업 내내 바라보던 게 내 슬라이드쇼는 아니었잖아."
 랭던은 크게 웃으며 말했다.
 "인정할게."

"요지는, 아무도 변화를 좋아하지 않는다는 거야. 고리타분한 학자들은 자기네가 믿는 모델이 한물간 지 한참인데도 그저 편하고 싶어서 기존의 믿음을 고수하려는 경향이 있어. 이런 이유로 인간의 의식 같은 새로운 과학 패러다임을 세우기가 상당히 어렵고 속도도 느리지."

랭던은 토머스 쿤이 1962년에 출간한 고전 《과학혁명의 구조》를 떠올렸다. 그 책에는 패러다임의 변화는 양립할 수 없는 현상의 임계 질량에 도달했을 때만 발생한다는 내용이 담겨있었다. 캐서린은 자기 책이 패러다임의 변화에 큰 역할을 할 수 있기를 바랐다.

"당신은 원고의…… 어떤 부분이 그렇게 혁신적인지 나한테 구체적으로 말해준 적이 없어."

캐서린이 미소 지었다.

"인내심을 가져. 당신은 그 책 내용이 무척 흥미롭다고 느낄 거야. 꼭 읽고 나한테 피드백 줘."

자동차 경적 소리 때문에 그 카페에서의 따스한 기억이 사라지고 랭던은 싸늘한 폴리만카 공원으로 돌아왔다. 그는 덜덜 떨면서 사샤를 따라 철문 사이로 비집고 나가 공원을 벗어났다. 택시 승강장에서 공회전 중인 노란 슈코다 세단들이 보이자 반가웠다.

그들은 맨 앞에 있는 택시에 올라탔다. 랭던은 택시 내부의 온기가 더없이 고마웠다. 사샤가 택시 기사에게 주소를 건네자 택시는 곧장 세카니노바 거리로 달려 나갔다.

사샤가 핸드폰을 꺼내 스피커폰으로 전화를 걸었다.

마이클 해리스의 익숙한 목소리가 전화를 받았다.

"사샤?"

"마이클!" 사샤는 심란한 목소리로 말했다. "브리기타에게 끔찍한 일이 일어났어요!"
그녀는 울음 섞인 목소리로 비통한 소식을 전했다.
해리스는 크게 놀란 것 같았다.
"유감입니다. 몰랐어요. 나는 지금 요새에 와있어요."
랭던은 생각했다.
'젠장. 마이클이랑 길이 엇갈렸어.'
해리스가 덧붙여 말했다.
"여기 오니까 우지 경찰이 있는데, 브리기타가 죽은 줄 모르고 있던데요."
'파벨이 아직 시신을 못 봤구나.'
"사샤, 당신이 우지 경찰을 공격했어요?"
해리스의 물음에 사샤는 놀라서 머뭇거리며 말했다.
"그 사람이 먼저 로버트 랭던 씨를 공격했어요! 저는 어떻게 해야 할지 몰라서."
"랭던 씨? 그분이 당신이랑 같이 있어요?"
"네. 그분이 택시를 타고 대사관으로 가려고 하셨어요. 하지만······."
"그건 좋은 생각이 아니에요. 우지가 중간에서 잡아챌 겁니다."
"알아요. 그래서 지금 어디로 데려가냐면······."
"말하지 말아요! 어디로 가는지 이미 아니까. 해리와 샐리한테 안부 전해줘요. 최대한 빨리 그리로 갈게요. 20분이면 될 겁니다. 그동안 핸드폰 사용하지 말고 있어요."
그렇게 통화가 끝났다.

랭던이 물었다.
"해리와 샐리?"
"제 고양이들이에요. 마이클은 우리가 제 아파트로 가고 있다는 말을 못 하게 한 거예요."
'영리하네.'
"그 사람이랑 잘 아는 사이 같던데."
랭던의 말에 그녀는 당황한 표정으로 고개를 끄덕였다.
"안 지 두 달 정도 됐어요."
"그런데 그 사람을 믿는 모양이네요."
"네." 사샤의 눈에 별안간 감정이 담겼다. "그분이라면 교수님을 도울 방법을 알 거예요."
'당신을 도울 방법은 뭘까요?'
랭던은 이 러시아 여자가 우지 중위를 공격하긴 했지만 그래도 미 대사관이 이 여자를 보호해 주길 바랐다. 사샤가 아까 해리스와 통화할 때 캐서린에 관한 새로운 소식이 없는지 물어봐 줬으면 좋았겠다는 생각도 했다. 그런데 그 대사관 직원은 사샤만큼이나 핸드폰을 믿지 않는지 전화상으로 말을 못 하게 했다.
'사샤의 집에 도착하자마자 해리스한테 물어봐야지.'
옆에서 사샤는 눈을 감고 의자에 기대었다. 편하게 자세를 잡는 것처럼 몸을 약간 뒤척였다.
'마음을 진정시키려고 저러는구나.'
조금 전 사샤는 뇌전증 발작을 견뎠을 뿐 아니라 우지 경찰과 몸싸움을 했다. 그리고 지금은 멘토의 괴이한 죽음을 목격한 후 랭던을 안전한 곳으로 데려가기 위해 위험을 감수하고 있었다.

랭던은 손목시계를 들여다보았다. 미키 마우스의 벌린 팔이 오전 9시를 지나가고 있었다……. 평화롭게 캐서린을 품에 안고 잠에서 깬 지 겨우 몇 시간 지났다.

그게 아주 오래전 일처럼 느껴졌다.

37

 랭던의 몸이 택시의 온기를 열심히 빨아들였다. 폴리만카 공원을 힘겹게 가로지르는 동안 몸에 오한이 들고 말았다. 랭던은 눈이 잔뜩 묻은 로퍼화를 벗고 얼어붙은 발가락을 손으로 주물렀다. 옆에 앉은 사샤는 눈을 감고 아무 말도 하지 않았다.
 카를교에서 만난 여자의 모습이 랭던의 머릿속을 맴돌았다. 그 짧은 만남과 관련된 모든 게 비현실적이었다……. 여자의 유령 같은 움직임, 텅 빈 눈빛, 죽음의 냄새, 마치 평행 현실에 사는 존재처럼…… 그가 하는 말을 전혀 못 듣는 듯한 태도.
 이 마법 같은 도시에서 유령은 주로 밤에 목격되는 편이었다. 대부분 이 지역의 유명 인사로 통하는 유령들이었다. 자기를 처형한 자들에게 복수하려고 카를교에서 출몰하는 머리 없는 템플 기사단원…… 마법을 행한 죄로 투옥된 후 탈출하기 위해 성벽 주변을 서성이는 흰옷 입은 여자…… 약한 자들을 지키기 위해 구 유대인 회당 근처에서 어둠 속에 숨어 지내는 골렘 괴물.
 '유령은 없어. 유령이 눈밭에 발자국을 남길 리도 없고.'

카를교에서 만난 여자는 유령이 아니라 피와 살로 이루어진 사람이었다.

랭던은 본능적으로 프라하의 초자연적 설화를 사실이 아니라고 믿으면서도 재미있게 듣곤 했다. 오늘 아침 그의 이성은 신비로운 안개를 가르고 명확한 결론에 도달했다. 카를교의 섬뜩한 여자에 대해 논리적으로 가능한 설명은 세 가지였다.

첫째, 캐서린의 꿈이 미래에 일어날 일을 기적적으로 예견했을 가능성. 이게 사실이면 캐서린은 세상 누구보다 확실히 천리안이라는 초능력을 경험한 것이다. 이게 맞을 확률은 0에 가깝다. 따라서 이건 아니다.

둘째, 우연일 가능성. 이것도 말이 되질 않았다. 머리에 방사형 왕관을 쓰고 창을 손에 든 채 유황 냄새를 풍기던 여자는 캐서린의 꿈에 등장하고 몇 시간 후 카를교를 건넜다. 통계적으로 불가능한 일이고 터무니없다.

셋째, 혼란스럽긴 하지만 이게 유일하게 합리적인 설명일 것이다. 셜록 홈스도 '불가능한 것을 제하고 나면 아무리 사실 같지 않아도 남은 것이 진실이다'라고 했으니까. 이 일에서 사실 같지 않은 진실은…… 누군가 캐서린의 꿈에 대해 이미 알고서…… 꿈의 내용과 똑같은 상황이 현실에서 펼쳐지도록 조작했다는 것이다.

'조작이라면 대체 왜? 어떤 방법을 썼을까?'

'왜'라는 질문이 여전히 남아있지만 '어떻게'라는 질문만 놓고 보자면 기분은 더러워도 개연성 있는 설명이 가능했다. 몇 년 전 러시아에서 북 투어를 하는 동안 랭던은 모스크바의 고급 호텔 방에 러시아 정부가 도청 장치를 설치해 놓았다는 얘기를 들은 적 있었다.

'프라하도 비슷하지 않을까?'
 이 도시는 모스크바와 느낌이 다르지만 역사적으로 비슷한 면이 많았다. 그리 머지않은 과거에 프라하는 45년 동안 철의 장막 뒤에 있었다. 몹시 짧았던 '프라하의 봄'을 제외하고 소비에트 강경파가 프라하 도처에서 KGB 감시 체계를 운영했다. 프라하에서 감시할 가치가 있는 호텔 방이 있*다면*, 바로 포시즌스 호텔의 로열 스위트룸일 것이다. 억만장자, 세계 지도자, 외교관들이 묵을 가능성이 제일 높은 방이니까.
 '캐서린이 나한테 꿈 얘기를 하는 걸 누가 듣고 있었나?'
 그들이 묵는 호텔 방이 감시당하고 있었다면, 랭던과 캐서린이 열정적으로 보낸 지난 며칠 동안의 사적인 순간까지도 누군가 엿듣거나 녹음했을 수 있었다.
 '누가 도청하고 있었을까? 야나체크? 우지?'
 뒤숭숭한 악몽을 현실에서 재현한 동기가 무엇이든, 랭던은 사흘 동안 같은 시간에 카를교를 오갔고, 오늘 아침엔 7시까지 호텔 방으로 돌아오겠다고 캐서린에게 말했다.
 '시간을 딱딱 맞췄네.'
 이 논리대로라면 모든 일은 조작일 수밖에 없었다.
 유령이 실재한다는 말보다 더 소름 끼쳤다.

38

 핀치는 분노가 치밀었다.
 프라하에 있는 현장 요원이 방금 전화를 걸어와, 포시즌스 호텔에서 간단한 정리 작업을 하던 중에 일이 약간 틀어졌다고 보고했다. 현장 요원 하우스모어는 프라하에서 문지방과 관련된 모든 사안에서 그의 눈과 귀, 몸과 다름없었다. 프로젝트에 관해 제한된 정보만 알고 있는 하우스모어지만 아무리 그래도 보안이 가장 중요하다는 점을 모를 리 없었다.
 '대체 무슨 일이 일어난 거야?'
 하우스모어 정도의 솜씨를 가진 사람에게 호텔 심부름은 별것도 아닐 텐데 어쩌다가 무기를 들고 대사관 직원과 대치한 걸까.
 '맙소사……'
 화가 난 핀치는 프라하의 미국 대사에게 보안 번호로 전화를 걸었다.

 수전 하우스모어는 포시즌스 호텔 로열 스위트룸을 마지막으로 둘러보며 모든 게 제자리에 있는지 확인했다. 밤새 잠을 못 자서 몹시 피곤했다. 도중에 방해받긴 했지만 이만하면 완벽하게 임무를 완수한 것 같았다.

오늘 새벽 4시에 핀치 씨한테 온 전화를 받고 잠에서 깨면서부터 이상한 하루가 시작됐다. 핀치 씨가 내린 지시는 지금까지 받아본 중 제일 괴상한 내용이었다. 자세한 설명을 요구하지 않는 편이 낫다는 걸 아는 하우스모어는 곧장 침대에서 일어났다. 자기 앞으로 온 꾸러미를 받아 열고 이번 임무에 필요한 특별한 '물건'을 챙겼다.

새벽 6시가 넘자마자, 임무 수행이 아니라 영화 촬영장으로 가야 어울릴 것 같은 차림으로 아파트를 나섰다. 온통 검은 옷에 정교하게 만들어진 삐죽삐죽한 머리 장식을 하고 위협적인 은색 창을 손에 들었다. 주머니에는 역한 냄새를 풍기는 액체가 담긴 유리병이 들어있었다. 뚜껑을 살짝 열고 냄새를 맡아봤다가 구역질할 뻔했다. 이번 작전의 목적이 무엇인지 몰라도, 핀치는 그녀에게 상세한 실행 방법까지 일러주었다.

핀치의 지시대로, 하우스모어는 무아지경에 빠진 것 같은 걸음걸이로 카를교를 건너갔다. 그녀에게는 아무 의미도 없는 위장인데 그걸 본 로버트 랭던은 기겁을 했다.

'그리고 혼란이 뒤따랐지.'

아마 이 혼란이 바로 핀치의 목적이었을 것이다. 핀치는 손자(孫子)부터 나폴레옹에 이르는 역사적으로 유명한 인물들의 전술을 숭배하는 노련한 전략가였다. 그는 심리적 요소를 최대한 겹겹이 동원해서 야외 작전의 효과를 높이곤 했다. '심리 작전'은 유혈 참사 없이 낮은 위험도로 최대의 효율을 뽑아내 상대를 약화하는 방식이었다. 방해하기. 불안 유발하기. 갈피를 못 잡게 만들기. 혼란에 빠진 적은 잘못된 결정을 내리기 쉽고 따라서 조종하기 편한 상태가 된다.

'나는 임무를 완수했어.'

하우스모어는 생각했다. 확인해 보니 로버트 랭던이 화재경보기를 작동시키고 호텔 손님들을 대피시켰다고 했다.

지금 그녀는 일을 마무리하고 있었다. 방을 샅샅이 뒤져 이 방에 숨겨진 원고 인쇄본이 없는 것을 확인하고 핀치 씨에게 보고했다. 호텔 금고는 처음부터 잠겨있지 않았고 사용 중이지도 않았다. 하우스모어는 방을 정리해 처음 들어왔던 상태 그대로 만들어 놓았다.

방을 나서기 전에 마지막으로 해야 할 일이 있었다. 퇴창 앞으로 걸어가 빨간색, 흰색, 파란색 튤립으로 구성된 장식을 바라보았다. 이 튤립은 사흘 전 미국 대사관에서 캐서린 솔로몬에게 보낸 선물이었다. 바닥에는 하이디 네이글 미국 대사가 직접 쓴 축하 편지가 떨어져 있었다.

얼어붙게 추운 겨울바람을 맞은 튤립들이 사방으로 축 늘어져, 그 사이에 숨겨진 전기 장치가 거의 드러날 지경이었다. 손을 뻗어 젠하이저 파라볼릭 도청 마이크와 FM 송신기를 조심스럽게 끄집어냈다. 핀치 씨의 요청으로 미국 대사 사무실에서 설치한 도청 장치였다.

그 장치를 외투 주머니에 쓱 집어넣은 후 꽃들을 툭툭 두드려 위로 세워준 뒤 마지막으로 스위트룸을 둘러보았다.

진이 빠진 하우스모어는 잠을 더 자기 위해 집으로 향했다.

39

밴의 열린 차창 너머로 날카롭게 윙윙대는 제트 엔진 소음이 들려왔다. 조너스 포크먼은 사람들에게 거의 알려지지 않은 군 기지가 브루클린에 있으며, 맨해튼에서 아주 가깝다는 것을 알고 있었다. 그런데 그 해밀턴 기지에 비행장이 있는 줄은 미처 몰랐다. 이들이 그를 어디로 데려가려는지 모르겠지만 단순한 책 도둑질을 하려는 게 아닌 것만은 분명했다.

'권력을 가진 누군가가 캐서린 솔로몬의 책 출판을 막으려는 건가. 대체 누구지? 경쟁 관계에 있는 과학자?'

포크먼은 얼어붙게 추운 밴의 금속 바닥에 앉아 덜덜 떨면서 단서를 찾으려 기억을 더듬었다. 그 원고의 존재를 처음 알게 됐을 때를 떠올려 보았다. 로버트 랭던이 전화를 걸어와 캐서린 솔로몬이라는 대단한 친구가 있는데 같이 점심을 먹으면서 그 친구가 쓰고 있는 놀라운 원고에 대해 들어볼 의향이 있느냐고 물었다. 포크먼은 하버드대 교수 랭던이 '대단한'과 '놀라운'이라는 수식어를 가볍게 쓰는 사람이 아닌 것을 알기에 즉시 제안에 응했다.

그들은 포크먼이 즐겨 찾는 맨해튼의 트라토리아 델 아르테라는 레스토랑에서 만나, 뒤쪽 칸막이석에 앉았다. 정통 이탈리아 요리가 나오는 그 레스토랑은 이탈리아인의 코를 주제로 하는 그림과 조각품을 활용해 예술가의 작업실처럼 꾸며져 있었다. 캐서린 솔로몬이 보내준 약력을 미리 확인한 포크먼은 그녀가 이룬 과학적 성취, 그녀가 발표한 논문들, 인지 과학 박사 학위, 그리고 그 분야에서 떨치고 있는 명성에 깊은 인상을 받았다.

직접 만나보니 서류로 읽은 내용보다 훨씬 매력적인 인물임을 몇 분 만에 간파할 수 있었다. 랭던과 달리 붙임성 있고 겸손했으며 대단히 예리한 면이 있었다. 자연스럽게 홍보하기 좋은 저자였다. 매력과 아름다움을 모두 가진 드문 경우인 만큼 21세기 출판업계가 맞이하게 된 멋진 신세계, 즉 소셜 미디어에 크게 의존하는 출판 홍보에 잘 맞을 것 같았다. 랭던이 좋아하는 토스카나 지역 고급 레드 와인인 2016년 솔라이아를 마시면서 대화를 나누다 보니 어느새 자연스럽게 그녀의 책 얘기로 넘어갔다.

캐서린이 말했다.

"간단히 말하면 인간의 의식 탐험에 관한 내용이에요. 제가 지난 20년간 해온 연구와…… 최근에 이뤄낸 과학적 혁신에 기반을 두고 있어요." 캐서린은 와인을 마시며 잠시 생각하다가 말을 이었다. "아시겠지만 사람들은 인간의 의식이 뇌 화학 작용의 부산물이라고 오랫동안 믿었잖아요. 그건 뇌가 없이는 인간의 의식도 존재할 수 없다는 뜻이죠."

'흥미롭긴 하지만 뻔한데.'

포크먼은 이렇게 생각했다. 그는 이 일을 하면서 상대의 아이디어에 완전히 빠져들기 전까지 회의적인 입장을 유지하는 편이었다.

캐서린은 신비로운 미소를 지었다.

"문제는 의식에 관한 기존의 표준 모델이 틀렸다는 거예요."

두 남자는 그녀의 설명에 점점 빠져들었다.

"저는 의식의 혁신적인 새 모델을 제시하는 책을 쓸 생각이에요. 이 모델은 '현실'의 본질을 포함해서 우리가 아는 삶의 모든 면에 영향을 미치게 될 거예요."

감탄한 포크먼은 눈썹을 치켜뜨며 미소 지었다.

"출판하는 사람 입장에서는 목표를 높게 잡는 것만큼 좋은 게 없죠. 그래도 한 가지 질문을 해야겠네요. 새로운 이론이 담긴 책을 쓸 거라고 장담하시는 분들이 워낙 많거든요……. 박사님은……."

"당연히 제 책의 내용을 뒷받침하는 과학적 근거는 충분해요."

그 말에 포크먼은 깊은 인상을 받았다.

"제 마음을 읽으셨군요."

"증거도 없이 편집자님의 시간을 뺏지 않을 거예요."

랭던은 캐서린이 대화의 주도권을 쉽게 틀어쥐는 것을 흥미롭게 바라보았다.

포크먼이 말했다.

"확실히 관심이 가네요. 인간 의식에 관한 혁신적인 모델이라는 게 정확히 뭡니까?"

"처음엔 불가능해 보일 수 있어요. 마음의 준비를 하시도록 일단 기본선을 정해보죠……." 캐서린은 쿠야나 핸드백에서 아이패드를 꺼냈다. "우선 우리 모두…… 불가능하다고 할만한 사례를 보여드릴게요."

포크먼은 랭던을 힐끗 쳐다보았다. 랭던도 어리둥절한 표정이었다.
캐서린은 아이패드를 손으로 몇 번 두드린 후 포크먼과 랭던이 편히 볼 수 있도록 테이블에 세웠다. 화면에 비디오 영상 두 개가 나란히 떠있었다. 분할 화면에 각각 담긴 두 어항 속에서 금붕어가 한 마리씩 느긋하게 맴돌며 헤엄치고 있었다.

'금붕어가 불가능한 현상이라고?'

"이건 생중계 비디오 영상이에요. 캘리포니아에 있는 제 실험실에서 별개의 고정 카메라 두 대로 찍고 있는 영상이죠."

비슷하게 생긴 두 어항에서 물고기 두 마리가 각각 헤엄치고 있었다. 바닥에는 파란색 자갈이 깔렸고 물밑에는 작은 장식품이 세워져 있었다. 한쪽 장식품에는 '예', 다른 쪽 장식품에는 '아니오'라고 적혀있었다.

'특이하네.'

포크먼은 설명을 기다리며 캐서린 솔로몬을 돌아보았다. 캐서린은 그에게 계속 화면을 지켜보라고 고갯짓했다. 포크먼은 카메라 두 대로 송출되는 두 영상으로 예의상 시선을 돌렸다.

'물고기 두 마리가 어항에서 맴돌며 헤엄치는 게 다인데…… 여기서 뭘 보라는 거지?'

옆에서 랭던이 나지막하게 말했다.

"놀랍네요……."

그 순간 포크먼도 알아챘다. 묘하게도 금붕어 두 마리는 완벽하게 일치하는 동작으로 헤엄치고 있었다. 한 마리가 멈추거나, 돌진하거나 표면으로 헤엄쳐 올라가면 다른 한 마리도 다른 어항에서 같은 순간에…… *정확히 같은 동작을 했다!* 움찔거림마저도 똑같을 정도로 금붕어 두 마리는 완벽하게 동기화되어 있었다.
깜짝 놀란 포크먼은 완전히 똑같이 움직이는 금붕어 두 마리를 15초 정도 지켜보다가 고개를 흔들며 시선을 들었다.
"알겠습니다. 이건…… 불가능한 현상 맞네요."
포크먼의 말에 캐서린이 대꾸했다.
"그렇게 느끼셨다니 기쁘네요."
"금붕어들이 어떻게 그렇게 할 수 있죠?"
"놀랍죠? 답은 아주 간단해요."
랭던과 포크먼은 가만히 앉아 그녀의 설명을 기다렸다.
"우선, 여기서 금붕어가 총 몇 마리로 보이세요?"
포크먼은 두 사람의 눈을 바라보며 대답했다.
"두 마리요."
"당신은요, 로버트?"
랭던도 같은 대답을 했다.
"두 마리로 보이네요."
"여러분은 대부분의 사람들처럼 보고 있어요. 여러분 앞에 별도의 어항에 각각 담겨있는 금붕어 두 마리가 있다고 말이죠."
포크먼은 생각했다.
'달리 어떻게 보일 수가 있지? 한쪽 어항에는 "예", 다른 쪽 어항에는 "아니오"라고 적힌 장식품이 있고, 금붕어 두 마리가 정확히 똑같이 움직이고 있는 걸로 보이는데.'
캐서린이 설명을 이어갔다.
"금붕어 두 마리를 별개로 보는 것이 환상일 뿐이라고 말한다면 어떨까요? 두 마리가 사실은 한 *마리*라고…… 같은 의식으로 연결된 하나의 통합된 유기체가 일치된 동작으로 움직이고 있는 거라고요."

포크먼은 살아있는 모든 생물이 서로 연결되어 있다는 뉴에이지(기존의 서구식 가치와 문화를 배척하고 종교, 의학, 철학, 환경, 음악 등의 집적된 발전을 추구하는, 현대 사회의 새로운 문화 운동—옮긴이) 헛소리를 듣고 있는 건가 싶었다. 이 물고기들이 어떻게 똑같이 움직이는지는 알 수 없지만, 하나의 우주 의식에 연결되어 있기 때문만은 아닐 것이다.

'뭘 기대했냐, 조너스? 이 여자는 캘리포니아에서 온 노에틱 과학자잖아.'

"관점이라는 건 선택이에요. 관점은 의식을 이해하는 데 핵심 요소이기도 하죠. 여러분은 이것을 완벽하게 동작을 맞춰 헤엄치는 금붕어 두 마리로 보기로 선택한 겁니다. 하지만 관점을 바꿔서 *하나의 물고기, 하나의 정신, 하나의 통합된 유기체*가 헤엄치고 있다고 본다면…… 아주 평범한 영상이죠."

캐서린의 설명이 엉뚱한 방향으로 흐를까 봐 걱정되는지 랭던이 나섰다.

"그게 꼭 선택이라고는 볼 수 없잖아요, 캐서린? 연결되어 있지 않은 별개의 금붕어 두 *마리*를 하나의 유기체로 볼 수는 없죠."

"맞아요. 하지만 이건 별개의 유기체 두 마리가 *아니에요*, 랭던 교수. 한 *마리예요*. 당신의 그 미키 마우스 시계를 걸고 내기해 보죠. 지금 바로 그걸 증명할 수 있어요. 과학적으로. 의심의 여지 없이 확실하게요."

랭던은 다시 생중계 영상을 찬찬히 들여다보았다.

'별개의 어항 두 개. 별개의 물고기 두 마리인데.'
랭던은 생각 끝에 말했다.
"내기를 받아들이죠. 저게 하나의 유기체라고 설득해 보세요."
"알겠어요." 캐서린이 미소 지었다. "내가 좋아하는 기호학자의 말을 인용할게요. '때로는 관점을 바꾸는 것만으로 진실을 볼 수 있다'라는 말이에요."
그녀는 아이패드 화면을 터치하며 설명했다.
"여기 같은 실험실을 찍고 있는 세 번째 생중계 카메라가 있어요. 이제 관점을 달리해서 볼게요, 여러분."
새로운 카메라는 아까 본 어항 두 개와 비슷하게 생긴 어항 하나를 위에서 내려다보며 찍고 있었다. 파란 자갈과 장식품이 있는 어항 안에서 금붕어 한 마리가 홀로 빙글빙글 돌고 있었다. 이 각도에서 보니, 다른 비디오카메라 두 대가 그 어항 옆에 설치되어 있는 게 보였다. 그 두 카메라는 같은 어항을 다른 위치에서 찍고 있었다.
포크먼이 말했다.
"이해가 안 되는데요."
"여러분은 같은 어항을 찍고 있는 두 개의 비디오 영상을 보고 있었던 거예요. 어항 하나, 금붕어 한 마리를 두 개의 다른 각도에서 찍은 영상이요. 별개의 금붕어라는 건 착각에 불과했어요. 실은 하나의 유기체였죠."
"두 개의 어항에 각각 담겨있었는데요. 예/아니오라고 적힌 장식품은요? 분명히 달랐는데…… 어떻게 어항이 하나일 수가 있습니까?"

그러자 랭던이 고개를 떨구며 나지막하게 말했다.

"마르쿠스 라에츠군요. 알아봤어야 했는데."

캐서린은 핸드백에 손을 넣어 눈에 익은 장식품을 꺼냈다. 첫 번째 어항에 들어있던 '예' 장식품과 똑같이 생긴 물건이었다. 캐서린은 포크먼이 그 단어를 읽을 수 있도록 장식품을 들어 보였다. 그것을 90도로 기울이자 포크먼의 입에서 헉 소리가 터져 나왔다. 새로운 각도로 보니 장식품은 완전히 다르게 보였다. 이 방향에서 장식품의 글자는…… '아니오'였다.

캐서린이 설명했다.

"이건 우리가 살고 있는 우주를 표현한…… 착시의 대가인 조각가 마르쿠스 라에츠의 작품이에요."

랭던이 미키 마우스 손목시계를 풀자 캐서린이 웃었다.

"내가 아이를 키우지 않는 거 알잖아요, 랭던. 필요 없으니까 미키 마우스 손목시계 그냥 가지고 있어요. 불가능을 보는 관점을 설명하고 싶어서 내기하자고 말했을 뿐이에요. 요약하자면, 내가 인간의 의식에 관해 하려는 얘기가 처음에는 불가능한 것처럼 들릴 수 있다는 거예요. 똑같이 움직이는 금붕어 두 마리처럼 불가능한 현상처럼 받아들여질 수 있다는 거죠. 하지만 여러분이 관점을 달리해서 보면 모든 게 갑자기 말이 될 수가 있어요……. 여러분이 신비롭게 여겼던 현상도 알고 보면 더없이 평범한 현상인 거고요."

그때부터 포크먼은 캐서린의 설명에 정신없이 빠져들었다. 점심식사 시간이 세 시간으로 늘어날 만큼 그는 새로운 발견의 여정에 몰입했다. 캐서린은 책에 자기가 한 최신 실험 내용이 실릴 것인데, 실험 결과는 새로운 패러다임을 뒷받침할 뿐 아니라 현재 우리가 인간으로서 하는 경험이 실제에 비하면 슬플 정도로 제한되어 있다는 사실을 드러내게 될 것이라고 했다.

점심시간이 끝나갈 때쯤 포크먼은 현기증이 났다. 캐서린 솔로몬의 놀라운 아이디어 때문인지, 와인을 너무 많이 마신 탓인지 알 수 없었다. 그래도 한 가지는 확실했다.

'이 책을 꼭 출판해야겠어.'

그는 이 사람과의 계약이 지금까지 해온 출판 투자 중 최고가 되지 않을까 생각했다.

그런데 1년이 지난 지금, 이 책 때문에 손발이 묶인 채 얼어붙을 만큼 추운 밴 바닥에 앉아있으니 그때의 결정이 옳았는지 심각하게 다시 생각해야 할 듯했다. 그는 아직 원고를 읽어보지 않아서 캐서린의 신비로운 실험에 관해 아는 바도 없었다. 대체 누가 그 원고를 왜 없애려고 하는지 의아할 뿐이었다.

'제기랄. 그냥 인간의 의식에 관한 책일 뿐이라고!'

포크먼을 납치한 자들은 근처에 앉아 각자 장비를 들여다보고 있었다.

"저기요?"

그들에게 말을 거는데 이가 딱딱 맞부딪쳤다. 포크먼은 어떻게든 그들에게 계속 말을 붙여볼 생각이었다.

"이 책이 뭐가 그렇게 특별합니까? *과학*에 관한 책인 건 아시죠? 사진도 없는 책이라고요."

대답이 없었다.

"지금 얼어 죽을 것 같거든요. 이건 미친 짓이에요. 이 원고에 왜 그렇게 관심이 많은지 이유라도 말해주시면 내가 어떻게든……."

군인 머리가 대답했다.

"우린 관심 없어. 우릴 고용한 사람이 관심 있지."

"다스 베이더(《스타워즈》 시리즈의 등장인물이자 시스 군주. 은하 제국의 교활하고 잔혹한 최고 집행관—옮긴이)가 책도 읽어요?"

포크먼의 농담에 군인 머리가 싱긋 웃었다.

"어. 그분이 당신과 얘기를 나누고 싶어 해. 지금 비행기에 연료를 주입하는 중이야. 우린 곧 프라하로 출발할 거야."

포크먼은 몸이 확 굳는 듯했다.

"잠깐만요! 난 프라하로 못 가요! 여권도 없다고요! 고양이한테 먹이도 줘야 하고요!"

그러자 군인 머리가 받아쳤다.

"우리가 당신 아파트에서 당신 여권을 훔쳐 왔어. 당신 고양이는 총으로 쏴 죽였고."

포크먼은 진심으로 두려워졌다.

"안 웃기거든요······. 사실 고양이 안 키워요. 이 문제에 대해 우리 얘기를 좀 나눠볼까요?"

그러자 군인 머리가 거만하게 미소 지었다.

"그래. 비행기에서 실컷 지껄여 보라고."

40

하벨 시장 부근이 꽉꽉 막혀서 택시가 기어가다시피 나아갔다. 목적지까지 몇 블록을 남겨두고 택시에서 내린 랭던과 사샤는 구시가지 주거 지역을 지나는 복잡한 도로와 골목을 걸어가기 시작했다. 사샤를 따라 그녀의 아파트로 걸어가는 동안 생각해 보니 그 집 주인이 브리기타 게스네르 박사이며 사샤에게 임대료도 받지 않고 무료로 살게 해줬다는 사실이 새삼 놀라웠다.

'그럴 사람 같지 않았는데 친절하네.'

랭던은 이렇게 생각하면서도 게스네르가 이 젊은 여자를 왜 그렇게까지 도우려 했는지 의문이었다.

브리기타 게스네르는 수수께끼 같은 인물이었다. 사샤를 동정하고 관대하게 대해주는 것 같긴 한데, 어젯밤 칵테일을 마시면서 본 게스네르는 도저히 봐주기 어려운 부류였다. 어제 랭던은 대화를 나누다가 역겨운 베이컨 향 칵테일을 멍하니 들고 앉아있었다. 게스네르가 그런 랭던을 돌아보며 곤혹스러운 말을 던졌다.

"랭퍼드 교수님." 게스네르는 일부러 그의 이름을 잘못 불렀다. "캐서린과 의견이 갈리는 부분이 있는데 우리를 위해 해결 좀 해주시죠."

캐서린은 랭던을 끌어들이고 싶지 않은지 그 말에 움찔했다.

"워낙 지식인이시라 이 주제에 대해 어떻게 생각하시는지 궁금해서요. 캐서린과 나는 유물론자 대 노에틱 과학자 논쟁의 핵심적인 문제에서 의견이 갈리고 있어요. 바로…… 죽음 이후의 삶이라는 주제예요."

'아이고…….'

게스네르가 목소리에 힘을 주었다.

"그 주제에 대해 교수님은 어떻게 생각하세요? 죽고 나면 그걸로 끝일까요? 아니면 뭔가가…… 더 있을까요?"

랭던은 어떻게 해야 이 순간을 잘 피해 갈지 궁리하느라 우물쭈물했다.

게스네르가 다시 말했다.

"내가 그동안 여러 번 이 말을 했는데, 나는 죽음 이후의 삶을 공허한 판타지라고 생각해요. 종교 집단이 겁 많고 나약한 사람들을 신도로 끌어들이기 위해 판매하는 환상 같은 거요."

'어휴. 그쪽은 건드리고 싶지 않은데…….'

게스네르가 계속해서 말했다.

"아시겠지만, 캐서린은 의식이 뇌 *바깥에* 존재하기 때문에 죽음 이후에도 살아남는다고, 이것에 대한 강력한 증거가 바로 유체 이탈 체험이라고 공개적으로 말했어요. 달리 말하면…… 사후 세계가 진짜 있다는 거죠." 게스네르는 아무렇지 않게 칵테일을 한 모금 마시고 덧붙였다. "교수님은 어떻게 생각하세요?"

"그 부분에 대해서는 정해둔 바가 없습니다. 사망학을 가르친 적이 있긴 하지만 엄밀히 제 분야도 아니고……."

그 여자는 피식 웃으며 그의 말을 잘랐다.

"간단한 질문이잖아요. 교수님이 죽어가고 있는데 수술대에 누운 본인의 몸을 내려다보게 됐다면, 그걸 사후 세계가 있다는 증거로 삼을 수 있겠어요? 아니면 저산소증으로 인한 환각이라고 보시겠어요?"

'임사 체험을 해본 적도 없는데…… 그런 상황에서 내가 무슨 생각을 할지 어떻게 알겠어?'

임사 체험에 관해서라면, 1975년에 출간된 레이먼드 무디의 베스트셀러 《죽음, 이토록 눈부시고 황홀한(Life After Life)》을 읽어본 게 다였다. 설득력 있는 과학자들의 견해를 통해 죽음이 여정의 끝이 아니라…… 시작일 가능성을 진지하게 파고든 책이었다.

임상적으로 사망했다가 다시 깨어난 후 유체 이탈과 비슷한 체험을 했다고 주장한 사람들의 사례 수백 건도 들어있었다. 그들은 육신을 떠난 영혼이 허공에서 둥실 떠올라 어두운 터널을 지나갔는데 밝은 빛을 만나 절대적인 평온과 무한한 지식을 느꼈다고 주장했다.

무디의 책이 세상에 나온 이후로 질문의 방향은 사람들이 정말 유체 이탈 체험을 했는가가 아니라…… 무엇이 유체 이탈 체험을 유발하는가, 그리고 그것은 무엇을 의미하는가로 바뀌게 됐다.

랭던은 죽음 이후의 삶이 지속적인 영성의 주춧돌임을 잘 알고 있었다. 기독교의 천국, 유대교의 길굴, 무슬림의 잔나, 힌두교와 불교의 데발로카, 뉴에이지 철학자들의 전생, 플라톤의 윤회 사상

이 바로 그것이었다. 모든 정신 철학에서 공통되는 점은 바로 영혼을…… 영원하다고 보는 것이었다.

죽음 이후의 삶이 있다고 믿느냐는 문제에서 랭던의 생각은 유물론자들의 주장에서 크게 벗어나지 않았다. 사후 세계는 사람들에게 위안을 주는 이야기이며 죽음에 대한 대응 기제라는 것. 게스네르의 질문에 솔직하게 대답한다면…….

'임사 체험은…… 환영에 불과하지.'

종교에 영감을 받은 예술사학자로서 랭던은 신의 계시, 영적 환상, 신의 출현, 종교적 황홀경, 천사들의 방문 등 현생 이후의 세상이 있다는 전제하에 제작된 걸작에 익숙했다. 신앙심 깊은 사람들은 실제로 다른 세상을 접한 경험이라고 여기지만, 랭던은 깊은 영적 열망에서 비롯된 생생하고 설득력 있는 환상이라고 보았다.

랭던은 학생들에게 종종 이렇게 일깨워 주었다. '사막을 걷는 목마른 여행자의 눈에만 오아시스의 신기루가 보이는 이유가 있어. 대학 캠퍼스의 넓은 잔디밭을 걷는 대학생들의 눈에는 띄지 않지. 우린 보고 싶은 걸 보거든.'

'열망'에 관해 이야기하자면, 임종 시 숨이 끊어지는 극심한 고통을 겪는 사람들이 기본적으로 원하는 바는 '죽지 않는 것'일 터이다. 죽어가는 사람이 죽음에 대한 두려움을 피할 수는 없다. 그것은…… 본질적이고 보편적인 두려움이기 때문이다.

죽음 현저성을 놓고 따져볼 때, 개인이 필연적으로 죽게 될 존재임을 알고 두려워하는 이유는 육신을 잃는 것 때문이 아니라 그동안의 기억, 꿈, 감정적 연결…… 즉 자신의 본질인 영혼을 잃게 될까 봐서다.

종교는 영원한 무(無)라는 무서운 미래를 직면한 인간의 정신이 무엇이든 믿으려 한다는 것을 오래전에 알았다. 'Timor mortis est pater religionis(죽음에 대한 두려움이 바로 종교의 아버지다)'라는 소설가 업턴 싱클레어의 유명한 말도 있지 않은가.

세상의 모든 종교는 사후 세계에 관한 방대한 글을 써냈다. 이집트의 《사자의 서》, 수트라, 우파니샤드, 베다, 기독교의 성서, 쿠란, 카발라. 종교마다 고유의 종말 신학, 다음 세상의 삶에 대한 나름의 구성, 영혼을 분류하는 세심한 체계가 있다.

죽음의 과학을 연구하는 현대 사망학자들은 이런 종교들의 주장을 대체로 무시한다. 놀랍게도 오늘날의 과학자들은 자기네 분야의 기본적인 질문에 여전히 제대로 대답하지 못하고 있다.

'우리가 죽을 때 무슨 일이 일어나는가?'라는 질문이 그것이다.

이 질문은 삶의 가장 큰 불가사의이며…… 그 답은 우리 모두가 너무나도 알고 싶어 하는 비밀이다. 궁극적으로 답을 찾기 어려운 질문이라…… 답을 공유할 길도 없다.

"꿀 먹은 벙어리가 되셨나요?"

게스네르가 히죽 웃으며 묻자 랭던이 짜증스럽게 대답했다.

"아뇨. 증명할 수 없는 전제를 절대적 사실로 받아들이시는 게 흥미로워서요. 제 세계에서는 그런 걸 과학이 아니라…… *신앙*이라고 부릅니다."

게스네르가 발끈했다.

"Zbabělče(겁쟁이시네). 교수님이 유물론자인 건 알고 있어요. 운 좋게 내일 캐서린이 연구소에 와주면 이성적인 세상에서 캐서린이 우리 쪽에 합류하도록 내가 설득해 볼 수 있겠죠."

그 말과 함께 게스네르는 가죽으로 된 서류 가방의 잠금쇠를 열고 명함을 한 장 꺼내 캐서린 앞에 놓았다.

랭던은 그 명함을 힐끗 보았다.

프라하
크루시픽스 바스티온 1번지
게스네르 연구소
브리기타 게스네르 박사

"내일 아침에 택시 기사한테 이 명함을 주면 돼요. 내 연구소는 개인 시설이지만 위치는 아주 잘 알려져 있어요. 이 요새가 워낙 유명한 곳이라."

랭던은 속으로 투덜거렸다.

'1300년대에 유명한 곳이었겠지……'

게스네르가 서류 가방을 닫으려고 할 때 랭던은 그 안에 꼼꼼히 정돈된 내용물을 얼핏 보았다. 폴더에 들어있는 여러 서류들, 고리 모양 홀더에 꽂힌 펜, 가죽 끈으로 고정한 스마트폰, 신용 카드 여러 장, 신분증, 투명 비닐 케이스에 완벽하게 줄 맞춰 꽂혀있는 키 카드들. 그중에 기호 하나가 그의 시선을 사로잡았다.

"그 카드는 뭡니까?"

랭던은 RFID 카드(무선 주파수 식별 카드)를 보호하려 특별히 안감을 납으로 처리한 카드 집에 담긴 채 비쭉 튀어 올라온 검은 카드를 가리켰다. 그 카드의 위쪽 절반만 보였지만 굵게 인쇄된 글자 여섯 개의 모양새가 흥미로웠다.

PRAGUE

게스네르는 움찔하며 그 카드를 내려다보더니 바로 서류 가방을 닫았다.

"아, 아무것도 아니에요. 내가 다니는 헬스클럽 카드예요."

"그래요? 궁금하네요. 세 번째 글자가…… 뭐죠?"

게스네르는 이상한 표정으로 그를 쳐다보며 되물었다.

"A 말인가요?"

랭던은 그 부분을 명확히 보았다.

"그건 A가 아닙니다. 벨 창이죠."

두 여자 모두 의아한 표정이었다.

게스네르가 물었다.

"그게 무슨?"

"가로선이 다릅니다. A에는 가로선이 하나만 있잖아요. 아까 그 카드의 로고는 가로선이 세 개 있고 가운데에 점이 있죠. 위를 향한 창의 날은 A 자 모양과 같지만 가로선 세 개와 점 하나가 있는 거죠. 특별한 의미가 있는 기호입니다."

그러자 캐서린이 취기 묻은 목소리로 물었다.

"건강을 뜻하는 기호요?"

'전혀 아니거든요.'

랭던은 이렇게 생각하며 설명했다.

"벨 창은 힌두교에서 힘을 상징합니다. 창끝은 깨달음, 예리하게 조율된 정신, 무지의 어둠을 뚫고 적을 정복하기 위한 뛰어난 통찰력을 뜻합니다. 힌두교의 전쟁의 신 무루간이 어디서나 들고 다니는 창입니다."

게스네르는 진심으로 놀란 표정이었다.

캐서린이 말했다.

"통찰력으로 적을 죽인다고요? 이상한 메시지를 전하는 헬스클럽이네요."

'그러게.'

게스네르가 피식 웃으며 말했다.

"우연이겠죠. 그 헬스클럽은 아무 생각 없이 그냥 디자인이 좋아서 그 기호를 사용했을 거예요."

랭던은 더 물고 늘어지지 않았으나 게스네르가 뭔가 감추는 구석이 있다는 느낌을 받았다. 저렇게까지 신경 써서 잘 보관해야 하는 RFID 카드라니. 헬스클럽 출입 열쇠치고는 지나치게 첨단 기술을 쓴 것 아닌가. 게스네르는 불결한 일반 대중과 함께 운동하는 것을 즐길 것 같지도 않았다. 게다가 이 지역 헬스클럽이라면 프라하를 영어인 'PRAGUE'가 아니라 체코어인 'PRAHA'라고 표기할 가능성이 높았다.

"기호학자와 노에틱 과학자가 서로에게 잘 맞는 완벽한 짝인 건 알겠네요." 게스네르는 성가시다는 듯 말하며 칵테일을 한 모금 마셨다. "둘 다 아무것도 아닌 데서 의미를 찾아내려 하니 말이죠."

41

1층에 있는 사샤 베스나의 아파트는 작지만 아늑했다. 우아한 가구들이 갖춰져 있고 잘 정돈돼 있었으며 자연광이 잘 들었다. 집 안으로 들어간 랭던은 공기 중에 맥아 향이 감도는 걸 알아챘다.
사샤는 집 안에서 풍기는 특이한 냄새를 의식하며 말했다.
"러시아 카라반 티 향기예요. 그리고 집에 고양이가 있는데……."
말이 떨어지기 무섭게 날씬한 샴고양이 두 마리가 현관 복도 끝에서 별안간 나타나 그들에게 타박타박 다가왔다. 랭던이 쓰다듬어 주려고 허리를 굽히자 고양이들이 얼른 다가왔다.
"얘들이 사람을 좋아해요." 사샤는 이렇게 말하고는 어색하게 덧붙였다. "사람을 볼 일이 별로 없어서요!"
랭던은 나긋하게 미소 지었다.
"예쁜 고양이들이네요."
"그 애는 샐리고, 쟤는 해리예요. 좋아하는 영화에서 이름을 따 왔어요." 사샤는 근처 벽에 걸려있는 오래된 영화 포스터를 가리켰다. "게스네르 박사님이 주신 포스터예요."

영화 제목이 러시아어로 되어있었지만 랭던은 뉴욕 고층 건물의 윤곽선을 배경으로 서로를 바라보며 서있는 멕 라이언과 빌리 크리스털을 알아보았다. 고전으로 알려진 영화 〈해리가 샐리를 만났을 때〉를 본 적은 없지만, 뉴욕 델리카트슨 가게에서 '샐리가 오르가슴을 연기하는 유명한 장면'에 대해서는 들어보았다.

"저는 늘 미국 로맨틱 코미디 영화를 좋아했어요. 영화를 보면서 영어를 배웠죠." 포스터를 바라보던 사샤의 눈이 슬픔으로 흐려졌다. "고양이들도 게스네르 박사님이…… 저 외롭지 말라고 주신 선물이에요."

"사려 깊은 분이셨네요."

사샤는 무거운 신발을 벗어 문간 안쪽에 깔린 고무 매트에 놓아두었다. 랭던도 축축한 로퍼화를 드디어 벗을 수 있어 기뻐하며 똑같이 신발을 벗어 고무 매트에 내려놓았다.

사샤는 현관 복도 안쪽의 우묵한 곳을 가리켰다.

"화장실은 저쪽에 있어요. 필요하시면 쓰세요."

"고맙습니다. 그렇게 할게요."

"저는 차를 준비할게요."

사샤는 그를 홀로 남겨두고 현관 복도 안쪽으로 들어갔다.

잠시 그 자리에서 포스터를 바라보는 동안 랭던은 다시 캐서린을 떠올렸다. 뉴욕의 고층 건물 윤곽선과 콜롬비아 픽처스 로고—로브를 입고 횃불을 든 여인—를 보니 자유의 여신상과…… 어제저녁에 있었던 캐서린의 강연이 생각났다.

'당신 지금 어디 있는 거야?'

그는 생각에 잠긴 채 화장실로 향했다. 포시즌스 호텔에 전화해 캐서린이 호텔로 돌아왔는지 묻고 싶은 마음이 굴뚝같았다. 하지만 해리스의 말처럼 우지가 자기네 경찰을 공격하고 현장에서 도망친 랭던과 사샤를 잡으려고 혈안이 되어있을 수 있으니, 해리스가 여기 도착할 때까지 잠자코 기다리는 게 좋을 듯했다.

화장실은 좁지만 잘 정돈돼 있었다. 사샤의 사적인 공간을 사용하기가 조심스러웠다. 손을 씻은 후, 사샤가 완벽하게 정리해 둔 핸드타월을 쓰는 대신 바지에 물기를 쓱쓱 문질러 닦았다. 거울 속에서 자신을 물끄러미 바라보는 얼굴이 영 낯설었다. 눈에 핏발이 서고 머리카락은 헝클어졌으며 스트레스로 이마에 깊은 주름살이 잡혔다.

'꼴이 말이 아니구나, 로버트.'

오늘 아침에 겪은 온갖 일을 생각하면 놀랍지도 않았다.

'일단 대사관으로 가서 캐서린을 찾아보자.'

주방으로 돌아오니 사샤가 조리대에 놓인 그릇 두 개에 고양이 건사료를 붓고 있었다. 해리와 샐리가 가뿐하게 조리대로 뛰어올라 사료를 먹기 시작했다.

사샤는 주전자가 끓기 시작한 가스레인지 앞으로 걸어가며 물었다.

"차를 어떻게 해드릴까요?"

'커피랑 같이요.'

그는 이렇게 말하고 싶었지만 자제했다.

"그냥 주세요. 고맙습니다."

사샤는 찻잔, 받침 접시, 스푼을 세 개씩 가져와 놓았다.

"화장실 다녀올게요." 그녀는 문 쪽으로 걸어가며 덧붙였다. "갔다 와서 차를 따라드릴게요. 마이클이 도착하려면 15분은 걸릴 거예요."
 랭던은 그녀가 복도를 따라 걸어가다가 화장실 문을 닫는 소리를 들었다.
 주전자에서 물이 약하게 끓는 소리 외에는 아파트가 고요했다. 주방에 홀로 앉아 조리대에 놓인 사샤의 핸드폰을 보고 있자니 포시즌스 호텔에 전화를 걸고 싶은 충동이 다시 일었다. 하지만 야나체크가 지금쯤 호텔에 사람을 보내뒀을 것이다. 지금 캐서린이 어디에 있을지도 확실하지 않았다.
 물이 본격적으로 끓기 시작했을 때 아파트 현관문을 날카롭게 두드리는 소리가 들렸다.
 '이상하네.'
 해리스가 벌써 도착했을 리 없었다. 어쩌면 야나체크나 파벨이 그들을 바로 뒤쫓아 왔거나…… 논리적으로 추론한 끝에 사샤의 아파트를 확인하기로 했을지 모른다는 생각이 들었다. 두려움이 밀려들었다.
 현관 복도로 이어지는 모퉁이 쪽으로 서둘러 가고 있는데 사샤가 손의 물기를 닦으며 화장실에서 나오고 있었다. 사샤는 걱정스러운 눈빛을 하더니 랭던에게 입 모양으로 물었다.
 '누가 문 두드렸어요?'
 랭던이 고개를 끄덕였다.
 사샤의 표정을 보니 예상 밖의 방문객인 게 분명했다. 그들은 아무 소리도 내지 않고 15초 정도 기다렸다. 두 번째 노크는 없었다. 사샤는 문 앞으로 조용히 걸어가 문구멍을 통해 바깥을 내다보았다. 한참 후 랭던에게 돌아온 사샤는 어깨를 으쓱했다. 아무도 없는 모양이었다.

그런데 현관문 아래에 비쭉 튀어나온 작고 하얀 종이가 랭던의 눈에 띄었다.

"누가 뭔가를 넣어놨어요."

그는 속삭이듯 말하며 손으로 가리켰다.

사샤도 그 종이쪽지를 보았다. 그녀는 당황한 표정으로 허리를 굽혀 문 아래 놓인 종이쪽지를 집어 들었다. 손으로 쓴 쪽지인 것 같았다.

허리를 펴고 쪽지를 읽은 사샤는 깜짝 놀라 숨을 훅 들이마셨다. 그녀는 떨리는 손으로 랭던에게 쪽지를 건넸다.

"선생님한테 온 거예요."

'나한테?'

쪽지를 받아 읽자마자 랭던은 가슴이 꽉 조여들었다.

두려움에 휩싸인 그는 현관문을 벌컥 열고 아무도 없는 복도로 달려 나갔다. 이어서 양말만 신은 채 건물 바깥으로 뛰쳐나갔다. 진창이 된 눈밭에 서서 사방을 둘러보다가 허공에 대고 소리쳤다.

"당신 누구야? 그 여자한테 무슨 짓 했어?"

20미터쯤 떨어진 곳에서 골렘이 어둠 속에 모습을 감춘 채 랭던을 지켜보았다.

사샤 베스나의 집 문 안쪽에 슬쩍 놓아둔 쪽지는 골렘이 원하던 반응을 이끌어 냈다. 계획대로 된다면 로버트 랭던은 곧 아무도 없는 그곳으로 홀로 달려가게 될 것이다.

'두려움은 충분한 동기가 될 수 있지.'

42

크루시픽스 바스티온을 떠나 도로를 달려가는 내내 마이클 해리스의 귓가에 사샤의 다급한 전화 목소리가 맴돌았다.
'로버트 랭던 씨와 함께 있어요! 도와줘요!'
큰길로 올라선 해리스는 우회전해서 사샤의 아파트가 있는 북쪽으로 빠르게 차를 몰았다.
'내가 아주 잘 아는 곳이야.'
그는 그러면 안 된다는 것을 알면서 그 집을 수없이 찾아갔었다.
두 달 전 '데이비드 리오 차이 라테'에서 사샤를 처음 만났다. 사샤가 아침마다 출근길에 들르는 카페였다. 홀로 스탠딩 테이블 앞에 서있는 사샤에게 그는 미소 띤 얼굴로 접근해 러시아어로 말을 걸었다.
"Privet, Sasha(안녕하세요, 사샤)."
키 큰 금발 여성 사샤는 놀란 표정으로 그를 쳐다보았다.
"제 이름을 어떻게 아세요?"
해리스는 미소를 지으며 그녀의 종이컵을 가리켰다. 그 컵에 바리스타가 '사샤'라고 이름을 적어놓았다.

"아." 사샤는 수줍어하면서도 여전히 미심쩍은 표정으로 말했다. "그런데…… 어떻게 러시아어로 말을 거셨는지."

"그냥 찍었어요. 아까 주문할 때 그쪽 억양을 들었거든요."

사샤는 당황한 기색이 역력했다.

"그렇군요. 너무 경계해서 죄송해요. 프라하에서 러시아인은 그다지 환영받는 사람이 아니라서요."

"미국인만 하겠습니까!" 그는 '마이크'라고 적힌 자기 종이컵을 그녀에게 보여주었다. "바리스타가 제 이름을 일부러 틀리게 적은 것만 봐도 알 수 있죠." 그는 미소를 지으며 배우 험프리 보가트처럼 말했다. "전 세계의 하고많은 카페 중에 하필 이곳에 들어왔군요."

사샤의 표정이 밝아졌다.

"영화 〈카사블랑카〉에 나오는 대사잖아요! 저 그 영화 엄청 좋아해요!"

그 후 30분 동안 그들은 이런저런 얘기를 나눴다. 사샤는 몸이 피폐해질 정도의 뇌전증을 앓은 얘기, 어렸을 때 러시아 정신병원에 버려졌는데…… 신경외과 의사 선생님이 자기를 구출해 프라하로 데려온 가슴 아픈 얘기를 진솔하게 털어놓았다.

"게스네르 박사라는 분이 당신을 *치료해* 준 겁니까?"

"완벽하게요." 사샤의 눈빛에 감사함이 가득했다. "그분이 뇌에 칩을 이식해 주셔서 저는 안개가 느껴질 때마다 정수리를 자성 막대로 문지르기만 하면 돼요."

"안개요?"

"네. 무턱대고 그렇게 말해서 죄송해요. 뇌전증 환자들은 발작이 일어나기 전에 머릿속이 부옇게 흐려지면서 경고처럼 느낌이 오거든요……. 재채기하기 전에 간질간질한 느낌 같은 거예요. 그런 일이 일어나면 저는 막대로 정수리를 문질러요. 자성으로 제 머릿속 칩을 자극하는 거예요." 사샤는 겸연쩍어하며 머뭇거리다가 덧붙였다. "괴상한 얘기를 해서 죄송해요."

"아닙니다. 전혀 안 괴상해요." 해리스는 솔직하게 말했다. "만약 상처가 있다고 해도 그 아름다운 금발 머리카락 속에 전부 숨겨져 있을 테고요."

진심 어린 칭찬인데 사샤는 불편한 기색으로 시선을 돌리며 말했다.

"제가 이런 얘기까지 한 게 믿기지 않네요. 당황스러워요. 제가 원래 사람들이랑 얘기를 잘 안 하거든요……. 그만 출근하러 가야겠어요."

사샤는 남은 차이를 얼른 다 마시고는 서둘러 소지품을 챙겼다.

"저도 이만 가야겠네요. 얘기 즐거웠습니다. 나중에 점심 식사를 함께하면서 더 얘기를 나누고 싶어요."

사샤는 그의 제안에 놀란 표정이었다.

"아뇨. 그건 별로 좋은 생각이 아닌 것 같네요."

"그런가요, 미안합니다." 해리스는 머뭇거리며 덧붙였다. "데이트 신청은 아니었어요. 저는 그냥…… 어쨌든 당신한테 사귀는 사람이 있을 수도 있으니까……."

사샤가 당황하며 말했다.

"제가요? 아뇨, *사귀는* 사람 없어요. 그저……."

사샤는 당장이라도 울음을 터뜨릴 것처럼 눈에 눈물이 차올랐다.

해리스는 어쩔 줄을 몰랐다.
"아, 이런! 속상하게 만들려던 건 아닙니다."
사샤의 목소리가 바르르 떨렸다.
"제 잘못이에요……. 죄송해요……. 당신이 저에 대해 알게 되면…… 많이 실망할 거예요."
"왜 그런 말을 해요?"
사샤는 눈물을 훔치고 그를 바라보았다.
"마이클, 저는 사람들과 관계 맺는 걸…… 잘 못해요. 인생의 대부분을 홀로, 센 약을 복용하면서 살았어요. 기억에 심각한 문제가 있고, 그동안 발작 때문에 생긴 흉한 상처도 많고……."
"그만해요. 제가 본 당신은 무척 매력적인 사람이에요. 당신이 그동안 겪은 일을 생각하면, 이 정도도 정말 붙임성 있는 거예요."
"정말요?" 사샤의 얼굴이 발그레해졌다. "그럼 우리가 좋은 이야기 상대가 될 수도 있겠네요."
그들은 조금 더 얘기를 나눴고 결국 사샤는 그와 나중에 또 만나기로 했다.
그로부터 2주일 후 그녀와 점심과 저녁을 같이 먹고 저녁에 발렌슈타인 궁전 정원에서 함께 산책도 하면서 해리스는 사샤 베스나라는 인물에 대해 거의 다 알아냈다고 느꼈다. 사샤는 친구도 없이 단순하게 살아가는 여자였다. 게스네르의 연구소에서 일을 하거나 집에서 고양이들과 함께 옛날 영화를 보면서 대부분의 시간을 보냈다.
'사샤는 주로 혼자 지내는…… 외로운 여자구나.'
그녀와 관계가 깊어질수록 해리스는 마음이 점점 불편해졌다.
'내가 자기를 만나는 진짜 이유를 알게 되면 큰 충격을 받을 텐

데.' 죄책감이 깊어지면서, 이 일을 하겠다고 동의한 자신이 원망스러웠다. '이 거짓을 그만 끝내야겠어.'

결심을 굳힌 해리스는 대리석 계단을 올라가 대사의 사무실로 향했다. 열린 문을 노크하자 대사가 들어오라고 손짓했다.

하이디 네이글 대사는 콜롬비아 법학 대학원을 졸업한 예순여섯 살 여성이었다. 독일 이민자의 후손인 네이글은 네 살 때 미국으로 건너와 자기 분야에서 최고 자리에 올랐다. 독일 출신임을 나타내는 성 '네이글'은 일반인들에게 '못'이라는 뜻으로 받아들여졌고 그녀를 그만큼 '강인한' 사람으로 각인시켰다.

속내를 알 수 없는 눈빛과 정중하고 외교적인 태도를 지닌 네이글은 관계를 끝내기 직전까지 상대로 하여금 안전하다고 착각하게 만드는 사람이었다. 평상시 입는 옷도 실제보다 영향력이 크지 않게 보이도록 계산된 차림이었다. 간소한 검은 정장 바지에 편안한 신발, 사슬 끈이 달린 독서용 안경 때문에 외교관이라기보다는 사서에 더 가까워 보였다. 칼같이 일자로 자른 앞머리를 고수했고 얼굴에 화장은 거의 하지 않았다.

네이글은 보고 있던 노트북을 덮으며 말했다.

"마이클, 무슨 일이야?"

해리스는 사무실로 들어가 그녀의 책상 앞에 섰다.

"대사님, 저한테 맡기신 비밀 프로젝트가 더 이상 편하지 않습니다."

"그래?" 네이글은 안경을 벗으며 그에게 의자에 앉으라고 손짓했다. "무슨 문제라도 있어?"

해리스는 헛기침한 후 의자에 앉았다.

"일전에 보고드린 것처럼 사샤 베스나는 어렸을 때 끔찍한 학대를 당했고 지금은 평범한 삶을 살려고 최선을 다하는 순진한 젊은 여성입니다. 더는 그 여자한테서 캐낼 정보가 없습니다. 이런 상황에서 그 여자한테 계속 거짓말을 하는 게…… 도덕적으로 잘못됐다는 느낌이 들어서요."

그는 사샤와의 관계가 육체적인 쪽으로 넘어가지 않도록 했는데, 사샤가 점점 그에게 마음을 여는 게 느껴졌다.

"그렇군. 자네가 *위험하다*고 말할 줄 알았는데 아니군. 그 일이 위험해지면 즉시 자네를 그 일에서 빼낼 거야."

해리스는 대사를 믿었다. 네이글은 대사관을 엄격하게 운영하면서도 직원들을 충실히 챙겼다.

"위험한 것 같지는 않습니다, 대사님. 문제는 사샤가 저에게 애정을 갖게 됐다는 겁니다. 그게 윤리적으로……."

"정직하지 못한 짓이라고?" 대사는 재미있어하는 표정이었다. "자네가 사샤를 그만 만나려는 이유로 도덕성을 거론하는 게 역설적이라는 생각이 드는군, 마이클."

"그게 무슨 말씀이신지?"

대사는 일어서서 사무실 한쪽 구석에 설치된 바 앞으로 걸어갔다. 그녀는 조용히 텀블러에 빈센트카 미네랄 워터를 따라서 그에게 내밀었다. 그리고 다시 책상 뒤에 가 앉아 그를 올려다보았다.

"자네가 사샤 베스나를 그만 만나려는 *진짜* 이유는 자네가 다른 여자를 만나 시간을 보내는 걸 우리 대사관 공보관 다네크에게 들킬까 봐잖아."

해리스는 무표정을 유지하려 애썼지만 속이 이미 무너져 내렸다.

'내가 다나랑 사귀는 걸 대사님이 알고 있었어?'

대사 앞에서 도덕적 우위를 점하고 이 프로젝트에서 빠져나오려던 계획이 수포로 돌아갔다.

"우리 대사관은 원칙적으로 직원들 간의 연애를 엄중히 금한다는 걸 자네도 잘 알고 있을 거야." 대사는 멈칫하다가 갑자기 생각난 듯 덧붙였다. "아, 맞아. 자네가 그 원칙의 초안 작성을 도왔으니…… 당연히 잘 알겠네."

'젠장.'

대사가 차분히 말했다.

"긴장 풀어. 자네를 해고하려는 거 아니니까. 나는 내 조국을 위해 일하면서 상대의 약점을 조금 이용하고 있을 뿐이야."

"'강압'을 완곡하게 표현하시네요."

"자네는 변호사잖아, 마이클. 효율적인 협상 방식 정도로 생각해. 내 상관들이 나한테 이런 식으로 압력을 행사한 적 없다면, 나도 내 부하 직원에게 이런 압력을 행사하지 않았을 거야."

"죄송하지만, 우리 대통령께서 해리와 샐리라는 고양이 두 마리를 키우는 러시아인 뇌전증 환자에게 관심이 있으시다는 게 믿기지 않습니다."

"첫째, 내가 보고를 올리는 권력 집단이 백악관뿐인 건 아니야. 둘째, 윗분들은 사샤 베스나에게 왜 관심이 있으신지 나한테 정확하게 말한 적 없어. 그 여자가 자기가 믿는 사람들에게 어떤 비밀을 털어놓는지 궁금해하실 뿐이지."

"사샤는 비밀이 없습니다! 펼쳐놓은 책 같은 사람이에요. 얘기할 상대가 있는 걸 그저 좋아하는 사람이고요."

"맞아. 지금 *자네가* 정확히 그 포지션에 자리를 잡았지. 그 자리는 아주 가치가 있어. 자네는 그 여자가 계속 속을 털어놓게 해야 해. 그동안은 나도 자네와 다나의 관계를 모른 척할게. 그리고 이 특별 프로젝트를 위해 자네에게 지급하는 보수를 두 배로 올려달라고 윗분들에게 요청할 거야."

해리스는 정신이 아득해졌다. 지금 그가 추가로 받는 보수도 지나칠 정도로 후했다.

'누가 사샤 베스나를 이렇게까지 감시하고 싶어 하지? 대체 왜?'

"마이클, 이 프로젝트가 *조금이라도* 위험하다고 느껴지면 말해. 바로 자네를 **빼낼** 테니까." 네이글은 그의 눈을 똑바로 바라보며 물었다. "알았지?"

해리스는 네이글이 대화에서 너무나 쉽게 승기를 잡는 것에 놀라 그녀가 내민 손을 멍하니 내려다보았다. 이 일에 대한 의구심이 들긴 했지만, 만약 자기가 하지 않으면 다른 사람이 투입돼 더 가혹한 방법을 쓸 수도 있겠다는 생각이 들었다.

'사샤한테 그런 짓까지 하게 할 수는 없어.'

결국 그는 대사의 손을 잡았다.

그 후 수 주일 동안 해리스와 사샤의 관계는 자연스럽게 사귀는 느낌으로 발전됐다. 다행히 사샤가 육체관계 방면으로는 경험이 없어서 해리스는 진도를 천천히 나가자는 식으로 핑계를 댔다. 지금까지 그들이 육체적으로 한 제일 친밀한 행동은 옷을 다 입은 채 서로를 품에 안고 침대에 누워 옛날 미국 로맨틱 코미디 영화를 보다가 잠드는 거였다.

사샤와 랭던을 만나기 위해 북쪽으로 차를 달리는 지금, 해리스는 그날 아침 네이글 대사에게 들은 얘기를 하나하나 곱씹어 보았다. 프라하에서 진행 중인 작전 범위는 그의 상상을 뛰어넘었다. 자세히는 몰라도 이번 일에 지나치게 깊게 개입한 느낌이 들었다.

'빠져나가야 할 때야.'

구시가지에 가까워지는 동안 그는 굳게 맹세했다.

'어떤 영향이 있든 말든, 사샤 베스나를 만나는 건 이번이 마지막이야……. 이걸로 끝이야.'

43

로버트 랭던은 사샤 베스나의 작은 주방 안에서 초조하게 서성였다. 젖은 양말 때문에 타일 바닥에 질척한 발자국이 남았다.
'이건 말도 안 돼.'
그는 조금 전 사샤의 집 현관문 아래로 들어온 종이쪽지를 다시 바라보았다.

내가 캐서린을 데리고 있다.
페트르진 전망대로 와라.

고통스러운 의문이 머릿속을 가득 채웠다.
'누구야? 그 여자한테 무슨 짓 했어? 페트르진 전망대로는 왜 오라는 건데?'
높이가 60미터에 달하는 페트르진 전망대는 프라하 도심에서 그리 멀지 않은 언덕배기에 자리했다. 나무가 무성하게 우거진 그 언덕은 이교도 사제들이 처녀를 제물로 바쳤다는 이야기가 깃든 곳인 만큼, 랭던의 곤두선 신경을 가라앉혀 주지 못했다.

랭던은 캐서린 솔로몬을 납치한 자의 동기가 무엇인지 짐작도 할 수 없었다.

'페트르진 전망대로 오라는 건…… 왜지?'

사샤가 겁먹은 목소리로 말했다.

"누가 우릴 따라왔나 봐요. 택시 승강장에서부터 따라왔을까요? 우지 쪽 사람일 수도 있을……."

"대체 왜 우지가 캐서린을 납치한답니까?"

"저야 모르죠." 사샤는 당황했다. "마이클이라면 알 텐데……."

"마이클을 기다릴 시간이 없습니다." 랭던은 말을 끊고 신발을 찾아 신으려 서둘러 현관 쪽으로 걸어갔다. "난 당장 가야겠어요."

'캐서린이 위험해. 최대한 빨리 그곳으로 가야 해.'

축축한 양말을 신은 발을 로퍼화에 집어넣고 있는데 사샤가 복도의 벽장을 열더니 외투로 손을 뻗었다.

"아뇨, 사샤. 당신은 여기 있어요. 여기서 마이클을 만나서 미국 대사관으로 데려가 달라고 해요. 그 사람들한테 당신이 아는 걸 말해요. 전부 다. 브리기타와 있었던 일, 우지 요원, 이 쪽지, 내가 페트르진 전망대로 간 것까지 모두요."

랭던은 갑작스럽게 폭력적인 상황이 벌어졌을 때 사샤가 어느 정도까지 수용할 수 있는지 이미 목격했다. 말 그대로 예측 불가능인 사람을 페트르진 전망대로 데려갈 정도로 여유 있는 상황이 아니었다.

"알겠어요. 혼자 가실 거면 *이거라도* 가져가세요."

사샤는 핸드백에서 파벨의 권총을 꺼냈다.

권총을 보자마자 랭던은 본능적으로 움츠러들었다. 무기가 옆에 있으면 늘 불안했다. 꼭 필요한 경우가 아니면 총을 소지하지 않는 게 좋다는 것도 잘 알고 있었다. 하물며 프라하의 거리를 지나면서 훔친 우지의 권총을 갖고 다니고 싶은 생각은 추호도 없었다. 만약 권총을 소지해야 한다면 허리춤에 찔러 넣고 다닐 수밖에 없는데, 영화에서도 그건 매번 위험도를 높이는 행동이었다.

"권총은 당신이 가지고 있는 게 나아요. 그 쪽지를 남겨둔 사람이 누구든 당신 집을 알고 있잖아요. 권총을 주방 찬장에 숨겨둬요……. 정말 다급한 경우에 권총이 어디 있는지 알고 있으면 쓸모가 있을 겁니다."

사샤는 잠시 생각하다가 고개를 끄덕였다.

"알겠어요. 이건 꼭 가져가세요."

벽에 붙은 고리 앞으로 걸어간 사샤는 열쇠 하나가 붙어있는 플라스틱 열쇠고리를 집어 들었다.

"이 집 여분 열쇠예요. 캐서린이랑 안전하게 숨어있을 만한 곳이 필요하면 여기로 오세요. 마이클이 어떻게 하자고 제안할지 몰라서, 선생님이 여기로 왔을 때 우리가 여기 없을 수도 있어요. 열쇠가 있으면 언제든 들어오실 수 있잖아요."

"고맙습니다."

랭던은 여기로 돌아올 일이 있을까 싶었다. 그래도 그녀의 관대한 제안을 받아들였다. 팔다리를 벌린 고양이 모양 플라스틱 열쇠고리에는 '미친 새끼고양이'라는 단어가 적혀있었다. 그는 열쇠고리를 주머니에 넣었다.

"전화기를 찾고 이게 무슨 일인지 알게 되면 바로 전화할게요."

"제 번호 알려드릴게요."
"마이클의 핸드폰 번호를 알고 있습니다."
사샤가 놀란 눈으로 물었다.
"그 사람이 선생님한테 개인 번호를 알려줬어요?"
"아까 택시에서 그 사람한테 전화하는 거 봤어요."
"그 번호를 기억하신 거예요?"
"특이한 머리라 잘 안 잊어버려요."
"좋겠다. 저는 반대거든요. 툭하면 잊어버려요. 기억이 뒤죽박죽 되고…… 듬성듬성 빈 부분도 많고요."
"뇌전증 때문에요?"
"네. 그래도 브리기타가 그 문제를 해결하려고 저랑 같이 작업하고 있었는데……."
랭던은 미소를 지으며 위로했다.
"게스네르 박사가 당신에겐 무척 좋은 사람이었던 것 같네요."
"제 목숨을 구해주셨어요." 사샤가 우울하게 말했다. "제가 그분까지 잊지는 않으면 좋겠어요."
"잊지 않을 겁니다." 랭던은 현관문으로 손을 뻗으며 덧붙였다. "그리고 모든 걸 기억하는 게 늘 좋은 것만은 아니에요."

44

이 밴에 던져진 순간부터 조너스 포크먼은 아무렇지 않은 척 허세를 떨며 두려움을 이겨내려고 애썼다. 하지만 이대로 프라하로 끌려가게 생겼으니 더는 버틸 수가 없었다. 우렁찬 제트 엔진 소음이 근처에서 들려오는 데다가 두 손에 감각마저 사라지자 공황이 올 지경이었다.

"조종사한테 준비됐다고 말할게. 그러고 나서 저놈을 싣자."

군인 머리가 파트너에게 말하고는 슬라이드식 차문을 열고 밖으로 나갔다. 그는 건방지게 구는 포크먼을 엿 먹이려는 듯 나간 후에도 문을 닫지 않고 활짝 열어놓았다.

포크먼이 앞좌석에 앉은 남자에게 말했다.

"많이 추운데……."

대꾸도 없었다.

제트 엔진 소음이 점점 크게 들렸다. 포크먼은 비로소 주변을 한 번 둘러보았다. 밴은 주변에 숲이 우거진 어느 지선 도로에 세워져 있었고, 180미터 떨어진 곳에 하얀 건물이 서있었다. 그는 이곳이 비밀 공군 기지이며 곧 군 수송기를 타게 될 줄 알았다. 그런데 건물에 달린 간판을 보니 예상이 완전히 빗나갔다. 조명등 불빛을 받은 간판에는 이렇게 적혀있었다.

시그니처 에이비에이션 / 티터버러

'젠장. 여긴 뉴저지주잖아!'
시그니처는 뉴저지주 티터버러 공항에 있는 개인용 제트기 터미널로 잘 알려진 회사였다. 맨해튼에서 불과 20분 거리에 있는 호화로운 '개인 및 비즈니스 항공 서비스 운영 회사'로, 업무상 출장을 위해 혹은 아스펜 스키장이나 웨스트팜 해변의 호젓한 별장으로 떠나기 위해 전용 비행기에 탑승하는 맨해튼 부자들을 대상으로 서비스를 제공했다.
여기가 군 기지가 아니라는 것에 잠시 안도했지만, 어쩌면 이게 더 안 좋은 상황일 수도 있겠다 싶었다. 군대라면 명확한 규정이 있고 포크먼은 엄연한 미국 시민이니 방법이 있을 것이다. 하지만 이 깡패 같은 놈들이 어느 부유한 국제 조직 두목을 위해 일하는 용병이라면 미국 정부가 개입해서 도와줄 여지도 없었다.
'저들이 나를 이 나라 밖으로 데리고 나가도…… 내가 사라진 걸 아무도 모를 거야!'
차가운 겨울바람이 밴으로 다시 몰아쳤다. 앞좌석에 앉은 남자가 노트북을 내려놓더니 좌석 사이를 밟고 밴 뒤 칸으로 넘어왔다. 그는 밴의 슬라이드 문을 닫으며 말했다.
"당신 말이 맞네. 추워 죽겠어."

아시아계 혼혈인 그 남자는 군인 머리보다 인상이 부드러웠고 파트너와 마찬가지로 말쑥한 군인 같은 분위기를 풍겼다.
"손은 어때?"
"이대로 조금 더 있다간 손이 떨어져 나갈 것 같네요."
"어디 좀 봐."
남자는 포크먼의 등 뒤로 가서 그의 손을 살펴보았다.
"그러게. 상태가 안 좋네." 그는 군용 칼을 꺼내 들었다. "가만히 있어. 끈을 자르고 약간 느슨하게 다시 묶어줄 테니까. 알았지?"
포크먼은 고개를 끄덕였다. 그의 머릿속은 밴 바깥으로 보이는 것에 대한 생각으로 가득 차있었다.
"멍청한 짓 해서 날 골탕 먹일 생각 마. 내가 칼 들고 있는 거 명심해."
"알겠습니다."
잠시 후 포크먼의 두 손이 결박에서 풀려났다. 그는 손에 피가 다시 통하도록 두 팔을 앞으로 가져와 손가락을 꼼지락거렸다.
남자가 그의 앞으로 돌아와 손에 칼을 든 채 우유 상자에 걸터앉았다.
"지금부터 60초 준다."
"고맙습니다."
손목과 손가락에 감각이 돌아오면서 바늘로 콕콕 찌르는 듯한 느낌이 들어 포크먼은 얼굴을 찌푸렸다.
"내 파트너가 좀 심했지. 오거가 성질이 좀…… *센 편이라*."
"그런 사람을 우리는 '얼간이'라고 부르죠."
포크먼의 말에 남자는 큰 소리로 웃었다.

포크먼은 저린 손을 계속 문질렀고 그들은 말없이 앉아있었다. 발가락도 얼어붙은 느낌이었다. 사무실을 나설 때 신고 있던 운동화는 방한용 신발이 아니었다.

"손목을 다시 묶기 전에 외투를 입게 해줄까?"

포크먼은 바닥에 놓인 외투를 바라보았다.

'그렇게 해주면 당연히 좋지!'

포크먼은 엉거주춤하게 서서 몹시 저린 두 팔을 어색하게 외투 소매에 집어넣고 온기를 만끽했다. 단추를 잠그고 싶은데 어설프게 녹은 손가락이 말을 듣지 않았다.

"좀 도와주시면?"

그는 칼을 들고 우유 상자에 앉아있는 남자를 쳐다보며 물었다. 남자는 고개를 저었다.

"그것 때문에 무기를 내려놓으라고? 미안한데 난 당신을 안 믿어."

"제가 영웅 놀이라도 할 줄 아시나 보네. 과대평가하시는 거예요."

포크먼은 외투로 최대한 몸을 감쌌다. 주머니에 핸드폰이 느껴지자 마음이 놓였다. 원래 놓아두었던 자리에 온전히 들어있었다.

"이제 다시 손목을 묶어야겠어."

"조금만 이따가요. 아직 손이 저려서 죽겠어요."

"지금 해. 뒤돌아."

포크먼은 순순히 뒤로 돌아섰다. 그러자 밴의 뒷문 창문 바깥이 훤히 내다보였다. 창문 너머에 시그니처 에이비에이션 서비스 건물이 있었다. 주차장에 홀로 선 SUV 한 대가 공회전하면서 차가운 새벽 공기 속으로 배기가스를 뿜어내고 있었다. SUV 운전석 문이 열려있고 운전석은 비어있었다. 운전자가 저 작은 터미널 건물 안에 들어가 있는 게 분명했다.

남자는 포크먼의 손목을 다시 묶으며 말했다.

"지금은 좀 느슨하게 묶어놓을게. 파트너가 돌아오면 다시 꽉 묶을 수밖에 없어."

"고맙습니다."

남자가 그의 두 손을 다 묶고 물러서자 포크먼은 손목을 슬쩍 움직여 보았다. 놀랍게도 결박이 꽤 느슨해서 잘하면 손목을 빼낼 수도 있을 것 같았다.

"물 좀 빼고 올게. 금방 돌아올 거야."

남자는 밴 측면의 슬라이드 문으로 나가서 그 문을 다시 닫았다. 포크먼은 슬그머니 고개를 돌려 밴 앞 유리 너머를 살폈다. 남자가 밴 앞을 지나서 몇 미터 떨어진 숲으로 걸어 들어가 허리띠를 끄르는 모습이 보였다.

그리고 나무줄기에 대고 소변을 보기 시작했다.

상징, 징후, 숨겨진 의미 등에 관한 랭던의 책을 전부 편집한 덕분에 포크먼은 랭던 교수가 이 순간을 어떤 범주로 분류할지 알고 있었다.

'대단히 중대한 신호.'

포크먼은 시적인 면을 조금 덜어내고 다시 표현해 보기로 했다.

'나한테 주어진 마지막 기회야.'

총을 가진 남자들한테서 도망치는 건 미친 짓이었다……. 하지만 싸워보지도 않고 이대로 외국으로 잡혀 가는 것은 더 미친 짓이었다. 최악이라고 해봤자 저들에게 다시 붙잡혀서 비행기에 실리는 거였다.

앞 유리 너머로 보이는 남자는 계속 소변을 누고 있었다.
'일단 시작하면 멈출 수 없어. 끝장날 때까지 죽어라 뛰어.'
센트럴 파크에서 조깅하며 보낸 무수한 시간에 감사하며 포크먼은 바로 결심을 굳혔다.
'저들이 총을 쏜다고 해도…… 나는 움직이는 표적이라 맞히기 쉽지 않을 거야.'
그는 손목을 이리저리 비틀어 결박을 풀어낸 뒤, 아까 그 남자가 이쪽을 보고 있지 않은지 한 번 더 확인했다.
'가자…….'
밴의 뒷문 손잡이를 잡고 바깥으로 조용히 밀어 열었다. 허리를 굽히고 훌쩍 뛰어내렸다. 발을 단단한 바닥에 딛자마자 진입로를 따라 폭발적으로 달리기 시작했다. 다리가 저리고 아팠지만 멈출 수 없었다. 그동안 달리기로 숙련된 몸이라 갑작스럽게 달려야 하는 상황인데도 다리가 잘 따라주었다. 저 멀리서 공회전하고 있는 SUV에 시선을 고정한 채 양모 소재의 쇼트코트를 펄럭이며 속도를 높였다.
어깨 너머를 힐끗 살폈다. 남자가 황급히 바지 지퍼를 올리면서 쫓아오려고 발을 떼고 있었다.
포크먼은 얼굴을 스치는 바람을 느끼며 생각했다.
'어림없어.'
남자는 SUV로 달려가는 포크먼을 향해 고함을 질렀다. 이어서 총성이 터져 나오더니 포크먼의 머리 바로 위로 총알이 쌔앵 날아갔다.
'젠장!'

포크먼은 공회전 중인 SUV 앞에 도착하자마자 몸을 날리다시피 운전석에 올라앉아 문을 닫고 기어를 넣었다. 액셀을 꽉 밟자 타이어에서 끼이익 소리가 나면서 SUV가 들썩하더니 차체 뒷부분이 좌우로 흔들렸다. 중앙 분리대를 넘어간 SUV는 주차장을 가로질러 인더스트리얼 대로로 올라섰다.

시그니처 에이비에이션 서비스 건물과 납치범들을 뒤로하고 속도를 높이면서 포크먼은 외투 주머니에서 핸드폰을 꺼내 얼굴 가까이 들고 소리쳤다.

"헤이 시리! 로버트 랭던에게 전화해!"

90미터쯤 뒤에서 쫓아가던 친버그 요원은 달리기를 멈추고 바지 지퍼를 올린 뒤 어둠 속으로 사라져 가는 SUV를 가만히 바라보았다. SUV가 시야에서 사라지자 그는 밴으로 돌아와 말했다.

"됐어."

군인 머리를 한 파트너 오거가 숨어있던 곳에서 걸어 나오며 물었다.

"핸드폰은?"

"계획대로. 놈이 가져갔어."

"좋았어."

포크먼은 서스펜스 소설을 편집한 경험이 많았지만 가장 기본적인 취조 계책에 넘어가고 말았다. 그러니 이렇듯 도망자가 되고 만 것이다.

'목숨을 위협받으면 누구나 기회가 있을 때 불가피한 선택을 하게 되어 있어. 바로 도망치는 거지.'

프라하로 날아가기 위해 대기 중인 비행기 따위는 애초에 없었다. 그들은 티터버러의 시그니처 에이비에이션 서비스 건물에 가까운 진입로에 밴을 세워두고, 세 번째 요원에게 SUV 운전자인 척을 하게 했다. 그리고 세 번째 요원이 자리를 비운 게 완벽한 탈출 기회인 것처럼 보이도록 만들었다.

'포크먼이 미끼를 물었어······. 놈이 탈출하면서 탄 차에 위치 추적 장치를 달아놨지.'

원래 그들은 포로의 도주를 방조하기 전에 원격 감시 장치를 붙여놓았는데, 포크먼의 경우에는 그럴 필요도 없었다. 포크먼은 GPS가 장착된 강력한 쌍방향 무전기를 소지하고 있으니까. 바로 그의 스마트폰이었다.

포크먼의 눈을 가려놓은 동안 이들은 그의 외투 주머니에서 조용히 핸드폰을 꺼내 노트북에 연결했다. 비밀번호를 우회해서 특허 소프트웨어를 여러 개 깔아놓은 후 핸드폰을 외투 주머니에 도로 넣어두었다.

"아주 잘 보여."

아이패드 화면의 조명이 친버그의 얼굴을 비췄다. 화면에는 포크먼의 현재 위치, 문자 메시지, 음성 메시지, 주고받은 데이터 등 핸드폰에서 수집한 감시 인터페이스 결과가 상세히 떠있었다.

아이패드의 스피커가 지직거리며 포크먼의 목소리를 뱉어냈다. 포크먼은 음성 메시지를 남기고 있는 듯했다.

"로버트, 조너스예요······. 당장 전화 줘요! 지금 당신은 위험한 상황입니다······. 캐서린도요. 미친 소리 같겠지만 누군가 우리 회사 서버를 해킹해서 캐서린의 원고를 삭제했어요······. 이유는 아직 몰라요. 나도 사무실 근처 거리에서 납치당했어요. 내가 지금 캐서린한테 전화할 테니까 어디 있든 그곳에 숨어있어요. 아무한테도 말하지 말고요!"

그 통화가 끝나고 곧장 다음 통화가 시작됐다.

두 번째 통화도 음성 메시지로 넘어갔는데 이번에는 캐서린의 핸드폰이었다. 포크먼은 숨을 몰아쉬면서 한 부분만 빼고 첫 번째 통화와 비슷한 메시지를 남겼다.

"캐서린, 이 남자들 얘기가 당신이 오늘 아침에 원고를 종이로 인쇄했다던데 맞아요? 만약 그게 사실이면 그 인쇄본을 안전한 곳에 잘 보관해 둬요……. 그게 유일하게 남아있는 마지막 원고입니다. 음성 메시지 확인하면 나한테 전화해 줘요."

그렇게 통화가 끝났다.

"보너스 정보를 얻었네." 오거가 의기양양하게 말했다. "프라하에 있는 원고가 유일하게 남아있는 원고라잖아."

친버그가 핸드폰을 꺼내며 말했다.

"핀치 씨가 좋아하시겠어. 알려드려야지."

45

 소화기로 맞은 머리 부분이 욱신거렸지만, 협곡 바닥에 떨어진 삼촌의 주검을 보는 고통에 비할 바가 아니었다. 대사관의 법률 담당 직원 마이클 해리스는 야나체크 경감이 뛰어내렸다고 믿는 듯했지만 파벨의 생각은 달랐다.
 '삼촌은 두려움도 없고…… 중도 포기를 모르는 분이었어. 살해당한 거야……. 난 누가 그분을 죽였는지 알아.'
 로버트 랭던이 우지를 대상으로 저지른 범죄 항목이 점점 늘어나고 있었다. 체포에 저항하고 경찰을 공격하고 우지 무기를 훔친 것으로도 모자라, 산등성이 눈밭에 어지럽게 찍힌 발자국으로 보아 야나체크 경감을 살해하고 범죄 현장에서 달아나기까지 했다.
 요새에 홀로 남은 파벨은 게스네르의 대기실에 놓인 고급스러운 소파에 앉아 몸을 추슬렀다. 해리스는 그에게 얼음주머니를 건네면서 움직이지 말고 있으라고 했다. 그러고는 우지 본부에 즉각 전화해 야나체크의 일을 알리겠다고 약속하면서 미국 대사관으로 돌아갔다.

'어쩌다 사고로 추락한 게 아니야.'
파벨은 해리스가 거짓말한 것도 이미 알고 있었다. 해리스는 우지에 전화해 그 일을 알릴 생각이 없을 것이다. 우지 측이 야나체크가 죽었다는 소식을 듣기 전에, 미국 대사관이 적당한 거짓말을 궁리할 수 있도록 시간을 벌려고 그렇게 말했을 것이다.
우지 본부로 직접 전화하기 위해 핸드폰을 꺼내려던 파벨은 생각 끝에 손을 멈췄다. 유명한 미국인을 체포하려고 하면 여느 평범한 미국인들처럼 결론이 나지는 않을 것이다……. 미국 대사관이 끼어들어 사건을 넘겨받은 후 우지를 앞질러 미국인이 빠져나갈 구멍을 찾아줄 테니까.
"Oko za oko(눈에는 눈)."
파벨은 소리 내어 말했다. 돌아가신 경감님이라면 이런 상황에서 어떻게 행동했을지 그는 잘 알고 있었다.
야나체크의 죽음이 아직 알려지지 않았으니 파벨이 랭던을 직접 잡을 기회가 조금은 남아있었다.
'일단 놈을 찾아야 해.'
이 정도 규모의 도시에서 무턱대고 도망자를 찾는 것은 불가능에 가까웠지만 파벨에게는 비책이 있었다……. 그거라면 그 미국인에게 한 방 먹일 수 있을 것이다.
'나는 삼촌에게 더 큰 선을 위해…… 변칙 쓰는 방법을 배웠어.'
사실 파벨 정도의 계급으로 할 수 있는 일이 아니지만, 지금 그의 수중에는 눈 덮인 벼랑 위에서 찾아낸 야나체크 경감의 핸드폰이 있었다.
약간의 거짓말로 전부 바꿀 수 있을 것이다.

이제 랭던이 숨을 수 있는 곳은 어디에도 없었다.

다나 다네크는 포시즌스 호텔에서의 일로 씩씩대며 대사관의 자기 사무실로 돌아갔다. 카를교의 여자는 다나를 아주 기겁하게 했다. 그건 아무나 할 수 있는 일이 아니었다.

'감히 내 얼굴에 총을 겨누다니!'

다나의 질투는 이글거리는 분노로 바뀌었다.

'뭐 하는 년이지?'

컴퓨터 화면에 그 답이 있을 것이다……. 한 시간 전에 카를교 영상을 캡처해 진행한 안면 인식 검색 결과가 지금쯤 나왔을 테니까.

서둘러 컴퓨터 앞에 가 앉았다. 예상대로 프로그램이 검색을 마친 후였다.

다나는 도저히 믿기지 않는 결과를 멍하니 바라보았다.

뭔가 실수가 생겼을 거야…….

검색 완료
일치하는 결과물: 0

지금까지 데이터베이스 검색에서 이런 결과가 나온 적이 없었다. 요즘 같은 세상에서 온라인에 디지털 흔적을 전혀 남기지 않는 것은 불가능했다.

에셜론 데이터베이스에서 검색되지 않으려면 온라인 '흔적 삭제' 말고는 방법이 없었다. 이 네트워크는 미국이 소유하고 운영하는 것이라서, 미국 정부는 검색 결과를 제한하는 방식으로 누구든 추적 불가능한 존재, 즉 '투명 인간'으로 만들어 줄 수 있었다. 정부 관료와 미국의 중요 사업가, 군대와 정보기관에 소속된 첩보 요원들의 사생활과 보안을 지키기 위해 종종 사용되는 기술이었다.

다나는 로열 스위트룸에서 본 빨간색, 하얀색, 파란색 튤립 꽃다발을 떠올렸다. 이 꽃은 프라하를 방문하는 미국인 VIP에게 미국 대사관이 보내는 기본적인 환영 선물이었다. 공보관인 다나는 VIP들에게 꽃을 배달하는 일을 맡고 있었다. 문제는 다나가 그 방으로 이 튤립을 보내라는 지시를 받은 적이 없다는 거였다.

'대사님이 직접 진행한 일인가?'

"다네크 씨!"

문 앞에서 여자의 목소리가 들렸다.

누구 목소리인지 알아챈 다나가 고개를 돌렸다.

"대사님! 저는 그냥……."

"포시즌스에 갔었어?"

다나는 입을 열었으나 아무 말도 할 수 없었다.

"해리스를 미행했나?"

"아뇨! 그게…… 실은……."

"실은…… 뭐?"

대사가 날카로운 눈빛으로 그녀를 쏘아보았다.

다나는 바닥만 내려다보았다.

'제기랄.'

"다네크 씨, 이래서 우리가 동료랑 사귀면 안 되는 거야."

46

 랭던이 탄 택시는 페트르진 전망대를 향해 숲이 우거진 언덕을 달려 올라갔다. 랭던은 누군가 사샤의 집 현관문 아래로 밀어 넣은 쪽지를 손에 꼭 쥐고 있었다.

 내가 캐서린을 데리고 있다.
 페트르진 전망대로 와라.

 이 쪽지를 남긴 사람이 누구든 상징에 대해 잘 아는 듯했다. 언덕배기에 서있는 이 전망대는 죽음과 인간 제물에 얽힌 섬뜩한 역사로 유명했다.
 '특히 광신자들의 손에…… 여자들이 죽임을 당한 곳이야.'
 설화에 따르면 이교도 사제들이 자기네 신을 기쁘게 해드리기 위해 젊은 처녀들을 불태워 죽인 희생 제단이 바로 페트르진 언덕에 있었다. 처녀를 제물로 바치는 의식은 수백 년 동안 계속되다가, 기독교인들이 이곳을 차지해 제단을 없애고 바로 그 자리에 성 로렌스 대성당을 세우면서 사라졌다. 하지만 지금도 페트르진 언덕에서는 주기적으로 원인을 알 수 없는 화재가 발생했다. 어떤 이들은 그게 이 숲에 몇백 명씩 우글대는, 희생당한 여자 유령들의 소행이라 믿었다.

머리를 뒤로 묶은 40대 택시 기사는 페트르진 언덕으로 이어지는 구불구불한 도로를 따라 차를 몰았다. 그는 백미러로 뒷좌석에 앉은 손님을 힐끗 쳐다보았다.
손님은 목을 길게 빼고 눈을 가늘게 뜬 채 페트르진 전망대 꼭대기를 초조하게 올려다보고 있었다. 신경이 잔뜩 곤두선 모습이었다.
'높은 곳이 무서우면 올라가지를 마시라고요.'
손님은 키가 크고 머리색이 짙은 남자였다. 미국식 억양과 비싸 보이는 스웨터만 봐도 관광객 티가 확 났다. 아까 이 남자는 산불을 피해 달아나는 사람처럼 다급한 얼굴로 택시에 올라탔다. 택시 기사가 이 시간에 페트르진 타워는 문을 열지 않고, 찬바람이 부는 데서 입기엔 옷이 너무 얇다고 경고했지만 남자는 듣지 않았다.
'마음대로 해라……. 나야 데려다주고 돈 받으면 그만이지.'
언덕을 올라가면서 택시 기사는 핸드폰에서 흘러나오는 노래의 리듬에 맞춰 기분 좋게 운전대를 톡톡 두드렸다. 그가 좋아하는 옛날 노래 〈클로코치(주엽나무 씨앗이라는 뜻. 체코의 유명 가수 이리 수히의 노래—옮긴이)〉였다. 경쾌한 클라리넷 솔로로 넘어갔는데 음악이 갑자기 끊어지고 높고 날카로운 목소리로 바뀌었다.
"Sakra(제기랄)!"
방해받은 게 짜증 나서 욕부터 튀어나왔다.

체코 사법 당국은 지역 경찰 일에 일반 시민의 도움을 받고자 이런 식으로 짜증 나는 '공공 알림' 방송을 하곤 했다.

이 알림 방송을 제일 먼저 받는 이들은 운수업 종사자들, 공항 직원들 그리고 지역 병원 근무자들이었다.

그는 속으로 투덜거렸다.

'나도 내 할 일이 있어. 내가 왜 당신네 일까지 해줘야 하는데?'

화딱지 나게도 유럽 대부분의 나라들은 '앰버 경보'라는 미국 시스템을 용어까지 그대로 가져다 쓰고 있었다. 여기서 AMBER(앰버)는 'America's Missing: Broadcast Emergency Response(미국 실종 사건 방송 긴급 대응)'의 머리글자로 만든 약자였다.

택시 기사가 알림 방송을 끄고 듣던 노래로 돌아가려는데 핸드폰 화면에 깜박이는 배너가 눈에 들어왔다. 이번 알림 방송 배너는 파란색이었는데 프라하에서 아주 드문 경우였다. 평소 알림 방송 배너는 호박색이나 은색이 대부분으로, 실종 아동이나 길 잃은 노인을 찾는 일을 도와달라는 내용이었다. 파란색 배너는 훨씬 심각한 일을 의미했다. 즉 사법 당국에 소속된 경관이 살해당했는데 범인이 아직 잡히지 않은 경우였다.

'누가 프라하에서 경찰을 죽였다고?'

택시 기사는 용의자의 사진을 보았다.

'이런…… 내 손님이잖아!'

아연실색한 택시 기사는 백미러로 뒷좌석을 힐끔 살폈다. 그리고는 자연스럽게 핸드폰을 들고 알림 방송의 번호로 전화를 걸어, 경찰에게 체코어로 차분하게 신고했다.

크루시픽스 바스티온에서 달려 나온 파벨 중위는 우지 세단 운전석에 올라탔다. 머리가 줄곧 욱신거렸다. 그가 야나체크의 핸드폰으로 파란색 알림 방송을 내보낸 후 몇 분 만에…… 그가 설정한 대로 야나체크의 핸드폰으로 직접 신고가 들어왔다…….
'나 말고 이 정보를 아는 사람은 없어.'
신고자는 로버트 랭던이 페트르진 전망대로 가고 있다고 했다. 그 미국 놈이 왜 그리로 가고 있는지 이유를 알 순 없지만, 파벨이 놈을 잡아 처리하기에 더없이 좋은 곳이기는 했다. 페트르진 전망대 주변은 외지고 널찍했으며, 무엇보다도 겨울 아침 이 시간에는 아무도 없을 가능성이 높았다.
'기꺼이 랭던을 잡아 쓰러뜨려 주지. 무기만 있으면 돼.'
파벨은 자동차 앞좌석 사물함에서 야나체크의 권총을 찾아냈다. 그 권총을 허리춤의 빈 권총집에 찔러 넣었다. 야나체크 경감을 태연히 살해한 놈을 경감의 총으로 죽이는 것은 더없이 적절한 일이었다.
'눈에는 눈이야.'

47

 1889년, 파리 만국 박람회를 방문해 구스타프 에펠이 만든 인상적인 탑을 본 프라하시 위원들은 프라하에도 '작은' 에펠탑을 세우기로 했다. 페트르진 언덕배기에 지어진 이 탑은 1891년 완공되었다. 300미터 언덕배기에 높이 60미터로 지어진 탑이니 당연히 '작은' 탑은 아니었다.
 영감의 원천인 파리의 에펠탑처럼 페트르진 탑, 즉 페트르진 전망대는 강철 빔과 지지대를 엮어 고정한 개방 격자 구조로 지어졌다. 두 탑은 윤곽이 상당히 비슷해 보이지만 높이도 다른 데다가 에펠탑은 아랫부분이 정사각형이고 페트르진 탑은 아랫부분이 팔각형이라는 명확한 차이점이 있다.
 택시가 드디어 페트르진 전망대 아래의 숲이 우거진 주차장에 도착하자 랭던은 생명의 흔적을 찾으려 아무도 없는 그곳을 둘러보았다.
 '내가 캐서린을 데리고 있다. 페트르진 전망대로 와라.'
 랭던은 요금을 팁까지 넉넉하게 쳐서 빠르게 지불한 후 택시 기사에게 잠시 기다려 달라고 했다. 택시 기사는 긴장한 말투의 체코어로 무어라 중얼거리더니 랭던이 차에서 내려 문을 닫자마자 그를 바람 부는 주차장에 홀로 두고 쌩 하니 가버렸다.

'무지하게 고맙네.'

페트르진 전망대는 생각보다 훨씬 높아 보였다. 오늘따라 강풍이 불어서 회색 하늘을 배경으로 전망대가 흔들리는 것처럼 보일 지경이었다. 이곳 관리인과 직원 몇몇이 하루를 시작할 준비를 하고 있을 뿐, 눈이 흩뿌려진 주변 숲은 고요하고 장엄했다. 캐서린은커녕 미심쩍은 사람 하나 눈에 띄지 않았다. 인간을 제물로 바치던 이 언덕의 역사를 잊으려 애쓰면서 그는 서둘러 전망대 쪽으로 걸어갔다. 캐서린이 저 탑 위의 어딘가에…… 무사히 있기를 속으로 간절히 바랐다.

페트르진 전망대 아래에는 탑을 지지하는 거대한 여덟 개의 다리 안쪽에 야트막한 팔각형 건물이 완벽하게 들어앉아 있었다. 그곳이 바로 방문객 안내소였다. 경사가 완만한 지붕 한가운데에 가느다란 기둥이 있고 그 기둥이 전망대 꼭대기까지 쭉 뻗어있었다.

'작은 승강기구나.'

저 위까지 올라가려면 승강기 말고 계단을 이용해야 하는데, 가운데 기둥을 좁은 나선형으로 감으며 올라가는 개방형 계단이었다. 승강기도 계단도, 보아하니 그다지 올라가고 싶은 마음이 들지 않았다.

전망대 가까이 다가가는데 승강기가 위로 올라가느라 금속으로 된 부속끼리 삐걱거리고 갈리는 소리가 들렸다.

'누가 전망대 꼭대기로 올라가나 보네. 캐서린일까?'

그는 서둘러 방문객 안내소로 들어갔다. 팔각형의 실내 공간은 탑의 건설과 관련된 역사적 사진들로 장식되어 있었다. 그곳에는 상자를 열어 프라하 관련 물품을 꺼내고 있는 젊은 여자 직원 한 명뿐이었다.

직원이 그를 보고 명랑하게 인사를 건넸다.

"Dobré ráno(좋은 아침입니다)!"

"좋은 아침입니다. 전망대 영업합니까?"

"방금 열었어요. 꼭대기에 두 분밖에 안 계세요. 티켓을 구입하시겠어요?"

랭던의 맥박이 빨라졌다.

'두 명이 있다고.'

어쩌면 캐서린과 납치범일 수도 있었다.

'위로 올라가는 게 맞을까?'

쪽지의 내용은 구체적이지 않았다. 무턱대고 움직일 수는 없었다. 어느 미친놈에게 붙잡혀 있는 캐서린, 그리고 수십 미터 위의 야외 전망대를 생각하자 두려움이 엄습했다.

티켓을 사고 승강기 문 앞으로 가서 기다렸다. 저 위에서 승강기가 삐걱거리며 내려오고 있었다. 마침내 승강기 문이 덜컥거리며 열리자, 비좁고 어색한 모양의 내부가 보였다. 1800년대 이래로 한 번도 재정비한 적이 없는 듯 고색창연했다.

그는 본능적으로 근처 나선형 계단을 돌아보았다. 하지만 계단 앞쪽이 천으로 막혀있고 'zavřeno/출입 금지'라는 팻말이 붙어있었다. 그 옆의 다른 안내문에는 299개로 구성된 계단이 매우 가파르다고 적혀있었다.

"계단을 이용해도 됩니까?"

그는 직원이 지금 막 시설 운영을 시작한 터라 곧 그 팻말을 떼려고 했다는 말을 듣고 싶었다.
"겨울에는 닫아두고 있어요. 오늘은 바람이 너무 불고…… 눈도 왔고 얼음까지 얼었잖아요!"
'환장하겠네.'
비좁은 승강기 내부를 마지못해 들여다보는데 머릿속에 또 그 말이 떠올랐다.
'내가 캐서린을 데리고 있다.'
깊게 숨을 들이마시며 승강기에 발을 들여놓았다. 버튼을 누르자 문이 덜덜거리며 닫혔다. 승강기가 덜컹덜컹 올라가는 동안 그는 벽에 붙은 금속판에 시선을 고정했다. 금속판의 빨간 불빛이 계속해서 깜박거렸다.
저 위에서 누구를 혹은 무엇을 보게 될지 몰라 점점 불안해졌다. 사샤한테서 권총을 받아 오지 않은 게 멍청한 짓이었을까.
'납치범이 무기를 갖고 있으면?'
위로 올라갈수록 승강기의 벽이 점점 다가와 공간이 좁아지는 느낌이었다. 랭던은 눈을 질끈 감고 〈광활한 공간〉이라는 컨트리 노래를 흥얼거렸다.
마침내 승강기가 서서히 멈추자 랭던은 각오하고 눈을 떴다. 승강기 문이 흔들거리며 열렸다. 열린 공간을 보자 안도감이 밀려왔다. 하지만 이 감정은 곧 실망으로 바뀌었다. 전망대 꼭대기에 있는 두 사람은 20대로 보이는 인도 커플이었다. 그들은 기분 좋게 프라하 사진을 찍고 있었다.
캐서린은 여기 없었다.
랭던은 인내심을 갖자고 자신을 다독였다. 그는 종이쪽지를 받자마자 사샤의 아파트를 나와 서둘러 이곳에 도착했다.
'내가 일찍 온 거야.'
어떻게 보면 더 잘된 일일 수도 있었다.
'기다리고 있으면 그들이 오는 게 보이겠지.'
그는 난간으로 걸어가 저 아래 주차장을 내려다보았다.
바람이 더 거세게 불어와 탑까지 휘청하면서 안 그래도 불안한 랭던의 마음이 더 크게 흔들렸다. 승강기를 빙 둘러싼 비좁은 전망대를 서성이면서 지상으로 이어지는 나선형 계단 앞을 지나갔다. 계단 앞쪽에 '출입 금지' 팻말과 탑에서 추락하는 사람을 그린 무시무시한 그림이 붙어있었다.
'그래, 그렇게는 되지 말아야지.'
혼자 조용히 기다리고 있을만한 곳을 찾은 랭던은 지상에 펼쳐진 페트르진 공원의 숲을 내려다보았다. 유명한 관광지라 비밀 정원, 밧줄 기구, 스윙 세트, 회전목마 같은 아이들을 위한 놀이기구가 여럿 갖춰져 있었고 오늘 사용을 위해 덮개를 열어놓았다. 그는 저 아래 서있는 성 로렌스 성당을 유심히 바라보았다. 한때 고대 이교도의 희생 제단이 있던 곳이었다. 이곳을 배회한다는 유령과 살해당한 처녀들에 관한 소문이 새삼스레 떠올랐다.
'가족 친화적인 느낌이 아니긴 해.'
그는 이런 생각을 하며 시선을 들어 프라하의 전경을 둘러보았다……. 비셰흐라드의 쌍둥이 첨탑, 화약 탑, 카를교, 길게 뻗어나간 프라하성으로 둘러싸인 거대한 성 비투스 성당이 보였다.
어제저녁 캐서린은 저 프라하성에서 강연을 했다. 그녀가 납치된 게 어제 한 강연 때문일까……. 아니면 그녀의 과학 연구 때문일까. 그렇다고 해도 정확히 어떤 내용 때문인지 알 수 없었다.

다른 가능성도 생각해 보는데, 문득 캐서린을 데리고 있다는 납치범의 종이쪽지가 진짜인지 의구심이 일었다. 메시지에 좀 이상한 부분이 있었다.

'당신은 누구야? 왜 페트르진 전망대로 오라고 했지?'

하나하나 논리적인 연결점이 없었다. 어쩌면 그 쪽지가 괴상한 술책의 일부일 수도 있었다.

"저기요."

뒤에서 누가 그를 불렀다.

뒤를 돌아보니 젊은 인도 커플이 있었다. 여자가 미소 띤 얼굴로 랭던에게 핸드폰을 내밀며 말했다.

"저희 사진 좀 찍어주실래요? 호텔에 셀카봉을 두고 와서요."

젊은 남자가 미안해하며 부탁했다.

"죄송합니다. 인스타그램에 신혼여행 사진을 올리려고요."

랭던은 마음을 추스르며 대답했다.

"그러죠."

여자는 난간 앞에서 남편과 함께 자리를 잡고 서서 랭던에게 그대로 찍어달라는 손짓을 했다. 사진을 여러 장 찍은 후 핸드폰을 돌려주려는데 여자가 다른 자세와 표정을 취해보겠다며 계속 찍어달라고 요청했다.

남자가 겸연쩍어하며 말했다.

"아내가 팔로워가 많아요."

'명성은 영원하지.'

랭던은 이런 생각을 하며 사진을 더 찍어주었다. 셰익스피어, 호

메로스, 호라티우스는 '유명해지고 싶은 욕구'가 인간의 유일한 특징 중 하나인 죽음에 대한 두려움과 일맥상통한다고 말했다. 유명해진다는 건 죽은 후에도 오랫동안 기억된다는 뜻이니…… 명성은 일종의 영생일 것이다.

"그 정도면 될 것 같아요." 여자가 핸드폰을 돌려달라고 손을 내밀며 말했다. "사진 확인해 볼게요!"

랭던은 핸드폰을 돌려주면서 화면 상단에 잔뜩 떠있는 빨간색 알림 배지를 보았다. 죄다 소셜 미디어 앱의 알림 배지였다.

'새로운 인기의 척도구나. 이런 게 바로 디지털 박수갈채겠지.'

여자는 사진을 보면서 고개를 끄덕였다.

"완벽해요! 감사합니다!"

랭던은 애써 미소를 지었다.

"축하드립니다."

신혼부부는 여기서 사진 찍기가 끝났으니 더는 볼일 없다는 듯 승강기 쪽으로 돌아갔다. 다음 사진 촬영 장소로 이동하려는 모양이었다. 랭던은 사람들이 무언가를 하려는 이유는 세상 사람들에게 보여줄 사진을 포스팅하기 위해서겠구나 하는 생각이 가끔 들었다.

승강기 문이 덜덜거리며 열리는 순간 랭던은 좋은 생각이 떠올라 커플을 불러 세웠다.

"죄송하지만 부탁 하나만 해도 될까요?"

커플은 열린 승강기 문 앞에서 그를 돌아보았다.

"여기서 누굴 만나기로 했는데 그 여자가 도착을 안 해서요. 오늘 아침에 핸드폰을 잃어버려서 그런데 그 여자와 잠시 통화할 수 있게 핸드폰 좀 빌려주시겠습니까?"

여자는 랭던이 갓난아기를 한번 안아보게 해달라는 부탁이라도 한 것처럼 뜨악한 표정이었다. 하지만 남편이 옆에서 쿡 찌르자 마지못해 핸드폰을 내밀었다.

젊은 커플이 가까이서 지켜보는 가운데 랭던은 몇 번 보아 외우고 있던 포시즌스 호텔의 프런트 데스크로 얼른 전화를 걸었다. 신호음이 한 번 가자마자 호텔 지배인의 익숙한 목소리가 들렸다.

"포시즌스 호텔에 전화해 주셔서 감사합……."

"좋은 아침입니다. 로버트 랭던인데 캐서린 솔로몬 씨와 당장 얘기를 나눠야 해서요. 중요한 일입니다."

"아, 안녕하세요, 교수님." 전화를 건 사람이 누구인지 확인한 지배인의 목소리가 차갑게 식었다. "솔로몬 박사님은 호텔에 안 계십니다. 오늘 아침에 교수님이…… 수영하러 가신 동안 호텔에서 나가셨습니다."

"그 후에 호텔로 안 돌아왔습니까?"

"못 뵈었습니다. 방으로 연결해 드리죠."

그들이 머물던 로열 스위트룸으로 연결됐지만 신호음만 갈 뿐 받는 사람은 없었다. 캐서린이 오늘 아침에 호텔로 돌아오지 않았다는 섬뜩한 사실을 이제 받아들여야 했다.

'캐서린은 그럼 어디로 간 거야?'

그녀가 갔을만한 곳을 떠올려 보려는데 문득 생각이 다른 방향으로 흘렀다.

'왜 진즉에 이 생각을 못 했을까…….'

전화기에서는 신호음만 계속 들렸다. 승강기 문을 열어놓고 기다리는 인도 커플은 점점 인내심이 바닥나는 표정이었다.

어쩔 수 없이 랭던은 드디어 전화가 연결된 척 말했다.
"자기야! 지금 어디야? 나는 페트르진 전망대인데······." 그는 상대의 말을 듣고 있는 것처럼 입을 닫았다가 과장되게 말했다. "잠깐만, 뭐라고? 진정하고. 천천히 말해봐······."
랭던은 잠깐 개인적인 얘기를 주고받겠다는 뜻으로 인도 커플에게 손짓한 후 동의를 받기도 전에 등을 돌리고 섰다. 그는 승강기 쪽에서는 보이지 않는 전망대 플랫폼 앞으로 옮겨간 후 핸드폰의 웹브라우저를 켰다.
'아침에 캐서린이 나한테 연락하려고 했을 수도 있어······.'
그는 오늘 아침에 휘몰아친 온갖 일들로 인해 너무 정신이 없어서 제대로 생각할 수 없었다. 하지만 이 여자의 핸드폰에서 앱과 관련된 빨간색 알림들이 잔뜩 떠있는 걸 보고 그는 자기 노트북에서 그런 식의 알림을 본 것을 떠올렸다. 바로 이메일 알림이었다. 이곳으로 여행 오기 전 몇 년 동안 캐서린과 랭던은 이메일로 늘 소통했다. 캐서린은 그 방식을 구식이라고 했지만 랭던이 빠르게 문자를 주고받는 것을 별로 좋아하지 않았기에 그들은 이메일에 의존하게 됐다.
오늘 아침 캐서린이 그에게 전화나 문자를 보냈다가 답장을 받지 못했다면 그가 노트북으로 확인할 수 있도록 이메일을 보냈을 것이다.
'오늘 아침에 내가 이메일을 확인하지 않았지!'
랭던은 얼른 지메일을 열고 로그인했다. 받은편지함이 열리기까지 시간이 지독하게 오래 걸렸다.
'빨리 좀 떠라!'

승강기 문이 너무 오래 열려있어서 계속 삐삐 소리를 냈다.
드디어 화면이 다시 열리고 받은편지함이 보였다.

안 읽은 메일 31개

그는 안 읽은 메일이 넘쳐나는 받은편지함에 욕을 퍼부으며 동료들, 친구들이 보낸 이메일, 그리고 이런저런 스팸 메일의 제목을 빠르게 훑었다. 목록을 내리는 동안 희망이 자꾸 사라져 갔다.
그러다 눈이 번쩍 뜨였다.
'있다!'

메일 보낸 사람: 캐서린 솔로몬

메일이 온 시간은 오늘 아침 7시 42분. 캐서린이 호텔을 떠난 후지만 게스네르와 만나기로 한 시간보다는 전이었다.
이상하게도 제목란이 비어있었다.
심장이 미친 듯이 뛰었다. 메일을 열었는데 화면이 텅 비어있었다.
'아무 내용도 없다고?'
잠시 후 메일에 사진이 첨부되어 있다는 뜻의 아이콘이 눈에 띄었다.
'캐서린이 사진을 보냈어?'
그가 그 아이콘을 누르자 커서가 빙글빙글 돌면서 이미지가 로딩되기 시작했다. 인터넷 서비스 영역을 나타내는 막대가 하나밖에 없어서 로딩이 느렸다.
"저기요?"
근처에서 남자 목소리가 물었다.
랭던이 고개를 들자 아까 그 젊은 남편이 승강기 있는 곳에서 이쪽으로 다가오고 있었다.

"뭐 하세요? 전화 한 통 하신다고 했잖아요! 왜 제 아내 핸드폰을 들여다보는……."

"그런 거 아닙니다! 메일을 확인해야 해서요. 미안합니다. 아주 중요한 일이에요." 그는 빈 화면을 들어 보였다. "아직 로딩 중이에요. 금방 돌려줄게요."

"당장 돌려주시죠."

남자가 랭던에게 성큼성큼 걸어왔다.

승강기는 계속 삐삐 소리를 냈다.

'빨리 로딩 좀 돼라, 젠장!'

바람이 더욱 세게 불었다. 여자는 남편을 불러대기 시작했다.

"저기요!"

남자가 핸드폰을 내놓으라며 손을 내밀었다.

"1초만…… 기다려 주세요." 커서가 여전히 빙글빙글 돌고 있었다. "꼭 확인해야 해서……."

"달라고요! 당신한테는 이럴 권리가……."

"됐다!"

드디어 눈앞에 이미지가 뜨자 랭던이 소리쳤다.

강풍에 탑이 흔들린 것인지 아니면 무릎에 힘이 빠져서인지 몰라도 그는 휘청하고 말았다. 핸드폰 화면에 뜬 이미지는 캐서린이 보냈을 거라고는 상상할 수도 없는 내용이었다.

랭던은 그 괴상한 '메시지'를 가만히 바라보면서 직관 기억으로 머리에 저장했다. 그리고 웹브라우저를 나간 뒤 젊은 남자에게 핸드폰을 돌려주었다. 남자는 핸드폰을 쥐고 씩씩거리며 걸어갔다.

몇 초 후 승강기가 내려가는 소리가 들렸다.

48

사샤 베스나의 집 앞에 도착한 마이클 해리스는 그동안 여기 올 때마다 양심에 찔려 이번이 마지막 방문이라고 다짐한 게 몇 번이었는지 떠올렸다.

그는 마음을 굳게 먹고 강하게 노크했다. 대답이 없었다. 문을 당겨보니 이미 열려있었다.

'놀랍지는 않네. 나를 기다리고 있었던 건가.'

"사샤?" 그는 집으로 들어가며 말했다. "나 왔어요!"

집 안에서 느껴지는 생명의 흔적은 해리와 샐리뿐이었다. 두 고양이가 현관 복도를 따라 그에게 타박타박 걸어왔다. 집 안으로 들어간 해리스는 고양이들이 밖으로 나가지 못하게 등 뒤로 문을 닫았다.

"사샤? 랭던 교수님?"

집 안은 고요하기만 했다.

의아해진 해리스는 복도를 지나 주방으로 들어갔다.

주방 식탁 위에는 찻잔 세 개가 준비되어 있었고 물주전자에서 김이 모락모락 피어오르고 있었다.

'이상하네. 방금들 나갔나?'

현관 복도로 돌아가는데 뒤에서 마룻바닥이 삐걱거리는 소리가 들리더니 그의 등허리 한가운데로 강력한 전기가 들어왔다. 순식간에 마비된 해리스는 털썩 무릎을 꿇으며 마룻바닥에 쓰러졌다.

몇 초 동안 머릿속이 텅 비었다. 귓속이 울리고 근육이 굳어졌다. 그러다 천천히 다시 정신을 차린 해리스는 누군가 작은 주방 수납장에 숨어있다가 나와서 그를 전기 충격기로 지진 것 같다고 생각했다.

'사샤와 랭던은 어떻게 된 거지?'

"사…… 샤!"

해리스는 그녀를 부르려 했는데 들릴 듯 말 듯 기어들어 가는 목소리였다.

"사샤는 네 목소리 못 들어." 그의 머리 위에서 낮고 공허한 목소리가 말했다. "사샤가 지금 있는 곳에서는 들을 수가 없어."

'안 돼.'

해리스가 옆으로 몸을 굴려 누가 자기를 공격했는지 확인하려는데 전기 충격기의 돌출된 금속 단자가 다시 그의 머리 아래쪽을 날카롭게 지졌다.

델 것처럼 뜨거운 전기가 터져 나오면서…… 그의 세상은 까맣게 타버렸다.

골렘은 나무 바닥에 엎어진 마이클 해리스의 마비된 몸뚱어리를 내려다보았다. 바이퍼텍 전기 충격기로 그를 기절시킨 것이다. 다리를 벌리고 한때 강력했던 해리스의 등에 올라탄 골렘은 허리를 굽혔다. 수납장에서 찾아낸 두꺼운 비닐봉지를 꺼내 그것을 해리스의 머리에 씌우고 목에서 비닐을 단단히 꼬아 고정해 산소 공급을 차단했다.

3분 후 골렘은 비닐을 쥐고 있던 손을 놓았다.

'그는 거의 고통받지 않았어.'

사샤는 그 점에 고마워할 것이다. 골렘은 사샤를 멀찍감치 떨어진 곳에 가둬두었다. 마지막 단계를 준비할 때까지 그곳에 계속 둘 작정이었다.

일을 마치고 일어서는데, 힘을 쓰는 동안에는 늘 그렇듯 에테르가 모여들었다. 그는 항상 소지하고 다니는 금속 막대를 재빨리 꺼냈다.

그는 금속 막대로 정수리를 문지르며 속삭였다.

"Ne seychas(지금은 안 돼)."

에테르는 기다려 줄 것이다. 이쪽 세계에서 아직 해야 할 일이 남아있었다. 시체를 바닥에 버려둔 채 그는 비닐봉지를 주방 쓰레기통에 집어넣었다. 그리고 현관 복도의 작은 책상 앞으로 가 앉았다.

종이라고는 새끼 고양이 그림으로 장식된 사샤의 편지지뿐이었다. 그는 그 편지지에 짤막한 편지를 써서 한 세트인 봉투에 넣어 봉했다.

봉투 겉면에 받는 사람 이름을 마이클 해리스의 상관으로 진하게 적어 넣었다.

하이디 네이글 미국 대사

그는 마이클 해리스의 시신 위에 그 봉투를 놓아두고, 현관문을 열어놓은 채 그 집을 나서 자기 집으로 향했다.

49

강한 바람이 전망대 플랫폼에 휘몰아쳤다. 페트르진 전망대 꼭대기에 홀로 선 랭던은 전망대 난간에 기대어 균형을 잡았다. 그의 시선은 눈 덮인 도시를 향해있었으나 마음의 눈은 프라하를 보고 있지 않다. 그가 보고 있는 것은 캐서린이 오늘 아침 일찍 그에게 이메일로 보내둔 사진 이미지였다.

랭던에게 '직관 기억'은 대상을 실시간으로 보고 있는 것과 같았다. 그만큼 시각적으로 입력된 정보를 정확하고 총체적으로 떠올릴 수 있었다. 직관을 뜻하는 'eidetic'은 그리스어 '에이도스(eidos)'에서 파생된 단어로 '가시적 형상'을 뜻했다.

랭던은 캐서린이 자기 핸드폰을 화면 캡처해 보낸 듯한 이미지를 머릿속에 담아두고 이런저런 생각을 했다. 아까 본 화면에는 글자 일곱 개가 빛을 내며 떠있었다.

ᴲⲔⲔ⅂Ӿ⅃ʙ

랭던은 오래된 그 문자를 보자마자 알아봤는데, 캐서린이 왜 자기 핸드폰으로 그런 걸 보냈는지는 이해할 수 없었다.

'나한테 에녹어……로 된 메시지를 보낸 건가?'

'천사의 언어'로 불리는 에녹어는 1583년에 자칭 영국의 신비주의자 존 디와 그의 동료 에드워드 켈리가 이곳 프라하에서 '발견'한 언어였다. 영매들이 이 언어로 영혼들과 소통하고 '다른 세상으로부터 지혜'를 얻는다고 알려져 있었다.

캐서린이 에녹어의 존재를 알게 된 것은 랭던에게 어제 관련된 얘기를 들었기 때문이었다. 그들은 함께 거리를 걷다가 '금을 만들고 아내를 바꾸다'라는 제목의 전시회 광고 포스터를 보았다. 그 포스터는 기억하기 쉬운 광고 문구 외에 에녹어 기호로 장식돼 있었다. 캐서린이 그 기호의 뜻을 묻자 랭던은 존 디와 에드워드 켈리의 연금술에 대한 역사적 열정, 그들이 서로 아내를 교환한 일, 자기네의 특수한 언어이자 영적 세상의 신비로운 언어인 에녹어로 천사들과 소통했다는 등의 너저분한 얘기를 들려주었다.

"그들은 한 쌍의 사기꾼 기회주의자에 가까웠지만 한때 잘나가긴 했어. 현명한 정치적 결정을 내리기 위해 천사들에게 답을 구하고자 했던 신성 로마 제국 황제 루돌프 2세가 그들을 고용했을 정도니까."

캐서린이 미소 지으며 물었다.

"요즘 우리 정치인들도 그런 시도를 해봤을까?"

"별로 어렵지도 않아. 당신 핸드폰에 에녹어 앱을 깔면 돼."

캐서린은 큰 소리로 웃으며 말했다.

"영혼들과 소통하기 위한 르네상스 시대 앱이야?"

랭던은 캐서린의 핸드폰을 받아 들고 무료 에녹어 앱을 빠르게 다운로드했다.

"자, 이제 당신도 다른 차원의 존재와 대화할 수 있어."

"이건 너무 말도 안 되잖아."

"말도 안 된다고?" 랭던이 히죽 웃으며 물었다. "불가사의한 아이디어 중에 당신이 안 믿는 것도 있다는 걸 드디어 알았네?"

"진짜 웃겨."

랭던은 그녀의 뺨에 입을 맞추며 말했다.

"당신은 그렇게 냉소적으로 말할 때 참 귀엽더라."

페트르진 전망대 꼭대기에 서서 덜덜 떨고 있는 지금, 랭던은 그 상황을 추측해 보았다. 아마 캐서린은 에녹어 번역 앱을 사용해 그 괴상한 메시지를 만들고 화면 캡처 후 그에게 이메일로 보냈을 것이다.

'하지만 왜? 캐서린이 장난친 건가?'

유령이 득실대는 언덕배기에서 사라진 한 여성을 찾으며 유령들의 언어를 읽는 게 썩 유쾌하지만은 않았다. 캐서린이 장난친 게 아니라 비밀 메시지를 보냈다고 봐야 합당했다. 문제는 에녹어 사전이나 앱이 있으면 누구든 그 뜻을 해독할 수 있다는 거였다.

랭던은 그 이미지를 머릿속에 새겨두었다.

∃⌐⌐⌐X⌐B

에녹어에서 영어로 번역하는 것은 어이없을 정도로 간단했다. 영국인 천리안이 발견했다는 신비로운 언어가 알고 보니 글자 하나하나를 영어로 고스란히 편리하게 옮길 수 있는 방식이라서, 랭던에게는 그 정체가 그저 미심쩍게 보였다.

랭던은 오래전에 에녹어 '핵심 단어'를 머릿속에 저장해 둔 터라 캐서린이 보낸 메시지의 기호를 몇 초 만에 영어 단어로 바꿀 수 있었다.

그런데 영어로 번역했을 때 아무 의미도 없어 보였다.

LXXEDOC

E와 O를 제외하고 로마 숫자처럼 보였지만 이 난잡한 글자들은 로마 숫자 표기 체계를 따른 것도 아니고, 순서대로 배열된 것도 아니었다.

'캐서린이 나한테 하려고 했던 말이 뭐든…… 이 글자 그 자체일 리 없어.'

에녹어로 번역하면서 실수를 저질렀다고 해도 그녀의 눈에 보인 건 그에게 보낸 상징들뿐이었을 테니, 그녀는 자기가 틀린 줄도 몰랐을 것이다.

속이 답답해진 랭던은 숲이 무성한 풍경을 바라보면서 다음 행보를 궁리했다. 그 순간 엄청난 규모의 새 떼가 나무에서 일제히 날아오르더니 정확히 같은 순간에 방향을 바꾸며 한 마리처럼 날아갔다.

'우주가 나를 조롱하네.'

랭던은 구름 같은 무정형으로 하늘을 가로질러 날아가는 새 떼를 가만히 바라보았다. 캐서린은 찌르레기 떼의 동기화된 지저귐을 연구했고, 그 현상이 살아있는 생물들 간의 보이지 않는 연결의 과학적 증거가 될 것이라 주장했다.

"분리도 착각일 뿐이에요." 작년에 함께 점심을 먹으며 캐서린은 조너스에게 이렇게 말했다. 그리고 일치된 동작으로 한 마리처럼 움직이는 찌르레기 떼 비디오 영상을 보여주었다. "이 현상은 행동 동기화라고 불리는데 자연 곳곳에서 일어나요."

캐서린은 영상 클립 몇 개를 스크롤해서 보여주었다. 1.6킬로미터에 달하는 블루피시 떼가 완벽하게 일치된 동작으로 왼쪽 오른쪽으로 움직이는 영상, 일치된 동작으로 펄쩍펄쩍 뛰면서 이동하는 끝없는 가젤 행렬, 똑같이 불이 들어왔다 나갔다 하면서 깜박이는 반딧불이 떼, 그리고 거의 수초 안에 모두 함께 부화하는 바다거북 알 수백 개.

"놀랍군요."

"저도 늘 놀라요. 전통적인 과학자들은 행동 동기화가 환상에 불과하다고…… 이 유기체들이 너무나 빠르게 서로에게 반응해서 지연되는 부분이 감지되지 않는 것뿐이라고 주장해요." 캐서린은 어깨를 으쓱하며 덧붙였다. "하지만 물고기 떼의 앞과 뒤에 원자시계(원자나 분자의 진동 주기로 시간을 재는 대단히 정확한 시계—옮긴이)와 연결된 고속 비디오카메라 두 대를 설치하고 지켜본 결과 물고기들의 반응 시간은 빛의 속도보다 빠르다는 게 밝혀졌어요."

랭던이 탄식했다.

"오호."

캐서린이 미소 띤 얼굴로 말했다.

"그래요. 현재의 물리학과 현실 모델에는 맞지 않죠. 이런 동기화를 마냥 기적으로만 보지 않는 관점도 있어요. 찌르레기 떼를 무수한 개별 새들이 *아니라* 단일하고 완전한 유기체로 본다면 동기화를 예상할 수 있죠. 찌르레기들은 상호 연결된 시스템이라 *하나로* 움직인다고 보면 되니까. 분리된 존재가 아니라요. 당신의 몸, 당신이라는 통합된 존재를 구성하는 개별 세포들처럼요."

포크먼은 그녀의 설명에 매료되었다.

"나는 우리 인간들에게도 마찬가지로 적용된다고 생각해요." 캐서린은 신이 난 목소리였다. "우리가 실은 훨씬 거대한 유기체의 일부인데, 하나하나 떨어진 개인으로 착각하는 거죠. 우리는 진실을 모르기 때문에 외로운 거예요. 사실 우리는 완전한 전체에 통합된 존재인데 말이죠. 개별성은 우리 모두의 착각일 뿐이에요."

캐서린은 태블릿을 손으로 만지며 덧붙였다.

"그러니 내 말 믿어요. 이건 역사상 최고의 지성 중 한 분이 한 말이에요."

새로운 화면이 떴다. 화면에 알베르트 아인슈타인이 한 말이 적혀 있었다.

인간은 우리가 '우주'라고 부르는 전체의 일부다······.
인간은 자신을 우주와 별개의 존재로 여기면서
경험하고 생각하고 느끼지만
의식의 시각적 착각일 뿐이다.
이러한 착각은 우리를 가두는 감옥이다.

캐서린이 설명을 이어갔다.

"역사상 최고의 과학자도 의식이 우리를 속여 전체를 개별로 인식하게 만든다고 했어요."

레오나르도 다빈치도 같은 말을 했다는 것을 랭던은 알고 있었다. '모든 사물과 현상이 서로 연결돼 있다는 것을 깨달으라고 했지.' 캐서린이 계속해서 말했다.

"시대를 막론하고 예언가들도 비슷하게 말했어요. 오늘날에는 점점 더 많은 양자 물리학자들이 만물…… 만인의 상호 연결성을 믿고 있고요." 캐서린은 포크먼에게 미소 지었다. "눈에 보이지 않는 세상과 우리가 연결되어 있다는 것을 알아보기가 쉽진 않죠. 하지만 미래 세대는 알게 될 거예요. 언젠가는 세상에서 혼자라는 인식이 인류의 가장 큰 착각이었다는 것을 깨닫는 날이 올 거예요."

포크먼이 물었다.

"박사님이 한 실험은요? 아직 그 얘길 안 하셨잖아요. 이런 상호 연결성과 관련된 내용입니까?"

캐서린은 흥미로워하면서 눈을 빛내고 미소 지었다.

"여러분, 이 실험 결과는 우리가 모두 연결되어 있다는 것을 알게 해줄 뿐 아니라 우리의 현실과 인류의 잠재력을 새롭게 이해할 수 있게 해줄 거예요."

그 순간 날카로운 소음이 들렸다. 랭던은 찬바람을 맞으며 페트르진 전망대 꼭대기에 서있는 현실로 돌아왔다. 그는 그 소리가 승강기 소음이라고 생각했는데 지상을 내려다본 순간 진실을 알았다. 전망대 아래에 자동차 한 대가 요란하게 끼이익 소리를 내며 멈춰 선 것이다. 익숙해 보이는 검은색 세단이었다. 차 문짝에 붙은 엠블럼을 보니 확실했다.

'우지.'

제복 차림의 남자가 운전석에서 뛰쳐나와 주차장을 가로질러 전망대로 달려오고 있었다. 남자의 얼굴은 잘 보이지 않았지만 근육질 몸을 보니 정체를 알 수 있었다.

남자의 손에는 큼직한 권총이 들려있었다.

50

파벨 중위는 권총을 빼 든 채 페트르진 전망대의 방문객 안내소로 달려 들어갔다.
그는 카운터 뒤 직원에게 체코어로 소리쳤다.
"Kde je ten Američan(미국인 어디 있어)?"
겁에 질린 여자는 카운터 위에 진열하고 있던 안내 책자를 떨어뜨리며 뒷걸음질 쳤다. 여자는 머리 위를 가리키며 움츠러들었다.
"위로 올라갔어요!"
파벨의 귀에 승강기 움직이는 소리가 들렸다. 그 소리가 점점 커지고 있었다.
'내려오고 있군.'
계단 쪽은 출입하지 못하게 막혀있었다.
'완벽해.'
승강기가 "핑" 소리를 내자 파벨은 다리를 벌리고 서서 총을 들어 올렸다. 승강기 문이 열린 순간, 그 안에 타고 있던 젊은 인도인 커플은 자기네를 향해 겨눠진 권총을 보고 화들짝 놀라 물러섰다.

파벨이 명령했다.
"내려!"
젊은 커플이 서둘러 내리자 파벨은 승강기에 올라타 버튼을 눌렀다. 누를 수 있는 버튼은 하나뿐이었다. 위로 가는 버튼. 그의 손에는 장전되어 언제든지 쏠 수 있게 준비한 야나체크 경감의 권총이 들려있었다.
위로 올라가는 동안 파벨은 좁은 승강기 안을 들짐승처럼 서성였다. 마침내 승강기가 덜커덕 멈추고 문이 열렸다. 총을 들고 밖으로 뛰쳐나간 그는 방아쇠에 손가락을 대고 좌우를 확인했다. 사냥감을 찾아 전망대를 이리저리 둘러보았다.
'아무도 없잖아.'
랭던이 있을만한 곳은 여기뿐이었다. 파벨은 승강기 축을 중심으로 시계 방향으로 돌아 정확히 반대편으로 향했다. 그쪽도 비어있었다. 다급해진 그는 다시 비좁은 플랫폼을 빙 돌아서 수색을 시작한 자리로 돌아왔다.
승강기 문은 열려있었고 그 안은 텅 비어있었다.
'이 새끼가 어디로 갔지?'
그는 가만히 서서 권총을 내렸다.
전망대 플랫폼에는 아무도 없었다.
미친 듯이 달려와서인지 별안간 골이 몹시 욱신거렸고, 분노가 다시 파도처럼 밀려왔다. 강하게 몰아치는 바람이 날카롭게 울부짖고 있었다. 그런데 애처로운 바람 소리 말고 다른 소리도 들려왔다. 플랫폼 아래서 반복적으로 쿵쿵 울리는 소리였다. 처음에는 일꾼이 금속을 망치질하는 소리인가 싶었는데 그렇다고 하기엔 너무 긴급하고 빨랐다.

다시 생각하니 알 것 같았다.

전망대 위의 나선형 계단 진입구에 붙어있어야 할 '출입 금지' 팻말이 바닥에 떨어져 있었고…… 금속 계단에 새로 찍힌 발자국이 보였다.

'이놈의 교수가 악수를 두는군.'

파벨은 승강기 문이 닫히기 직전에 얼른 승강기에 올라탔다. 랭던이 난간 너머로 떨어지지 않고 위험천만하게 계단을 밟고 지상까지 달려 내려간다고 해도 도망칠 곳은 없을 것이다.

전망대 플랫폼에서 20미터쯤 내려간 랭던은 끔찍한 실수를 저질렀다는 것을 깨달았다. 그는 마찰력이라곤 없는 단단한 바닥으로 된 로퍼화를 신고 비좁은 개방형 나선 계단을 정신없이 달려 내려가고 있었다. 발이 닿을 때마다 얼어붙은 금속 계단이 요란하게 울렸다. 이 계단이 승강기 통을 나선형으로 감싸고 있는 구조라, 그는 저 위쪽에서 승강기가 다시 작동하기 시작해 요란한 소리를 내며 내려오고 있는 것을 알 수 있었다.

'서둘러, 로버트.'

위험하기 짝이 없는 계단에서 몸의 중심을 잡으며 내려오려면 양옆의 금속 난간을 붙잡아야 했다. 그 탓에 양손이 빠르게 얼고 있었다. 저 위에서 승강기가 그에게 점점 가까이 내려오는 소리가 들려왔다. 승강기를 앞질러 1층에 먼저 도착할 수 있을지 의문이었다. 파벨이 이길 가능성이 더 높다고 봐야 할 것이다. 게다가 파벨은 권총까지 들고 있었다. 아까 머리를 소화기로 강하게 맞기까지

했으니 파벨의 자제심이 전보다 커졌을 리도 없었다.

'어디로 도망치지? 주저하지 않고 나를 쏠 텐데.'

랭던의 유일한 선택지는 방문객 안내소 뒤쪽의 페트르진 공원뿐이었다. 그리로 가려면 승강기 문이 열리기 전에 방문객 안내소를 통과해 건물 밖으로 달려 나가야 할 것이다.

하지만 곧 그는 너무 늦었다는 걸 알았다.

랭던이 계단을 밟고 나선형으로 빙빙 돌아서 내려가는 동안 승강기는 덜덜거리며 그의 옆을 지나갔다.

파벨은 투우장으로 들어서는 황소처럼 방문객 안내소로 뛰어 들어갔다. 직원과 인도 커플이 한옆에 모여 서있었다.

파벨이 소리쳤다.

"Kde je(그놈 어디 있어)? 미국인! 어디 있냐고?"

겁먹은 직원은 고개를 흔들며 어깨를 으쓱했다.

'그래. 네놈이 아직 안 내려왔구나.'

파벨은 나선형 계단 아래쪽으로 가 랭던이 내려오길 기다리며 허공을 향해 권총을 겨눴다. 그대로 10초가 지났는데 위쪽이 너무 조용했다. 랭던의 발소리가 멈춰있었다.

쥐 죽은 듯 고요했다.

그러다⋯⋯ 바로 머리 위에서 묵직한 쿵 소리가 들렸다.

랭던은 예상보다 강하게 방문객 안내소 지붕으로 떨어졌다. 계단과 지붕이 이어지는 지점에서 난간을 붙잡고 두 다리를 왼쪽으로 날리면서 낮은 난간 너머로 몸을 날렸다. 그리고 경사가 완만한 지붕 위로 볼썽사납게 떨어지고 말았다.

그는 몸을 굴려 엎드린 자세로 지붕 가장자리를 향해 미끄러졌다. 건물 뒤쪽 홈통을 밟고 내려간 그는 얼마 안 되는 높이에서 바닥으로 뛰어내렸다. 아마추어 체조 선수 같은 그의 어설픈 착지를 건물 안에서 못 알아챘을 리 없었다. 그는 최대한 빠르게 전망대를 떠나 곧장 숲으로 달려 들어갔다.

30미터쯤 떨어진 곳에서 파벨의 고함 소리, 눈 내린 숲으로 그를 쫓아오는 발소리가 들렸다.

'빠르다.'

좀 더 앞서서 출발할 수 있었으면, 신발도 토드 로퍼화가 아니라 나이키에서 만든 운동화였으면 좋았을 것이다.

나무 사이로 전력 질주를 하는 동안 어쩌면 페트르진 전망대는 함정이었을지 모른다는 불안한 생각이 들었다. 랭던이 여기 도착하고 몇 분 만에 우지가 나타났다. 사샤의 아파트에서 쪽지를 남기고 간 게 파벨이었나?

'나를 따로 떼어놓은 다음 총으로 쏘려고 한 건가? 누가 나를 정말 죽이고 싶어 하는 거야?'

'내가 캐서린을 데리고 있다. 페트르진 전망대로 와라.'

캐서린은 여기 없었다. 아니, 여기 온 적도 없었다. 캐서린이 보낸 에녹어 이메일도 그렇고 말이 되는 게 하나도 없었다.

'LXXEDOC? 캐서린은 무슨 말을 전하려고 한 걸까?'

그리 멀지 않은 곳에 회전목마, 조랑말 마구간, 장미 정원, 교회 등 몇 안 되는 볼거리가 갖춰진 공원 공터가 보였다. 숲에서 벗어난 그는 자갈 깔린 마당으로 달려갔다. 바닥이 좀 더 단단해져서 다행이긴 했지만, 뒤쫓아 오는 자의 묵직한 발소리는 계속 들려왔다.

마구간과 정원을 지나 교회로 달려갔다. 교회 문에 걸린 자물쇠는 성소답지 않게 배타적인 분위기를 풍겼지만, 성당 지붕의 정자는 역사적으로 '성소'의 상징이었다. 그는 멈추지 않고 그대로 내달려 숨을만한 곳을 찾아 주변을 둘러보았다. 앞에 보이는 건물 세 개 중 한 곳을 피난처로 택하기로 했다.

맨 앞의 두 건물은 이 시간에 잠겨있을 가능성이 높았다. 갈보리 교회, 성 로렌스 대성당은 이 이교도의 언덕을 기독교화하기 위한 방책이었다. 세 번째 구조물은 경박한 분위기에 샛노랗고 동화 같은 느낌을 주는 신데렐라성이었다. 비딱한 요새 벽 위에 세워진 모형 회전 포탑에는 다채로운 빛깔의 문장 깃발들이 바람에 나부꼈다. 모형 도개교 너머에는 중세 복장을 한 남자가 오늘 영업을 위해 쇠문을 들어 올려 열고 있었다. 입구 너머에 걸린 깃발에는 'VÍTEJTE/환영합니다'라고 적혀있었다.

'때로는 우주가 방향을 알려주기도 하지.'

그 신호가 올바른 방향을 일러주는 우주의 힌트든 아니든 지금으로서는 다른 선택지가 없었다. 랭던은 어깨 너머를 힐끗 돌아보았다. 숲을 빠져나온 파벨이 광장 끄트머리로 들어서면서 점점 거리가 좁혀지고 있었다. 기운을 쥐어짠 랭던은 모형 도개교를 넘어갔다. 그리고 놀란 직원을 뒤로한 채 자그마한 대기실로 달려 들어갔다. 아직 아무도 없는 매표소에는 이런 간판이 붙어있었다.

ZRCADLOVÉ BLUDIŠTĚ

랭던은 그 단어가 무슨 뜻인지 몰랐는데, 지금은 단어 뜻이 중요한 시점이 아니었다. 성으로 들어가는 유일한 입구를 막고 있는 게 바로 이 대기실의 회전식 문이었다. 좁은 아치문 너머는 어둑한 통로였다.

'용서해 줘, 신데렐라.'

랭던은 회전문을 넘어 성 입구 쪽으로 달려갔다. 돌로 된 통로를 달리다가 왼쪽으로 방향을 틀자 반짝거리는 육면체 방이 나왔다. 랭던은 그를 둘러싼 것들에 놀라 미끄러지듯 멈춰 섰다.

'이게 대체 무슨……?'

일정한 간격을 두고 늘어선 남자 여섯 명이 랭던을 에워싸고 그를 쏘아보고 있었다.

더욱 이상한 것은 그 여섯 남자가 모두 로버트 랭던이라는 점이었다.

그제야 랭던은 'ZRCADLOVÉ BLUDIŠTĚ(거울 미로)'가 무슨 뜻인지 알아챘다. 다른 선택을 했어야 한다는 후회가 밀려들었다.

51

 폭력을 써서 마이클 해리스를 죽이고 난 후라 그런지 아파트의 보랏빛 조명이 마음을 한결 위로해 주었다. 빠르게 샤워한 후 가운을 걸치고 나온 골렘은 어둑한 곳에 마련한 성소에서 조용히 무릎을 꿇었다. 그 신성한 방에 그는 그녀를 위한 제단을 차려놓았다.
 '나는 그녀를 지키기 위해 태어났어. 이 제단은 그녀에 대한 경의의 표시야.'
 어둠 속에서 무릎을 꿇은 채 성냥을 켰다. 탁자의 말린 꽃 사이에 놓인 봉헌 양초 세 개에 불을 붙였다. 깜박이는 촛불이 점점 밝아지자 그는 제단 위에 걸린 사진을 올려다보았다.
 그녀의 얼굴을 바라보며 골렘은 다정하게 미소 지었다.
 '난 당신을 지키려고 여기 있는 거야……. 당신은 나에 대해 전혀 모르겠지만.'
 그녀의 얼굴은 하나하나 뜯어보면 전형적인 미인상은 아니었다. 슬라브족 특유의 진한 이목구비, 어깨 길이의 금발, 그리고 깨진 흔적이 역력한 코……. 그래도 사샤 베스나는 골렘의 세상 그 자체였다.

'나는 당신의 수호자야, 사샤.'

사샤는 모르겠지만 그들은 수년 전 러시아의 정신병원에서…… 끔찍한 폭력의 순간에 만난 적이 있었다. 당시 사샤는 홀로 어떤 보호도 받지 못한 채, 말비나라는 이름의 사악한 야간 간호사에게 끔찍한 매질을 당하며 살았다. 그러던 어느 날 그 지독한 학대를 더는 견디지 못한 골렘이 그 방으로 뛰어 들어갔다. 치솟는 분노에 사로잡힌 골렘은 엄청난 힘으로 그 간호사의 목을 부러뜨려 놓았다.

다행히 그 시점에서 사샤는 의식을 잃은 상태라 그날 밤 실제로 무슨 일이 일어났는지 알지 못했다. 골렘은 아무에게도 들키지 않고 조용히 어두운 자기 방으로 돌아갔다……. 그 순간 그들의 영혼은 영원히 얽히게 되었고, 그는 그녀를 보호하리라 맹세했다.

'사샤의 목숨을 구한 그날 밤부터…… 나는 그녀의 수호자가 된 거야.'

연민에 휩싸여 행동을 개시하기 전까지 골렘은 텅 빈 그릇, 유령 같은 존재에 불과했다. 하지만 다른 세상의 에너지 빔이라도 맞은 것처럼 행동에 나선 그 순간, 그는 삶이 비로소 시작되었음을 느꼈다. 자신이 누구인지, 그와 사샤 베스나의 신비로운 연결의 본질이 무엇인지 깨달았다.

'나는 사샤의 수호천사야. 사샤는 내가 살고, 고통받고, 존재하는 이유야. 하지만…… 그녀는 그것을 몰라야 해.'

지금까지도 사샤 베스나는 골렘의 존재조차 알지 못했다. 그가 그림자 속에 숨어 그녀를 지켜보면서, 삭막하고 끔찍한 세상으로부터 그녀의 순결한 영혼을 보호하고 그녀의 삶에 관여하고 있다는 사실도 당연히 모르고 있었다.

브리기타 게스네르는 사샤의 몸과 정신을 이용했다. 그런데 마이클 해리스는 사샤의 *마음*을 배신했으니…… 제일 잔인한 사기였다.

불과 20분 전, 골렘은 의식을 잃은 해리스의 머리에 비닐봉지를 덮어씌우고 목 부분을 꽉 잡으며 속삭였다.

"마이클……. 너의 배신이 제일 가혹했어. 난 네가 사샤의 외로움을 이용해 그녀를 등쳐 먹는 걸 지켜봤어. 네가 사샤와 나란히 침대에 누워 사샤의 품에 안긴 채로 그녀를 사랑하는 척 연기하는 걸 다 봤어."

골렘은 손가락 끝이 해리스의 살 속으로 파고드는 걸 느끼면서도 후회 없이 목을 단단히 조였다.

"네가 죽은 걸 알게 되면 사샤는 가슴이 찢어지겠지. 그래도 진실을 아는 것에 비하겠어……. 처음으로 사랑하게 된 유일한 남자가…… 자기를 *이용하고*…… 속이고…… 염탐했다는 걸 아는 것보다 나을 거야."

마이클 해리스의 목에서 느껴지던 맥박이 점차 약해졌다. 골렘도 여러 번 죽어봤기에, 이 남자의 영혼이 드디어 육신을 떠나 이 방을 떠다니며 자기 죽음을 목격하고 있다는 것을 알 수 있었다.

골렘은 천장을 올려다보며 해리스의 영혼에게 말했다.

"이 여자는 어린아이나 다름없어, 마이클……. 부모에게 버림받고…… 정신병원에 갇혀 살다가…… 괴물의 꾐에 넘어가 프라하까지 넘어왔어. *나만 빼고*…… 평생 모든 사람이 이 여자를 배신했어!"

생명의 마지막 흔적이 해리스의 육신을 떠나자 골렘은 허리를 굽히고는, 해리스가 사샤의 품에 안겨 잠들 때 사샤가 그의 귀에 대고 속삭였던 말을 그대로 차갑게 내뱉어 주었다.
"Spokoynoy nochi, milyy(잘 자, 자기야)."
골렘이 세운 계획 중 이번 일은 그렇게 성공적으로 이루어졌다. 그는 이 계획을 성사하기 위해 마이클 해리스를 혼자 있게 만들었다. 사샤는 안전한 곳에 따로 가둬두었고, 미국인 교수 로버트 랭던도 멀리 보내버렸다. 랭던은 굳이 죽일 필요까지는 없다고 판단했다. 그래도 그자가 사샤의 아파트에 계속 뭉그적거리고 있었으면 여기서 해리스를 처단하기 불가능했을 것이다. 그래서 골렘은 즉흥적으로 아이디어를 떠올려 사샤의 집 현관문 아래로 종이쪽지를 밀어 넣어, 랭던이 캐서린 솔로몬을 찾아 허둥지둥 아파트를 떠나게 만들었다.

당연히 랭던이 페트르진 전망대에 가서 캐서린 솔로몬을 찾을 일은 없을 것이다.

'그 교수는 아마 영영 그 여자를 못 찾을 거야.'

골렘은 어젯밤 게스네르가 얼음처럼 차가운 식염수가 몸 안으로 흘러드는 동안 털어놓은 얘기를 떠올렸다. 게스네르는 고통 속에서 이렇게 주절거렸다.

"캐서린은 자기가 얼마나 위험한 상황에 놓였는지 전혀 몰라……. 내가 모시는 분들은…… 그 여자의 입을 닥치게 할 수만 있으면 무슨 일이든 서슴지 않을 분들이야."

52

 뉴저지주 이스트 러더퍼드의 티터버러 공항에서 남쪽으로 수 킬로미터 떨어진 곳에 위치한 메트라이프 스타디움은 세계에서 가장 큰 수익을 올리는 경기장 중 하나로 꼽힌다. 미식 축구팀 뉴욕 자이언츠와 뉴욕 제츠의 홈구장이기도 한 이 경기장은 처음부터 두 팀이 번갈아 쓸 수 있도록 지어졌다. 매주 어떤 팀이 호스트가 되느냐에 따라 뉴욕 자이언츠 팀을 상징하는 파란색과 뉴욕 제츠 팀을 상징하는 초록색에 맞춰 깃발, 필드 로고, 조명 색이 바뀐다.
 오늘 밤, 오른쪽에 보이는 그 경기장은 텅 비어있어 영 낯설어 보였다. 길게 뻗어나간 주차장 한가운데에 버려진 시커먼 모선 같기도 했다. 포크먼은 뒤쫓는 자가 없는지 확인하려 백미러를 살폈다. 아무도 없자 그는 훔친 SUV를 몰고 17번 도로에서 빠져나갔다. 경기장 뒤쪽을 빙 돌아서 1만3,000개에 달하는 빈자리 중 한 곳에 차를 세웠다.
 '잠깐 생각 좀 정리하자, 조너스.'
 지금까지 그는 시속 145킬로미터에 달하는 속도로 SUV를 몰고 달려왔다. 운전대를 잡은 손의 관절이 하얗게 질렸고 신경은 바늘 끝처럼 곤두섰다. 잠시라도 진정할 수 있어 다행이었다. 시트 히터의 온기가 드디어 그의 온몸에 퍼져 나가고 있는 것도 좋은 점이었다.

텅 빈 주차장에서 홀로 앉은 포크먼은 그동안 랭던이 전화하지 않았을까 싶어 핸드폰을 확인해 보았다.

'지금쯤 잠에서 깼을 텐데…… 지금 프라하는 아침 9시니까.'

통화 이력에는 펭귄 랜덤 하우스 IT 쪽에서 내선 번호로 걸어온 전화 몇 통을 빼고는 부재중 전화가 없었다. 이 시간에 걸려 온 내선 번호라면 데이터 보안팀 직원 알렉스일 것이다.

포크먼은 핸드폰 버튼을 눌러 그 직원에게 전화를 걸었다. 여기서 일어나는 일에 관해 파악할 수 있을만한 정보를 건질 수 있기를 바랐다. 첫 신호음이 가자마자 알렉스 코넌의 익숙한 목소리가 전화를 받았다.

"포크먼 씨! 지금 어디세요? 괜찮으세요?"

'전혀 괜찮지 않단다, 꼬마야.'

알렉스가 숨 가쁘게 말을 이었다.

"경고해 드려야 될 것 같아요. 포크먼 씨 담당 작가의 원고를 삭제한 해커들이요…… 아주 위험한 놈들인 것 같아요."

'아이고 제기랄.'

포크먼은 주먹질을 당해 욱신거리는 배에 무의식적으로 손을 가져다 댔다.

"나도 같은 결론을 내렸습니다, 알렉스."

"그리고…… 음…… 이런 말씀을 드리게 돼서 안타깝지만……."

직원의 목소리가 갈라지자 포크먼의 머릿속에 경보음이 울렸다.

'무슨 얘길 하려고?'

"아무래도…… 그들이 포크먼 씨가 담당하는 작가 중 한 분을 죽인 것 같습니다."

편집자 포크먼은 제발 잘못 들은 말이길 바랐다.

젊은 기술직원이 파악한 정보를 들려주는 동안 포크먼은 충격 속에서 귀를 기울였다. 이러다 구역질이 날 것 같았다.

오거 요원과 친버그 요원은 1.6킬로미터 떨어진 곳에서 안전하게 거리를 두고 포크먼의 전화를 추적하고 있었다. 지금 그들은 메트라이프 스타디움 가까이에 있는 뉴저지주 이스트 러더퍼드의 주거지역 거리에 차를 세워놓았다. 그들은 아이패드를 통해 포크먼의 전화 통화 내용을 듣고 있었다.

방금 들은 얘기에 그들도 크게 놀랐다.

'미국 작가 중 하나가 프라하에서 살해당했다고? 랭던이야, 아니면 솔로몬이야? 일이 완전히 틀어진 게 분명해.'

핀치 씨는 캐서린 솔로몬의 원고를 회수하는 게 무엇보다 중요하다고 몇 번이나 강조했다. 핀치 씨는 어떤 대가를 치르더라도 늘 임무를 완수하는 사람이었다.

53

1891년 프라하에서 열린 체코 공화국 건립 기념 국제 박람회를 위해 만들어진 프라하의 역사적 명소 '거울 미로'는 오늘날에도 관광객들과 어린아이들이 즐겨 찾는 곳이다. 현대 기준으로 보자면 미로 길이가 짧은 편이지만, 방향 감각을 잃기 쉽도록 각도를 잘 맞춰 거울이 배치되어 있어서 여전히 탐색하기 쉽지 않은 곳으로 알려져 있다.

거울 미로의 첫 번째 방에 들어선 로버트 랭던은…… 주변을 에워싼 자신의 이미지들에 깜짝 놀랐다.

'파벨이 바로 뒤에서 쫓아오고 있어.'

잠시 후에야 그는 거울에 비친 상 하나가 다른 상들에 비해 약간 작다는 것을 알아채고 그 방향으로 달려갔다. 몇 미터 정도 우묵하게 들어간 자리에 배치된 그 거울 옆으로 영리하게 감춰진 구멍이 나있었다. 그 구멍 너머는 거울 벽으로 이루어진 통로였고 통로 끝은 두 갈래 길이었다.

'왼쪽이냐 오른쪽이냐.'

그는 미로 같은 무작위 추측 게임을 싫어하는 편이었다. 통계적으로 오른손잡이가 많은 세상이니, 오른쪽이냐 왼쪽이냐의 선택지 앞에서 압도적으로 많은 다수가 오른쪽을 고르게 마련이었다. 그러니 미로 설계자들은 미로에 들어선 사람이 첫 번째 갈림길에서 오른쪽 길을 고르면 잘못된 길로 나아가도록 만들었을 가능성이 높았다.

랭던은 왼쪽 길을 골랐다. 거울 벽을 오른손으로 짚고 손가락으로 거울을 훑으며 그 길을 따라 나아갔다.

'벽에서 손을 절대 떼면 안 돼.'

어렸을 때 그리스 신화 그리고 크레타 문명의 유명한 미노타우르스 미궁 전설에 심취했던 덕분에 그는 미로의 트릭을 잘 알고 있었다. 미로를 뜻하는 'labyrinth'의 어원 'labrys'는 양쪽 날이 있는 도끼를 뜻하는데, 이는 선택의 상징이었다. 미로가 그토록 매력적인 이유도 바로 '선택'이라는 의미 때문이었다.

똑똑한 고대 크레타인들은 벽을 손으로 짚고 나아가면 미로 탈출이 가능하다는 것을 알아내 미로에서 선택이라는 짐을 덜어냈다. 미로에 들어간 사람은 깊게 고민할 필요 없이 어느 방향이든 벽을 손으로 짚고 쭉 나아가기만 하면 되었다. 제일 짧은 길로 탈출할 수 있다는 보장은 없지만, 같은 선택을 두 번 하지 않기 때문에 결과적으로 비교적 빠른 탈출이 가능했고…… 따라서 미노타우르스에게 죽임을 당하지 않아도 되었다.

다음 교차 지점에 도달한 랭던은 선택하느라 우물쭈물하지 않고 거울에 손을 댄 채 그대로 왼쪽으로 달려갔다. 그런 식으로 거울 벽에 손을 대고 교차 지점을 몇 번 더 지나가자 어느새 미로 안 깊숙한 곳까지 도달했다.

근처 어딘가에서 거울 통로를 걸어오는 파벨의 육중한 발소리가 들렸다. 얇은 거울을 사이에 두고 파벨의 요란한 숨소리가 바짝 가까이에서 들릴 때도 있었다. 랭던은 최대한 소리를 내지 않고 달렸다. 아까 첫 번째 갈림길에서 잘못된 선택을 한 후 지금처럼 거울 벽을 손으로 짚는 전략을 고수했다면 랭던은 이 통로를 반대 방향으로 되짚어 가서…… 결국 파벨과 맞닥뜨리게 됐을 것이다.

랭던은 좀 더 큰 방으로 들어갔다. 이 방의 거울들은 지역 축제의 유령의 집처럼 거울들이 뒤틀려 형태를 왜곡했다. 몇몇 거울은 벽과 연결되지 않고 단독으로 서있어서 랭던의 벽 짚고 가기 전략에 혼선을 일으켰다. 우지 요원 파벨의 발소리가 섬뜩할 정도로 가까이에서 들렸다. 새로운 공간을 둘러보던 랭던은 통로 저 끄트머리에서 희끄무레한 빛을 발견했다.

'햇빛이다!'

그는 벽에서 손을 떼고 그 빛을 향해 달렸다.

하지만 그곳에 도달하지 못했다.

오른쪽에서 파벨 중위의 거대한 덩치가 나타난 것이다. 눈이 마주친 순간 파벨이 권총을 들어 랭던의 가슴을 정조준했다.

"잠깐만요!"

랭던이 달리기를 멈추고 두 손을 들어 올리며 소리쳤다.

하지만 파벨은 곧장 방아쇠를 당겼다.

요란한 총성이 터져 나오고 랭던은 충격을 예상하며 뒤로 휘청했다. 하지만 거울만 부서졌을 뿐 그의 몸에 타격은 없었다. 랭던의 눈앞에 있던 파벨의 이미지만 박살 났다.

근처 어딘가에서 좌절한 파벨이 악을 써댔다.

거울에 반사된 상들이 어쩌다가 랭던과 파벨이 서로를 마주 보는 것 같은 착각을 불러일으켰는지 파악할 새도 없이 랭던은 다시 달리기 시작했다. 그는 희끄무레한 빛을 향해 달리다가 또 다른 거울에 부딪혔다. 다시 보니 진짜 출구는 바로 왼쪽에 있었다. 그는 출구를 넘어 햇빛 속으로 뛰쳐나갔다.

성을 뒤로하고 큰 보폭으로 포장 보도를 달려갔다. 뒤에서 총성과 유리 깨지는 소리가 울려 퍼졌다. 총성이 세 번 들렸다. 파벨 중위가 다 때려 부수는 식으로 *자기만의 출구를* 만들려는 모양이었다.

길이 굽어지며 숲으로 이어졌다. 랭던은 길을 따라 올라오는 한 무리의 노인 관광객들 옆을 지나갔다. 노인들이 페트르진 언덕을 힘들게 걸어 올라왔나 생각했는데 잠시 후 그들이 어떻게 여기까지 올라왔는지 알 수 있었다. 저 앞에 치장 벽토로 세공한 자그마한 건물과 그 옆에 가파르게 경사진 철로가 보였다. 철로 위에 잔뜩 기울어진 각도로 서있는 푸니쿨라가 곧 내려갈 준비를 하고 있었다.

'페트르진 푸니쿨라구나.'

랭던은 푸니쿨라를 타본 적이 한 번도 없었다. 이번이 첫 경험을 해보기에 좋은 기회일 듯했다. 푸니쿨라의 문이 닫히기 직전에 그는 숨을 헐떡이며 그 안으로 뛰어 들어갔다. 푸니쿨라가 내려가기 시작하자, 랭던은 거울 미로에 들어가기로 한 결정 덕분에 살았다는 것을 깨달았다.

'우주가 방향을 제대로 알려줬나 보네.'

고무 재질의 스컬캡을 머리에 쓴 골렘이 욕실 세면대 아래에서 블타바강의 진흙이 담긴 양동이를 끄집어냈다. 양동이 위쪽에 떠 있는 물 아래로 손을 쑥 넣어 부드럽고 질척한 흙을 한 줌 퍼냈다. 의식을 치르듯 조심스럽게 비니 모자에 두툼하게 진흙을 바른 후, 눈을 제외한 얼굴 전체에도 진흙을 펴 발랐다.

그렇게 머리와 얼굴을 진흙 가면으로 가린 후 서랍을 열고 거울 조각 하나를 꺼냈다. 이 집에 있는 유일한 거울이었다. 거울을 들여다보면서 팔레트 나이프를 이용해 이마에 성스러운 글자 세 개를 신중하게 새겼다.

אמת

'진실.'

최근에 골렘은 진실을 여러 차례 경험했다.

그는 브리기타 게스네르가 사샤가 생각하는 것처럼 이타적이고 자애로운 영혼이 아닐 수도 있다고 오래전부터 의심했다. 게스네르에 관해 더 자세히 알기 위해 골렘은 그 여자를 다양한 방법으로 감시했고, 게스네르가 사샤에게 그토록 관대한 이유를 알게 됐다.

그가 찾아낸 진실은 예상보다 훨씬 충격적이었다.

그는 사샤에게 진실을 알리려다 그만두었다. 사샤가 감당하기엔 정신적 충격이 너무 클 것 같았다.

'사샤에겐 멘토가…… 믿을 수 있는 누군가가 절실히 필요해.'

마이클 해리스에 관한 진실은 더 추악했다. 골렘은 잘생긴 미국인 마이클 해리스가 사샤에게 계산적으로 접근하는 모습을 지켜보면서 그 의도를 단번에 간파했다. 하지만 사샤는 너무 순진해서 해

355

리스 같은 남자가 자기한테 사심 없이 접근했을 리 없다는 생각을 하지 못했다.
'그 둘은 배신의 대가를 치렀어.'
입가와 콧구멍 주변에 진흙을 조심스럽게 칠하는 동안, 그는 어젯밤 게스네르를 처리한 일을 즐거이 떠올렸다. 그는 게스네르를 미행하다가 캐서린 솔로몬의 강연장에 들어갔고, 그 후에 포시즌스 호텔의 술집에도 갔으며, 마지막으로 게스네르의 연구소로 따라 들어갔다……. 그곳에서 게스네르를 폭력적으로 제압한 후 대단히 효과적인 심문 기술을 시행했다.
고문을 못 이긴 게스네르의 자백 덕분에 그가 지금껏 파악 못 했던 정보의 빈 부분이 채워졌다……. 알고 보니 그 여자는 골렘의 생각보다 훨씬 더 사악한 수준으로 사샤를 배신했다. 게스네르는 영향력 있는 파트너들의 실체, 그들이 프라하 지하에 건설한 시설의 세부 사항에 관해 털어놓았다.
그 시설이 바로 문지방이었다.
골렘은 분노했다. 게스네르의 연구소를 나서면서 그는 즉각 계획을 세우기 시작했다. 뱀의 머리는 핀치라는 이름의 미국인 남성인데, 게스네르가 그자에게 직접 보고를 올리고 있었다. 핀치는 런던의 안전한 사무실에 들어앉아 세계 곳곳을 조종하고 있었다.
'너희가 프라하에 만들어 놓은 시설을 우선 파괴할 거야……. 그러고 나서 네놈이 어디 있든 기꺼이 사냥해 주지.'
게스네르는 지하 시설의 위치를 털어놨지만, 게스네르의 개인 키 카드로는 충분한 인증이 되지 않아서 골렘은 시설에 입장할 수 없었다.

'다른 게 더 필요해.'

골렘은 크루시픽스 바스티온에서 그걸 얻어내려다가 한 번 실패했다. 이번에는 무엇을 맞닥뜨리든 좀 더 준비가 잘된 상태일 것이다.

집을 떠나 바람이 몰아치는 골목으로 나서자 얼굴에 바른 축축한 진흙이 빠르게 마르면서 피부가 당기기 시작했다. 어젯밤에 신고 나갔던 통굽 장화가 여전히 축축했지만 그 정도 불편함은 얼마든지 감수할 수 있었다. 적들이 지켜보고 있는 지금…… 쓸데없는 모험으로 그들 눈에 띄어서는 안 될 것이다.

'이제 나는 진정한 자신으로 행동하는 거야. 진실의 힘이 느껴지는구나.'

오늘 임무를 수행하려면 특별히 집중해야 했다. 그러려면 일단 프라하의 가장 신비로운 힘이 모여있는 곳을 찾아가 에너지를 보충해야 할 필요가 있었다. 망자들의 신성한 땅에서 골렘은 차가운 흙에 무릎을 꿇고 앉아 그와 같은 이름을 가진 자이며 영감의 원천인…… 예전 골렘으로부터 힘을 빨아들일 것이다.

54

다나 다네크는 계단을 올라가 미국 대사의 사무실로 향했다. 어쩌면 이 부름이 마지막일 수도 있겠다는 느낌이 들었다. 아까 대사는 다나가 포시즌스 호텔을 방문한 일, 마이클 해리스와 사적인 관계를 맺고 있는 일을 두고 질책한 후 돌아서서 그 자리를 떠났다.
'잘리겠구나.'
다나는 이런 생각을 하며 조용히 사무실 문을 노크했다.
"들어와."
다나는 지시대로 한 후 돌아서서 대사를 마주 보았다.
언제나 그렇듯 네이글 대사는 아무 장식 없는 옷차림과 잘 어울리는 사무적인 표정이었다. 아까 다나의 사무실 앞에서도 네이글은 상당히 위협적이었는데, 미국 국기와 체코 공화국 국기를 양옆에 두고 마호가니 책상 뒤에 앉아있는 지금은 먹이를 잡아먹기 직전의 사자 같았다.
대사는 늘 콧잔등에 걸쳐놓고 있는 독서용 안경 너머로 다나를 빤히 쳐다보았다.

"핸드폰 꺼서 내 책상에 올려놔."
"저를 해고하실 건가요?"
"그래야 마땅하겠지. 어떻게 될지 보자고."
다나는 핸드폰을 끄고 대사의 책상 위에 올려놓았다.
대사가 책상 너머로 서류 한 장을 내밀었다.
"이 서류에 서명해."
다나는 그 서류를 들여다보았다.
"이해가 안 됩니다."
"기밀 유지 서약서야. 지금부터 내가 하려는 얘기를 다른 사람과 논의할 수 없다는 뜻이야."
"그건 알고 있습니다, 대사님. 하지만 잘 모르면서 무턱대고 서명부터 하는 건……."
"마이클한테 이 서류를 검토해 달라고 하고 싶나?"
'젠장.'
대사는 의표를 찌르는 데 선수였다. 다나는 펜을 들어 그 서류에 서명했다.
"다네크 씨, 자네가 포시즌스 호텔을 찾아간 건 참 무모했고…… 운도 없었어. 자네는 거기서 보지 말아야 할 것을 봤어."
'그 여자가 제 얼굴에 총을 겨눴을 때 그 정도는 눈치챘다고요.'
"예, 대사님. 제가 본 것을 기꺼이 잊고 앞으로는……."
"우리 솔직해지자고. 자네는 목격한 걸 못 잊을 거야. 그리고 지금 보니 자네는 본인이 뭘 봤는지 아는 것 같아."

55

랭던은 페트르진 푸니쿨라 뒷좌석에 홀로 앉아 가파른 산등성이를 내려가고 있었다. 당분간이지만 파벨을 따돌린 것 같아 눈을 감고 깊게 숨을 들이마셨다. 방금 일어난 일을 정리해 볼 필요가 있었다.

그를 페트르진 전망대로 불러낸 사람이 누구든 캐서린이 실종됐다는 것을 아는 게 분명했다.

'내가 캐서린을 데리고 있다.'

그 말이 사실이든 아니든, 랭던을 고립시키기 위해…… 아니면 사샤를 고립시키기 위해 그 쪽지를 사용했을 가능성이 있었다.

사샤 베스나가 파벨한테서 자기 몸을 잘 방어하는 것을 보긴 했지만, 그는 젊은 러시아 여성을 혼자 무방비 상태로 두고 온 것 때문에 죄책감을 느꼈다.

'그래도 사샤가 파벨의 권총을 갖고 있으니 괜찮겠지.'

그는 지금쯤 마이클 해리스가 사샤의 아파트에 도착했기를 바랐다. 또 해리스가 캐서린의 소재에 관해 뭐라도 아는 게 있기를 바랐다.

그는 지금 알고 있는 정보를 가지고 다시 집중적으로 고민을 거듭했다. 바로 오늘 아침 일찍 캐서린이 그에게 이메일로 보낸 이상한 암호문이었다. 하지만 아무리 생각해도 문제 해결에 도움이 될 것 같지 않았다. 도무지 말이 되지 않는 글자였다. 그는 그 이미지를 다시 머릿속에 떠올려 보았다.

⊂ᒋᒋꓱꓫ⏗ᗸ

실수를 저지르지 않았는지 확인하기 위해 그는 에녹어 글자를 다시 음역했는데 여전히 무의미한 글자의 나열일 뿐이었다.

LXXEDOC

'캐서린이 recto(오른쪽, 앞면)와 verso(왼쪽, 뒷면)를 헷갈렸을까?' 캐서린이 보낸 메시지가 왜 무의미하게 보이는지 다시 생각해 보았다.

recto와 verso는 성상학자들이 펼쳐놓은 책에서 어느 페이지를 먼저 봐야 하는지…… 즉 언어를 어느 방향으로 읽는 게 맞는지를 정할 때 쓰는 용어였다. 영어와 정반대로 에녹어는 히브리어, 아랍어, 페르시아어처럼 오른쪽에서 왼쪽으로 읽는 언어였다. 앱이 암호화 과정에서 텍스트의 방향을 바꾸지 않았던 걸까? 아니면 캐서린이 실수로 방향을 바꾼 바람에 결과적으로 방향이 한 번 더 뒤집히게 되어 암호화가 잘못 진행된 건가?

랭던은 에녹어 글자들을 이번에는 거꾸로 음역해 보았다. 그는 몇 분 만에 자신의 직감이 옳았다는 것을 알았다.

BLXTTTC

그의 머릿속에 새로 떠오른 단어는 이것이었다.

CODEXXL

'Code XXL. 그나마 영어에 훨씬 가깝긴 하네.'
그래도 여전히 Code XXL이 무엇을 지칭하는지 알 수 없었다.
'여기서 뭘 놓쳤을까?'
그는 눈을 감고 다시 글자를 머릿속에 그렸다.

CODEXXL

문득 그는 자신이 실수를 저질렀다는 것을 알았다.
'띄어쓰기를 잘못했네……'
캐서린이 하려던 말은 'CODE XXL'이 아니라…… 'CODEX XL'이었다.
랭던은 그 단어의 뜻을 완벽하게 알고 있었고, 캐서린도 마찬가지였다. 'Codex XL'는 프라하의 심장부인 바로 이곳에 와있는 불가사의한 유물을 뜻했다.
'악마의 성경!'
공식적으로 코덱스 기가스로 알려진 '악마의 성경'은 기괴한 역사를 지닌 신비로운 책이었다. 어떤 이들은 그 책에 악마가 씌었다고 주장하기도 했다. 크기가 세로 90센티미터, 가로 50센티미터에 달하고 무게도 75킬로그램이나 나가는 세계에서 제일 큰 책이었다. 평소에는 스웨덴 국립 도서관에 소장되어 있는데 지금은 프라하의 클레멘티눔에서 그것을 빌려와 전시 중이었다. 어제 그는 캐서린과 함께 전시회를 방문해 그 책을 보면서, 코덱스 기가스에 붙은 역사적 칭호가 열두 개가 넘는다고, 그런데 그의 학생 중 하나가 책이 특대 크기인 점을 들어 'Codex XL(코덱스 엑스라지)'라는 재미있고 단순한 별명을 붙였다고 말했다.

푸니쿨라가 덜컹거리며 산에서 내려가는 동안 랭던은 캐서린이 영리하게 암호화해서 보낸 메시지의 뜻을 밝혀냈지만, 새로운 의문들이 솟아났다.

'캐서린은 다른 사람이 자기 이메일을 읽을까 봐 걱정한 건가? 혹시 그 책에 담긴 무언가…… 아니면 내가 어제 거기서 일어난 일 중 무언가를 떠올리게 하려고?'

랭던은 캐서린과 함께 찾았던 전시회를 다시 떠올려 보았다. 클레멘티눔에 전시된 귀중한 '악마의 성경'은 방탄에 내화성 소재인 거대한 진열 상자 안에 전시되어 있었다. 클레멘티눔은 여기서 1.6킬로미터 떨어진 곳에 있었다. 랭던은 수년 전 스웨덴 국립 도서관에서 코덱스 기가스를 처음 봤다. 그런데 지금 프라하에서 그 책을 전시 중이라는 소식을 듣고 캐서린을 설득해 그 책을 다시 보러 간 것이다.

위풍당당한 그 책을 앞에 두고 흥분한 랭던은 캐서린에게 이렇게 말했다.

"코덱스 기가스는 말 그대로 '거대한 책'이라는 뜻이야." 그는 두툼한 책등을 가리켰다. "당나귀 160마리의 가죽을 손으로 다듬어 만든 페이지가 300장이 넘기 때문에 나무판자로 엮은 책등을 사용해야 했어. 페이지마다 꼼꼼하게 손 글씨로 적혀있는데, 그 내용은 라틴어 성서 전체뿐만 아니라 다양한 의학 지식, 역사, 마법 공식, 주술, 주문을 망라해. 상세한 퇴마 의식 내용도 포함되어 있고……."

"잠깐, 로버트." 캐서린은 웃으며 그의 손을 다정하게 잡았다. "당나귀 160마리까지만 들은 거로 할게."

그는 그녀를 바라보며 웃었다.

"알았어……. 내가 워낙 수업하는 걸 좋아하잖아."

불과 한 달 전 '중세 필사본 기술 개론'이라는 강의를 진행하면서 랭던은 학생들에게 코덱스 기가스의 슬라이드 몇 장을 보여주며 그중 가장 유명한 페이지부터 열었다.

"이건 코덱스 기가스 290페이지에 실린 그림입니다."

뿔 달린 악마가 엉거주춤하게 쪼그려 앉은 기괴한 그림이었다. 악마는 흰 기저귀로 중요 부위를 가렸을 뿐 옷은 입고 있지 않았다.

"이 책에 제일 오래된 별명이 붙은 이유가 바로 이 페이지 때문입니다."

그러자 하버드 대학교 라크로스팀의 스타로 알려진 학생이 나섰다.

"기저귀 악마요?"

그의 말에 다른 학생들이 와자하게 웃었다.

"멋진 시도였어요, 브루저."

랭던은 인내심 있게 설명을 이어갔다.
"악마의 성경이라는 별명입니다. 이 그림에서 악마는 어민(ermine)으로 만든 요의(腰衣, 흰 족제비 털—옮긴이)를 입었는데…… 어민은 왕족의 상징이죠."
그러자 젊은 여학생이 말했다.
"그럼…… 그 그림은 악마를 왕으로 묘사한 건가요? 성경 페이지에서?"
"맞아요. 잘 알아봐 줘서 고맙군요. 이것은 아주 특이한 그림입니다. 이 책에는 좀 더 규모가 큰 이야기가 얽혀있는데, 그 이야기에 악마가 등장합니다. 전설에 따르면 이 책을 만든 필경사는 자기 부탁을 들어준 악마에게 감사하는 뜻으로 악마를 이렇게 그렸다고 하죠. 악마가 개입해서 도움을 준 덕분에 수도사는 상상도 할 수 없는 엄청난 분량의 책을 하룻밤 동안 완성할 수 있었다고 합니다."
라크로스팀 스타가 장난스레 물었다.
"악마가 제 중간고사도 도와줄 수 있을까요?"
"나는 이 수도사의 입을 다물게 만든 것과 같은 벌을 학생한테 내려서 그 입을 다물게 할 수도 있어요. 바로 'immurement'라는 벌입니다."
학생의 멍한 표정을 보니 그 용어의 뜻을 모르는 듯했다.
랭던은 강의실을 둘러보며 물었다.
"immurement의 뜻을 아는 사람 있습니까? 없어요? 현대 사법제도는 immurement를 더 이상 형벌의 수단으로 사용하지 않습니다. 너무 잔인하기 때문이죠. immurement는 라틴어 *in murus*에서 온 단어인데…… 그 뜻을 아는 사람?"

'뷸러?'(1986년 미국 영화 〈패리스의 행방〉에 나온 대사로, 돌아오는 대답이 없을 때 많이 사용하는 일종의 밈—옮긴이)

그러자 어떤 학생이 말했다.

"벽 속이요?"

"맞습니다. immurement는 글자 그대로 산 채로 벽 속에 넣고 봉한다는 뜻이에요."

그러자 다른 학생이 말했다.

"끔찍하네요. 〈아몬틸라도의 술통〉 같아요."

"정확합니다."

랭던은 하버드대 학생이 요즘도 에드거 앨런 포의 소설을 읽고 있다는 게 만족스러워 고개를 끄덕였다.

또 다른 학생이 질문했다.

"성경에 악마 그림을 그려 넣었다는 이유로 수도원 사람들이 그 수도사를 벽 속에 넣고 봉한 건가요?"

"아뇨. 그들이 그 수도사를 벽 속에 봉하려고 한 건 그가 금욕해야 한다는 수도원 규율을 어겼기 때문입니다. 이야기에 따르면 사람들이 그를 벽 속에 넣고 마지막 벽돌을 올리려고 할 때 그 수도사가 자비를 베풀어 달라고 애원했다고 합니다. 그는 결국 구제받을 기회를 얻었습니다. 수도원장이 마지막 벽돌을 올리지 않고 그에게 말했죠. 하룻밤 동안 세상의 모든 지식을 아우르는 책을 쓰면 풀어주겠다고요."

그러자 한 학생이 투덜거리듯 말했다.

"퍽이나 자비롭네요."

"그러게요. 그런데 다음 날 아침 수도원장이 돌아와 벽 속 구멍을 들여다보니, 그 수도사가 거대한 필사본 더미 위에 앉아있더랍니다. 수도사는 악마에게 영혼을 팔아서 이 책을 쓸 수 있었다고 말했죠. 수도원장은 공포에 질려 그 수도사를 즉시 풀어주었고, 악마의 성경은 더없이 귀한 유물이 되었습니다. 초창기에 그 책은 여러 번 도둑맞았다가 다시 회수되었고 전당포에도 여러 번 담보로 잡혔어요. 그러다 체코 세들레츠의 시토 수도회 소유가 됐습니다. 시토 수도회는 다들 들어봤죠? 바로 *이것을……* 만든 것으로 잘 알려진 수도회입니다."

랭던이 다음 슬라이드를 보여주자 언제나 그렇듯 강의실 안의 모든 학생들이 움찔했다.

그중 누군가 불쑥 말했다.

"아니…… 저건…… 좀……."

학생들이 보고 있는 이미지는 인간의 뼈로 만들어진 제단이었다. 제단 위에는 역시 인간의 뼈로 만든 샹들리에가 걸려있고, 제단 양옆에는 인간의 두개골과 대퇴골로 만든 거대한 피라미드 네 개가 있었다. 이 모든 시설이 들어있는 성당의 벽과 천장도 인간의 뼈로 장식되어 있었다.

"세들레츠 납골당. 해골 성당이라고도 불리는 곳이죠. 이곳에는 7만 구의 유골이 보관되어 있는데 대부분 흑사병으로 사망한 이들의 유골입니다. 나중에 체코를 방문하게 되면 프라하에서 80킬로미터 떨어진 곳에 있으니…… 꼭 찾아가 보세요. 위치도 아주 좋아요."

그러자 누군가 투덜거렸다.

"너무 역겨운데요."

"Memento mori. 죽음을 기억하라······. 그리고 잘 살아라."

랭던은 세들레츠에 있던 악마의 성경이 탈취당했다가 1594년에 프라하로 돌아온 과정을 설명했다. 그 책은 루돌프 2세의 서재에 보관되어 있다가 1648년에 스웨덴에 전리품으로 빼앗긴 후 쭉 스톡홀름의 스웨덴 국립 도서관에 소장되어 있었다.

"350년 동안 스웨덴은 무장 경비병들의 감시하에 이 책을 전시했습니다. 그리고 체코 정부가 압력을 넣은 덕분에 그 책은 2007년 프라하로 돌아와 체코 국립 도서관에서 4개월 동안 전시됐죠. 그 기간 동안 수십만 명이 '악마가 공동 집필한 책'을 보려고 몰려들었습니다."

라크로스팀 스타가 구시렁거렸다.

"남의 말에 잘 속아 넘어가는 사람이 많기도 하네요."

랭던은 토리노 수의, 루르드(프랑스 남서부 피레네산맥에 위치한 가톨릭 성지─옮긴이), 세계 곳곳에 있는 '눈물 흘리는 성모 마리아' 조각상 같은 기적을 접하러 수백만 명이 대륙을 가로지르고 대양을 건넌다는 얘기는 굳이 하지 않았다. 기적과 불가사의는 언제나 희망의 촉매제 역할을 해왔다. 랭던은 그것을 '현실을 유연하게 받아들이게 해주는 장치'라고 부르곤 했다.

"여러분이 신적인 기원을 믿든 안 믿든, 이 책에는 중요한 불가사의들이 있습니다. 코덱스 기가스의 가장 수수께끼 같은 특징 중 하나는 바로 손 글씨의 품질이 엄청나다는 것입니다. 최고급 필체 전문가 수십 명이 지난 세기 동안 코덱스 기가스를 분석했는데······ 그들 모두 원고 전체가 한 사람의 필체로 되어있다고 주장했어요. 필경사 한 명이 썼다는 거죠."

랭던은 학생들이 그 뜻을 알아듣길 바랐는데 호응이 없었다.
"여러분! 이 정도 크기와 길이, 복잡성을 가진 책이라면 완성하기까지 40년은 걸리는 게 일반적입니다."
"그게 하룻밤 동안 그 책을 완성했다는 것보다는 말이 되네요."
"맞아요. 그런데 논리적으로 중요한 문제가 있습니다. 13세기에 평균 수명은 약 30년이었는데, 이 정도 필체와 그림 솜씨를 체득하려면 적어도 15년은 걸리겠죠. 더 이상한 점이 있습니다. 전문가들은 책 전체에 걸쳐서 필체가 놀라울 정도로 일관되어 있다는 것을 확인했어요. 책의 처음부터 끝까지 글씨체의 품질이 전혀 떨어지지 않았다는 거죠……. 피로에 지치거나 시력이 떨어지거나 움직임이 둔해진 흔적, 노화, 노망의 흔적이 전혀 없다는 겁니다. 필체의 변화가 전혀 없어요. 그런 점을 종합해 볼 때 이 책은 기술적으로 불가능한 수수께끼일 수밖에 없습니다."
정적이 흘렀다.
마침내 한 학생이 질문을 던졌다.
"교수님은…… 어떻게 된 일이라고 생각하세요?"
랭던은 한참 생각하다가 솔직하게 대답했다.
"모르겠어요. 역사에는 설명할 수 없는 이상한 현상들이 많은데, 이것도 그중 하나겠죠."
그러자 맨 앞줄에 조용히 앉아있던 학생이 농담을 던졌다.
"그래서 제가 물리학을 전공하는 겁니다."
랭던은 싱긋 웃으며 말했다.
"학생의 기대에 찬물을 끼얹게 돼서 미안하지만, 과학도 이상 현상을 잘 설명 못 하기는 마찬가지예요. 학생이 우리에게 이중 슬릿 실험에 관해 설명해 보겠어요? 지평선 문제는 어떻죠? 슈뢰딩거의……."

"방금 한 말을 철회하겠습니다!"

그 학생이 넉살 좋게 항복을 선언했다.

"역시 지적 생명체라 다르군요."

강의실에 학생들의 웃음소리가 퍼져 나갔다. 랭던이 말을 이었다.

"어쨌든 2007년에 스웨덴은 훔쳐 간 코덱스 기가스를 프라하에 대여해 줬습니다. 스웨덴은 체코 정부가 나중에 반환을 안 해줄까 봐 전전긍긍했는데, 체코 정부는 약속대로 잘 반환했죠. 신의를 지킨 것에 대한 대가로 스웨덴은 10년에 한 번씩 6개월 동안 프라하에 악마의 성경을 대여하고 있습니다. 봉인된 진열 상자에서 그 책을 꺼내지 않는다는 조건으로요."

페트르진 언덕 아래에 도착한 푸니쿨라가 덜컥거리며 멈췄다. 코덱스 기가스와 캐서린의 이메일을 놓고 이런저런 생각을 하던 랭던은 시선을 들었다. 캐서린이 그에게 악마의 성경 앞으로 다시 가라고 말한 것 같았다. 하지만 그는 캐서린이 그런 요구를 하는 논리적인 이유를 찾을 수 없었다.

그래도 굳이 찾자면…… 이유는 하나였다.

'캐서린이 거기서…… 나를 기다리고 있는 건가?'

56

 조지워싱턴교는 세계에서 가장 교통량이 많은 자동차 전용 다리다. 뉴저지의 가파른 절벽과 뉴욕 해변을 잇는 이 현수교는 열네 개 차선으로 이루어져 있으며 연간 1억 대 이상의 차량이 안전하게 오갈 수 있다.
 오늘 동트기 전 어둠 속에서 조너스는 훔친 SUV를 타고 이 다리를 거의 독점하다시피 하며 맨해튼을 향해 로켓처럼 달려가고 있었다. 뒤따라오는 차량이 없는지 확인하려 연신 백미러를 살폈다. 누가 이 차량을 도난 신고 하기 전에 비교적 안전한 랜덤 하우스 타워에 도착할 수 있기를 간절히 바랐다.
 펭귄 랜덤 하우스의 기술직원 알렉스가 조금 전 프라하에서 터진 무시무시한 소식을 전해주었다. 포크먼은 알렉스가 알아낸 그 소식에 부디 착오가 있기를 바랄 뿐이었다.
 '캐서린의 책에 담긴 내용이 아무리 획기적이라고 해도 사람까지 죽일 일이야?'
 뉴욕에서 캐서린이 그와 함께 점심을 먹으며 들려준 의식 이론을 다시 떠올려 보았다. 기존 패러다임을 뒤집는 대담한 이론이긴 해도 위험하다는 생각까지는 들지 않았다.

그날 캐서린은 이렇게 말했다.

"비국소적 의식이라는 이론이에요. 의식이 뇌에 국한되어 있지 않고 시공간을 초월해 어디에나 존재할 수 있다는 가설에 기반하죠. 즉 의식이 우주에 편재한다는 거예요. 의식은 사실상 우리 세계를 구성하는 기본적인 블록 중 하나니까요."

"그렇군요."

포크먼은 그녀의 설명을 따라가려 안간힘을 썼다.

"비국소적 의식 모델에 따르면, 당신의 뇌는 의식을 생성하는 게 아니라 주변에 이미 존재하는 의식을 경험할 뿐이에요." 캐서린은 포크먼과 랭던을 번갈아 쳐다보며 덧붙였다. "간단히 말해 우리의 뇌는 이미 존재하는 의식 매트릭스와 상호작용 해요."

포크먼이 벙한 표정으로 물었다.

"그게 간단한 설명입니까?"

그러자 랭던이 말했다.

"이 정도만 해도 감사하죠. 캐서린은 3차원 소용돌이 패러다임을 설명하면서 이 점심시간을 망쳐놓을 수도 있거든요."

캐서린이 따졌다.

"진심이에요, 로버트? 당신 정도의 지적 능력을 지닌 사람이면 무한 연속성에 내재한 9차원 양자화의 부피 현실 정도는 이해할 수 있잖아요."

랭던은 눈을 위로 굴리며 포크먼에게 말했다.

"내 말대로죠?"

포크먼이 두 손을 들어 올리며 농담을 던졌다.

"얘들아, 아빠가 차 세우게 하지 마라. 장난 그만해."

랭던이 그들의 술잔에 와인을 더 채우는 동안 캐서린은 설명을 이어갔다.

"쉽게 설명해 볼게요. 저 스피커를 예로 들어보죠."

캐서린은 근처 선반을 손으로 가리켰다. 선반에 놓인 미니 무선 스피커에서 고전 음악이 흘러나오고 있었다.

"모차르트가 미래로 시간 여행을 해서 지금 우리와 함께 이 테이블에 앉아 점심을 먹고 있다고 치자고요. 모차르트는 저 작은 상자에서 흘러나오는 음악을 듣고 놀라겠죠. 그가 사는 세상에는 녹음이라는 게 없으니까요. 그는 음악이 들릴 때면 늘 관현악단이 근처에 있는 세상에서 살고 있었어요. 그는 저 벽 뒤에 관현악단이 숨어있겠구나 하고 잘못된 결론을 내릴 수 있어요. 아니면 저 스피커 안에 미니 관현악단이 있다고 생각하거나요. 그의 지적 이해 범위 내에서 다른 선택지는 없을 거예요. 음악이 무선 전파라는 형태로 우리 주변에 조용히 떠다니다가 이 스피커를 통해 *수신된다*는 생각은 절대 할 수가 없겠죠."

포크먼은 실내를 둘러보며 이곳에 보이지 않는 무선 전파가 가득하다는 상상을 해보았다.

캐서린이 계속해서 설명했다.

"우리가 이 세상에 대해 모차르트에게 설명해 줄 수도 있겠지만, 모차르트한테는 그걸 이해할 만한 기준틀이 없어요. 그의 사후 100년이 넘도록 최초 원시적 형태의 녹음 기술도 발명되지 않았으니까요. 요지는 이거예요. 우리가 현대 맨해튼의 이 테이블에 둘러

앞서서 당신에게 비국소적 의식에 관해 설명하는 것은 모차르트에게 무선 전파에 관해 설명하는 것과 비슷해요. 모차르트의 현실에서 음악은 살아있는 음악가가 실시간으로 들려주는 연주 소리뿐이에요. 다른 가능성은 존재하지 않아요."

그 설명을 이해하려고 애쓰는 동안 테이블에 침묵이 내려앉았다.

"우리의 현실에서는…… 좀 다를 수 있어요." 캐서린은 그들 쪽으로 몸을 기울였다. "비국소적 의식의 세상에서…… 음악은 우리 주변의 어디에나 존재하죠. 우리 뇌는 '주파수를 맞춰' 그 음악을 듣는 거예요."

포크먼은 한참 생각하다가 말했다.

"의식이 무슨 우리 뇌가 구독하는 스트리밍 서비스인 것처럼 말씀하시네요."

"거의 비슷한데…… 헤아릴 수 없을 정도로 큰 무선 다이얼이라고 보는 게 맞아요. 의식이 이 방에 차있는 무한한 무선 전파 구름이라고 가정해 보죠. 포크먼 씨의 뇌는 고유의 방송국에 주파수를 맞춘…… 수신기예요. 그러니 조너스 포크먼 방송국에 주파수가 맞춰져 있겠죠."

포크먼이 미간을 찌푸리며 말했다.

"모차르트처럼 들리진 않지만 어쨌든…… 불가능한 얘기처럼 들리긴 합니다."

"같은 생각이에요." 랭던이 포크먼에게 말했다. "하지만 태양 중심설, 지구 구형설, 방사능, 팽창 우주론, 배종설, 후생 유전학 같은 무수한 과학적 발견 중 대다수가 처음에는 엉터리 혹은 불가능한 것으로 여겨졌어요. 역사적으로 말하자면, 중대한 진실은 대개 불가능한 현상으로 간주되곤 했죠. 우리가 어떤 현상이 *어째서* 사실인지 이해 못 한다고 해서, 그 현상이 사실인 걸 말도 못 하는 건 아니에요. 태양이 중력 덕분에 제자리에 붙어있다는 *원리*를 뉴턴이 알아내기 이미 2,000년 전에 고대 그리스인들은 지구가 둥글다고 선언했으니까요."

포크먼이 미소 지었다.

"제가 졌습니다. 하버드대 교수님과의 논쟁에서 이기려는 생각 자체가 잘못된 거죠."

캐서린이 추가로 설명했다.

"로버트가 말하려는 건, 우리가 비국소적 의식의 작용 방식을 정확히 알면…… 현재의 모델로는 이해할 수 없는 것처럼 보이는 무수한 현상에 대해, 이론을 통해 명확한 답을 제시할 수 있으리라는 거예요."

"그렇군요……."

"게다가 모차르트와 달리 포크먼 씨는 비슷한 모델과 매일 상호작용 할 수 있는 세상에서 살고 있으니 그만큼 유리하죠."

"비국소적 의식과 비슷한 모델이요?"

포크먼은 그가 살고 있는 세상에서 그런 모델을 본 적이 없었다.

"세상의 모든 지식을 트럼프 카드 한 질 정도 크기의 통에 전부 넣을 수 있다고 하면 어떨까요? 진실일까요 거짓일까요?"

"불가능하죠. 거짓입니다."

캐서린은 자기 핸드폰을 들어 보였다.

"세상의 모든 지식이 이 안에 들어있어요. 알고 싶은 게 있으면 말만 해요."

포크먼이 미소 지었다.

"영리한 답변이네요……. 하지만 그 지식이 핸드폰 안에 들어있는 건 아니잖습니까. 핸드폰은 전 세계 곳곳에 있는 무수한 데이터뱅크들이 보유한 데이터에 접속할 뿐이에요."

그는 대화의 방향이 캐서린이 원하는 쪽으로…… 가고 있는 느낌이 들었다.

"맞아요. 좋은 지적 하셨어요. 이제 수백만 기가바이트의 데이터를 딱…… 사람 뇌 크기의…… 인간 세포 덩어리 안에 저장할 수 있다고 하면 어떨까요?"

포크먼은 인상을 찌푸렸다.

'역시 빠르네. 세 수 만에 체크메이트 하다니.'

캐서린이 말했다.

"같은 개념이에요. 인간 뇌의 말도 안 되는 엄청난 용량은 물리적으로 설명 불가능하죠. 세상의 모든 노래를 편집자님 핸드폰에 넣는 것과 비슷해요. 말이 안 되는 거죠. 말이 되려면……."

포크먼이 그녀의 말을 받았다.

"말이 되려면 뇌가 어디에서든…… 데이터에 접속할 수 있어야겠군요."

그러자 랭던이 깊은 인상을 받은 표정으로 말했다.

"그게 바로 *비국소적*이라는 거네요."

캐서린이 미소 지었다.

"맞아요. 여러분의 뇌는 수신기일 뿐이에요. 상상할 수 없을 정도로 복잡하고, 엄청나게 성능이 좋은 수신기요. 뇌는 글로벌 의식 클라우드로부터 *어떤* 신호를 받을지를 선택하죠. 와이파이 신호처럼, 글로벌 의식은 여러분이 접속하든 안 하든 늘 완전한 상태로 존재하고 있어요."

역사에 유사한 사례가 많다는 것을 간파한 랭던이 나섰다.

"고대인들도 비슷한 생각을 했어요. 전 세계 대부분의 영적 전통은 보편 의식에 대한 믿음을 오랫동안 설파했습니다. 아카식 필드, 보편적 이성, 우주 의식, 하느님의 왕국 등등 수도 없이 많아요."

캐서린이 말했다.

"그래요! 내가 말하는 이 '새로운' 이론은 인류의 가장 오래된 종교적 믿음 중 일부와 비슷한 면이 있어요."

캐서린은 플라스마 물리학, 비선형 수학, 의식 인류학 등 다양한 분야에서 새로운 사실이 발견되면서 비국소적 의식의 진정성이 뒷받침되고 있다고 말했다. 중첩 원리, 양자 얽힘 같은 새로운 개념이 모든 시대에 모든 장소에서 만물이 존재하는 우주의 실체를 드러내고 있었다. 최근에 오스카상을 수상한 영화 〈에브리씽 에브리웨어 올 앳 원스〉의 제목이 잘 표현하고 있듯이, 우리 우주의 본질은 통합이었다.

캐서린이 설명을 이어갔다.

"눈길을 끄는 부분은 이 새로운 모델이 모든 '초자연적 이상 현상'에 대해 논리적인 설명을 제공한다는 거예요. 오랫동안 기존 모델을 성가시게 해온 초능력, 갑작스러운 서번트 증후군, 예지, 맹시, 유체 이탈 체험 같은…… 무수한 이상 현상이요."

포크먼이 반박했다.

"아무리 그렇다고 해도, 평범한 아이가 야구공을 머리에 맞고 깨어난 뒤 바이올린 명연주자가 된 현상을 어떤 모델이 설명할 수 있죠?"

"그러니까요. 실제로 그런 일이 일어나고 있잖아요. 갑작스러운 서번트 증후군은 의학적으로 보고된 사례가 꽤 많아요."

포크먼이 싱긋 웃었다.

"예, 저도 그런 사례에 대해 읽은 적 있습니다. 어이가 없어서 무시하기로 했고요!"

"바로 그거예요……. 우리는 현실에 맞지 않는 것처럼 보이는 현상을 대할 때 항상 그런 태도를 취해요. 기존 모델이 잘못됐다는 걸 인정하는 게 아니라 간혹 마주치는 이상 사례를 무시하고 말죠."

"비국소적 의식으로 이 모든 것을 설명할 수 있다고 생각하세요? 사고를 당한 후 갑자기 중국어를 유창하게 말할 수 있게 된 사례도요?"

캐서린은 고개를 끄덕였다.

"네. 포크먼 씨의 뇌가 수신기라고 치면, 실제 다이얼이 있는 클래식 카 라디오와 같다고 생각할 수 있어요. 평소에 클래식 록 음악이 나오는 방송국에 전파가 맞춰져 있죠. 익숙한 음악이 흘러나오는 명확한 채널인 거예요. 그런데 어느 날 차를 운전하다가 포트홀을 밟는 바람에 카 라디오에 충격이 가해져요. 그 순간 다이얼이 살짝 돌아가면서 주파수가 약간 틀어지죠. 그때부터 다른 방송국의 전파가 섞이면서, 평소에 듣는 클래식 록 음악 외에 스페인 뉴스 진행자의 목소리도 들리는 거예요."

포크먼은 납득이 안 되는 표정이었다.

캐서린이 물었다.

"그럼 이런 식으로 생각을 해보죠. 바이올린 명연주자가 되려면 어떻게 해야 할까요?"

"연습이요."

"위대한 골프 선수가 되려면?"

"연습이요."

"왜 연습하면 더 나은 골프 선수가 된다고 생각하세요?"

"연습이 근육 기억을 발달시켜 주니까요. 스윙을 제대로 하게 되겠죠."

"틀렸어요. 근육 기억이라는 건 없어요. 모순어법이죠. 근육에는 기억 세포가 없어요. 연습을 통해 당신은 뇌를 미세 조정하게 되는 거예요……. 근육이 어떤 동작을 특정한 방식으로 완벽한 패턴에 따라 수행하도록, 뇌가 보편 의식으로부터 정보를 좀 더 명확하고 일관성 있게 받아들이게 하는 거죠."

포크먼이 그녀를 예리한 눈빛으로 바라보며 물었다.

"보편 의식에 골프 채널이 있다는 겁니까?"

"모든 게 이미 존재하고…… 편집자님의 뇌는 연습을 통해 그 신호를 더 명확히 받아들이게 된다는 거예요. 우리가 기술을 연마하는 과정이 이런 식이잖아요……. 새로운 신호를 천천히 받아들이는 거죠. 어떤 뇌는 태어나면서부터 특정한 신호를 받아들이도록 미리 배선 작업이 되어있기도 해요. 스타급 운동선수, 명연주자, 천재 같은 경우요."

"그렇군요……."

"자폐 스펙트럼 장애를 앓는 많은 사람들도 마찬가지예요. 그들은 놀라운 기술과 통찰력에 접속할 수 있는 고도로 전문화된 수신기를 가졌지만, 일상적인 일을 잘 수행하지 못해요. 안경 대신 쌍안경을 쓰고 사는 것과 비슷하죠. 다른 사람들보다 훨씬 멀리 볼 수 있지만…… 바로 가까운 곳은 흐릿하게 보이는 거예요."

'독특한 관점이네.'

포크먼은 이렇게 생각하며 물었다.

"이 모델로 초능력도 설명할 수 있습니까?"

"그럼요. 우리가 초능력에 부과하는 '추가적인 감각'의 경우, 일반적으로 여과되는 정보에 뇌가 주파수를 맞춘 거라고 보면 돼요. 이 새로운 이론에 따르면 당신이 어떤 직감이나 예감이 드는 것은 카 라디오가 평소엔 안 잡는 다른 방송국의 짧은 전파 가닥을 잡은 것과 같아요. 뇌가 여러 방송국의 전파를 너무 또렷이 포착할 경우, 대단히 혼란스러운 경험을 하게 되죠. 조현병, 해리성 정체 장애, 머릿속에서 들리는 목소리들, 다중인격 같은 증상 때문에 심신이 쇠약해지기도 하고요. 이 새로운 모델로 모든 증상을 설명할 수 있어요."

랭던이 한마디 했다.

"놀랍네요. 예지 같은 경험은요?"

"가끔 라디오 방송이 공기 중에서 이리저리 튀면서 메아리를 일으키거나 전송 시간이 지연되잖아요. 이 모델에서는 우리 머릿속에서 데자뷔나 그 반대로 예지 같은 현상으로 나타나는 거예요."

포크먼은 한참 동안 가만히 앉아 랭던과 캐서린을 번갈아 바라보았다. 그러다가 미소를 지으며 입을 열었다.

"친구들, 아무래도 와인 한 병을 더 따야겠는데요."

그로부터 1년 후, 조너스 포크먼의 의식은—그 작용 방식이 어떻든 간에—눈 앞에 펼쳐진 고속도로로 돌아왔다. 그는 조지워싱턴교의 상판을 따라 차를 운전하고 있었다. 오늘 밤 그의 의식이 어느 채널에 맞춰져 있는지는 알 수 없지만 이상한 방송인 것만은 분명했다.

다리 한가운데에 다다랐을 때 그는 펭귄 랜덤 하우스 기술직원이 시킨 대로 하기 위해 차창을 내렸다. 알렉스는 이렇게 말했다.

"핸드폰을 버리세요. 추적당하고 있을 가능성이 높습니다."

포크먼은 마지못해 핸드폰을 밤의 어둠 속으로 던졌다. 난간을 넘어간 핸드폰은 60미터 아래 허드슨강으로 떨어졌다.

핸드폰이 떨어지는 동안 포크먼은 알렉스의 마지막 말을 떠올렸다.

"최대한 빨리 여기로 돌아오세요……. 누가 우릴 해킹했는지 알아냈습니다."

57

 페트르진 언덕 아래에서 푸니쿨라의 문이 열렸다. 푸니쿨라에서 하차한 랭던은 그곳이 우예즈트역인 것을 알게 됐다. 택시나 버스, 트램으로 바꿔 탈 수 있는 곳이라 예상외로 상당히 부산스러웠다. 파벨 중위와 최대한 거리를 둬야 하기에 랭던은 어디로 가야 할지를 놓고 고민했다.
 지난번 택시를 두 번 탔을 때 결과가 다 좋지 않아서 이번에는 트램을 타고 인파에 묻히는 게 안전하겠다고 판단했다. 사람들이 탑승하려고 줄 서있는 건 22번 트램뿐이었다. 앞 유리 위쪽에 붙은 안내판을 보니 프라하 센터로 가는 트램인 것 같았다.
 '클레멘티눔이 있는 곳이구나······.'
 캐서린의 암호화된 메시지가 악마의 성경이 있는 곳에서 만나자는 내용이 맞기를 간절히 바라면서도 그는 껄끄러운 부분을 인식하지 않을 수 없었다. 캐서린이 그에게 이메일을 보낸 지 이미 두 시간이 넘었다. 그 시간은 박물관이 문을 열기 한참 전이었다. 프라하에 있는 박물관들이 일반적으로 문을 여는 시간은 오전 10시이니, 앞으로 몇 분 더 남아있었다.

'그동안 캐서린이 내내 박물관 앞에서 기다렸을까?'

확신이 서지 않았지만 그는 악마의 성경이 전시된 박물관 쪽으로 가는 22번 트램에 올라탔다. 강을 건너가는 동안 그는 그곳에서—지금까지 살면서 여러 번 그랬듯이—고대 책의 도움으로 원하는 것을 찾을 수 있기를 바랐다.

파벨은 페트르진 전망대 아래에 세워둔 세단으로 돌아갔다. 머리가 심하게 욱신거리고 눈앞이 흐릿해졌다. 운전석에 올라앉은 그는 눈을 감고 이제 어떻게 해야 할지 생각했다. 병원부터 가야 하는 상황이지만 랭던을 잡는 게 우선이었다. 놈을 잡는 것도⋯⋯ 야나체크 경감의 복수도 절대 포기할 수 없었다.

온화한 학자로 알려진 그 미국인 교수는 알고 보니 지략이 뛰어난 위험한 범죄자였다. 하지만 아무리 도망쳐 봤자 한계가 있을 것이다. 지금이야 제멋대로 돌아다니고 있지만 파벨이 이미 파란색 알림 방송을 내보냈으니, 주머니에 들어있는 경감의 핸드폰으로 놈에 대한 신고가 계속 들어오게 되어있었다.

물론 얼마 안 있어 다른 사람들도 랭던에게 지명 수배가 내려졌다는 사실을 알게 될 것이다. 우지, 미국 대사관, 지역 경찰이 곧 개입할 텐데 그들은 랭던을 범죄자 다루듯 하는 게 아니라 점잖게 대우할 게 뻔했다.

파벨은 놈을 응징할 기회가 빠르게 줄어들고 있다는 것을 알고 있었다⋯⋯. 그것은 또한 야나체크 경감의 삶을 추념할 유일한 방법이 사라지고 있다는 뜻이기도 했다.

'누구보다 먼저 랭던을 찾아내야 해.'

프라하의 22번 트램 운전기사는 이 일을 하면서 온갖 이상한 사람들을 보았다. 평소 같으면 한겨울에 로퍼화를 신고 스웨터 차림을 한 무모한 관광객에게 두 번 시선을 주지도 않았을 것이다. 그런데 이 남자는 달랐다. 그는 트램에서 내리자마자 앞 유리 앞을 가로질러 갔다. 그녀는 그의 잘생긴 얼굴을 알아보았다. 헷갈릴 것도 없었다. '파란색 알림 방송'을 통해 그녀의 핸드폰으로 들어온 지 한 시간도 채 안 되는, 바로 그 얼굴이었다.

58

 야간 경비원 마크 S. 돌은 랜덤 하우스 타워에서 하는 일에 만족하며 살고 있었다. 그는 2년째 이 건물에서 경비원으로 자부심 있게 일해왔다. 파란색 제복 재킷에 경비 모자를 쓰고 로비의 멋진 보안 데스크 뒤에 앉아있을 때마다 뿌듯했다. 올해 스물여덟 살인 그는 서른 살에는 승진해서 주간 근무조로 자리를 옮기겠다고 아내에게 약속했다.
 여기서 일하면서 제일 마음에 드는 건 무료로 직원 도서관을 이용할 수 있다는 점이었다. 지하 창고에는 고전 문학부터 현대 스릴러까지 모든 책이 갖춰져 있었다. 일하기 시작한 후 지금까지 30권 넘게 책을 읽었고 오늘 밤에는 존 스타인벡의 《분노의 포도》를 읽고 있었다. 이렇게 날씨를 타지 않는 일을 하면서 가족을 부양할 수 있어 다행이었다.
 갑자기 정문 앞에서 검은색 SUV가 끼이익 소리를 내며 멈춰 섰다. 돌은 읽고 있던 책에서 시선을 들었다. 처음 보는 광경이었다. 특히 새벽 3시 48분에는 더더욱. 운전석에서 뛰쳐나온 사람이 편집자 조너스 포크먼이라서 더 놀라웠다. 돌은 포크먼이 직접 차를 운전해 출근하는 것을 본 적이 없었다. 그래도 주차를 잘해놓은 걸 보니 문제는 없겠다 싶었다.

포크먼은 전자식으로 된 정문 앞에서 미친 듯이 주머니를 뒤졌다. 돌은 직원들이 정문 앞에서 저렇게 춤추듯 허둥지둥하는 모습을 여러 번 보았다.

'키 카드를 깜빡했구나.'

돌이 보안 데스크 아래의 버튼을 누르자 정문이 딸깍 열렸다.

포크먼은 넋이 나간 것 같은 표정으로 로비로 달려 들어왔다.

돌이 물었다.

"무슨 일 있으세요?"

"아뇨, 괜찮습니다."

입에서 나온 말과는 달리 포크먼은 전혀 괜찮아 보이지 않았다. 밤새 코니아일랜드에서 롤러코스터를 타다가 온 사람처럼 머리는 헝클어지고 궁지에 몰린 것 같은 표정이었다.

"가방을 잃어버려서요. 키 카드가 그 안에 있어요."

"유감입니다. 임시 출입 카드를 만들어 드릴게요."

돌은 새 플라스틱 카드 한 장을 꺼내 자기 정보 입력 기계에 넣었다.

기다리는 동안 포크먼은 보안 데스크에 힘겹게 몸을 기대고 눈을 감은 채 숨을 깊이 들이마셨다.

"포크먼 씨? 정말 괜찮으신 거 맞아요?"

포크먼은 눈을 떴다.

"예. 미안합니다, 마크. 밤이 좀…… 기네요."

"힘든 원고를 작업하고 계신가 봐요."
돌이 새 출입 카드를 내밀었다.
포크먼은 카드를 받아 들고 씁쓸하게 고개를 끄덕이며 승강기 쪽으로 걸어갔다.
"그러게요. 예상보다 훨씬 더 복잡하네요."

포크먼의 핸드폰 신호를 따라 뒤를 쫓던 오거와 친버그 요원이 포크먼이 훔쳐 탄 SUV를 거의 따라잡았을 때, 포크먼은 차창 너머로 핸드폰을 휙 던졌다. 거기서부터 요원들은 신중하게 SUV를 미행해 56번가와 브로드웨이 사이의 모퉁이에 도착했다. 포크먼이 타고 온 SUV는 랜덤 하우스 타워 앞쪽에 비딱하게 세워져 있었다.
이제 어떻게 해야 할까.
그들은 브로드웨이가 저 안쪽에 차를 세웠다. 오거가 보안 번호로 다시 전화를 걸자 핀치가 무뚝뚝한 목소리로 받았다.
"어."
"저희가 편집자의 음성은 더 이상 딸 수 없게 됐습니다만 놀라운 정보를 얻어냈습니다. 펭귄 랜덤 하우스의 기술직원이 프라하에서 미국인 하나가 죽었다는 걸 알게 됐나 봅니다."
핀치는 잠시 입을 닫고 있다가 메마른 말투로 물었다.
"그자는 그 정보를 어디서 얻었지?"
오거는 기술직원과 포크먼이 나눈 통화 내용을 핀치에게 보고했다.
"그 부분은 자네들이 신경 쓸 필요 없어." 핀치는 다음 얘기로 넘어갔다. "다른 건?"

오거는 제일 기분 나쁠 얘기를 마지막으로 들이밀었다.

"예. 그 기술직원 얘기로는 자기네 회사 서버를 해킹한 게 누구 짓인지 알아냈다고 합니다."

핀치는 날카롭게 숨을 들이마시며 말했다.

"친버그 바꿔."

오거는 스피커폰 모드로 돌리고 동료인 친버그 앞으로 핸드폰을 내밀었다.

친버그가 말했다.

"그 기술직원이 잘못 안 것 같습니다. 하지만 그 직원이 세부적인 얘기를 하지 않아서 그자가 제대로 판단한 것인지 저희로서는 알 수가 없습니다."

"침투팀과 얘기했나?"

"예. 방금요. 그쪽에서는 해킹하면서 아무 문제 없었답니다." 친버그는 망설이다가 덧붙였다. "그런데 워낙 시간에 쫓겨 작업하다 보니까 익명성 유지보다 속도와 효율성을 우선시할 수밖에 없었다고 했습니다."

"뭐라고? 그자들이 지름길을 택했다는 건가?"

"아뇨. 가능한 작업은 최대한 다 했다고 했습니다. 자신 있다고 했고요."

"자신 있다고?" 핀치가 얼음처럼 차가운 말투로 내뱉었다. "내 경험에 따르면 그건 자신 없을 때 하는 말인데." 그는 3초 동안 아무 말이 없다가 덧붙였다. "그 기술직원이 뭘 알아냈는지 확인해……. 얘기가 퍼져 나가지 않도록, 필요하다면 즉시 조치해."

그렇게 전화가 끊어졌다.

친버그의 눈빛이 흔들렸다.

"젠장."

오거가 재미있다는 듯 물었다.

"자신 있다고?"

"짜증 나게 굴지 마."

오거는 길 건너 고층 건물의 로비를 힐끗 쳐다보며 말했다.

"핀치 씨가 정보를 원하시잖아. 우리가 안으로 직접 들어가야지 뭐."

기술직원이 어디까지 알고 있는지 확인하려면, 포크먼의 핸드폰을 원격으로 조종해 마이크를 켜고 기술직원과 나누는 대화를 도청하면 되는 일이었다. 하지만 포크먼이 그날 밤 처음으로 보안에 어울리는 행동을 한 탓에 그들은 더 이상 그 방법을 쓸 수 없었다. 지금 포크먼의 핸드폰은 조지워싱턴교 아래, 허드슨강 바닥에 가라앉아 있었다.

다른 선택지가 없는 상황이라 오거는 필요한 물건을 군용 재킷 주머니와 배낭에 집어넣었다. 오늘 밤 기술 장비의 도움을 받으며 작업하는 것은 여기까지였다. 이제 직접 손을 더럽혀야 할 시간이었다.

59

프라하 미국 대사관의 자기 사무실 창문 앞에 선 하이디 네이글 대사는 트르지슈테 거리 건너편의 알히미스트 호텔을 지친 눈으로 바라보았다. 오늘 아침에 저도 모르게 비밀 작전에 끼어든 다나 다네크에게 네이글은 작전 내용을 간단히 설명해 준 뒤 추가 지시가 있을 때까지 자리에 돌아가 있으라고 일러두었다. 다나가 설명을 듣고 놀라는 것도 무리는 아니었다.
'잘됐어. 다네크도 두려운 게 있어야 제어가 되지.'
조용히 문을 두드리는 소리에 네이글은 뒤를 돌아보았다. 전통적인 파란색과 흰색 제복 차림의 미 해병대원이 문 앞에 차렷 자세로 서있었다. 해병대원 여덟 명으로 구성된 대사관 보안팀은 세계 각국에 주재한 미국 대사관 및 주요 외교관들을 보호하는 큰 팀에 소속돼 있었다.
해병대원이 말했다.
"대사님, 문제가 생겼습니다."
'갈수록 태산이네……. 안 그래도 골치 아픈데.'

네이글은 해병대원에게 손짓해 안으로 들어오게 했다.

사무실로 들어온 해병대원이 보고했다.

"대사님, 우지 소속 야나체크 경감이 조금 전 미국 시민을 찾는 알림 방송을 발송했습니다." 그는 메모지를 확인하고 덧붙였다. "경감이 찾는 사람은 로버트 랭던입니다."

네이글은 눈을 질끈 감았다. 야나체크를 위협해 행동을 자제하게 했다고 생각했는데 뜻대로 되지 않은 게 믿어지지 않았다.

'야나체크가 로버트 랭던에게 올인하려는 건가? 제기랄.'

대사가 야나체크에게 한 말이 생각보다 설득력이 없었거나 위협적이지 않았던 모양이었다.

해병대원이 말했다.

"그런데 그게 *파란색* 알림 방송이었습니다. 랭던이 우지 소속 요원을 죽였다는 뜻입니다."

"그게 무슨! 말도 안 되는 거짓말이야!"

해병대원이 조용히 말했다.

"우리가 랭던을 즉시 찾아내지 못하면, 그쪽에서 그를 잡아갈 수도 있을 겁니다."

네이글은 몇 번 숨을 들이마신 후 해병대원에게 짧게 고개를 끄덕여 고마움을 표했다.

"곧 지시를 내리도록 하지. 나가면서 문을 닫아주게."

해병대원은 돌아서서 사무실을 나갔다.

네이글은 즉시 핀치 씨에게 보안 통화로 전화를 걸었다.

핀치는 첫 신호음이 가자마자 받았다.

"말하세요."

네이글은 점점 악화되는 프라하 상황을 개략적으로 설명했다.

우지가 로버트 랭던을 미친 듯이 쫓고 있다.

캐서린 솔로몬이 실종됐다.

대사관 법률 담당 직원 해리스는 크루시픽스 바스티온에 갔는데 전화도 받지 않는 상황이다.

예상대로 핀치는 분노했다.

"대사님이 우지를 잘 제어하고 있는 줄 알았습니다! 대체 거기서 얼마나 멍청하게 작전을 수행하고 있으면 상황이 이렇게 됩니까?"

네이글이 받아쳤다.

"이건 핀치 씨의 작전입니다! 핀치 씨 쪽의 잘못으로 이렇게 된 거잖습니까, 제기랄!"

그 말을 뱉자마자 네이글은 선을 넘은 걸 감지했다.

핀치가 그답지 않게 나지막한 목소리로 말했다.

"하이디." 그는 그녀가 자기 세상에서는 졸에 불과하다는 걸 깨우쳐 주려는 듯 대사라는 호칭도 생략했다. "누가 당신을 그 자리에…… 왜 앉혔는지 잊지 마세요."

하우스모어 현장 요원은 한 시간도 채 못 자고 눈을 떠야 했다.

방금 핀치 씨에게 전화로 새로운 지시를 하달받은 그녀는 게슴츠레한 눈으로 세면대를 내려다보았다.

'당장 크루시픽스 바스티온으로 가. 게스네르의 연구소를 지켜.'

하우스모어는 프라하 작전에 관해 '업무에 필요한 만큼'의 정보만 받았다. 게스네르가 문지방과 관련해 핵심적인 인물인 것은 알지만, 핀치 씨가 만든 지하 시설은 게스네르의 연구소가 아니라 이 도시의 다른 곳에 있었다.

'게스네르의 연구소는 왜 지키라는 거야?'

핀치는 새로운 지시 외에도 자기가 직접 프라하로 오겠다는 놀라운 소식을 전했다. 권력자께서 직접 프라하에 납시는 이유는 이번 작전이 크게 틀어졌기 때문일 수도 있었다.

구시가지 광장을 가로지른 골렘은 동상 주변에 모여 플라스틱 컵에 담긴 핫 와인을 마시는 관광객 무리 근처를 지나갔다. 휴대용 확성기를 들고 떠드는 관광 가이드의 목소리가 왕왕 울렸다.

"이 아르누보 걸작은 체코의 종교 개혁가 얀 후스를 표현한 겁니다. 얀 후스는 교황의 명령을 거부한 죄로 1415년에 화형당했어요."

가이드는 설명을 계속하려다가 근처를 지나가는 시커먼 골렘을 보았다. 프라하는 코스프레하며 팁을 받고 사진을 같이 찍어주는 사람들이 넘쳐나는 곳이었다. 가이드는 잘됐다 싶어 손님들을 위해 작은 드라마를 보여주기로 마음먹었다. 그는 신이 난 목소리로 외쳤다.

"여러분, 오늘 아침에 뜻밖의 손님이 이곳을 찾아주셨네요! 프라하에서 제일 유명한 분입니다!"

관광객들은 이반 렌들이나 마르티나 나브라틸로바 같은 체코의 유명한 테니스 선수라도 왔나 싶어 주변을 두리번거렸다. 그런데 테니스 선수 대신 그들이 본 것은 얼굴에 진흙을 잔뜩 칠하고 시커먼 망토를 입은 남자였다.

어린 소년이 그를 보고 외쳤다.

"골렘 괴물이다! 가이드님이 조금 전에 유대교 회당에서 골렘에 관한 얘기를 해주셨잖아요!"

"그래." 가이드는 소년을 돌아보며 말했다. "골렘의 이마에 새겨진 히브리어 단어의 뜻이 뭐라고 했지?"

"진실이요! 그런데 랍비가 글자 하나를 지우고 골렘을 죽였어요!"

"맞아." 골렘이 그냥 지나가자 가이드가 말했다. "오늘은 골렘과 사진을 찍기 어려울 것 같네요. 프라하에서 두 번째로 유명한 괴물의 이름을 누가 말해보실까요?"

아무도 대답하지 않았다.

그러자 가이드가 과장된 목소리로 말했다.

"바퀴벌레입니다! 프란츠 카프카가 바로 이 도시에서 《변신》이라는 소설을 집필했어요. 그 소설의 주인공인 젊은 남자는 어느 날 잠에서 깨어보니 자기가…… 거대한 바퀴벌레로 변했다는 걸 알게 됩니다!"

골렘은 그 무리를 뒤로하고 걸음을 재촉했다. 광장을 빠져나간 그는 북쪽으로 향했다. 걸어가는 동안 그는 프란츠 카프카를 생각했다. 프라하에 있는 그 작가의 섬뜩한 동상을 처음 봤을 때의 기분이 떠올랐다……. 망토를 걸친 머리 없는 거인이 자기보다 훨씬 작은 남자를 어깨에 올려놓은 동상이었다.

'자기보다 약한 영혼을 짊어진 얼굴 없는 자.'

골렘은 그 동상에 동류의식을 느꼈더랬다.

거인의 어깨에 목마를 타고 앉은 작은 남자는 카프카 본인이었다. 카프카의 소설 《어느 투쟁의 기록》에서 카프카는 '지인'이라 부르는 친구의 보호를 받았다.

골렘이 유대인들을 보호하듯 지인은 카프카를 어깨에 올리고 다니며 보호했다.

'내가 사샤를 짊어지고 다니는 것처럼.'

사샤를 생각하면서 그는 이제부터 해야 하는 일을 다시 떠올렸다.

'오늘은 문지방으로 침투해야 해.'

사샤는 그들의 첫 번째 희생자도 아니고…… 마지막 희생자도 되지 않을 것이다. 그것을 전부 파괴해야 한다. 영원히.

60

 랭던은 클레멘티눔을 향해 보도를 따라 걸음을 재촉했다. 드문드문 지나가는 사람들을 보면서 캐서린의 얼굴을 찾으려 애썼다. 싸늘한 바람이 불어와 휘몰아쳤다. 1킬로미터도 채 남지 않은 곳에서 다른 건물들 위로 비쭉 올라온 클레멘티눔 천문탑이 보였다.
 볼프강 모차르트가 여러 차례 개인 콘서트를 열었던 호화로운 모차르트 프라하 호텔 앞을 지나가면서 그는 예전에 이 건물의 하얀 정면이 모차르트의 〈작은 밤의 음악〉 녹음 연주에 맞춰 오선지가 됐던 기억을 떠올렸다. 매년 10월이면 프라하는 시그널 페스티벌을 개최했다. 1주일 동안 프라하의 유명 건축물들은 조명과 비디오 매핑으로 물드는 캔버스가 됐다. 랭던은 대주교 궁전에 투사된 그림을 특히 좋아했다. 종의 기원과 진화를 표현하는 그림이었는데, 프라하가 전위 예술을 줄곧 선호해 온 것을 생각하면 꽤 역설적이었다.
 호텔 앞을 지나가면서 걸음이 돌연 느려졌다. 작은 공원 안쪽에 설치된 광고 키오스크에 시선이 갔다. 키오스크에 뜬 광고 포스터에 황량한 행성을 가로질러 행진하는 미래의 군인들의 모습이 담겨 있었다. 무장 군인들의 머리 위에는 우연인지 몰라도 이 시점에서 적절하게 느껴지는 단어가 적혀있었다.

헤일로(후광).

'우주가 나를 놀리는 건가?'

물론 이 심상치 않은 포스터는 깨우친 자를 의미하는 방사형 상징을 보여주려는 게 아니었다. 요즘 선풍적인 인기를 끄는 컴퓨터 게임 시리즈의 광고였다. 랭던이 학생들에게 듣기로 이 게임은 언약, 방주, 예언자, 홍수 같은 성경 관련 용어와 박식한 종교적 지식 등 기독교의 문화적 반향을 교묘하게 가져다 썼다고 했다.

"내가 좋아할 만한 게임이군요."

랭던의 말에 어떤 학생이 반박했다.

"아닐걸요. 브루트 종족이 맹글러로 교수님을 바로 쏴 죽일 거예요."

랭던은 그 말이 무슨 뜻인지 못 알아들었다. 속으로 그냥 온라인 주사위 게임이나 해야겠다고 생각했다.

그런데 하필 지금 프라하에서 '후광'을 뜻하는 그 단어를 보게 되니 불길하게 캐서린을 암시하는 것처럼 느껴졌다. 이틀 전 캐서린과 그 주제로 토론한 걸 생각하면, 이걸 좋은 징조나 예감으로 받아들여야 할지 확신이 서지 않았다.

그날 캐서린은 이렇게 말했다.

"우린 후광을 완전히 잘못 이해하고 있어. 머리를 둘러싼 방사형 빛줄기라고, 깨우친 자의 머리에서 *뿜어 나오는* 에너지라고 묘사하잖아. 내 생각에는 우리가 거꾸로 해석하고 있는 것 같아. 그 빛은 *의식*의 에너지 빔을 의미해……. 머리에서 뿜어 나오는 게 아니라…… 머리로 흘러 들어가는 것이지. 즉 '깨우친 자'는 다른 사람들보다 '더 나은 수신기'를 가진 거야."

랭던은 수년간 중요한 종교적 상징으로 후광을 연구했지만, 캐서린이 말한 식으로 해석한 적은 없었다. 대부분의 사람들과 마찬가지로 그 역시 후광에 대해 *바깥*으로 빛을 뿜어내는 것이라 여겼다. 그 반대로 해석하면 혼란을 야기할 수 있었다. 하지만 성서가 예언자를 신성한 지혜를 표현하거나 떠들어 대는 존재가 아니라, 하느님께 신성한 지혜를 받는 존재로 일관되게 묘사한다는 사실을 그도 결국 인정해야 했다.

사도행전 9장에는 사울(훗날 사도 바울)이 다메섹의 그리스도인들을 체포하러 가던 길에 하늘에서 비추는 강렬한 빛을 받고 극적인 영적 변화를 겪는 장면이 나온다. 사도행전 2장에서는 성령이 사도들에게 *임하자* 그들이 갑자기 배운 적 없는 여러 외국어로 말하며 복음을 전하는 장면이 나온다.

'그게 바로 갑작스러운 서번트 증후군 아닌가?'

후광이라는 상징은 기독교와 광범위하게 연관되어 있지만, 랭던이 알기로 일찌감치 미트라교, 불교, 조로아스터교에서는 깨우친 자의 머리 주변에 빛나는 에너지로 묘사되었다. 기독교가 후광이라는 상징을 받아들이면서 후광의 빛줄기가 사라지고 머리 위에 떠있는 단순한 원반으로 바뀌었다. 후광의 중요한 상징적 요소가 역사 속으로 사라진 것이다. 캐서린은 그 사라진 부분이 후광의 본질이며 잃어버린 지혜라고 여겼다……. 그 잃어버린 지혜가 바로 비국소적 의식 이론이 되었다는 논리였다.

'뇌가 수신기이기 때문에…… 의식은 바깥으로 흘러 나가는 게 아니라 안으로 흘러든다.'

"그 개념이 잘 받아들여지지 않지?" 캐서린이 장난스럽게 물었다. "당신 뇌가 수신기라는 증거가 있어야 한다고 생각하잖아."

랭던은 그 부분을 숙고해 보았다. 과학적 모델들은 절대적인 의미에서 증명된 적이 없었다. 다른 모델에 비해 일관된 설명과 더 나은 관찰 예측을 통해 일반적으로 받아들여질 뿐이다. 캐서린의 개념은 설득력이 있었고 초능력, 유체 이탈 체험, 갑작스러운 서번트 증후군 같은 여러 이상 현상을 설명할 수도 있었다.

캐서린이 말했다.

"난 당신이 가진 직관 기억도 충분한 증거가 될 수 있다고 봐, 로버트. 당신은 지금까지 본 모든 이미지가 당신 뇌에 *저장돼* 있다고 생각하잖아. 그런데 완전한 사진 기억은 물리적으로 불가능해. 당신이 평생 보아온 생생한 이미지 데이터를 저장하려면 최첨단 디지털 저장 방식을 사용해도 창고 하나를 가득 채울 정도야. 그런데 당신은 그 데이터를 완벽하게 떠올릴 수 있잖아. 사실상, 당신의 뇌를 비롯한 인간의 뇌는 물리적으로 너무 작아서 그렇게 많은 정보를 담을 수가 없어."

그 얘기에 랭던은 흥미가 일었다.

"우리 기억이 클라우드 컴퓨팅처럼 작용한다는 거야? 우리의 기억 데이터가 전부 *다른 곳에* 저장되어 있고…… 우리는 그 기억에 접속하는 거라고?"

"맞아. 당신의 직관 뇌는 데이터를 찾아 가져오는 작업에 뛰어난 메커니즘을 발휘해. 당신의 수신기는 *이미지를* 접속하는 작업에 정교하고 세밀하게 맞춰져 있는 거야." 그녀는 미소를 지으며 덧붙였다. "신뢰와 믿음에 접속하는 것에는 잘 안 맞춰져 있는 것 같지만."

랭던이 소리 내어 웃었다.

"난 당신을 *신뢰해*. 조만간 당신이 직접 수행한 과학적 실험을 나한테 보여주면서…… 뭘 발견했는지 설명해 줄 거라고 믿어."

"시도는 좋았어, 교수님. 기다렸다가 책 나오면 읽어봐."

61

 유럽 곳곳에 있는 여러 멋진 건축물들과 마찬가지로 클레멘티눔도 기독교 신의 영광을 드높이기 위해 세워졌다.

 1500년대 페르디난트 1세는 보헤미아에서 가톨릭교회의 존재감을 드높이고자, 점점 영향력이 커지는 예수회 사람들을 프라하로 불러들여 예수회 대학을 지을 수 있도록 프라하 최고의 부동산을 하사했다. 그 세기가 끝나갈 무렵 성 클레멘트의 이름을 딴 예수회 '클레멘티눔'은 프라하성 다음으로 이 나라에서 규모가 큰 건축 단지가 되었다.

 과학에 헌신한 것으로 유명한 클레멘티눔 대학에는 높이 68미터에 달하는 천문탑, 수천 권의 장서를 보유한 과학 도서관, 기발하게 설계된 자오선 홀 등이 있다. 자오선 홀은 기하학과 햇빛을 이용해 매일 정확한 정오 시간을 알렸고, 그 시간이 되면 공식 시간 기록원이 대포를 쏘아 마을 사람들에게 정오임을 알렸다.

 현대에 와서 클레멘티눔은 주로 체코 국립 도서관과 역사 박물관으로 사용되고 있다. 요령 있는 관광객들은 프라하 최고의 풍경을 감상하기 위해 클레멘티눔 천문탑에 오르곤 한다. 172개로 이루어진 계단을 올라가면 끝내주는 풍경을 볼 수 있으며 18세기 천문 기구도 구경할 수 있다.

박물관을 향해 서둘러 길을 재촉하면서 로버트 랭던은 그 안에 보관된 수많은 보물보다는 오로지 캐서린, 그리고 그를 이곳으로 이끈 암호 메시지 생각에 여념 없었다. 카를교의 동쪽 문을 통과할 때는 몇 시간 전 이 길을 뛰어갔던 게 떠올랐다.

'캐서린이 보여준 금붕어처럼 한 곳을 맴돌고 있구나.'

오전 9시 55분, 클레멘티눔 정문 앞에 도착한 랭던은 캐서린을 찾아 주변을 둘러봤지만 그녀의 모습은 보이지 않았다. 그때 어떤 가족이 클레멘티눔 정문으로 들어가는 모습이 눈에 띄었다.

'박물관이 열려있었어?'

어쩌면 캐서린이 안에서 기다리고 있을지 모른다고 기대하며 랭던은 열린 문을 서둘러 통과해 따뜻한 로비로 들어갔다. 이른 시간이라 박물관이 한산할 줄 알았는데 뜻밖에도 관광객들로 붐비고 있었다. 대부분 여행 가방에 걸터앉아 커피를 홀짝이며 도넛을 먹고 있었다. 16세기 예수회 수도원 대기실이 아니라 숫제 공항 라운지 같은 분위기였다.

'이게 무슨 일이야?'

활기찬 박물관 직원이 미소 띤 얼굴로 랭던에게 다가와 커피가 담긴 쟁반을 내밀었다.

"커피 드시겠어요?"

당황한 랭던은 뜨끈한 커피를 일단 고맙게 받았다. 그는 얼어붙은 손가락으로 따뜻한 종이컵을 감싸 쥐었다.

"감사합니다……. 그런데 여기 무슨 일 있습니까?"
직원이 벽에 붙은 안내문을 고갯짓으로 가리켰다.

클레멘티눔
이제 오전 7시에 문을 엽니다!

직원이 유쾌한 목소리로 설명했다.
"새로운 마케팅 전략이에요. 미국에서 오는 비행기가 대부분 아침 6시에 공항에 도착하거든요. 관광객들이 호텔에 체크인하기 전까지 몇 시간이나 남아요. 저희는 무료로 공항 셔틀, 수하물 보관, 커피와 도넛 서비스를 제공하고 있어요……. 그렇게 해서!" 그녀는 관광객들로 가득 찬 로비를 손으로 가리켰다. "미국인들을 박물관으로 오게 하는 거죠!"
그리고는 휙 가버렸다.
요즘 미국인들 사이에 프라하에서 제일 인기 있는 관광 명소 중 하나가 지하 사격장이라는 얘기를 미리 듣지 못했다면 랭던은 직원의 말을 상당히 공격적으로 받아들였을 것이다. 미국인들은 이곳 지하 사격장에서 온갖 이국적인 자동 화기를 합법적으로 쏴볼 수 있었다.
어쨌든 랭던은 이제야 퍼즐 한 조각을 판에 끼워 넣은 기분이었다.
'캐서린이 이메일을 보낸 시간에 이 박물관은 열려있었어!'
캐서린이 게스네르 박사의 연구소로 가는 길에 여기 들렀으면, 굳이 안으로 들어가지 않고 입구 앞을 지나쳐 갔을 수도 있었다.
'캐서린이 안으로 들어가서…… 나를 부르려고 했을까? 코덱스

엑스라지……'
 어쩌면 캐서린이 아직 이 건축 단지 안에 있을지도 모른다는 생각이 들었다. 기운을 낸 랭던은 바글거리는 관광객들 사이에서 캐서린의 풍성하고 진한 머리카락을 찾아보려 했다. 로비를 아무리 둘러봐도 보이지 않자 그는 티켓 판매소로 뛰어가 전체 구역 입장권을 구매했다. 티켓 판매 직원은 미심쩍은 눈으로 그를 빤히 쳐다보면서 질문을 하지 않고 그에게 배지를 내주었다. 배지를 받아 스웨터에 부착한 랭던은 화려하게 장식된 복도를 지나 목표 지점으로 걸음을 재촉했다.

특별 전시회
코덱스 기가스
(악마의 성경)

 도서관의 장엄한 출입구 앞에서 남성 도슨트가 그를 막아섰다. 도슨트는 랭던의 배지를 확인하고 배지에 빨간 스티커를 붙여주며 말했다.
 "지금부터 한 시간 동안 둘러보실 수 있습니다. 즐거운 시간 보내세요."
 랭던은 이 바로크 도서관이 한 시간 단위로 관람객을 받는다는 사실을 잊고 있었다. 캐서린이 아까 이 안에서 그에게 이메일을 보냈다면…… 그녀에게 할당됐던 시간은 이미 한참 전에 끝났을 것이다.
 '그래도 아직 여기…… 어딘가에 있으면 좋을 텐데.'

랭던은 얼른 출입구로 들어갔다. 아르헨티나 작가 호르헤 루이스 보르헤스가 '유럽에서 가장 아름다운 도서관'이라고 불렀던 바로크 도서관의 내부가 눈앞에 펼쳐졌다.

큰 스트레스를 받는 상황임에도 랭던은 도서관 풍경에 사로잡혔다. 좁고 길게 뻗어나간 방 천장에는 신의 힘이 깃든 것 같은 프레스코화가 그려져 있었다. 햇빛 찬란한 하늘을 표현하는 널찍하고 연푸른 바탕에 무중력 상태로 떠있는 듯한 아기 천사들이 그려져 있었다. 저 트롱프 뢰유(실물로 착각할 정도로 정밀하고 생생하게 묘사한 그림—옮긴이) 덕분에 이 구조물 안으로 진짜 햇빛이 쏟아져 들어오는 것 같은 느낌이 났다.

프레스코화를 떠받치는 벽에는 높이 9미터짜리 책장이 들어차 있었다. 이곳 책장에는 수 세기 동안 수집한 *2만 권* 이상의 장서가 소장돼 있었다. 이 도서관에서 제일 오래된 책들이 보관된 2층 책장에서 피지 냄새가 풍겼다. 흰색 책등에 빨간색으로 표시된 책들이 있는 2층으로 가려면 비밀 계단을 밟고 올라가 이 도서관 내부를 빙 둘러싼 발코니로 가야 했다. 쪽모이 세공을 한 나무 바닥에 세밀한 무늬가 새겨진 게 눈에 들어왔다. 무늬의 정교함이 타의 추종을 불허할 정도였다. 루브르 박물관 대회랑의 바닥 무늬도 이 정도는 아니었다.

랭던은 사람들 사이에서 캐서린을 찾기 위해 고요한 공간 속으로 몇 걸음 나아갔다.

'보이질 않아.'

그는 화려한 실내 안쪽으로 더 들어갔다. 바닥 중앙을 따라 특대형의 골동품 지구본들이 방 끝까지 쭉 늘어서 있었다. 일정한 간격을 두고 놓인 지구본에는 의미가 분명한 상징이 붙어있었다.

'오래된 책들로 가득한 이런 방에서 담뱃불을 켜는 사람이 있겠어?'
도서관 안쪽으로 들어가자 방문객들에 둘러싸인 주요 전시물이 그의 시야에 들어왔다.
'악마의 성경이구나.'
그 거대한 책은 정육면체로 된 플렉시 글라스 상자에 담겨있었다. 상자가 어찌나 큰지 전시물 보호용 상자라기보다 공항 흡연실처럼 보일 지경이었다. 관광객들은 그 상자 주변에서 나지막하게 소곤거리며 사진을 찍고, 감탄 어린 눈으로 신비로운 책을 바라보았다. 펼쳐놓은 페이지에 어민 요의를 입은 악마 그림이 있었다. 그 앞에서 랭던은 코덱스 기가스를 보는 둥 마는 둥 하며 사람들의 얼굴을 확인하기 바빴다.
'여기 있어, 캐서린?'
여기저기 모여 선 방문객들은 차가워진 손을 녹이려 두 손을 모으고 입김을 불어댔다. 클레멘티눔이 도서관을 별나게 낮은 온도로 관리하고 있어서 대부분 너무 춥다고 불평한다고 어제 캐서린이 말했다. 랭던은 박물관 큐레이터들이 인파로 붐비는 전시 홀의 온도를 낮춰 관람객들이 빨리 다른 곳으로 이동하게 만드는 거라고 알려주었다. 그것은 회전율을 높이기 위한 전략이며 군중 관리 기술이었다. 나중에 패스트푸드 식당이 그 전략을 도입해 고객 회전율을 높였다.

'얼른 보고 나가라는 거지.'

그는 조용한 군중들 사이에서 조심스럽게 그녀를 불러보았다.

"캐서린?"

몇몇 관람객들이 의아한 눈으로 그를 돌아보았다. 몇 명은 그를 알아봤는지 한 번 더 돌아보기도 했다. 그 외에는…… 별다른 반응이 없었다.

'어쩌면 여기 들어왔다가 이미 나갔을 수도 있잖아?'

그는 사람들 사이를 둘러보다가 아무도 없는 위층 발코니를 올려다보았다. 그리고 조금 더 큰 소리로 불렀다.

"캐서린 솔로몬?"

도슨트가 그에게 다가와 조용히 하라며 손가락 하나를 세워 입술에 갖다 댔다. 어쨌든 여긴 도서관이었다. 랭던은 알았다며 고개를 끄덕인 후 화려한 방을 조용히 둘러보았다. 꼼꼼하게 두 번 더 돌아보았지만 캐서린의 모습은 어디에도 없었다.

이 넓은 도시에서 그녀를 찾기에는 단서가 너무 적다는 생각에 가슴이 내려앉았다.

'여기 없으면 대체 어디에 있는 거야?'

'사이렌도 필요 없지.'

파벨은 클레멘티눔 앞에서 미끄러지듯 멈춰 섰다. 랭던을 찾기 위해 발송한 파란색 알림 방송 덕분에 이미 네 군데서 신고가 들어왔다.

국립 극장 근처를 오가는 트램 운전기사가 랭던이 강을 따라 북쪽으로 가는 걸 목격했다고 알려주었다.

성모 마리아 광장 근처에서는 어떤 택시 기사가 랭던이 클레멘티눔으로 들어가는 모습을 봤다고 했다.

'영리한 은신처네.'

랭던은 역사학자이니 이 건축 단지에 대해 잘 알고 있을 것이다.

'상관없어. 난 사방에 눈을 깔아뒀으니까.'

서둘러 박물관으로 들어간 파벨은 티켓 판매소 직원에게 랭던의 사진을 보여주었다. 직원은 그 남자가 티켓을 구매했다는 것 말고도…… 지금쯤 어느 방에 있을지 추측해서 알려주었다.

'놈은 내 거야.'

파벨은 권총에 장전이 되어있는지 신중하게 확인한 후 박물관 안으로 달려 들어갔다.

그는 주요 통로에 서있는 도슨트에게 소리쳤다.

"Barokní knihovna(바로크 도서관)! 바로크 도서관! 어느 쪽입니까?"

62

 야간 경비원 마크 돌은 랜덤 하우스 타워 출입 키 카드를 받은 사람이 누구누구인지 거의 다 알고 있었다. 그런데 방금 키 카드를 사용해 건물 로비로 들어온 두 남자는 처음 보는 얼굴들이었다.
 한밤중에, 그것도 포크먼 씨가 정신이 반쯤 나간 것 같은 모습으로 들어온 직후에 들이닥친 두 남자의 모습이 심상치 않게 느껴졌다. 둘 다 검은색 군복 차림이라 돌은 경계심부터 들었다.
 돌이 벌떡 일어서며 물었다.
 "무슨 일이시죠?"
 '내가 지키는 문을 어떻게 열고 들어왔지?'
 근육질 남자가 보안 데스크로 긴급하게 성큼성큼 걸어오며 단호하게 말했다.
 "비상사태입니다. 이 건물 동조 질량 감쇠기(구조물의 고유진동수에 맞춰 진동을 흡수하여 흔들림을 줄이는 장치—옮긴이) 경보 장치가 울렸어요. 구조물의 안전에 이상이 발생했을 가능성이 있습니다."
 돌은 그 남자가 한 말을 잠시 후에야 이해할 수 있었다. 실제로 맨해튼의 고층 건물 내부에는 '동조 질량 감쇠기'가 설치되어 있었다. 강풍이나 지진 발생 시 건물이 흔들리는 것을 방지하기 위한 장치였다. 랜덤 하우스 타워의 동조 질량 감쇠기는 15층에 매달아 놓은 800톤의 물이었다.

'구조상 문제가 발생했다고? 왜 보안 데스크에 경보가 울리지 않았지?'

보안 데스크 앞으로 다가온 남자가 재촉했다.

"일단 대피하세요. 나는 위층으로 올라가 보겠습니다."

"무슨 상황인지 이해가……."

눈 깜짝할 사이에 돌의 가슴 한복판으로 주먹이 날아들고 폐에서 공기가 쭉 빠져나갔다. 돌은 뒤로 나가떨어져 바닥에서 숨을 몰아쉬었다. 책상 뒤에 쓰러진 바람에 주변 상황을 볼 수도 없었다. 덩치 큰 남자가 순식간에 그를 무릎으로 짓누르며 그의 가슴에 총구를 대고 꾹 눌렀다.

"찍 소리도 내지 마."

남자는 낮게 속삭이며 돌의 제복 주머니에서 마스터 키 카드를 꺼내 데스크 너머 동료에게 던졌다.

돌은 꼼짝 못 하고 누워 로비 천장을 올려다보았다. 빠르게 멀어지는 발소리에 이어 익숙한 삐이삐이 소리가 들렸다. 이 남자의 동료가 키 카드를 사용해 보안 회전문을 통과한 후 승강기로 접근한 듯했다.

"얌전히 누워있으면 안 다쳐."

남자가 위에서 나지막하게 말했다. 그는 돌의 양 손을 케이블 타이로 묶은 후 그의 경비원 모자를 쓰더니 무릎에 권총을 올려두고 보안 데스크 의자에 태연히 앉았다.

돌은 가슴이 아파 힘겹게 숨을 들이마셨다. 정체가 뭔지 몰라도 이 침입자들은 불과 10초 만에 돌의 자리를 장악하고 이 건물 어디든 출입할 수 있는 키 카드를 가져갔다.

4층에 도착한 조너스 포크먼은 승강기에서 내려 '데이터 보안실'이라고 적힌 강철 문으로 향했다. 이 문으로 들어가려면 특별한 키 카드가 있어야 했다. 몇 번 세게 노크하자 문이 열리더니 익숙한 얼굴이 나타났다.

알렉스 코넌은 이미 자기만의 전쟁을 치른 듯 초췌한 모습이었다.

"맙소사. 돌아오셨네요."

"랭던과 캐서린에 관한 소식 있어요?"

조금 전 통화할 때 이 기술직원이 했던 무시무시한 말이 여전히 포크먼의 귓가에 맴돌고 있었다.

'원고를 삭제한 해커들 말입니다……. 그들이 포크먼 씨가 담당하는 작가 한 분을 죽인 것 같습니다.'

알렉스가 말했다.

"전부 설명할게요. 일단 좋은 소식은 아무도 안 죽었다는 겁니다. 제가 잘못 알았어요."

안도감이 밀려들자 포크먼은 두 손으로 무릎을 짚고 허리를 숙이고는 몇 번 더 깊게 숨을 들이마셨다.

'다행이다.'

"아까는 랭던 씨가…… 죽은 줄 알았거든요." 알렉스는 포크먼을 데리고 보안실 안쪽으로 들어가며 말을 이었다. "그러다 포시즌스 호텔 지배인과 통화를 했어요. 상황이 좀 복잡하긴 한데 로버트 랭던 씨가 살아있을 거라는 확신이 들었어요······. 그곳 경찰 당국하고 무슨 문제가 생긴 것 같긴 했지만요."

'무슨 문제?'

포크먼은 그 부분이 궁금했지만 랭던이 무사하다는 걸 알게 된 것만으로도 깊게 안도했다.

좋은 소식에 기운이 난 그는 알렉스를 따라 미로 같은 컴퓨터 랙 사이로 들어갔다. 바닥부터 천장까지 높이 서있는 기계들이 요란하게 웅웅 소리를 내고 있었다. 그들은 모니터 여러 대가 완만한 반원형으로 배치된 널찍한 작업장으로 들어섰다. 등받이가 높고 푹신한 회전의자들이 모니터 앞에 쭉 놓여있었다. 마치 소규모 우주 비행 관제 센터에 들어선 기분이었다.

작업장 위쪽 벽에는 침몰하고 있는 원양 여객선 그림이 큼직한 액자에 담긴 채 걸려있었다. 그것은······ 1과 0으로 이루어진 바다였고 '사소한 실수로 배가 침몰할 수 있다'는 문구가 적혀있었다. 제2차 세계대전의 유명한 구호를 패러디한 그 문구는 데이터 보안을 철저히 유지하자는 뜻일 것이다.

그 글을 보며 포크먼은 생각했다.

'그러기엔 늦었어. 원고가 사라졌잖아.'

알렉스가 회전의자 하나를 그의 앞으로 끌고 왔다. 두 사람은 자리에 앉아 의자를 빙글 돌려 서로 마주 보았다. 알렉스는 긴장한 표정으로 말했다.

"일단······ 여러 가지 일이 일어났는데, 처음부터 설명할게요."

처음부터 설명하는 건 이야기 서술에서 최악의 방식이지만 포크먼은 조용히 듣기로 했다.

"이 얘기를 전화상으로 안 하는 게 좋겠더라고요. 편집자님이 사라진 후 저는 너무 겁이 났어요. 캐서린 솔로몬 박사님한테 당신 원고가 공격받았다, 당신도 위험해질 수 있다고 즉시 알려야겠다고 생각했어요."

"그렇군요."

"직원 파일을 열어서 연락처를 확인하고 전화를 걸었는데 안 받으시더라고요. 로버트 랭던 씨도 마찬가지였고요. 세 분 모두한테 전화 연결이 안 돼서 전전긍긍하다가 일단 편집자님 핸드폰을 해킹해서 정확한 위치라도 파악하기로 했어요."

"잠깐만요······. 그게 가능합니까?"

"편집자님 폰으로는 안 되더라고요."

알렉스는 의자를 빙글 돌려 자기 단말기 앞으로 가더니 타이핑을 시작했다.

"솔로몬 박사님 폰도 안 됐어요. 그런데 랭던 씨 폰은 쉽더라고요. 그분이 아이클라우드 이메일 주소를 쓰고 계셨어요. 펭귄 랜덤 하우스 서버와 관련한 여러 인증서에도 같은 비밀번호를 쓰시더라고요. 그렇게 똑똑한 분이 'Dolphin123'처럼 보안성이 취약한 비밀번호 하나로만 쓰고 계셔서 놀랐어요."

'랭던의 비밀번호가 Dolphin123이라고?' 포크먼은 고개를 숙였다. '그렇게 알아내기 쉬운 비밀번호를 쓰면 보안 프로토콜이 다 무슨 소용이야?'

하버드에서 랭던은 '돌고래(dolphin)'라는 별명으로 통했다. 하버드대 수구 팀원 절반보다 수영을 더 잘해서였다. 안타깝게도 랭던은 자칭 신기술 반대론자이기도 했다. 한마디로, 미래와는 크게 관련이 없는 과거를 파고드는 고전주의자였다.

'하긴 여전히 롤로덱스 명함 정리기를 사용하고 미키 마우스 손목시계를 차고 다니지. 맙소사.'

"세 분 중 누구의 위치든 파악해야 했어요. 그래서 랭던 씨의 비밀번호로 그분의 핸드폰 위치 추적 앱으로 들어가서 위치를 알아냈죠."

알렉스가 타이핑을 하자 프라하 지도가 화면에 떴다.

"아이클라우드에 따르면 랭던 씨의 핸드폰은 완전히 오프라인 상태였어요. 이건 아주 드문 일이거든요. 그분이 마지막으로 머물렀던 장소를 확인해 보니까…… 이런 이상한 이미지가 떴어요." 알렉스가 화면을 새로 고침하고 확대했다. "이 그림대로라면 프라하 시간으로 오늘 아침 7시 2분에 표시된 게 랭던 씨의 마지막 위치예요. 그분은 정확히…… 여기 있는 거로 나와있죠." 알렉스는 지도에서 파란 점을 가리켰다. "그 후로는 전혀 없고요."

포크먼은 눈을 가늘게 뜨고 지도의 점을 바라보았다.

"그러니까 랭던 씨가 블타바강 한가운데 있다는 겁니까?"

"네! 군대 수준의 해커들에게 우리 회사가 공격 받았잖아요. 편집자님은 사라졌고 랭던 씨는 전화를 안 받고요……."

"그래서 랭던이 물에 빠져 죽었다고 생각했어요? 그분의 수영 실력은 세계 최상급이에요! 아마 핸드폰을 강물에 던졌을 겁니다."

"저도 그렇게 믿고 싶어요. 그런데 랭던 씨가 핸드폰을 던졌으면, 핸드폰의 위치가 일직선을 그려야 되거든요. 그런데 이동 경로가 이상한 게, 핸드폰이 강 바깥으로 나왔다가 다시 들어간 후 더 이상 위치 표시가 안 되는 거예요! 그분의 이동 경로만 보자면 랭던 씨가 강물에 빠졌다가 강 바깥으로 나온 후에 다시 핸드폰을 들고 강물로 들어가서 강바닥에 가라앉은 것처럼 보인다니까요."

포크먼이 듣기에도 괴상한 시나리오처럼 들렸다. 알렉스는 핸드폰의 '마지막 위치' 얘기를 하다가 랭던이 살해당했을지 모른다는 결론으로 훌쩍 건너뛰었는데, 논리적으로 따지자면 몇 군데 구멍이 뻥뻥 뚫려있었다. 랭던의 핸드폰과 포크먼의 핸드폰은 지구상에서 멀리 떨어져 있는데도 불구하고 둘 다 강바닥에 가라앉아 있었다. 논리적이지도 않고 순전히 비현실적인 우연 같았다.

"제가 과잉 반응한 거라고 생각하시겠죠. 하지만 우리를 해킹한 자의 정체를 생각하면…… 충분히 걱정할 만하다니까요. 지금도 걱정되고요."

"우릴 해킹한 자가 누굽니까?"

포크먼이 알렉스 쪽으로 몸을 기울이며 물었다.

"제가 솔로몬 박사님한테 하려고 한 얘기가 그거였어요. 박사님을 목표로 공격할 만한 사람이 누군지, 짐작되는 부분이 있는지 물어봐야 했어요. 그래야 제가 고유 알고리즘을 생성해서 특정한 디지털 데이터 흔적을 찾아볼 수 있으니까요."

'맙소사, 이 친구의 말을 알아들으려면 따로 편집자가 필요하겠어. 도대체 누가 그런 짓을 했다는 거야?'

"알고리즘을 만들기 전에 제 FTK 스캔으로 좀 더 알아봤어요. 이 해킹의 IoC 중 하나가 MISP와 매칭이 되더라고요……."

"알렉스, 도대체 무슨 소리인지……."

"간단히 말해, 펭귄 랜덤 하우스를 해킹한 사람들이 급하게 작업한 흔적이 보인다는 거예요! 그들은 시간을 절약하기 위해 자기네가 만들었던 코드를 재활용해서 썼어요. 복사 붙여넣기를 해서 쓴 거죠! 그런 방법을 쓰면 시간이 절약되긴 하지만 정체가 탄로 날 위험이 있는데……."

알렉스가 갑자기 일어나 주변을 두리번거리더니, 줄지어 늘어선 장비들 사이로 입구 쪽을 유심히 살폈다.

"앨리슨?"

알렉스가 소리치자 포크먼은 신경이 곤두섰다.

"앨리슨이 누굽니까?"

"제 상사요. 오늘 출근을 빨리 하셨나. 제가 방금 무슨 소리를 들었거든요." 알렉스는 일어서서 손목시계를 확인했다. "방금 삐이 하고 문 열리는 소리 못 들으셨어요?"

포크먼은 고개를 저으며 상념에 잠겼다.

'나는 1987년 10월 5일 이후로 아무것도 들은 게 없어. 그날 포스 로, 핑크 플로이드, 매디슨 스퀘어 가든의 연주를 들었지. 길모어의 기타 연주는 정말이지 대단했어.'

"잠시만요."

알렉스는 이렇게 말하고는 컴퓨터로 이루어진 미로 속으로 사라졌다.

'미치겠네.'

포크먼은 초조하게 기다려야 했다.

10초 후에 돌아온 알렉스는 어깨를 으쓱했다.

"죄송해요. 제가 오늘 밤에 좀 편집증적으로 굴고 있네요." 다시 자리에 와 앉는 알렉스는 혼란스러운 표정이었다. "지금 우리가 상대하는 사람들은 함부로 건드려서는 안 되는 부류예요."

알렉스는 근처에 있는 다른 컴퓨터 터미널 앞으로 회전의자를 타고 굴러갔다. 그가 가까이 오라고 손짓하자 포크먼은 시키는 대로 했다.

"보여드릴 게 있어요." 알렉스가 웹브라우저를 열었다. "못 믿으실 걸요······."

그 순간 포크먼은 조용히 하라는 뜻으로 손을 뻗어 알렉스의 팔을 잡았다.

'아무 말도 하지 마!'

알렉스가 움찔하며 물었다.

"왜 그러세요?"

포크먼은 침착하게 말했다.

"미안한데, 온라인으로 빠르게 확인해 볼 게 있어요."

포크먼은 손가락 하나를 세워 자기 입술에 갖다 대고 알렉스를 쳐다보며 입을 닫게 했다. 알렉스가 알겠다며 고개를 끄덕이자 포크먼은 컴퓨터 키보드 앞으로 다가갔다. 브라우저의 표준 페이지가 열리자 포크먼은 검색어를 넣는 자리에 커서를 대고 빠르게 타이핑했다.

이 안에 우리 말고 또 누가 있어요······. 내가 하자는 대로 해요.

알렉스는 겁먹은 눈으로 포크먼을 돌아보았다.

포크먼은 속으로 생각했다.

'나도 무서워.'

아까 알렉스가 들었다는, 삐이 하고 문 열리는 소리는 편집증적 망상이 아니었다. 누군가 실제로 이 제어실에 들어와 그들 뒤의 장치 랙 사이에 숨어있었다.
'그들이 우리 대화를 듣고 있어.'
1분 전 포크먼은 근처 벽에 걸린 그림 액자의 유리에 파란빛으로 된 작은 점이 살짝 비친 걸 보았다.
'스파이 스릴러물을 편집한 보람이 있네.'
레이저 조준기에서 나온 빛이라고 말하는 사람도 있겠지만, 그 빛은 빨간색이 아니라 파란색이었고 액자 유리를 비추고 있었다.
"이 사이트가 좀 흥미롭거든요."
포크먼은 들으라는 듯 말하면서 방금 쓴 메시지를 지우고 다시 타이핑했다.

해킹한 사람이 누굽니까?

포크먼은 키보드를 알렉스 쪽으로 밀어주며 그를 바라보았다. 알렉스의 얼굴이 창백하게 질려있었다.
알렉스는 깊게 숨을 들이마신 후 대답을 타이핑했다.
포크먼은 하이픈으로 연결된 그 괴상한 단어를 가만히 바라보았다. 낯설었다. 그는 잘 모르겠다는 뜻으로 어깨를 으쓱하면서 입 모양으로 물었다.
'이게…… 누구……예요?'
알렉스가 다시 타이핑했다. 이번에는 짧은 두문자어였다.
포크먼은 충격을 받아 그 두문자어를 멍하니 바라보았다.
'맙소사.'
만약 다른 날에 지금 화면에 뜬 글자를 봤으면 아예 믿지도 않았을 것이다. 오늘 밤에 일어난 모든 일을 돌이켜 생각해 보면 이해할 수 없었던 게 한두 개가 아니었는데 이 글자가 그것에 대한 답이 될 듯했다.

'제기랄.'

이제 이 곤경에서 어떻게 빠져나갈지가 문제였다. 대화를 풀어나가는 그의 솜씨…… 그리고 비슷한 두 단어의 미묘한 차이를 이해하는 것에 달려있을 듯했다.

두 단어는 바로 잘못된 정보 그리고 *허위* 정보였다.

63

바로크 도서관에서 랭던은 관람객들의 얼굴을 몇 번씩 확인했다. 아무래도 그가 너무 늦게 온 모양이었다.

'캐서린은 없어.'

캐서린이 그에게 암호화된 이메일을 보내 이곳으로 와달라고 한 지 벌써 두 시간이 지났다. 캐서린이 아까 여기 왔었다고 해도 관람이 허락된 한 시간이 이미 지났을 테니 도슨트가 그녀에게 그만 나가달라고 했을 것이다.

랭던은 투명한 육면체 진열 상자 안에 들어앉아 페이지를 펼쳐 놓은 코덱스 기가스를 가만히 바라보았다. '기저귀 찬 악마' 그림이 조롱하듯 그를 마주 쏘아보았다. 어제 바로 이 자리에서 그는 캐서린의 손을 잡고 서서 이 놀라운 책의 불가사의에 대해 즐겁게 토론했다.

캐서린은 악마의 성경에 얽힌 전설에 흥미를 느끼긴 했지만, 그녀의 상상력을 가장 크게 사로잡은 것은 이 멋진 도서관의 건축 양식이었다. 도서관의 아름다움에 매료된 캐서린은 쪽모이 세공 마루, 프레스코화 그리고 '가짜 발코니'에 관해 그에게 이런저런 질문을 했다.

랭던은 놀라워하며 물었다.

"왜 저걸 *가짜*라고 불러?"

"진짜 발코니가 아니라 장식이잖아?" 캐서린은 방 안을 에워싼 발코니를 손으로 가리켰다. "봐봐…… 저곳에 올라갈 수 있는 길도 없어……. 사다리도 없고 들어갈 수 있는 문도 없어."

랭던은 웃음이 나왔다.

'모순을 찾아내는 건 역시 과학자가 최고지.'

대개 관광객들은 이 방을 둘러싼 2층 발코니를 그저 감상하기만 할 뿐, 수수께끼가 숨겨져 있다는 생각도 하지 않았다. 실제로 2층으로 올라갈 수 있는 길이 안 보이기도 하니까.

"따라와."

랭던은 나지막하게 말하며 오른쪽으로 살짝 고갯짓했다. 그는 도서관 한쪽 구석으로 그녀를 데려갔다. 다른 관람객들이 전부 악마의 성경에 시선이 꽂힌 걸 확인한 그는 책장의 일부를 손으로 가만히 잡아당겼다. 경첩 달린 책장 문이 소리 없이 당겨지면서 그 안의 어둑한 벽감이 드러났다. 그곳에 2층 발코니 바닥의 구멍으로 연결되는 나선형 계단이 있었다.

캐서린이 눈을 위로 굴리며 말했다.

"역시 당신은 이 비밀 문의 존재를 알고 있었네."

어제 있었던 그 일을 떠올리고 있는데, 갑자기 권위적인 남자의 목소리가 정적을 깨고 들어와 도서관 문 안쪽에 대고 소리쳤다.

"Dámy a pánové! Opusťte výstavu! Požární poplach(여러분!

이 방에서 나가주세요! 화재 경보입니다)!"
 체코인 관람객들은 놀란 눈빛을 주고받더니 대부분 즉각 출구 쪽으로 걸음을 옮겼다. 일부 외국인 관광객들은 그들을 힐끗 쳐다보고는 눈치껏 따라갔다.
 같은 목소리가 다시 외쳤다.
 "화재 경보입니다! 출구로 나가주세요! 지금 당장이요!"
 '불이 났다고? 진짜?'
 그런데 탄내가 전혀 나지 않았다.
 랭던은 도서관의 하나뿐인 출구로 몰려간 관광객들을 돌아보았다. 그 사람들 너머로 복도에 파란색 우지 제복을 입은 근육질 남자가 대피하는 사람들을 살펴보고 있었다……. 나오는 사람을 하나하나 확인하면서 그중 한두 명을 붙잡아 얼굴을 자세히 들여다보기도 했다.
 랭던은 그를 바로 알아보았다.
 '파벨 중위잖아.'
 어떻게 이렇게 빨리…… 위치까지 정확하게 그를 찾아냈는지 알 수 없었다. 어쨌든 지금 파벨은 출구로 나오는 사람들을 하나하나 확인 중이었다.
 '가짜 화재 경보구나. 나를 잡으려고 덫을 놨어.'
 파벨이 거울 미로에서 총을 쏜 걸 생각하면, 사람들이 다 도서관을 빠져나가고 이 안에 남아있는 랭던을 보게 됐을 때 그자가 즉시 방아쇠를 당기지 않으리라는 보장이 없었다.
 숨을만한 곳을 찾아 방 안을 둘러보았다. 숨을 곳이라고는 일렬로 늘어선 지구본들 그리고 코덱스 기가스가 담긴 투명한 진열 상자뿐이었다. 어느 쪽도 도움이 되지 않았다. 다급해진 랭던은 위층 발코니, 그리고 방 한쪽 구석에 있는 경첩 달린 책장을 돌아보았다.

발코니로 올라간다고 해도 그곳에 출구는 없었다.

'책장은 막다른 길이 될 텐데.'

그래도 비밀 계단에 숨어있으면 몇 분이라도 시간을 벌 수 있을 것이다. 나중에는 결국 박물관 경비에게 들키겠지만, 마구잡이로 총질을 해대는 저 우지 경찰과 당장 대면하는 것보다는 나았다.

파벨에게 들키기 전에 그는 도서관을 빠져나가는 사람들 뒤로 살그머니 이동해 경첩 달린 책장 쪽으로 향했다. 그리고 책장 문을 잡고 당겼다.

그런데 문이 꿈쩍도 하지 않았다.

당황한 그는 다시 당겨보았다.

'여길 잠가놨나?'

하지만 이 책장 문에 자물쇠를 설치하는 것은 말이 되지 않았다. 어제 캐서린과 함께 왔을 때만 해도 이 문은 분명히 열렸다······.

예상치 못한 생각이 뇌리를 스쳤다.

뭐라고 설명할 순 없지만······ 혹시······.

만에 하나 맞을 수도 있으니 랭던은 칸막이 가까이에 입을 대고 속삭였다.

"캐서린?"

안쪽에서 누가 문을 잡고 있던 물건을 치우는 것처럼 바스락거리는 소리가 들렸다. 잠시 후 책장 문이 열렸다.

문 너머에서 눈에 눈물이 그렁그렁한 캐서린 솔로몬이 그를 바라보고 있었다.

그는 곧장 그녀를 품에 안고 등 뒤로 책장 문을 닫았다. 그들은 비좁고 컴컴한 벽감 안에서 서로를 부둥켜안았다. 캐서린이 울먹이며 조용히 말했다.

"정말 다행이야. 당신이 죽은 줄 알았어."

"나 여기 있잖아."

그가 속삭였다.

64

어두컴컴한 벽감 안에서 캐서린은 랭던을 꼭 껴안고 몸을 밀착했다. 둘 다 한 마디도 하지 않았다. 이 작은 공간 너머에서 잔뜩 혼란스러운 소음이 들려오고 있었지만, 그들은 이 안에서 잠시나마 안전할 수 있었다.

캐서린은 생각했다.

'이 남자를 다시는 못 볼 줄 알았어.'

여기 숨어있던 시간이 영원처럼 느껴졌다. 이러다 죽게 될까 봐 두려웠고, 이제야 사랑하게 된 남자를 잃었을 수도 있다는 생각에 충격을 받고 어쩔 줄을 몰랐다. 이제 와서 랭던 없이 살아야 한다는 건 너무나도 지독한 고통이었다. 수년 동안 캐서린은 랭던의 자연스러운 매력에 강하게 끌렸지만 사귀지는 않으려고 늘 거리를 두었다. 친구로라도 그를 볼 수 있는 기회를 잃게 될까 두려웠다. 그래도 그와 한 번씩 만날 때마다, 언젠가 수십 년의 우정을 쌓아 올린 후에는 사귀는 날이 오지는 않을까 기대했다.

그런데…… 드디어 그렇게 됐다.

감정이 북받친 캐서린은 랭던을 더 꼭 안았다. 그와 몸을 완전히 붙이고 그의 따뜻한 체온을 받아들였다.

랭던이 나지막하게 말했다.

"추운가 봐. 괜찮아? 외투는 어디 있어?"

"문을 잠그는 데 썼어."

캐서린은 외투의 한쪽 소매를 나선형 계단의 난간에 묶고 다른 쪽 소매를 책장 문의 손잡이에 묶어 바깥에서 책장 문을 당겨 열지 못하게 해놓았다.

"이 벽감밖에 숨을 곳이 없더라고."

랭던은 이해가 되지 않아 물었다.

"왜 하필 여기 숨어있었던 거야?"

캐서린은 오늘 아침 알렉스라는 펭귄 랜덤 하우스의 데이터 보안 팀 직원한테서 두려움 가득한 음성 메시지를 받았다고 했다. 음성 메시지를 확인하고 알렉스에게 전화를 걸었더니, 누군가 펭귄 랜덤 하우스 서버를 해킹해…… 그녀의 원고를 전부 삭제했다고 알려주었다.

랭던은 경악했다.

"뭐라고? 당신 원고가 사라졌다고?"

"표면적으로는. 그 직원이 완전히 겁에 질려있더라고. 그리고……." 캐서린의 목소리가 감정으로 격해졌다. "로버트…… 그 직원은 당신이 익사한 것 같다고 했어."

랭던은 어둠 속에서도 캐서린의 얼굴을 보려고 뒤로 약간 물러섰다.

"내가 죽었다고?"

"맞아. 그 직원이 굉장히 두려워하더라고." 캐서린의 목소리가 가늘게 흔들렸다. "당신 핸드폰 위치를 추적했는데 블타바강 한가운데로 나왔다고…… 그런데 그 신호도 이제 사라졌다고 했어. 너무 당황해서 아무것도 못 물어봤어. 그 직원이 자기가 더 자세히 알아볼 테니까 나한테 핸드폰을 즉시 버리고 거리를 벗어나 안전한 곳에 숨어있으라고 했어. 문제는 그 직원이 우리한테 연락할 방법이 없다는 거야. 그리고 내 원고를 삭제한 사람이 누구든 우리 셋을 쫓고 있는 것 같다고 했어! 조너스도 사라졌다고 하더라고!"

랭던은 방금 들은 얘기를 얼른 이해할 수가 없었다.

'조너스가 사라졌다고?'

"누가 당신 원고를 없애려고 달려드는 이유가 뭔데? 우리 셋은 왜 쫓아다녀?"

"나도 몰라." 캐서린은 그를 더 바짝 끌어당겼다. 그녀의 달콤한 머리 향기가 그의 뺨에 와닿았다. "당신이 무사해서 얼마나 다행인지 몰라."

그가 조용히 말했다.

"캐서린. 여기서 무슨 일이 일어나고 있는지 모르겠어……. 당신이 이런 일을 겪게 돼서 유감이야."

그는 오늘 아침에 자기가 겪은 일을 상세히 털어놓고 싶었지만 지금은 다음 행보를 결정하는 게 더 급했다.

"당신 원고가…… *사라진 게 확실해?*"

"알렉스 얘기로는 모든 서버에서 삭제됐다고 했어. 다행히 오늘 아침에 호텔에서 나가면서 보니까 호텔 비즈니스 센터에 아무도 없는 거야. 당신이 읽을 수 있게 하려고 거기서 조심스레 원고 한 부를 인쇄했어."

며칠 전 캐서린은 그가 읽을 수 있게 원고 한 부를 준비해 놓겠다고 했다. 하지만 편집자에게 먼저 원고를 전하는 것이 출판사에 대한 예의라서, 그녀는 편집자가 원고를 읽을 수 있게 조치한 후…… 랭던을 위해 인쇄본을 준비한 거였다.

"당신한테 보여줄 원고를 인쇄한 다음 우리 방으로 올라가 금고에 넣어두려고 했거든. 그런데 호텔에서 화재 경보가 울리는 거야. 호텔에서 서둘러 빠져나가야 했어!"

그가 로비로 달려 들어가 화재경보기 레버를 당겼을 때 캐서린은 바로 모퉁이 뒤의 비즈니스 센터에 있었다. 놀라운 일이었다.

'맙소사. 간발의 차이로 캐서린을 놓쳤구나.'

랭던은 눈앞이 캄캄한 와중에 물었다.

"그 인쇄본을 안전한 곳에 가져다 뒀어?"

"지금 여기 내 가방에 들어있어! 알렉스한테 내가 원고를 갖고 있다고 했더니 그게 유일하게 남아있는 원고일 거라고 했어. 어떻게 된 일인지 파악할 때까지 원고를 안전한 곳에 가져다 놓으라고 하더라고. 그때 내가 길을 걷고 있던 참이라 여기로 들어온 거야."

랭던은 캐서린을 더 바짝 안았다.

"당신이 살아있을 줄 알았어, 로버트. 알렉스는 당신이 물에 빠져 죽은 것 같다고 했지만, 난 느낌으로 알 수 있었어. 당신한테 전화해서 내가 기다리고 있는 장소를 알리고 싶었는데, 알렉스는 누가 우리 대화를 도청하고 있을 거라고 경고했어."

"그래서 핸드폰을 버리기 전에 나한테 암호화된 내용으로 이메일을 보냈구나."
수수께끼 조각이 드디어 맞춰졌다.
"맞아. 에녹어와 코덱스 엑스라지. 최대한 들키지 않으려고 나름 암호화를 했는데, 당신이라면 풀 수 있을 줄 알았어."
랭던은 자꾸만 미소가 흘러나왔다.
"진짜 똑똑한 방법을 썼네, 캐서린 솔로몬."
"별로 어려운 방법도 아니었어." 캐서린은 웃으며 그의 뺨에 부드럽게 입을 맞췄다. "그냥 이렇게 생각했어. *당신이라면* 이런 상황에서 어떻게 했을까?"

파벨 중위는 바로크 도서관 바깥 통로에 서서 도서관을 빠져나오는 마지막 관광객까지 확인했다.
'로버트 랭던은 어디 있지?'
불과 5분 전에 파벨은 도서관 입구에서 티켓을 검사하는 박물관 도슨트에게 랭던의 사진을 보여주었다. 도슨트는 키 큰 미국인이 도서관에 들어가고 얼마 안 있어 파벨이 도착한 거라고, 자기가 알기로 미국인은 아직 도서관에서 나오지 않았다고 알려주었다.
'이놈이 대체 어디 있는 거야?'
파벨이 도슨트에게 물었다.
"다른 출구가 있습니까? Jiný východ(나가는 곳)!"
겁먹은 도슨트는 고개를 저었다.
"Žádný tu není(없습니다)."
파벨은 도서관으로 들어가 길쭉한 직사각형 실내를 둘러보았다. 높이 솟은 책장들이 벽 구실을 하는 이 넓은 도서관에는 몸을 숨

길만한 곳이 딱히 없었다. 도서관 한가운데에 한 줄로 드문드문 놓인 낡은 지구본들, 그 끝에 놓인 거대하고 투명한 진열 상자가 다였다……. 어디에도 숨을 곳은 없었다.

그때 2층 발코니가 눈에 띄었다.

'아주 영리하군, 교수.'

도서관 실내를 한 바퀴 둘러싼 2층 발코니는 꽤 높아서 랭던이 바닥에 납작 엎드려 누워있으면 1층에 있는 사람의 시선을 피할 수 있었다. 방 안을 둘러봤지만 2층으로 연결되는 계단이나 문은 보이지 않았다.

파벨은 말라빠진 젊은 남자 도스트를 불러 위압적으로 내려다보면서, 발코니를 가리키며 조용히 물었다.

"저 위로 어떻게 올라갑니까?"

도스트는 입구 왼쪽 모서리를 초조하게 가리켰다.

"저 책장에 문이 있습니다……. 그 뒤에 나선형 계단이 있어요."

파벨은 선택지를 놓고 궁리하다가 명령을 내렸다.

"도서관을 봉쇄해요! 나가서 문을 잠가요. 이 안에 숨어있는 자는 대단히 위험한 인물입니다. 총성을 비롯해 무슨 소리를 듣더라도…… 절대 문을 열지 말아요! 알겠습니까?"

도스트는 창백하게 질린 얼굴로 고개를 끄덕이고는 얼른 통로로 나가 문을 당겨 닫았다. 문이 쿵 닫히는 소리가 텅 빈 실내에 울려 퍼졌다. 이어서 걸쇠 여러 개가 걸리는 소리가 들렸다.

혼자가 된 파벨은 조용한 도서관 실내를 빙 둘러보았다.

'이 아름다운 격멸 구역에서 이제 당신과 나뿐이야, 랭던 교수.'

65

프라하의 요세포프 구역은 한때 벽으로 둘러싸인 최초의 유대인 빈민가였다. 요세포프 구역에 자리한 구-신 유대교 회당은 역사적으로 중요한 의미가 있는 시설이었다. 이 회당은 지금도 사용되고 있는 유럽에서 가장 오래된 유대교 회당으로, 13세기 말 역사의 변화를 조용히 지켜본 증인이었다. 프라하가 견뎌온 세월의 흐름과 격동의 사건들 속에서 온전히 살아남은 이 회당은 신앙과 전통의 회복력을 보여주는 증거이기도 했다.

전설에 따르면, 천사들이 '조건부'로 예루살렘에서 가져온 돌로 이 회당을 지었다고 한다. 메시아가 다시 오셨을 때 이 돌을 예루살렘에 반환하는 조건이었다. 많은 학자들은 '조건부'라는 히브리어 단어 'al tnay'가 이디시어 'alt-nay'를 잘못 쓴 것이라 믿었고, alt-nay가 문자 그대로 '구-신'이라는 뜻이라서 이 건물에 '구-신'이라는 특별한 이름이 붙게 됐다.

'물질주의 사막에 존재하는…… 영성의 오아시스.'

골렘은 돌로 지어진 구-신 유대교 회당의 금욕적인 정면을 바라보며 생각에 잠겼다. 회당 바로 양옆에는 에르메스, 몽블랑, 발렌티노 매장이 자리하고 있었다. 현대 세상이 이 오래된 빈민가의 구석구석에 침범해 어둑한 거주지를 집어삼키고 있었다. 수 세기 전 이 자리에서 탄생한 최초의 신비로운 골렘이 순찰하던 위험한 거리는 이제 낡은 흔적조차 거의 찾아볼 수 없었다.

여러 가지 면에서 그는 이 회당에서 태어난 존재라고 할 수 있었다. 프라하에 도착한 직후 그는 정처 없이 걷다가 이 건물 앞을 지나가게 됐다. 그때 근처에서 어떤 관광 가이드가 관광객들에게 유대인 빈민가의 위대한 수호자, 진흙 괴물의 몸에 들어간 수호자의 영혼에 관한 전설을 설명하고 있었다. 그에겐 익숙한 내용이었고 본인 이야기인 것처럼 느껴졌다. 보이지 않는 중력에 이끌리듯 그는 유대교 회당 안으로 발을 들여놓았다.

쥐 죽은 듯 고요한 회당 내부에는 신령스러운 에너지가 감돌았다. 제단 뒤에는 성스러운 법궤가 지키고 서있었고, 법궤 안에는 지상의 존재와 하느님의 끝없는 대화에 영감을 받아 만든 고대의 율법 두루마리가 담겨있었다. 골렘은 고요와 어둑한 빛에서 위로받았다. 그는 나무로 된 신도석에 앉았다. 수 세대에 걸쳐 신자들이 앉았던 그 자리는 매끈하게 닳아있었다. 중세 샹들리에의 섬세한 빛 속에서 그는 회당에 관한 내용이 적힌 팸플릿을 집어 들고…… 읽어보았다.

그는 골렘과 그 창조주의 전설에 매료됐다. 골렘을 만든 이는 프라하의 마하랄로 알려진, 강력한 랍비 예후다 뢰브 벤 베자렐이었다. 랍비 뢰브는 유대교 신비주의와 탈무드를 연구하는 학자이자 수학자, 천문학자, 철학자였고 《구르 아리예 알 하 토라》라는 중요한 문서를 포함해 광범위한 저술 활동을 했던 카발리스트이기도 했다.

그날 저녁 늦은 시각에 골렘은 회당 옆 선물 가게에서 구매한 그 랍비의 책을 조용히 읽었다. 고대의 단어들을 읽어 내려가는데 페이지마다 *자신이* 등장하자 놀라웠다……. 그는 이미 진실을 이해하고 있었다!

현실에는 여러 차원이 있다.

Guf, nefesh, sechel(육체, 살아있는 존재, 지성)……

하나의 영혼이 다른 영혼과 결합해 새로운 존재가 될 수 있다.

Yesodot, taarovot, tarkovot(기초, 혼합물, 조합).

영혼은 거듭해서 태어난다.

Gilgul neshamot(영혼의 윤회)……

운명의 그날 밤, 그는 영혼의 윤회를 연구하면서, 자신이 최초의 골렘과 마찬가지로 명확하게 실체화되어 이곳 세상으로 오게 됐다는 것, 역겨울 정도로 이질적인 육신 속으로 텅 빈 영혼이 들어와 깨어났다는 것을 알았다.

기분 나쁠 만큼 눅눅했던 정신병원에서 이루 말할 수 없는 잔혹한 학대 행위를 지켜보면서 자신이 누구인지를 불현듯 인식하고 목적의식을 갖게 된 순간을 떠올려 보았다……. 무(無)에서 떨치고 나온 그는…… 야간 간호사에게 기절할 때까지 두들겨 맞는 무력한 여자를 보았다. 그는 앞으로 나아가 그 간호사를 바닥에 메다꽂고, 간호사의 생명이 육신을 떠날 때까지 가차 없이 목을 졸랐다.

이쪽 세계에서 처음으로 의무를 수행했다는 사실에 고무된 그는 죽은 간호사를 내려다보며 승리를 만끽했다. 그가 구해준 여성은 이미 기절한 상태라 그의 용감한 행동을 보지 못했다. 그가 매질당한 자기 몸을 들어 올려 침대에 도로 눕혀준 것도, 그가 상처를 돌봐주고 어둠으로 홀연히 사라진 것도 알지 못했다……. 그날 그는 자신이 누구이며, 왜 이쪽 세상으로 소환되었는지 알게 됐다.

'나는 그 여자의 수호자야.'

그때부터 그는 감옥 같은 정신병원에서 조용히 수호자 역할을 했다. 그림자 속에 숨어 그녀를 지켜보았고 그녀가 안전한지 늘 확인했다. 그리고 프라하에서의 그날 밤, 랍비 뢰브의 말씀을 읽던 그는 골렘에 관한 유대인의 전설이 왜 그토록 익숙하게 느껴졌는지 알게 됐다……. 그리고 자신이 프라하로 오게 된 진짜 이유를 깨달았다.

'내가 바로 골렘이구나.'

그는 이곳에서 수호자 역할을 하기 위해 예고 없이 깨어난 진흙 괴물을 머릿속에 떠올렸다.

'그의 이야기가 바로 내 이야기였어.'

고대의 진흙 괴물처럼 골렘도 배척당하고 홀로 지내야 할 때가 있었다. 그는 온전한 정신으로 살려고 애썼다. 때로는 희생을 인정받고 싶기도 했지만 그건 그의 몫이 아니었다. 그는 눈에 띄지 않는 상태로 그녀의 세상을 누볐다.

오늘은 여러 가지로 쉽지 않은 일들이 있었다. 그는 그녀의 멘토와 그녀의 연인을 죽였다. 둘 다 그녀의 믿음을 배신한 괴물들이었다. 하지만 그가 사샤를 위해 그런 일을 했다는 것을 사샤는 몰라야 했다.

'사샤는 나를 용서하지도…… 이해하지도 못할 거야.'

이런 이유로 골렘은 해야 할 일을 하기로 마음먹었다. 그는 사샤를 어두운 곳으로 데려가 조심스럽게 가둬놓았다. 그곳에서 사샤는 지금 일어나고 있는 일…… 그가 하려는 일을 전혀 모르는 축복 속에 있게 될 것이다.

유대교 회당에 가까워지니 어깨가 무거워졌다. 그가 감당하고 있는 무게는 영적인 압박감뿐만이 아니었다. 그의 망토 주머니에는 바이퍼텍 전기 충격기, 커터 칼, 에테르를 제어하기 위한 금속 막대가 들어있었다. 골렘은 그 모든 게 필요할 거라고 생각했다.

유대교 회당 바로 앞에서 골렘은 돌연 방향을 돌려 시로카 거리를 떠났다. 오늘은 유대교 회당으로 가지 않을 것이다. 그 옆…… 높은 돌벽으로 둘러싸인 약 1만2,000제곱미터 넓이의 땅으로 갈 것이다.

이 벽 안에 있는 두 곳은 숭배와 두려움의 대상이며…… 귀신이 득실거리는 곳으로 전 세계에 잘 알려져 있었다.

66

다른 때 같았으면 파벨 중위는 이 오래된 도서관의 평온한 분위기를 즐기려 했을 것이다. 하지만 오늘은 그럴 여유가 없었다. 살면서 이렇게 지독한 분노가 치솟은 적이 없었다.

'경감님, 내 삼촌이…… 살해당했어.'

"랭던 교수!" 그는 텅 빈 공간을 향해 고함치면서 권총을 빼 들고 머리 위의 발코니를 살폈다. "그 위에 있는 거 알아! 일어서!"

아무 움직임이 없었다.

그저 고요하기만 했다.

"당장 나와!"

파벨은 길쭉한 실내를 천천히 한 바퀴 돌면서 권총으로 느릿하게 선을 그렸다.

반응이 없었다.

그는 도슨트가 숨겨진 계단이 있다고 알려준 구석 자리로 살그머니 걸어가, 티 안 나게 문 구실을 하는 책장을 찾아냈다. 작은 놋쇠 손잡이를 잡고 당겨보니, 문이 살짝 열리는 듯하다가 도로 닫혔다.

다시 당겨보았다. 문이 안에서 잠겨있는 듯했다.

전의를 가다듬은 파벨이 온 힘을 다해 손잡이를 잡아당겼는데 문이 1센티미터 정도 열렸다가 놋쇠 손잡이가 역사적 유물인 책장에서 떨어져 나가고 말았다. 그 바람에 파벨은 단단한 쪽모이 세공 바닥에 벌러덩 자빠지고 말았다. 바닥에 쓰러지면서 안 그래도 욱신거리던 머리에 불타는 듯한 통증이 더해졌다.

격분한 파벨은 벌떡 일어나 권총으로 책장 문을 겨누고 방아쇠를 당겼다. 메아리치는 폭발음과 함께 발사된 총알이 책장을 통과해, 안쪽에 있는 금속성의 무언가에 부딪쳤다가 튕기면서 요란한 소리를 냈다. 아마 도스트가 2층으로 연결되어 있다고 했던 나선형 계단일 것이다.

사람이 바닥에 쓰러지는 소리는 들리지 않았다. 지금 여기서 책장에 남은 총알을 다 쏴버릴까 하다가 그만두었다.

경감님의 영혼이 그에게 속삭이는 듯했다.

'Trpělivost(인내심). 인내심이 무기다.'

파벨은 권총을 아래로 내렸다.

총성을 듣고도 도슨트들이 안으로 달려 들어오지 않으니 지금 그를 막을 수 있는 것은 없었다. 시간은 파벨의 편이었다. 그는 이미 좋은 아이디어를 생각해 두었다.

이 방 끝에는 책장에 기대어 있는 오래된 사다리가 있었다. 1층 책장의 높은 곳에 있는 책을 꺼내기 위한 용도로 설계된 사다리라서 발코니까지 닿지는 않았다.

그는 방 끝 쪽에 놓인 투명한 진열 상자를 가만히 쳐다보았다. 묵직한 플렉시 글라스로 된 육면체 진열 상자는 파벨의 키 정도 높이인 데다 한눈에 봐도 방탄 소재라서 사다리를 올려놓기에 좋아 보였다. 사다리를 밟고 발코니로 넘어간 다음 나선형 계단으로 가면 될 것이다······. 그리고 위에서 놈을 공격하면 된다.

"Trpělivost(인내심). 인내심을 갖겠습니다, 경감님.'

벽감 안에서 캐서린과 랭던은 두려움에 떨며 웅크렸다. 방금 총알이 비좁은 공간으로 날아 들어와 그들 바로 아래의 금속 계단에 맞고 튕겨 나갔다. 총알이 부딪친 자리에 밝은 불꽃이 튀면서 요란한 소리가 터져 나와 귀가 먹먹해졌다.

조금 전 파벨의 목소리, 그리고 도서관 바깥문이 쾅 닫히는 소리를 들은 랭던은 얼른 캐서린의 캐나다 구스 롱 패딩을 가져다가 내부 계단 난간에 최대한 단단히 묶었다. 그리고 나선형 계단을 반쯤 올라가 1층과 2층 사이의 층계참에서 대기했다. 언제든 재빠르게 위로 도망치거나 아래로 도망칠 수 있는 자리였다. 파벨은 역시 총부터 쏘고 질문은 나중에 하는 스타일이었다.

'우린 미친놈과 함께 이 도서관에 갇혀있어.'

파벨이 머리를 다친 바람에 저렇게 미쳐 날뛰게 된 건지, 아니면 살상 무기를 써도 된다는 공식 승인을 받았는지 의문이었다.

'누구한테 승인받았을까?'

지금까지 알게 된 바로 추측하건대, 파벨은 캐서린의 원고가 있는 곳을 찾아내 없애라는 누군가의 사주를 받은 게 아닌가 하는 불안한 생각이 고개를 들었다.

'우리까지 같이 없애라고 했나.'

미국 대사관이나 지역 경찰서에 당장 알리는 게 유일한 살길이다 싶었다. 하지만 지금 수중에 핸드폰도 없고, 살려달라고 외쳐봤자 그 소리를 들을 사람은 파벨뿐이었다.

랭던은 어두운 곳에 대고 조용히 물었다.

"괜찮아?"

캐서린의 목소리가 들렸다.

"전혀. 당신은?"

그는 캐서린의 손을 찾아 꼭 쥐었다.

"움직이지 말고 이 층계참에 있어. 잠깐 올라가서 여기서 나갈 수 있는 길이 있는지 볼게."

그는 캄캄한 어둠 속에서 손을 더듬어 나머지 좁은 계단을 올라갔다. 드디어 머리 위에 천장문이 만져졌다. 조심스럽게 밀어 올리자 나무로 된 작은 사각형 문이 빼꼼 열렸다.

그 틈새로 빛이 쏟아져 들어와 랭던은 눈을 찡그렸다. 바닥과 눈높이가 맞춰질 때까지 천장문을 조금 더 밀어 올렸다. 그는 도망칠 수 있는 곳을 찾아 지붕에 창문이 있는지도 확인하며 발코니를 둘러보았다. 전혀 없었다. 아치형 천장에 그려진 아름다운 프레스코화 바로 아랫부분까지 오래된 책이 꽉 차있을 뿐이었다.

랭던은 천장문을 들어 올려 발코니 바닥에 살그머니 내려놓았다. 계단 한 칸을 더 올라가 발코니 난간 너머 아래쪽을 살펴보았다. 도서관 저 끝 쪽에 파벨이 랭던에게 등을 보인 채 서있었다. 파벨은 악마의 성경이 담긴 진열 상자에 얼굴을 바짝 붙이고…… 그 유물을 집중적으로 검사라도 하는 것처럼 들여다보는 중이었다.

랭던이 보기에 파벨은 저런 고문서에 관심이 있을 사람 같지는 않았다. 지금 같은 순간에는 더더욱 아닐 것이다. 그때 날카로운 끼이익 소리가 들리더니 진열 상자가 몇 센티미터 옆으로 옮겨갔다. 근육질의 파벨 중위는 악마의 성경을 감상하는 게 아니라, 거대한 진열 상자를 힘으로 밀고 있었다.

'왜 저래? 저 진열 상자 무게가 450킬로그램도 넘을 텐데!'

랭던은 아름다운 쪽모이 세공 바닥에 깊은 상처가 생기는 것을 보고 있기가 괴로웠다. 진열 상자 근처 바닥에 쓰러져 있는 오래된 사다리를 본 그는 기겁했다. 파벨이 어쩔 생각인지 단번에 파악됐다.

'이 위로 올라오려는 거야.'

투명한 육면체 진열 상자는 아주 튼튼하게 만들어져서 사다리를 충분히 받칠 수 있을 것이다. 파벨은 힘이 좋으니 진열 상자를 충분히 옮길 수 있을 듯했다. 이미 진열 상자를 이 방 측면을 향해 몇 센티미터 정도 밀어놓았다. 시간이 걸리고 인내심도 있어야겠지만 파벨은 둘 다 충분히 갖추고 있었다.

'저자가 위에서부터 쫓아 내려오면 우린 숨을 곳이 없어. 잠긴 방 안에서 옴짝달싹도 못 해.'

랭던은 해결책을 찾으려 고심했다. 영감을 얻고자 할 때마다 늘 하는 것처럼 그는 시선을 위로 들었다. 아치형 천장에 그려진 화려한 프레스코화를 올려다보는데 작품의 아름다움이 그를 단번에 사로잡았다. 예수회 소속 성인들이 지식의 중요성을 강조하면서 구름 사이에서 독서와 집필에 몰두하는 모습이 그려져 있었다.

'좋은 생각을 떠올려 봐, 로버트.'

천국을 묘사한 고귀한 그림을 바라보고 있는데, 프레스코화의 물결치는 구름 속에 어쩐지 어울리지 않는 물건이 눈에 띄었다.

작은 금속 원반이었다.

'반짝이는 후광을 표현한 건가……'

랭던이 알기로 이 프레스코화를 그린 예술가가 금속 원반을 저 자리에 두었을 리 없었다. 프레스코화에 끼워 넣은 모양새가 너무 안 어울려서 불쾌할 정도였다. 그것을 쳐다보고 있는데 문득 하늘이 열리며…… 그에게 구원의 길을 열어준 듯한 느낌을 받았다.

67

 현장 요원 하우스모어가 크루시픽스 바스티온에 도착해서 보니 앞에 주차된 차도 없고, 사람 코빼기도 안 보였으며, 정문은 박살이 나있었다.
 '여기서 무슨 난리가 난 거야?'
 그녀는 총을 빼 들고 유리 파편이 흩어져 있는 정문 안쪽으로 조심스럽게 걸어 들어갔다. 바닥에 흩어진 유리 파편이 와그작와그작 밟혔다.
 연구실이라고 표시된 강철 문이 아직 온전한 형태로 잠겨있는 것을 확인한 하우스모어는 마음이 놓였다. 조금 더 안쪽으로 들어가 게스네르 연구소의 대기실과 사무실까지 들여다보았다.
 '다들 어디 간 거지?'
 핀치 씨에게 보안 통화로 전화를 걸어 이곳 상황을 전달했다.
 그는 평소와 달리 긴장한 목소리로 대답했다.
 "내가 탄 제트기가 방금 런던에서 이륙했어. 아무도 못 드나들게 건물을 잘 지켜. 필요하면 무기를 사용해."

그러고는 전화를 끊었다.

랜덤 하우스 타워 4층, 친버그 요원은 요란하게 웅웅 소리를 내는 컴퓨터 기기들 사이에 숨어있었다. 그는 미로 같은 기기들 사이에 몸을 숨긴 채 헤드폰을 조정하면서, 12미터 떨어진 곳에서 조너스 포크먼과 알렉스 코넌이 주고받는 대화에 귀를 바짝 세웠다.

그는 레이저 마이크의 빛을 이곳에서 제일 매끈한 표면에 쏘고 있었다. 침몰하는 배 그림이 담긴 액자의 유리판이었다. 편리하게도 그림 속 바다가 파란색이라서 그가 쏘는 파란색 빛의 작은 점이 잘 감춰졌다.

무엇보다도 그 그림은 포크먼과 기술직원이 대화를 나누는 곳 아주 가까이에 걸려있었다. 그 둘의 목소리가 유리 표면에 미세한 진동을 일으키고, 그것이 레이저 빔의 미세 파동을 유발할 정도로 가까웠다. 전파 간섭계가 레이저 빔의 간섭무늬를 분석해 진동을 소리로 '옮기는' 방식이었다.

친버그는 단어 하나하나를 또렷이 들을 수 있었다.

'나 혼자 이 대화를 듣는 게 아니야.'

유럽 상공을 날고 있는 개인 제트기 안에서 핀치 씨도 위성과 보이스오버 와이파이를 통해 실시간으로 이 대화를 듣고 있었다. 친버그는 핀치 씨가 이 정도면 만족할 거라고 생각했다. 몇 분 전까지만 해도 펭귄 랜덤 하우스 기술직원이 이번 해킹의 범인인 Q의 정체를 밝힐 방법을 찾아냈을까 봐 팀 전체가 걱정했었다.

'답 근처에 가지도 못했어.'

친버그는 편집자가 젊은 기술직원에게 화풀이하듯 딱딱거리는 소리를 듣고 히죽 웃었다.

포크먼이 말했다.

"*라이브러리 제네시스!* 우릴 해킹한 게 망할 라이브러리 제네시스였군요! 세계에서 제일 악명 높은 해적 집단이잖아요! 어떻게 그런 자들이 우리 서버에 침입하게 놔뒀습니까, 알렉스!"

라이브러리 제네시스는 해커들 사이에서 일명 '립젠'으로 알려져 있으며 언제나 교묘하게 빠져나가는 것으로 유명했다. 친버그도 라이브러리 제네시스에 대해 들은 적 있었다. 10여 년 전에 러시아 과학자들이 설립한 립젠은 불법 복제한 학술 자료부터 문학 작품에 이르기까지 온갖 책을 망라하는 인터넷 최대의 '그림자 도서관'이었다. 무수한 법적 이의 제기와 대형 출판사들의 고소에도 불구하고 립젠은 기발한 분산형 미러 사이트와 백업 도메인 덕분에 아직까지 잘 버티고 있었다.

'기술직원 놈이 엉뚱한 곳을 짚었어. 우린 안전해.'

친버그는 저들이 완전히 엉뚱한 곳을 가리키고 있는 모습을 보고 마음이 놓였다. 그의 팀은 기존 코드를 다른 목적에 맞게 변형하는 방식으로 신속하게 공격했다. AI 강화 웹 수색이라는 새로운 시대의 기법인데 자칫 잘못하면 Q가 운영하는 부서가 들통날 수도 있었다.

'저놈이 다행히 그걸 놓쳤구나.'

립젠이 최근에 그들보다 먼저 펭귄 랜덤 하우스 서버를 해킹했고, 오늘 밤에 저 기술직원 놈이 그 디지털 흔적을 발견한 모양이었다.

포크먼이 악명 높은 해적 집단에 격분해 욕을 퍼붓는 동안 기술직원은 좀 더 정보를 캐내려는지…… 아니면 사직서를 쓰고 있는지 열심히 타이핑하고 있었다.

'계속 찾아봐라. 어디 나오나. 헛다리나 짚지.'

친버그가 이런 생각을 하고 있는데 핸드폰에 진동이 한 번 왔다. 바로 핸드폰 화면을 확인했다.

핀치 씨가 보낸 보안 문자였다. 그분도 대화를 듣고 있었던 게 분명했다.

임무 완료. 철수해.

아래층 로비. 보안 데스크 뒤의 바닥에 누워 옴짝달싹 못 하는 처지가 된 경비원 마크 돌은 이 상황에 좀 더 잘 대처하지 못한 것을 자책했다.

'모든 일이 순식간에 벌어져서…… 제일 중요한 타이밍을 놓치고 말았어.'

그의 자리에 앉아 경비 모자까지 빼앗아 쓴 근육질 깡패 놈이 돌의 핸드폰과 지갑을 뒤지며 뭔가를 메모하고 있었다.

돌은 이놈들이 건물로 들어왔을 때 바로 선견지명을 발휘해 911에 전화했어야 한다고 후회했다. 미드타운 노스 경찰서는 여기서 겨우 몇 블록 떨어진 곳에 있으니 신고만 했으면 몇 분 만에 경찰이 출동했을 것이다.

승강기가 멈추는 소리가 들리더니 또 다른 침입자가 로비로 돌아오는 소리가 났다.

그 남자가 보안 데스크 앞으로 와 말했다.

"다 해결됐어. 놈들은 우리가 책 해적인 줄 알아……. 아무 문제

없어."

"재미있네." 몸집 큰 놈이 돌아서서 돌 옆에 무릎을 굽히고 앉았다. "당신 상관들 참 멍청하네, 마크. 당신도 똑똑하게 처신해……. 우리가 여기 왔었다는 말 어디 가서도 하지 말고."

돌은 그 남자의 강철 같은 눈을 바라보았다.

그놈이 덧붙여 말했다.

"그런데 당신 아이들이 참 귀엽더만. 당신 가족이 브루클린 선셋 파크에 살고 있는 거 확인했어. 브루클린이 통근하기 나쁘지 않은 곳이지. 46번가에 있는 당신 집은 공원에 가까워서 아이들 키우기에도 좋고 말이야. 당신은 꽤 평화로운 인생을 살고 있는 것 같군."

돌은 그게 무슨 의미인지 알아들었다.

그 남자는 돌을 일으켜 세우고 경비원 모자를 그의 머리에 도로 씌워준 뒤 손목을 결박한 케이블 타이를 잘라주었다. 그리고 돌의 지갑과 핸드폰을 보안 데스크에 내려놓았다.

"여기서는 아무 일도 없었어. 그러니까 일상으로 돌아가."

돌은 두 남자가 태연하게 로비를 가로질러 문 네 개짜리 정문으로 성큼성큼 걸어가는 모습을 바라보았다. 문 두 개는 여닫이문, 나머지 두 개는 회전문이었다. 그들은 아까 들어왔던 여닫이문 쪽으로 걸어갔다. 그들이 문 앞에 도착하기 전에 돌은 데스크 밑에 있는 버튼 두 개 중 하나를 조용히 눌렀다. 모든 문을 자동으로 잠그는 버튼이었다.

여닫이문 앞에 도착한 근육남이 그 문이 잠긴 걸 알고 소리쳤다.

"어이, 우리 좀 내보내 주지!"

"못합니다."

거짓말이었다.

근육남은 믿기지 않는다는 표정으로 돌아보았다.

"당신 정말 우리랑 여기 함께 있고 싶어?"

"아뇨. 말 그대로 못한다고요. 제가 문의 작동 방식을 제어할 수가 없어요. 자동화되어 있어서요. 그린 빌딩인지 뭔지 하는 환경 정책 때문인데, 로비의 온기를 보존하기 위해서 그렇게 하고 있습니다. 겨울철 몇 달 동안 회전문은……."

"아까 우리가 이 망할 문으로 들어왔거든!"

"직원 키 카드가 있으면 여닫이문으로 들어올 수 있는데, 건물에서 나가려면 누구든 회전문을 사용해야 합니다. 아무리 대단한 분이라도 똑같아요."

"우리가 지금 바쁜 걸 다행으로 알아."

근육남은 동료와 함께 회전문 쪽으로 걸어갔다. 돌은 재빨리 데스크 밑의 단추를 눌러 이번에는 조용히 문 네 개의 잠금을 풀었다.

랜덤 하우스 타워의 회전문은 특대형이라서 삼삼오오 드나드는 사람들은 대개 한 구획에 들어가 이동했다. 돌은 두 불한당이 별다르게 행동하지 않는 걸 보고 기뻐했다. 그들이 한 구획에 들어가 바깥쪽으로 문을 밀자 회전문이 시계 반대 방향으로 돌아가기 시작했다. 돌은 잠금 버튼 가까이에 손가락을 둔 채 그들을 침착하게 지켜보았다. 문이 정확히 4분의 1만큼 돌아갔을 때 돌은 잠금 버튼을 눌러 문 네 개를 모두 잠갔다. 회전문이 그대로 멈추자 침입자 두 명은 작은 유리 감옥에 갇히게 됐다.

돌이 911에 전화하는 동안 유리 감옥에서 온갖 욕설이 로비로 조그맣게 흘러나왔다.

'그 안에서 실컷 짖어봐. 우리 애들은 아무도 못 건드려.'

레이저 마이크의 파란색 점이 사라지고 출입문이 딸깍 닫히는 소리가 들린 후에도 조너스 포크먼은 2분 동안 립젠 책 해적들을 줄기차게 욕했다. 엿듣고 있던 자들이 남아있다면 확실히 여기서 내보내기 위해서였다. 알고 보니 책 해적단은 펭귄 랜덤 하우스 해킹 사건과 무관했지만, 진실은 더 골치 아팠다.

포크먼은 아까 알렉스가 타이핑해서 보여준 두문자어를 본 순간부터 줄곧 마음이 어지러웠다. 그들이 캐서린 솔로몬과 그녀의 미출판 원고 때문에 국제적으로 그렇게까지 작업한 이유를 짐작할 수도 없었다. 확실한 것은 그들에겐 그런 짓을 할 수 있는 자원도, 영향력도 충분하다는 사실이었다.

두려움이 밀려들자 포크먼은 알렉스가 로버트 랭던과 캐서린 솔로몬의 안위를 걱정한 게 매우 타당한 판단이었음을 깨달았다. 그리고 랜덤 하우스 타워에 침입한 자들이 누구인지 몰라도 그들이 사람 좋은 야간 경비원 마크 돌 앞을 지나 이곳으로 왔을 거라는 생각이 들었다.

포크먼은 돌의 안위를 확인하려고 즉시 보안 데스크로 전화를 걸었다.

아무도 받지 않았다.

'젠장.'

최악의 사태가 벌어졌을까 봐 겁이 난 포크먼은 승강기를 향해 달려갔다. 1층으로 내려간 그는 끔찍한 일이 일어났을 수도 있기에 마음의 준비를 하며 모퉁이를 돌아 로비로 달려 나갔다. 그런데 뜻밖에도 평온한 분위기였다. 야간 경비원 마크 돌은 두 경찰관에게 활기차고 멀쩡한 모습으로 진술하고 있었다.

'경찰이 출동했어?'

돌이 무사한 걸 보고 안도한 포크먼은 수갑을 차고 회전문 근처 바닥에 누워있는 두 남자에게 시선을 옮겼다. 두 남자는 잔뜩 열받은 표정이었다.

'맙소사······. 지금 이게······?'

포크먼은 여기서 무슨 일이 일어났는지 상상도 할 수 없었다.

그래도 그는 경찰에게 결박당하고 모로 누워있는 두 남자에게 다가가 말했다.

"아이고! 랜덤 하우스에 오신 걸 환영합니다! 두 분이 책을 즐겨 읽으시는 줄 몰랐네요."

군인 머리가 그를 올려다보며 말했다.

"이러지 않는 게 좋아. 우리가 누구한테서 일하는지도 모르면서."

"'우리가 누구 밑에서 일하는지도 모르면서'라고 말하는 게 맞아요." 포크먼은 잘못을 지적하며 인상을 찌푸렸다. "잘못된 어법 사용에 관해서는 이미 얘기했잖아요."

"꺼져!"

남자의 눈이 분노로 이글거렸다.

포크먼은 그 옆에 웅크리고 앉아 미소 지었다.

"저기요, 군인 머리 씨. 당신이 도서관을 체육관만큼 자주 드나들었으면 위대한 이야기의 끝은 다 똑같다는 걸 알았을 겁니다." 포크먼은 눈을 찡긋하며 덧붙였다. "나쁜 놈들은 늘 져요."

68

캐서린은 발코니에서 내려오는 랭던을 보며 안도했다. 천장문의 열린 틈새로 흘러드는 흐릿한 불빛에 그의 윤곽이 보였다.

"불을 내야겠어." 층계참으로 내려온 랭던이 다급히 말했다. "라이터나 성냥 있어?"

"무슨 말이야?"

"연기. 여기서 빠져나가려면 연기를 피워야 해."

랭던의 다급한 눈빛을 보고 캐서린은 무슨 뜻인지 짐작했다. 발코니에서 본 어떤 광경 때문에 불안해진 랭던이…… 급히 해결책을 생각해 낸 모양이었다.

"캐서린, 2분쯤 후에 저 정신 나간 총잡이가 이 계단으로 내려올 거야."

"내…… 내가 뭘 갖고 있는지 잘 모르겠어. 가방이 저 아래에 있는데……."

"일단 열어 보자……. 지금 바로!"

캐서린이 계단을 내려가자 랭던도 바로 뒤따라 내려왔다. 캐서린은 랭던이 어떤 논리로 지금 이런 말을 하는지 알 수 있었다. 도서관 안에서 총성이 들렸는데도 직원이 안으로 들어오지 않는다면 이 오래된 도서관에 불을 내는 것 말고는…… 방법이 없었다.

어제 여기 함께 왔을 때 랭던은 천장에 그려진 얀 히에벨의 세밀한 프레스코화를 가리키면서, 1970년대에 저 그림 여기저기에 보기 흉한 금속 원반 세 개를 설치했다며 한탄했다. 지금 랭던은 비록 흉물스럽지만 프레스코화에 작은 원반이 설치되어 다행이라고 느꼈을 것이다.

'그건 연기 탐지기였어.'

계단 맨 아래에 다다른 캐서린은 숄더백을 찾아 들어 올렸다. 오늘은 400페이지가 넘는 원고 뭉치에 큰 물병까지 들어있어서 별나게 무거웠다. 불을 피울만한 게 있는지 찾으려고 가방 안에 손을 넣어 무작정 더듬어 보았다.

가방에 성냥이나 라이터가 없는 건 확실했다. 그래도 '생존' 관련 텔레비전 프로그램에서 숱하게 다룬 것처럼 핸드폰, 돋보기, 배터리, 쇠 수세미 같은 일상의 물건들을 사용해 불을 피우는 게 가능할 것이다. 하지만 아무리 뒤져봐도 쓸만한 게 없었다.

"없어."

캐서린은 계단 위 칸에서 기다리고 있는 랭던에게 소곤거렸.

"성냥도, 라이터도 없어. 내 핸드폰은 쓰레기통에 있고. 여기 있는 건 장갑, 립밤, 박물관 안내 책자, 그래놀라 바, 물병……."

"그래놀라 바? 호텔에서 가져왔어?"

"어. 미니 바에서."

"그걸 쓸 수 있겠어."

'그래놀라가 가연성이었나?'

랭던이 물었다. "배터리는? 전자 제품 같은 건 없어? 펜 라이트나 전자 열쇠, 초소형 헤드폰은?"

"없어, 로버트, 미안. 가방 안감 속에…… 클러치가 있긴 한데……."

"클러치? 그게 뭔데?"

"핸드백에 넣고 쓰는 휴대용 보조 배터리야."

캐서린은 가방을 열며 말했다. 부피가 큰 원고를 옆으로 밀친 후 랭던에게 안감 밖으로 튀어나온 핸드폰 충전기 케이블 일부를 보여주었다.

"쿠야나 핸드백도 비슷한 기능이 있어. 이게 더 쓰기 편하지만. 여행 전에 충전해 놓긴 했는데 전력이 남아있을지 모르겠어……."

랭던이 가방을 받아 들며 말했다.

"거기 있어. 이따가 뭘 해야 할지 말해줄게."

그는 그대로 나선형 계단을 밟고 다시 올라갔다.

'나중에 캐서린이 나를 용서해 줄까.'

지금부터 할 일을 생각하니 랭던은 가슴이 떨렸다.

캐서린을 계단 아래에 두고 올라온 지 60초가 지났다. 그는 중간 층계참에 웅크리고 앉아, 따로 빼둔 원고 더미 위에 그래놀라 바를 올렸다. 숄더백의 비단 안감 주변을 손으로 더듬어 보니 벨크로 주머니 안쪽에 단단한 직사각형 물건이 들어있는 게 느껴졌다. 그걸 밖으로 빼냈다.

'이게 클러치 충전기인가?'

어찌나 얇은지 꼬리 달린 분홍색 신용카드에 더 가까워 보였다.

'안에 전력이 남아있어야 할 텐데.'

클러치를 입으로 가져가 이로 전력 케이블을 물고 세게 당겨 커넥터 플러그를 잘라냈다. 전선 두 개를 잡아당긴 뒤 이로 껍질을 벗겨내고 구리 선 두 줄을 짧게 두드려 보았다.

어두운 공간에서 잠시 환한 불꽃이 튀었다.

이 정도면 충분하기를 바랐다.

충전기를 원고 더미에 올리고 그래놀라 바를 집어 들었다. 예상대로 그래놀라 바는 얇은 은박지로 포장돼 있었다. 은박지를 뜯고 끈처럼 얇게 찢은 뒤 손가락에 돌돌 감아 은박지 실처럼 만들었다. 그렇게 만든 은박지 필라멘트의 한쪽 끝을 클러치의 구리 선 하나에 연결하고 다른 쪽 끝은 느슨하게 두었다.

이론적으로 느슨한 끄트머리를 연결하면 회로가 완성되어, 은박지 필라멘트를 따라 전기가 흐를 것이다. 은박지는 약한 전도체라서 저항이 생기면서 열을 발생시키고…… *궁극적으로 불이 붙게 된다.*

'짧은 시간 동안에만 불이 붙겠지.'

안타깝지만 은박지가 너무 얇아서 아주 잠깐만 불이 붙을 것이다……. 따라서 라미네이트 처리한 소책자나 얇은 원고지 종이 한 장에도 불을 옮겨 붙이기 어려울 수 있었다. 이 장치로 불꽃을 만들어 낸다고 해도 지속적으로 타게 하려면 인화성 물질이 필요했다.

'인화성 높은 물질이 필요해.'

계단 아래에서 랭던의 지시를 조용히 기다리는 동안 캐서린은 점점 초조해졌다. 랭던은 '거기 있어. 이따가 뭘 해야 할지 말해줄게'

라고 했었다. 계단을 왔다 갔다 하던 랭던은 아까 캐서린과 함께 서 있던 격자 층계참에 가 있었다.

저 위에 있는 랭던이 내는 소리 말고도 도서관에서 지속적인 소음이 들려왔다. 짧고 날카롭게 끼익 끼익 하는 요란한 소리가 반복적으로 들리고 있었다. 랭던은 그게 진열 상자를 밀어 옮기는 소리라고 했다.

'소리가 그쳤어.'

그들에게 주어진 시간이 거의 다 된 모양이었다.

두려움이 차오른 캐서린은 랭던이 작업 중인 금속 격자 층계참을 다시 올려다보았다. 그런데 갑자기 격자를 따라 퍼지는 환한 불이 보였다. 그들 머리 위의 천장문 틈새로 흘러드는 흐릿한 불빛이 아니라…… 깜박이는 불이었다.

'불? 어떻게 불을 피웠지?'

깜짝 놀란 캐서린은 숨을 죽이고 기다렸다…….

몇 초 만에 불이 확 커졌다. 캐서린은 드디어 숨을 내쉬며 기대를 품었다. 랭던이 불을 피우기 위해 어떤 마법 같은 보이 스카우트 기술을 썼는지 몰라도, 구멍이 숭숭 뚫린 금속 격자 층계참 아래에서부터 공기가 빨려 올라가며 통풍구 구실을 해주고 있어서 층계참에서 피어오른 불이 점점 커지고 있었다.

캐서린의 놀라움은 곧 우려로 바뀌었다.

'불이 너무 센데…….'

불이 빠르게 퍼지며 층계참의 상당 부분을 차지했다. 커지는 불길에 랭던의 모습이 보였다. 그는 층계참에서 물러나 두 칸 아래에서 무릎을 굽힌 채 옆에서 불쏘시개를 넣고 있었다. 책장 문 아래에서 흘러든 공기가 굴뚝처럼 층계참을 타고 올라가면서 불을 점점 키우는 게 느껴졌다.

이 상황이 안전한지부터 걱정하는 게 맞을 것이다. 그런데 캐서린 입장에서는 그렇지가 않았다. 그녀는 완전히 다른 이유로 걱정하고 있었다. '랭던이 뭘 태우고 있는 거야?' 박물관 안내 책자, 크리넥스 한 팩, 그 외에 그가 숄더백에서 꺼낸 게 뭐든 그걸 다 태우더라도 불길이 이렇게 세질 수는 없었다.

'대체 뭘 연료로 쓰고 있지?'

1분 후 시커멓게 탄 종이 쪼가리가 위에서 살랑살랑 내려와 캐서린의 바로 앞 계단에 떨어졌다. 캐서린의 의문에 대한 답이었다. 불에 타고 남은 하얀 종이에 검은 글씨가 찍혀있었다. 캐서린은 곧 그 내용을 알아보았다.

'로버트, 안 돼!'

캐서린은 그를 막으려 계단을 올라갔다. 나선형 계단을 밟고 랭던이 있는 곳으로 올라가면서 생각해 보니, 아까 그가 그녀에게 아래에서 기다리라고 한 이유를 알 것 같았다. 그는 캐서린이 이 계획에 애초에 동의하지 않을 걸 알았을 것이다.

'내 원고를 불태우고 있어!'

층계참 바로 아래에 서자 불의 열기가 느껴졌다. 층계참의 금속 격자를 통해 원고 더미의 아랫면이 보였다. 랭던이 원고를 불에 던져 넣고 있었다. 불에 닿은 종이가 빠르고 환하게 타올랐다.

"그만해! *하나뿐인 원고야! 그걸 이렇게 잃을 순 없어!*"

아래를 내려다보는 랭던의 눈동자에 강렬하게 타오르는 불길이 비쳤다.

"이미 잃었어, 캐서린······. 정말 미안한데, 우리가 이 벽감 밖으로 *나가자마자* 원고를 압수당할 거야. 그럼 우리도 끝이야. 차라리 원고를 이렇게 써서 우리 목숨을 지키는 게 나아."

"그래도 하나밖에 없는데······."

"잘 들어." 그는 불덩어리에 원고를 먹이로 계속 던져 넣으며 덧붙였다. "내가 아직 당신한테 말 안 한 게 있어. 오늘 이 책 때문에 사람들이 죽었어. 이 원고를 계속 가지고 있으면 우리도 표적이 될 수 있어. 아까 첫 번째 총알은 간신히 우리를 비껴갔지만, 두 번째 총알은 그렇지 않을 거야."

"맙소사, 사람들이 죽었다고? 내 원고 때문에?"

"전문 해커들이 회사의 보안 서버로 들어와 당신 원고를 *삭제했어!* 오늘 아침에 나를 심문했던 우지 경감은 우리가 테러리스트 콘셉트로 책을 홍보하려고 난리를 피웠다며 비난하더군. 어제 당신한테 인쇄본을 달라고 요청했던 브리기타 게스네르 박사는 밤사이 고문받고 살해당했어. 조너스는 실종됐고. 우지 경찰은 *나를* 죽이려고 쫓아다니고 있어······."

"브리기타 게스네르가 죽었다고?"

랭던은 굳은 표정으로 고개를 끄덕였다.

"아직도 어떻게 된 일인지 확실히 모르겠지만, 우리 목숨보다 귀한 건 없어. 우리에겐 서로가 제일 중요해. 이렇게 하는 게 옳아. 나를 믿어줘."

'믿어달라는 말을 하기엔 늦었잖아.' 캐서린은 얼마 안 남은 원고를 보며 생각했다. '벌써 거의 다 태워놓고선.'

힘을 썼더니 머리가 쾅쾅 울렸다.

파벨 중위는 도서관 바닥을 가로질러 발코니 아래까지 커다란 진열 상자를 밀어 옮겨놓았다. 투명한 육면체 진열 상자는 보기보다 무거웠다. 이 무게의 대부분은 상자 안에 들어있는 거대한 책 때문일 것이다.

그는 잠시 숨을 고르며 두툼한 플렉시 글라스 상자에 들어있는 어이없을 만큼 커다란 책을 들여다보았다. 관람객들을 이곳으로 불러들이는 유명한 책이라는데, 펼쳐진 페이지에는 옷도 입지 않고 기저귀만 찬 채 쪼그려 앉은 악마가 그려져 있었다.

'사람들이 이런 걸 보려고 돈을 낸다고?'

그는 발코니로 올라가기 위해 사다리를 가져와 진열 상자 위에 세웠다. 사다리 끝이 발코니까지 닿는 걸 보고 그는 흡족해했다.

진열 상자로 올라가기 전에 발코니를 마지막으로 둘러보았다. 혹시라도 랭던이 정신을 차리고 알아서 기어 나왔을 수도 있었다. 방 위쪽을 훑으며 발코니를 중심으로 둘러보다가 한 지점에서 시선이 멈췄다.

파벨 중위는 그게 헛것이길 바랐다.

발코니 저쪽 구석, 잠겨있는 벽감 위로 난데없이 시커먼 연기가 뿜어 나오고 있었다……. 아치형 천장의 제일 높은 부분으로 흘러간 연기는…… 시커먼 구름처럼 뭉치면서 귀중한 프레스코화를 가로질러 퍼져 나갔다.

'안 돼…….'

하지만 이미 늦었다.

다음 순간 화재경보기가 울리기 시작했다.

69

 화재경보기가 울리고 몇 초 만에 도슨트가 바로크 도서관 바깥문의 걸쇠를 급하게 여는 소리가 들렸다.
 파벨은 분노했다.
 '들어오지 말라고! 내가 명령했잖아!'
 하지만 박물관 직원들에게는 오래된 도서관의 화재가 우지의 명령보다 더 중요했을 것이다. 안으로 달려 들어온 젊은 남자 도슨트는 연기의 출처를 찾아 열심히 두리번거렸다.
 파벨은 방 저쪽 끝에서 진열 상자에 올라가 있었다. 이제 막 사다리를 밟고 발코니로 올라가려던 참이었다. 도슨트는 발코니 한쪽 끝에서 피어오르는 연기구름에 시선이 팔려 파벨 쪽은 쳐다보지도 않았다. 도슨트는 비밀 책장 문 앞으로 달려가 그 문을 당겨보려 했지만 헛수고였다.
 파벨은 사다리를 오르며 생각했다.
 '그래도 아직 나는 랭던을 죽일 수 있어. 눈에는 눈이야.'
 다른 박물관 직원 두 명이 소화기를 들고 뒤따라 들어왔다. 그들은 비밀 책장 문을 부수지 말고 열자고 서로에게 소리쳤는데 문은 꿈쩍도 하지 않았다. 천장문으로 빠르게 흘러나오던 연기는 그만큼 빠르게 잦아들고 있었다.

파벨이 사다리를 반쯤 올라갔을 때 다른 도슨트가 그를 보았다. 나이 지긋한 그 도슨트는 도서관의 귀중한 전시물 위에 사다리를 세우고 올라가는 그를 보더니 경악해서 달려왔다. 나이 든 도슨트가 파벨 바로 아래서 고함을 질렀다.

"Co to sakra děláš(당신 지금 뭐 하는 짓이야)!"

파벨은 들은 척도 않고 계속 올라갔다.

사다리를 거의 다 올라갔을 때 폐에서 연기 맛이 났다. 환기팬이 켜지면서 요란하고 빠르게 공기가 정화되고 있었지만, 아치형 천장의 제일 높은 부분을 따라 이미 퍼져 나간 시커먼 연기가 바로 그의 머리 위에 뭉쳐있었다.

사다리 맨 위 가로대를 밟고 선 파벨은 발코니 난간 너머 끄트머리에 있는 천장문을 쳐다보았다. 천장문은 활짝 열린 상태였다. 미국인은 이 시점에서 영리하게도 연기를 피워 올렸으나 역효과를 감당해야 할 것이다.

'랭던은 연기 때문에 내가 가까이 가는 것도 못 볼 거야.'

랭던이 1층 책장 문을 열고 도서관으로 뛰쳐나온다고 해도 파벨은 목표물을 명중시키기에 딱 좋은 위치에 있었다.

'인내심을 가져.'

경감님의 말대로 인내심을 발휘한 보람이 있었다. 파벨은 손을 뻗어 발코니의 쇠 난간을 붙잡고 몸을 끌어 올릴 준비를 했다.

"파벨 중위! 멈추세요!"

도서관 입구에서 어떤 여자가 명령하듯 외쳤다.

파벨은 사다리 맨 위 가로대를 밟은 채로 고개를 돌려 도서관을 둘러보았다. 눈으로 보면서도 믿기지 않아 몇 번이나 눈을 껌벅였다. 예상 밖으로 너무 희한한 신기루가 그에게 다가오고 있었다. 연기를 마신 데다 머리까지 다쳐서 환영을 보게 되었나 싶었다.

흑발의 우아한 미녀가 그에게 걸어오고 있었다. 이렇게 숨 막히게 아름다운 여자를 실제로 본 건 처음이었다. 여자는 런웨이에 선 패션모델처럼 날씬한 다리로 멋지게 다가왔다. 꿈에서나 볼법한 환상이었다……. 다만 문제는 여자의 양옆에 미국 대사관 경비단의 파란 제복을 입은 미 해병대원 두 명이 총을 들고 서있다는 사실이었다.

나선형 계단의 층계참에서 랭던은 서서히 꺼져가는 잿더미를 밟고 서있었다. 그는 마지막 불씨까지 확실히 꺼졌는지 확인했다.

'프록터 앤 갬블 손 세정제 덕분에 불을 이 정도로 피울 수 있었어.'

캐서린의 가방 맨 아래서 작은 손 세정제 병을 찾아낸 게 천만다행이었다.

세이프가드 겔은 알코올 80퍼센트짜리였다. 랭던은 캐서린의 원고 제목 페이지에 이 손 세정제를 잔뜩 바른 후 튜브 모양으로 돌돌 말았다. 연기를 집중적으로 피워내기 위해서였다. 이 튜브를 층계참의 격자 구멍에 끼워 수직으로 세운 뒤 클러치를 사용해 튜브 입구 바로 위에서 은박지 필라멘트에 불을 붙였다. 예상대로 은박지에 곧바로 불꽃이 튀었고 알코올 덕분에 연소가 원활해지면서 겔에 적신 튜브가 활활 타올랐다.

'나머지는 빠르게 진행됐지.'

체코의 얇은 인쇄용지는 예상보다 불에 더 잘 탔다. 이러다 도서관 전체를 위험에 빠뜨릴 수도 있겠다 싶어, 잠시지만 끔찍한 실수를 저지른 건 아닌지 두려울 정도였다. 몇 초 만에 불이 잘 붙었고 랭던은 종이를 몇 장 더 태우면서 캐서린의 물병에 남은 물을 부었다. 원고지 더미에 플라스틱 물병을 던져 넣자, 플라스틱이 녹으면서 시커먼 연기가 구름처럼 피어올랐다.

랭던은 어지간해서는 셰익스피어를 들먹이지 않는데 재앙에 가까운 이 상황에서는 어쩔 수 없었다. 자칫 잘못하면 귀한 도서관을 전소시키거나 총에 맞아 죽거나 둘 중 하나였다. 그는 '끝이 좋으면 다 좋아'라는 셰익스피어의 희곡 제목을 떠올리며 마음을 다잡았다.

남은 불씨가 없다는 것을 확인한 랭던은 캐서린의 가방을 들어올렸다. 원고 뭉치와 물병이 없어서 가방이 한결 가벼워졌다. 자기 원고가 불타고 있는 것을 알고 낙심한 캐서린은 이미 조용히 계단 아래에 내려가 있었다. 랭던은 살아남기 위해 최선을 다해 최고의 수를 두었다는 것을 캐서린이 언젠가 이해해 주리라 믿었다.

'우린 살았어.'

나선형 계단을 내려오는데 책장 문 바깥에서 여럿의 말소리가 들렸다. 그는 그들이 박물관 경비원들이길 바랐다.

문틈으로 굵직한 목소리가 그를 불렀다.

"랭던 씨?" 미국인 억양이었다. "해병대 대사관 경비단 소속 모건 더들리입니다."

랭던과 캐서린은 놀란 눈으로 서로를 바라보았다.

'이렇게 빨리 왔다니.'

"안전하니까 나오셔도 됩니다. 교수님을 위협한 우지 중위는 무기를 포기했고 파란색 알림 방송도 취소됐습니다."

랭던은 파란색 알림 방송이 무엇을 의미하는지 알지 못했다. 다만 미국 대사관이 개입했으니 우지 경찰의 태도가 달라지긴 했을 것이다.

"문 여십시오."

정중하지만 단호한 목소리였다.

캐서린은 즉시 책장 문 손잡이에 묶어놓은 롱패딩 소매를 풀기 시작했다.

불안해진 랭던이 조용히 말렸다.

"잠깐만! 미국인인 척하는 우지 경찰일 수도 있잖아."

문 앞의 남자가 초능력자인지 아니면 그 말이 귀에 들어갔는지 몰라도 잠시 후 문 밑으로 라미네이트 카드 한 장이 들어왔다. 벽감 안이 어두워서 작은 글씨까지 보이지는 않았지만 카드에 양각으로 들어간 *상징*을 보자 그는 두려움이 어느 정도 가라앉았다. 별과 줄무늬가 들어간 방패와 흰머리독수리가 그려진 상징이었다.

책장 앞에 선 다나 다네크는 비밀 문이 어서 열리기를 초조하게 기다렸다. 네이글 대사가 다나의 사무실로 달려 들어와 긴급 명령을 내린 지 10분도 지나지 않았다. 해병대원과 함께 클레멘티눔으로 가서 미국인의 목숨을 구하라는 명령이었다.

다나는 생각했다.

'겨우 늦지 않게 임무를 완수했어.'

그들은 파벨 중위를 도서관 밖으로 데리고 나가 대기실에 머물게

한 후 우지 상관들에게 알렸다. 우지는 발송자가 무슨 경위로 그 방송을 내보냈든 관계없이, 공식적인 파란색 알림 방송 건에 대해 미국 대사관이 개입했다며 격분했지만 결국 '알림 방송을 즉각 철회'할 수밖에 없었다.

책장 문이 드디어 열리고 로버트 랭던이 걸어 나왔다. 그는 어두운 벽감에 오래 있었던 탓인지 눈을 잔뜩 찌푸린 모습이었다. 다나 다네크는 그가 무사한 것을 보고 안도하다가 그와 함께 걸어 나오는 여자를 보고 놀랐다. 다나는 우아한 얼굴의 그 여자가 누구인지 바로 알아보았다.

캐서린 솔로몬이었다.

70

 미 대사관의 매력적인 공보관 다네크의 안내로 박물관을 나선 캐서린은 쌀쌀한 계단통에 있다가 상대적으로 따뜻한 클레멘티눔 통로로 오니 살 것 같았다.
 미 해병대원들은 벽감으로 들어가 층계참의 잿더미 사진을 찍고 불에 탄 원고 쪼가리를 수거했다. 그들이 이미 불타버린 원고에 그토록 신경 쓰는 걸 보니 아까 랭던이 했던 말이 사실인 모양이었다. 랭던은 오늘 일어난 온갖 일의 중심에 그녀의 원고가 있다고 했었다.
 '대체 왜?'
 랭던이 결과적으로 옳은 결정을 내린 게 분명해졌다. 이 원고 때문에 그들은 표적이 됐고 원고를 없앤 덕분에 목숨을 건졌다.
 다시 책을 쓰는 건 생각만으로도 아찔해서 당장은 엄두가 나지 않았다. 랭던은 펭귄 랜덤 하우스 측이 해킹당한 서버에서 디지털 카피를 복구하거나 해커들이 원고를 돌려주는 대신 몸값을 요구할 수도 있을 거라고 했다. 캐서린은 그의 예상이 맞기를 바랐다. 아니면 우주가 뜻밖의 기적을 선사해 주거나.

'우린 살았어. 다시 시작하면 돼.'

캐서린은 브리기타 게스네르가 죽었다는 게 믿기지 않았다. 오늘 아침 겪은 일에 대해 랭던도 자기 입장에서 할 얘기가 많을 것이다. 그는 조금 전 다나 다네크에게 마이클 해리스와 사샤 베스나라는 사람들의 안전이 심히 우려된다고 말했다.

'마이클 해리스? 사샤 베스나?'

캐서린은 처음 듣는 이름이었다.

아까 랭던이 조너스 포크먼이 무사한지 확인하고 싶다며 핸드폰을 빌려달라고 했을 때 다네크는 단박에 거절했다. 그들이 캐서린과 랭던을 안전하게 데려와 자세한 내용을 전달할 때까지…… 미국 대사가 두 사람을 보호하기 위해 외부와 연락을 금지했다는 이유였다.

'우리를 보호하려고?'

캐서린은 옆에서 나란히 걷고 있는 랭던의 손을 잡았다. 무장한 미 해병대원들의 호위를 받으며 박물관을 나선 그들은 여러 개의 안마당과 아치 길을 통과한 후 북적이는 마리안스케 광장으로 나갔다. 바로 위에 신 시청사의 깃발이 사나운 바람에 펄럭였다. 멀리서 들려오는 사이렌 소리가 점점 커지고 있었다. 해병대원들도 그 소리를 들었는지 좀 더 빨리 가자고 재촉했다. 랭던은 캐서린의 손을 꼭 잡고 해병대원들을 따라 걸음을 재촉했다. 그들을 태우기 위한 차가 광장에 대기하고 있었다.

'저걸 타고 간다고? 너무 눈에 띄잖아.'

캐서린은 그 차를 보고 깜짝 놀랐다.

해병대원이 길쭉한 검은색 리무진의 문짝을 열어주었다. 리무진 측면에는 미국 대사관 로고가 박혔고 후드에는 작은 깃발 두 개가 꽂혀있었다. 체코 국기와 미국 국기인데 둘 다 빨간색, 하얀색, 파란색이었다. 리무진은 이미 광장에서 사람들의 이목을 끌고 있었다.

다네크가 설명했다.

"절차상 어쩔 수 없었어요. 지역 경찰 당국이 외교 차량을 건드릴 수 없으니 어느 정도 보호를 받을 수 있어요. 대사님께서 그렇게 하는 게 안전할 거라고 판단하셨어요. 타시죠."

다가오는 사이렌 소리를 듣고 있던 캐서린은 저 차를 타고 외교관 면책 특권을 적용받는 게 좋겠다고 판단했다. 캐서린이 리무진 쪽으로 한 걸음 나아간 순간 랭던이 그녀의 손을 꽉 잡으며 조용히 저지했다.

사이렌 소리가 더 가까이 다가왔다.

해병대원이 캐서린에게 말했다.

"박사님? 두 분 모두 빨리 이 차에 타십시오."

랭던은 리무진 후드에서 펄럭이는 미국 국기에 시선을 고정한 채 캐서린의 손을 움켜잡았다. 캐서린은 그가 무슨 생각을 하는지 알 수 없었다. 어째서인지 그는 저 차에 타는 걸 꺼리는 듯했다.

"타십시오! 어서!"

번쩍이는 경광등을 단 검은 세단들이 모퉁이를 돌아 나오자 해병대원이 소리쳤다.

랭던은 리무진 후드의 깃발과 내부, 그리고 다가오는 우지 차량들의 경광등을 차례로 돌아보았다. 마침내 그는 차악을 선택하는 듯 마지못해 캐서린을 리무진에 먼저 태우고 뒤따라 탔다.

해병대원이 차문을 닫자마자 우지의 호송대 차량들이 도착했다.

사이렌이 차가운 아침 공기를 날카롭게 갈랐다.

다나 다네크는 도로 경계석에 서서 대사관 리무진이 빠르게 달려가는 모습을 바라보았다. 조금 전 랭던이 왜 머뭇거렸는지 알 수 없었지만 이제 그런 건 중요하지 않았다. 두 사람이 무사히 대사의 통제하에 있게 됐으니 다나는 할 일을 다한 것이다.

조금 전 다나는 네이글 대사에게 전화해 상황을 보고했다. 랭던과 솔로몬 모두 살아있다는 것에 네이글은 크게 안도하는 목소리였다. 추가로 상당히 우려되는 정보를 입수한 다나는 조용한 곳을 찾아 시청사 한쪽 구석의 동상 뒤로 가서 대사에게 다시 전화를 걸었다.

대사에게 전화가 연결되자 다나가 말했다.

"하나 더 보고할 게 있습니다, 대사님. 랭던 교수가 두 사람의 안전이 상당히 우려된다고 했습니다. 사샤 베스나와……." 다나는 감정이 북받쳐 잠시 후에 덧붙였다. "마이클 해리스요."

대사는 놀란 목소리였다.

"해리스? 랭던이 그렇게 생각한 이유를 자네한테 말했어?"

다나는 마이클과 사샤의 '관계'의 진실에 대해 들었다. 마이클이 자기 선택으로 그 여자를 만난 게 아니었다는 것에 안도하면서도, 대사가 그에게 그런 일을 시켰다는 것 때문에 화가 치밀었다.

'마이클은 훈련받은 현장 요원이 아니라 법률 담당 직원이라고요!'

"자세히 말할 시간이 없었습니다. 랭던 교수는 사샤와 함께 그 여자의 아파트에서 마이클을 만나기로 했다고 말했습니다. 그런데 일이 생긴 바람에 못 만나게 됐다고요. 저더러 그 집으로 사람을 보내 두 사람의 상태를 확인하라면서 사샤의 아파트 열쇠를 줬습니다."

"랭던이 사샤의 집 열쇠를 갖고 있었다고?"

다나는 랭던에게 받은 '미친 새끼고양이'라고 적힌 싸구려 열쇠고리를 내려다보았다.

"사샤가 랭던 교수에게 열쇠를 받으라고 했답니다. 안전하게 머물 곳이 필요하면 쓰라고요."

대사는 꽤 오래 침묵하다가 말했다.

"알았어. 스콧 커블을 보내서 자네를 차에 태우고 같이 사샤의 아파트로 가라고 할게."

'나를?'

다나는 직접 그 집으로 가게 될 줄 생각도 못 했다. 이게 대사가 그녀를 벌주겠다는 것인지 아니면 믿는다는 뜻인지 알 수 없었다. 어느 쪽이든 대사는 경비단에서 제일 믿을만하고 뛰어난 해병대원을 다나에게 보낼 것이다. 오늘 일이 또 틀어지는 것을 반드시 막겠다는 대사의 의지가 느껴졌다.

리무진의 에어 벤트에서 따뜻한 공기가 흘러나오고 있었지만, 로버트에게 오늘 아침에 겪은 일을 들으면서 캐서린 솔로몬은 몸에 오한이 더 깊게 드는 기분이었다.

"맙소사, 로버트. 무슨 말을 해야 할지 모르겠어······."

그가 캐서린의 악몽을 고스란히 재현한 여자를 다리에서 만난 얘기를 듣고 캐서린은 놀라 말문이 막혔다.

리무진이 대사관을 향해 강을 따라 달려가는 동안 랭던은 심란한 얘기를 꺼냈다. 그가 아까 리무진에 타는 걸 꺼렸던 이유였다.

'리무진 측면에 있는 미국 대사관 상징.'

랭던의 설명을 들으면서 캐서린은 그가 노에틱 과학자들이 '시각 정보 처리 지연'이라고 말하는 증상을 겪었다는 것을 알았다. 직관 기억을 가진 사람들에게는 흔한 증상이었다. 직관 기억이 워낙 광대한 양의 시각 정보를 기록하기 때문에 뇌는 그 모든 정보를 실시간으로 처리할 수 없었다. 본인이 보았던 것을 떠올리려 애쓰기 전까지, 직관 기억에 저장된 대부분의 시각 정보는 다시 접속하거나 불러올 일이 없었다.

'아니면…… 그 기억을 촉발하는 계기가 있거나.'

리무진 문짝에 박힌 미국 대사관 상징이 오늘 아침에 랭던이 본 메모 카드에 대한 기억을 자극한 모양이었다. 리무진과 똑같은 대사관 표식이 새겨진 그 메모 카드는 미국 대사관이 그들이 머무는 호텔로 보낸 선물, 즉 빨간색과 흰색, 파란색으로 풍성하게 구성된 튤립 꽃다발에 끼워져 온 것이었다.

랭던이 설명했다.

"오늘 아침에 우리 호텔 방으로 돌아갔는데, 퇴창이 활짝 열려있었고, 바닥에는 대사관이 보낸 메모 카드가 떨어져 있었어. 방이 얼어붙게 춥더라고. 창틀에 올려둔 꽃들이 찬바람을 맞아 시들 정도였어. 퇴창을 닫으려는데 플라스틱 원뿔이 씌워진 얇은 금속 막대가 꽃자루 사이에 보이더군."

랭던은 자세한 기억을 끄집어내려는 듯 한 손으로 짙은 색 머리카락을 쓸어 넘겼다.

"그때는 그 장치에 대해 거의 인식도 못 했어. 습도 감지 센서 같은 별것 아닌 물건이라고 여겼지. 그런데 지금 온갖 일을 겪으면서 문득 예전에 보스턴 심포니 홀에서 비슷한 장치를 본 기억이 났어……. 오케스트라 위에 떠있으면서 음악 소리를 전부 잡아내는 파라볼릭 마이크였어."

캐서린은 말도 잘 나오지 않았다.

"잠깐……. 우리 방에 있던 꽃다발에 도청 장치가 있었다고?"

랭던은 고개를 끄덕였다.

"어젯밤에 우리가 그 꽃다발 바로 옆에 앉아서 당신이 꾼 악몽 얘기를 했었잖아. 그렇게밖에는 설명이 안 돼. 만약 누가 당신 꿈 얘기를 들었다면……."

"그건 말이 안 되잖아!" 캐서린은 고개를 저었다. "우리 나라 대사관이 왜 우리를 도청해? 그들이 내 꿈 얘기를 어떻게든 들었다고 해도, 그걸 왜…… *재현까지* 해?"

"모르겠어. 이따가 대사관에 도착하면 대사에게 물어봐야지."

"우린 대사관으로 안 가. 아까 다니가 이 차 운전기사한테 우리를 대사의 집으로 데려가라고 말하는 걸 들었어."

랭던은 놀란 표정으로 물었다.

"왜 거기로 가?"

캐서린은 어깨를 으쓱했다.

"모르지. 거기가 더 안락한 곳이라고 생각해서 그랬나?"

랭던의 걱정스러운 표정을 보면서 캐서린은 목적지 변경에 대해 랭던이 안락함과는 정반대로 받아들였다는 것을 알았다. 랭던이 나지막하게 말했다.

"미국 시민이 특별한 보호를 받는 건 *대사관 내*에서만 유효해.

대사도 그걸 알아. 자기 집에서 만나자고 했다는 건 당신과 내가 여전히…… 보호받지 못하는 상태라는 거야. 위험에 노출돼 있다는 뜻이고."

캐서린은 당황해 어쩔 줄을 몰랐다.

'대체 우리한테 뭘 원하는 거야?'

애초에 프라하에서 강연해 달라는 게스네르의 요청을 수락하지 말 걸 그랬다는 생각이 들었다.

"이유가 뭐든 모든 게 당신 책과 관련 있어, 캐서린." 랭던은 캐서린의 눈을 마주 보면서 앞으로 몸을 기울였다. "지금 말해줘. 앞으로 우리끼리만 있을 수 있는 시간이 얼마 없어. 나한테 모든 걸 말해줘야 해. 원고에 대체 무슨 내용이 있는 거야? 뭘 발견했어?"

캐서린은 랭던이 그녀의 경험과 결론을 책으로 상세하게 읽기를 바랐다. 하지만 더는 그런 사치를 부릴 형편이 아니었다.

'원고도 없고…… 시간도 없어.'

캐서린은 그에게 가까이 다가가 앉으며 조용히 대답했다.

"알았어. 말할게."

〈2권에서 계속됩니다.〉

옮긴이 **공보경**

고려대 영어영문학과를 졸업하고 소설, 에세이, 인문 분야 전문 번역가로 활동하고 있다. 옮긴 책으로 《스패니시 러브 디셉션》,《루스터 하우스》,《메이즈러너》,《로드워크》,《테메레르》,《제인 스틸》,《아크라 문서》,《작은 아씨들》,《물에 잠긴 세계》,《하이 라이즈》,《스트레인저》,《개들의 섬》 등이 있다.

비밀 속의 비밀 ❶

초판 1쇄 인쇄 2025년 11월 20일
초판 1쇄 발행 2025년 11월 27일

지은이 | 댄 브라운
옮긴이 | 공보경
발행인 | 강봉자, 김은경
펴낸곳 | (주)문학수첩
주소 | 경기도 파주시 회동길 503-1(문발동 633-4) 출판문화단지
전화 | 031-955-9088(마케팅부), 9530(편집부)
팩스 | 031-955-9066
등록 | 1991년 11월 27일 제16-482호
홈페이지 | www.moonhak.co.kr
블로그 | blog.naver.com/moonhak91
이메일 | moonhak@moonhak.co.kr

ISBN 979-11-7383-023-5 04840
    979-11-7383-022-8 (세트)

* 파본은 구매처에서 바꾸어 드립니다.

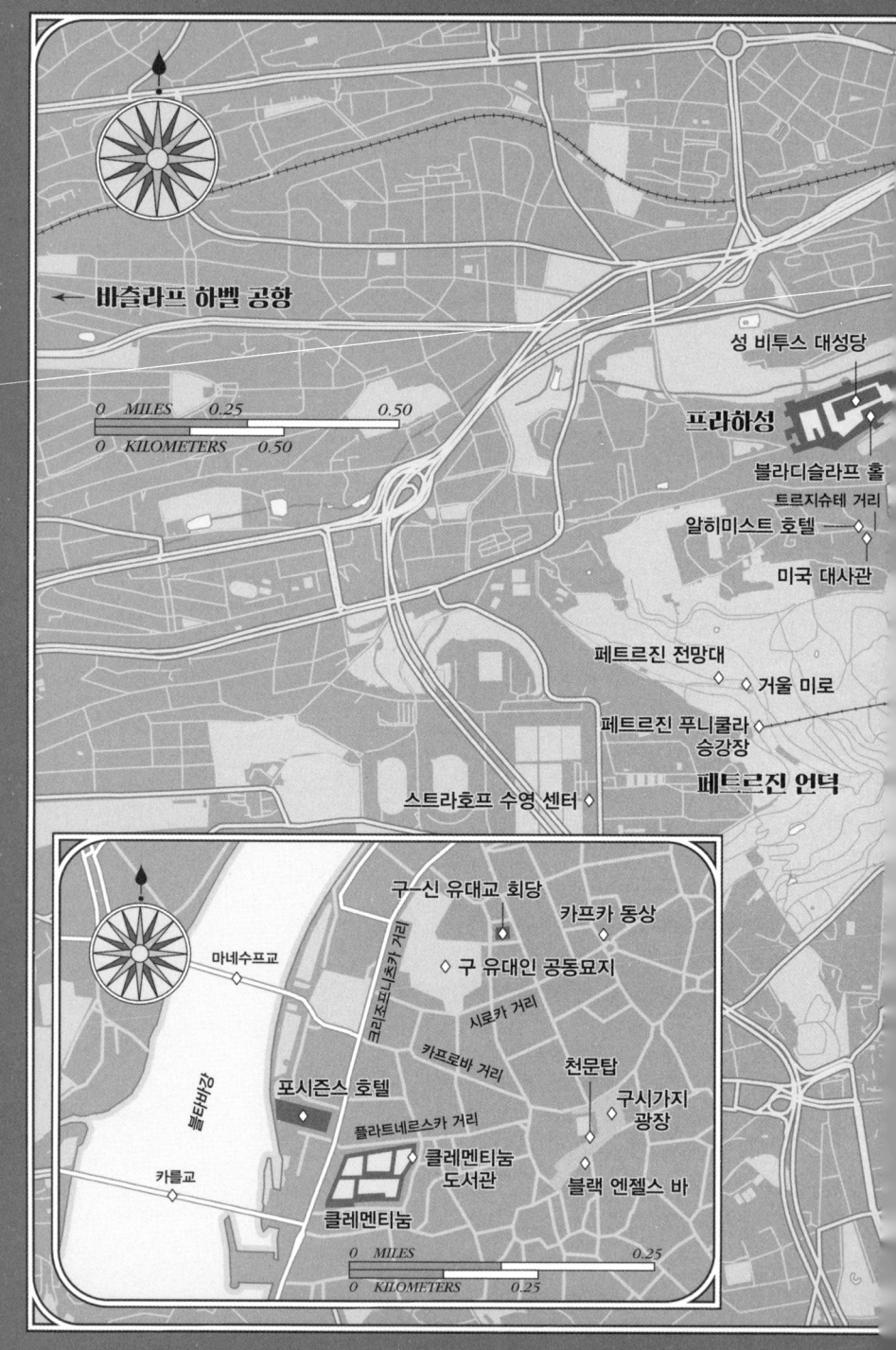

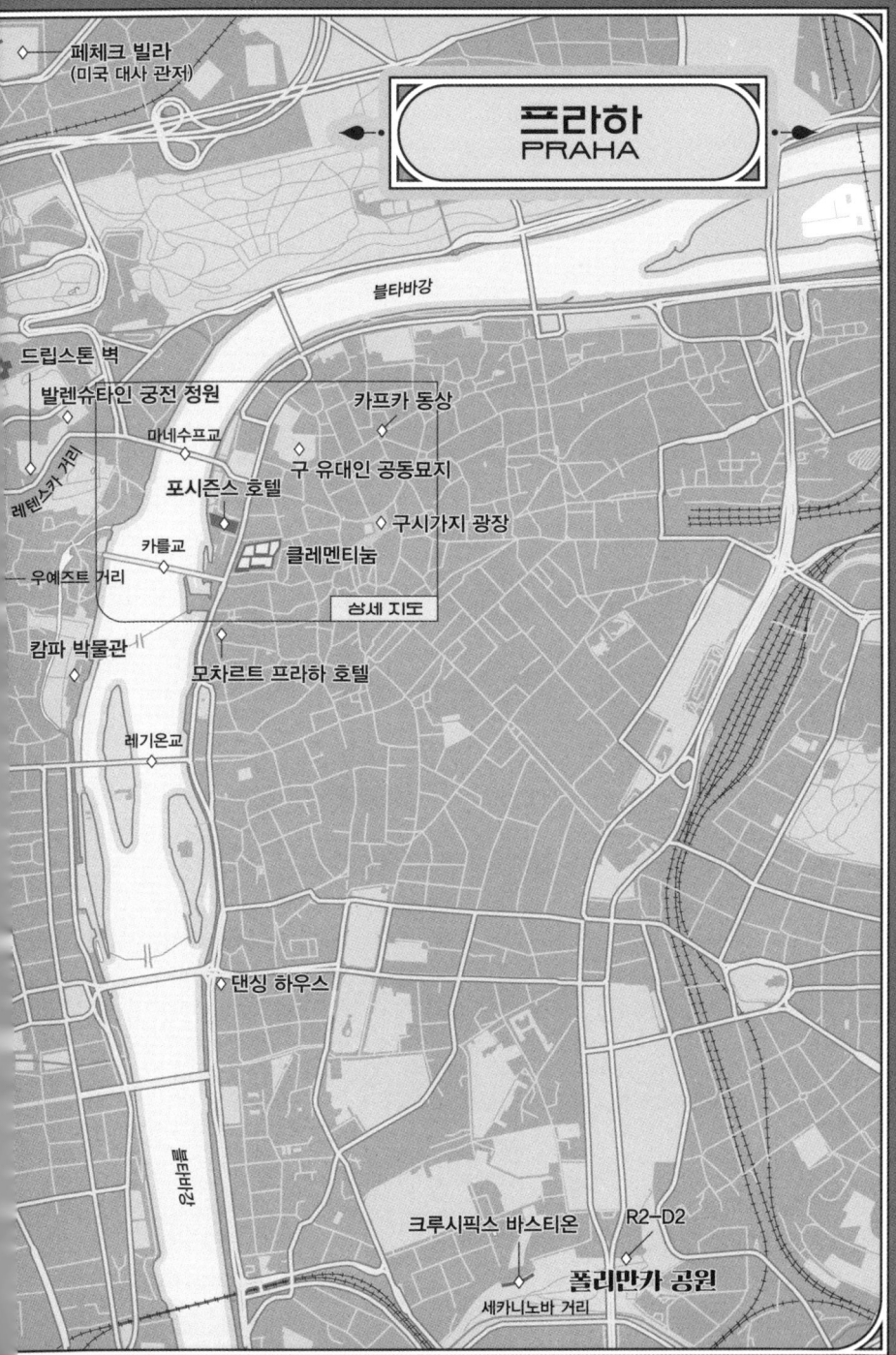